Impressum

Bibliografische Information der Deutschen Nationalbibliothek: Die Deutsche Nationalbibliothek verzeichnet diese Publikation in der Deutschen Nationalbibliografie; detaillierte bibliografische Daten sind im Internet über dnb.dnb.de abrufbar.

© 2022 Ingrid Seemann

© Cover Ingrid Seemann designed by fiverr

2.Auflage

Herstellung und Verlag: BoD – Books on Demand, Norderstedt

ISBN 9783756209996

Sämtliche Figuren, Firmen und Ereignisse dieses Romans sind frei erfunden. Jede Ähnlichkeit mit echten Personen, lebend oder tot, ist rein zufällig und von der Autorin nicht beabsichtigt

Das Schicksal schlägt zweimal zu

Die dritte Generation

Spiel mit mir!
Es ist alles nur Show!

Inhalt

Spiel mit mir!

Die lebensfrohe Anastassja wird von Alexander zu sich nach Hause eingeladen. Die neugierige Anastassja erlebt ihre blauen Wunder. Bankomatkarte, Burger und Pommes sind fremd für sie. So viele neue Eindrücke! Den Höhepunkt erlebt sie in der Vollmondnacht. Durch Zufall beobachtet sie die Eltern Alexanders bei einem Liebesspiel...

Zurück in der Schule muss Vladimir als persönlicher Bodyguard von Anastassja und Aleksej einspringen. Es besteht der dringende Verdacht, dass die Zwillinge entführt werden könnten und Anastassja wird ständig von Visionen geplagt und rettet so ihren Bruder.

Es ist alles nur Show!

Michael und Sebastian Jackson, die persönlichen Albträume ihres Bruders Florian, sind das zweite Jahr im Internat. In diesem Jahr lernt Michael die schüchterne Emilie kennen. Bei einem gemeinsamen Lauf durch den Wald stürzen sie in eine Schlucht. Sie werden mehr tot, als lebendig aufgefunden. Während Emilie schnell wieder auf den Beinen ist, landet Michael im Rollstuhl. Kann Emilie seine laufenden Depressionen abfangen?

Alexander holt Anastassja von ihrem Zimmer ab. Normalerweise dürfen sich Jungs nicht im Wohnbereich der Mädchen aufhalten. Bei Anastassja verhält es sich anders. Sie wohnt mit ihrem Zwillingsbruder Aleksej in einem großen, durch eine Mauer geteilten Zimmer. Beide Räume sind durch einen kleinen Vorraum begehbar. So fällt es nicht weiter auf, wenn Alexander zu ihr gehen will. Doch längst weiß die ganze Schule, wie es sich wirklich verhält und wird toleriert, solange sich keiner darüber beschwert. Zudem die Eltern der Zwillingsgeschwister die größten Sponsoren der Schule sind und da macht man wegen dieses kleinen Vergehens kein Aufhebens.

„Hi! komm mit. Wir gehen hinaus. Ich möchte mit dir sprechen." Alexander nimmt Anastassja bei der Hand. Sie sind schon seit der ersten Klasse in dieser Schule ein Paar. Anfangs war er fast immer, In Vertretung ihres Bruders, ihr Begleiter. Sie ist hyperaktiv. Sie läuft, ohne weiter nachzudenken, einfach irgendwo hin und findet dann nicht mehr alleine zurück. Sie hat sich in der Schule oft verirrt. Wenn ihre Beschützer kurz von ihr weg geschaut haben, oder sich mit einem anderen unterhalten haben, ist sie ist spontan aus Langeweile weggelaufen. Oft ist sie vor das Tor gelaufen und die Freunde hatten Mühe, sie in dem weitläufigen Gelände der Schule wieder zu finden und zurück in die Schule zu bringen. Zum Glück hatte sie ihr Handy immer dabei, um sie orten zu können. Ihr fallen ständig spontane Dinge ein, wie ein kleiner Kuss, wenn sie Lust darauf hat… auch wenn sie mit dem Jungen oder Mädchen eigentlich gar nichts zu tun hat. Sie schreit vor Freude mitten im Unterricht auf, oder schimpft laut drauflos, wenn ihr etwas gegen den Strich geht. Aleksej hatte schon in ihrem Elternhaus seine liebe Not mit ihr. Seine Eltern hatten gedankenlos die Verantwortung über ihre überaktive Tochter bald an ihn abgegeben. Dadurch, dass sie Zwillinge sind, ist die mentale Verbindung sehr groß und deshalb weiß er instinktiv, wie er sie bändigen konnte.

Im Internat hat er von Anfang an gute Freunde gefunden, die sich gerne abwechselnd um Anastassja gekümmert haben. Sie haben sie in den Unterricht begleitet, wenn sie in dieselbe Klasse mussten. Sie haben gerne mit ihr gelernt, weil sie ein sehr intelligentes Mädchen ist und sie auch von ihrem wachen Geist profitiert haben. Aber letztendlich haben Alexander und Anastassja sich gefunden und die anderen waren nur mehr für den Notfall einsatzbereit, was sehr selten vorgekommen ist. Nun gehen sie vor das Tor und er führt sie zur Gartenbank. Er muss sich sammeln. Er weiß nie, wie sie auf Neuigkeiten, oder unbekannte Situationen reagieren wird. „Also… Na ja…" „Was hast du Alex? Sieh mal! Dort hoppelt ein Hase! Wie süüß…" Sie springt auf und zeigt voller Freude auf das verschreckt davon laufende kleine Tier. „Hast du das gesehen?!" Alexander schaut in ihre leuchtenden rehbraunen Augen und ist von den Farbschattierungen fasziniert. Sie hat große Augen und natürliche lange schwarze Wimpern. Ihre Haare sind lang und gelockt und von einem natürlichen Glanz. Alexander streichelt immer wieder gerne und oft, ohne nachzudenken, durch die seidige, kastanienbraune Pracht.

„Äh… was ich sagen wollte. Anastassja hörst du mir überhaupt zu?" Er greift nach ihrer Hand und zieht sie wieder neben sich auf die Bank. „Natürlich Alex! Was wolltest du eben noch mit mir besprechen?" „Was ich dich fragen wollte... willst du in den Ferien für ein, zwei Wochen zu mir nach Hause kommen? Meine Eltern würden dich gerne näher kennen lernen." Er sieht sie unsicher an. Sie denkt nach. Er kann spüren, wie es hinter ihrer Stirn arbeitet. Was kommt jetzt? Wie wird sie reagieren? Er beobachtet sie genau. Sie ist, wie schon erwähnt, unberechenbar. Fröhlich lacht sie auf. „Ich freue mich auch, deine Eltern wieder zu sehen! Joe ist auch ganz lustig!" Joe ist lustig?! Alexander schüttelt den Kopf. Sein Patenonkel ist cool, aber nicht lustig! „Ich muss Aleksej fragen! Komm, wir suchen ihn jetzt!" Schon hüpft sie auf. Sie hat eine Mission zu erfüllen und niemand kann sie davon abhalten. Fragend sieht er sie an. „Was ist mit deinen Eltern?" „Wenn Aleksej einverstanden ist, sind es Mama und Papa auch!", kichert sie.

Er wäre noch gerne mit ihr hier sitzen geblieben. Es scheint die Sonne und es ist an der Mauer angenehm warm. Er ergreift ihre ausgestreckte Hand und lässt ihr ihren Willen. Wenigstens hat sie die Einladung ganz gut aufgenommen. Jetzt müssen sie noch ihren Bruder auf ihre Seite bringen. Er weiß, dass die Familie der Zwillinge sehr beschützend ist. Sie sind reich und immer auf der Hut vor kriminellen Personen, die ihre Kinder entführen könnten. Der Aufenthalt der beiden an dieser Schule ist noch nicht an die Öffentlichkeit gedrungen.

Sie finden Aleksej im Gemeinschaftsraum beim Billard spielen. „Aleksej! Aleksej! Ich fahre mit Alexander nach Hause!" Sie ist gerade durch der Tür hineingeschneit und schreit es durch den ganzen weiten Raum hindurch. Es ist ihr egal, ob andere es hören können. „Jetzt nicht Ana! Ich muss mich konzentrieren!", wiegelt der Bruder ab. „Aber es ist wichtig!" Sie lässt nicht locker. Inzwischen steht sie dicht hinter ihm und lässt ihm kaum Platz für die Queue, die er gerade zum Stoß ansetzen will. „Mach Platz! Du störst!", tadelt Aleksej. „Komm, lass deinen Bruder fertig spielen! So dringend ist es nicht!" Alexander zieht die schmollende Freundin zur Seite. Sie finden Verena und Nora am anderen Ende des Raumes. „Stellt euch vor, Alexander hat mich gefragt, ob ich in den Ferien mit zu ihm nach Hause kommen will!", plaudert sie gleich drauflos. „Jetzt weiß es bestimmt die ganze Schule! Nur wir nicht, weil wir noch keine Erlaubnis von deinen Eltern haben!", meint Alexander lakonisch und verdreht die Augen. Verena und Nora kichern.

„Was höre ich da? Du willst mit Alexander wohin fahren?" Aleksej steht mit hochgezogenen Augenbrauen vor seiner Schwester. Ihr Zwillingsbruder ist ein stolzer junger Mann. Er ist größer als sie und seine Augen und seine Haare sind fast schwarz. Jetzt muss er sich erst einmal um seine Schwester kümmern. Inzwischen weiß er sehr gut, dass er keine Ruhe haben wird, wenn sie nicht ihre dringenden Sorgen los ist. Er ist sehr beschützerisch seiner Schwester gegenüber und liebt sie mit seinem ganzen Herzen. „Ja Brüderchen! Stell dir vor, wir werden in der Stadt wohnen! Das wird ja sooo aufregend!" Anastassjas Augen leuchten. Sie hat immer auf dem Land gewohnt und das Internat befindet sich weit weg von der nächsten Stadt entfernt. Einzig Aleksej weiß von den Gefahren, die auf Anastassja zukommen können, wenn sie mit Alexander in der Stadt wohnen wird und er ahnt, dass er seine Schwester schwerlich von ihren Wünschen abbringen kann. Aber er vertraut Alexander. „Ich rufe heute Abend Papa an! Das muss organisiert werden!"

Dann nimmt er sein Spiel mit seinen Freunden wieder auf.

Am nächsten Morgen, beim Frühstück, ist das einzige Thema das anstehende Schulfest. Einzig Florian, der Morgenmuffel beteiligt sich nicht am Gespräch, obwohl er mit Nora an der Organisation maßgeblich beteiligt ist. Stillschweigend isst er seine Honigsemmel und reagiert nicht auf die Anderen. Nicht einmal auf seine Freundin Nora. Aber sie tauscht sich sowieso mit Verena, Aleksejs Freundin und Anastassja aus. „Morgen ist unser Schulfest! Ich bin ja sooo aufgeregt." Anastassja reißt die Fäuste in die Luft, um ihre Vorfreude kundzutun. Dabei stößt sie einen sehr lauten Schrei aus, was vor allem Florian und andere Morgenmuffel in der Umgebung ihres Tisches zusammen zucken lässt.

„Nicht so laut!", nörgelt Florian gequält. „Entschuldigung!" Anastassja ist ein sehr mitfühlendes Mädchen. „Ich bin gespannt wie viele Leute kommen werden.", meint Nora „Wir haben exakt fünfhundert Karten ausgeschickt, nicht wahr Florian?" Sie bekommt keine Antwort. Aber sie hat auch keine erwartet. „Ihr habt eine tolle Einladungskarte kreiert! Wer hatte die Idee?" „Ich hatte die Idee und sie auch gezeichnet. Florian hat sie auf dem Computer den Rest gemacht. Wir hatten ohne Kritik sofort die Erlaubnis der Direktion, sie zu vervielfältigen und abzuschicken! Stellt euch das vor!" Nora stupst Florian an, damit er bestätigt. „Hä…?" Florian hat offensichtlich nicht zugehört, was die Mädels nicht weiter stört.

„Gib das sofort her! Ich habe das von Seb bekommen!" Der Lärm vom Tisch neben ihnen lässt die Blicke auf sie richten. Zwei Mädchen von der ersten Klasse streiten sich. „Sebastian! Sag es ihr!" „Mädels warum streitet ihr?" Sebastian, der ein Bruder von Florian ist, ist im Begriff aufzustehen, um die Streitigkeiten von den Mädels zu regeln. Aber sein Zwillingsbruder Michael hält ihn auf. „Lass sie!" Grinsend amüsieren sie sich über die Zankerei. „Auch das noch!", gequält zicht Florian den Kopf ein. Er kennt seine Brüder. Sie ziehen die Mädels wie die Motten an. Immer gibt es ein Gerangel um die Zwillingsbrüder und sie genießen das noch! Igitt! „Es geht mich nichts an! Es geht mich nichts an!", denkt er knurrend ein ums andere Mal. Bis das eine Mädchen dem anderen bei den Haaren zieht. Das Gekreische schmerzt gewaltig in seinen Ohren. Fluchend steht er auf und stapft wütend zu seinen Brüdern. „Wenn das nicht sofort ein Ende hat, dann schlage ich euch zu Brei!", droht er seinen Brüdern. „Florian, es ist doch eine Sache zwischen den Mädels! Dafür können wir doch nichts!" Sebastian sieht kurz auf die Streitenden, um dann Schulter zuckend auf Florian zu sehen. Vor zwei Jahren hatte er zu Hause noch die Oberhand über seine kleinen Brüder. Jetzt nicht mehr. Inzwischen sind sie beide beinahe größer als er. Dabei ist er schon so groß wie sein Dad von einem Meter neunzig! Seufzend sieht Florian auf die Mädels und streckt die Hand aus, um die Rangelei zu beenden und handelt sich sofort einen tiefen Kratzer eines langen Nagels ein. „Auu…!"

Florian holt tief Luft. Schmerzhaft zieht er seine Hand zurück. „Schluss jetzt!", brüllt er. Totenstille im Speisesaal. „Du! Setzt dich dahin! Und du! Du setzt dich dorthin! Ich will jetzt nichts mehr hören!" Um seine Strenge zu demonstrieren, schnappt er jeweils einen Oberarm der Mädchen und zwingt sie grob auf ihre Sessel. Eines der Mädchen begehrt leichtherzig mit klimpernden Wimpern auf. Florian ist ein hübscher Bursche und noch dazu in einem höheren Jahrgang. Das gibt gleich Pluspunkte bei den Mädels! Florian sieht sie böse an und die Mädels senken betreten die Köpfe. Endlich ist Ruhe! Florian kehrt erleichtert auf seinen Platz zurück.

Das Schulfest

Die Aufregung steigt! Das Schulfest startet am heutigen Tag. Deshalb fällt der Unterricht ausnahmsweise aus. Überall sind die Schülerinnen und Schüler aller Klassen beschäftigt, die Räume zu schmücken und mit der geplanten Dekoration auszustatten. Bühnen für kurz einstudierte Theaterstücke und für die schuleigene Band, werden aufgebaut. Tische für Workshops werden arrangiert. Bastelmaterial für kleinere Geschwister bereitgestellt. Mehrere Computer an verschiedenen Tischen für interessierte Familienmitglieder sind bereitgestellt. Sogar in der Turnhalle werden Matten aufgelegt, um vor allem die kleinen bewegungshungrigen Besucher zu beschäftigen. Für das leibliche Wohl wurde ein Cateringservice bestellt. Jeder hat eine Aufgabe zugeteilt bekommen. Schüler, die nicht an der Organisation beteiligt waren, werden herangezogen, um zu helfen. Es gibt viel zu tun, bis die ersten Gäste eintrudeln. Bald ist es soweit. „Schaut, da kommen schon die ersten Leute!", schreit ein Schüler am Beobachtungsposten.

„Ich bin ja sooo aufgeregt!" Anastassja hüpft ausgelassen im Saale herum. Fröhlich kickt sie die aufgeblasenen Luftballons über den Boden, die aus der Höhe wieder leicht herabschweben. „Komm, wir gehen hinaus und begrüßen die Gäste!" Nora packt sie bei der Hand und sie laufen vor das Tor. „Hallo! Willkommen!", ruft sie winkend den Erstankömmlingen zu. Immer wieder kassieren sie ein Lachen und einen Dank für die überaus freundliche Begrüßung. Bald gesellt sich auch Verena dazu. „Seht mal! Da sind die Eltern von Florian, Seb und Micha!" Anastassja winkt ihnen zu. „Mein Gott! Das ist der Papa von Florian? Das ist ja exakt die ältere Ausgabe von Florian!" Nora kann kaum die Augen von dem männlich großen und sehr muskulösen Noah Jackson lassen.

Sie kommen auf sie zu. „Hi Mum... Dad!" Florian steht hinter den starrenden Mädels. Er kämpft sich nach vorne und küsst seine Mum liebevoll auf die Wangen und kassiert einen kräftigen Schlag auf die Schulter von seinem Dad. Grinsend stehen sie sich gegenüber. Florian sieht bedeutungsvoll auf den jetzt sichtbar gewölbten Babybauch seiner Mutter. „Wann kommt das Baby?" Sarah lacht. Noah steht stolz daneben. „Noch drei Monate! Es wird ein Mädchen!" „Wir wollten es doch niemanden sagen, Noah!" Florian sieht sich nach Nora um. „Mum... Dad, darf ich euch meine Freundin Nora vorstellen?" Sie lässt sich etwas eingeschüchtert, wegen des großen, gutaussehenden Mannes vor ihr, nach vorne ziehen. Noah und Sarah Jackson sehen sich bedeutungsvoll an. Sie glaubten, dass ihr Sohn einen Jungen als Freund hätte. Umso überraschter sind sie, als sie Nora als Freundin präsentiert bekommen. Noah Jackson fasst sich als erster. Er grinst erleichtert. Gerade er hatte Probleme mit der vermeintlichen sexuellen Ausrichtung seines Sohnes! Sein Sohn und schwul? Von wegen! „Freut mich dich kennen zu lernen, Nora!" Er schüttelt ihr die Hand. „Ich freue mich auch sehr! Du bist ein sehr hübsches Mädchen!" Sarah Jackson nimmt sie liebevoll in den Arm. Nora ist wegen der überaus netten Begrüßung sehr angetan und erwidert die Umarmung.

„Hallo Mädchen!" Nora löst sich aus der Umarmung und dreht sich um. „Daddy... Mummy!" Sie läuft lachend in die andere Umarmung. Küssend begrüßt sie innig ihre Eltern. Florian steht mit seinen Eltern beiseite und wartet ab. „Darf ich euch meinen Freund Florian vorstellen? Und das sind seine Eltern... Herr und Frau Jackson. Meine Eltern... Herr und Frau Singer!" Frau Singer ist beeindruckt. Die Männer Jackson sind sehr groß. Sie muss ihren Kopf zurücklehnen, damit sie ihnen in die Augen sehen kann. Was sie sieht, lässt sie leicht unruhig werden. Sehr ansehnliche und muskulöse Männer allesamt! Schutzsuchend lehnt sie sich an ihren geliebten Mann, der ihre Hände ergreift. „Grüß Gott! Freut mich!" Herr Schiller hat viele kleine Lachfältchen rund um seine Augen, die deutlich hervortreten. „Kommt, wir gehen gleich weiter und zeigen euch die Schule! Ihr werdet staunen!" Nora und Florian gehen voraus. Für sie gibt es keinen Grund mehr, vor der Schule zu stehen. Die Erwachsenen folgen ihnen.

„Papa... Mama!" Anastassja ist kaum zu bändigen. Ihre Eltern fahren soeben vor. Aleksej muss sie zurück halten, damit sie nicht vor die rollende Limousine läuft. Er lässt sie los, sobald das Fahrzeug zum Stehen kommt und sie springt ihnen entgegen. Sie ist ein sehr spontanes und enthusiastisches Mädchen. Ihre Eltern freuen sich offensichtlich über ihren Überschwang. Für die Außenstehenden wirken sie eher zurückhaltend. Dennoch ziehen sie ihre Tochter an sich und lassen sie so schnell nicht los, bis sich ihnen Aleksej nähert. Frau Kaminov überlässt ihre Tochter ihrem Gatten und hält die Arme freudig lachend für ihren Sohn offen. Auch er genießt die Zuneigung seiner Eltern, auch wenn er es nicht so offen zeigt. „Hallo Mama... Papa!" Mit einem Handschlag auf die Schulter begrüßt Herr Kaminov auch seinen Sohn. Anastassja wäre nicht sie, wenn sie nicht sofort die Aufmerksamkeit wieder auf sich ziehen würde. „Mama, du kennst Alexander doch noch? Mein Freund! Alexander komm her!" Sie winkt hektisch mit ihrer Hand. Alexander ist etwas abseits gestanden und nähert sich unsicher. Freundlich begrüßt er das vornehme Paar. „Hallo Frau Kaminov... Herr Kaminov!" Er verbeugt sich andeutungsweise und stellt sich dann neben seine Freundin, die auch sogleich die Neuigkeiten platzen lässt. „Mama... Papa! Stellt euch vor, ich darf Alexander zu Hause besuchen! Seine Eltern wollen mich kennen lernen! Ich darf doch?! Ich freue mich ja so sehr!" Sie schnappt aufgeregt nach Luft.

Herr Kaminov zieht seine Augenbrauen in die Höhe und sieht vorerst seinen Sohn an. Aleksej windet sich. „Na ja... ich... äh... habe vergessen euch anzurufen!" Er hat es tatsächlich vergessen! Jetzt muss er diese heikle Angelegenheit beim Schulfest klären! Shit! Dann sieht Herr Kaminov seine Tochter streng an, die noch immer vor Aufregung mit ihrer Mutter plappert. Schön langsam erkennt sie, dass sie vorerst einmal still sein sollte und blickt ihren Vater etwas verwirrt an. Herr Kaminov wendet sich an den Jungen, der etwas verloren zwischen den Fronten steht. „Alexander... richtig?" Alex nickt. „Sie wissen schon, dass es für meine Tochter ein großes Risiko darstellt, wenn sie ohne Schutz irgendwo hingeht?" Alexander wird rot. Etwas eingeschüchtert durch die Vornehmheit des Gegenübers stottert er vor sich hin. „Ich bin mir… äh… bewusst, dass Anastassja äh… ein wertvolles Mitglied Ihrer Familie ist, Herr Kaminov. Ich werde sehr gut auf sie aufpassen!" „Ich denke, es ist Ihnen nicht klar von welchem Risiko ich spreche?" „Äh… von welchem… äh… Risiko sprechen wir?" Alexander hat keine Ahnung von was Herr Kaminov überhaupt spricht.

„Alexander!" Der Junge dreht sich um. „Mama!" Entschuldigend und erleichtert aufatmend, dass er dem strengen Blick des älteren Mannes entkommen kann, läuft er auf seine Mama zu. Begrüßend zieht er sie fest an sich und merkt dabei den kleinen Babybauch. Er tritt etwas zurück und sieht staunend seiner Mutter in die lachenden Augen. „Das ist aber eine Überraschung! Hi Holger!" Die Männer begrüßen sich herzlich mit einer kleinen Umarmung. „Kommt! Ich stelle euch die Eltern meiner Freundin vor!" „Frau und Herr Kaminov, darf ich ihnen meine Eltern Frau und Herrn Kowalski vorstellen?" Etwas zurückhaltend werden die Hände geschüttelt. Das eigentliche Thema zwischen Alexander und Herrn Kaminov ist vorerst zum Stillstand gekommen. Aleksej nimmt die Gelegenheit wahr und lässt sich von Verena zu ihren Eltern entführen, um dem strengen Blick seines Vaters zu entkommen.

Anastassja hat die Unterhaltung wieder an sich gerissen und übernimmt die Führung durch die Schule. „Da habt ihr euch aber viel Mühe gemacht!", staunt Frau Kowalski. „Ja, die Schule ist ja kaum wieder zu erkennen! Sehr schöne Dekoration!" Bewundernd gehen die Damen Kaminov und Kowalski mit Anastassja voraus. Alexander ist irgendwie und unbeabsichtigt zwischen die beiden Männer Kowalski und Kaminov gekommen. Wobei er sicher die Größe der beiden schon erreicht hat. Aber die Männer sind beide zusammen ziemlich anstrengend. „Ich habe gerade vernommen, dass sie Alessandra zu sich eingeladen haben?" „Ja, ich würde mich sehr freuen, wenn wir die Freundin von unserem Sohn näher kennen lernen dürfen. Voriges Jahr hatten wir sie bei unserer Hochzeit als Gast. Aber wir hatten keine Gelegenheit, uns mit ihr zu unterhalten." Herr Kaminov weiß noch um die aufwändigen Vorbereitungen wegen des Besuchs der Hochzeit vorigen Sommers. Seine Bodyguards hatten rund um die Uhr viel zu tun. Besonders Anastassja war ein schwieriger Fall. Sie ist unberechenbar. „Sie wissen aber auch, dass es ohne einen Bodyguard für meine Tochter nicht gehen wird. Sie ist in einer Stadt großen Gefahren ausgesetzt. Kidnapper lauern überall." Herr Kaminov blickt Herrn Kowalski hochmütig an. „Ja, ich habe mir schon so etwas vorgestellt und habe mir deswegen schon für die Zeit eines möglichen Besuchs eine Vertretung für meine Firma organisiert. Ich werde rund um die Uhr die jungen Leute begleiten und nicht aus den Augen lassen. Sie brauchen sich keine Gedanken machen! Sollte ich aus irgendeinem Grund keine Zeit haben, habe ich Leute die das für mich tun." „Hmpf!" Alexander glaubt nicht richtig zu hören! „Ich danke ihnen, im Namen meiner Tochter, für die Einladung. Ich werde es ihr erlauben. Aber es wird unumgänglich sein, einen professionellen Bodyguard zur Seite zu stellen! Sie brauchen sich um diesen nicht zu kümmern. Sie werden ihn nicht bemerken. Dennoch wäre es hilfreich, wenn Termine abgesprochen werden." Alexander ist insgeheim erleichtert, dass Holger so professionell auftritt. Die dominante Aura, die dieser Mann ausstrahlt, beeindruckt Herrn Kaminov sichtlich und hilft zu einem positiven Abschluss. Sie gehen schweigend weiter und widmen sich schließlich dem vielfältigen Programm des Schulfestes.

Die Schüler haben sich viel Mühe gegeben! Die Damen Kaminov und Kowalski bleiben vor der Bühne stehen. Eine kleine Posse zwischen zwei Schülern, die als verkleidete alte Frau und alter Mann am Schauplatz stehen, wird aufgeführt. Sie sind sehr lustig und unterhalten die Zuschauer wirklich gut. Mit großem Gelächter und langem frenetischen Klatschen zieht das Publikum weiter. Lange aneinander gereihte Tische mit blütenweißen Tischtüchern bedeckt, bieten unendlich viele belegte Brote und Getränke an. Herr Kaminov lässt sich einen Teller mit einer individuellen Auswahl an Brötchen belegen und genehmigt sich ein kleines Bier. Er wendet sich wieder Kowalski zu, der soeben seinen Teller entgegen nimmt und ein Glas Coca-Cola ordert. Sie verstehen sich offensichtlich sehr gut. Alexander hat die erste Gelegenheit beim Schopf gepackt und ist in die andere Richtung gelaufen. Jetzt ist er auf der Suche nach Freunden.

Sarah Jackson, die fürsorglich von ihrem Gatten Noah geleitet wird, freut sich für Florian und seine Freundin. Gerade hat sie die vollständige Geschichte der beiden erfahren. Sie haben sehr viel gelacht. Florian hat sehr spannend erzählt. Er genießt den Besuch seiner Eltern sehr. Noah hat einen Arm um die Schulter seines Sohnes gelegt und er genießt die Tatsache, dass Florian doch nicht schwul ist. Sie kommen an der Familie Singer vorbei. Florian geht sofort an die Seite seiner Freundin und ergreift ihre Hand. „Ich habe gerade meinen Eltern unsere Geschichte erzählt!" „Was war daran so lustig?", will sie wissen. Sie hat sie von weitem gehört. Der tiefe Bass von Noah Jackson war nicht zu überhören! Florian zuckt die Achseln. „Nora will Florian zu uns einladen. Wir würden uns darüber sehr freuen.", fragend sieht Frau Singer auf das Ehepaar vor ihnen. „Das ist ja super!", freut sich Florian über die Pläne und strahlt seine Freundin an. Seine Eltern erheben keine Einwände und so ist es abgemacht.

„Wo sind eigentlich unsere Zwillinge?" Sarah sieht sich um und erstarrt. „Wenn man vom Teufel spricht, …!", murmelt sie. „Was hast du gesagt, Süße?" Noah dreht sich in die Blickrichtung seiner Frau. Irritiert hebt er die Brauen. „Oh mein Gott! Nicht schon wieder!" Florian geht in Deckung hinter seinen Eltern. Nora grinst nur. Sie erwartet ein Schauspiel sondergleichen! Michael und Sebastian flanieren mit je zwei Mädchen an ihrem Arm durch die Menschenmassen! Micha beugt sich zu einem seiner Mädchen hinunter und küsst sie vor allen Blicken. Sarah bleibt der Mund offen stehen. „Das ist doch…! Noah! Tu doch was!" Sebastian wird von allen beiden Mädchen geküsst. Immer abwechselnd wendet er den Kopf von einer zur anderen! Skandal! „Noah!", ermahnt ihn Sarah. Endlich kommt Bewegung in den Mann. Auf direktem Weg zu seinen katastrophalen Jungs, bahnt er sich durch die gaffenden und schlendernden Leute durch. Die Jungs kennen keine Scham. Micha ergreift nun den Po der einen und zwickt ihn. Das Mädchen japst auf und lacht sinnlich. Sie streichelt ihm über die Haare und zieht daran. „Jungs! Was macht Ihr da?" Noah steht vor seinen Burschen, die jetzt schon größer sind als er. Sie lassen kurz ab und schauen ihren Papa an. „Hi Dad! Wo ist Mum!" Noah sieht rot. Das ist doch die Höhe! Er gibt beiden Jungs einen Klaps auf die Hinterköpfe. „Aua!" „Was soll das?!" Seb reibt sich. „Ihr kommt jetzt mit mir und begrüßt eure Mum! Alleine!", betont er, damit keine Unklarheiten aufkommen. Er will seiner Frau solch unerhörte Zustände nicht weiter zumuten. Um es auf die Spitze zu treiben, küsst Micha noch zum Abschied seine Mädels und klatscht sie laut zum Abschied auf den Po. Die Mädchen trollen sich kichernd. „Hi, Mum!" Die Jungs kommen an die Seite ihrer Mutter und küssen sie jeweils auf die Wangen. „Mum, dein Bauch ist ja schon beachtlich!" „Sebastian werde nicht frech! Du entschuldigst dich sofort bei Mum!" Sein Vater sieht ihn böse an. Micha ist so dreist und umarmt sie und legt den Kopf auf ihre Schulter. Automatisch legt sie einen Arm um ihn. Schnell löst sie sich. Micha zeigt sein zerknirschtes Gesicht. „Entschuldige Mum!" „Was geht hier vor?! Florian?" Noah sieht seinen älteren Sohn fragend an. „Ich weiß nicht, was sie damit bezwecken. Immer wieder kommen sie mit dieser Show an! Es ist zum Haare ausraufen! Sowas von uncool!" Florian sieht seine Brüder abwertend an. „Wie lange geht das schon?" „Seit sie hier sind!" „Petze!", Noah glaubt sich verhört zu haben. Er schüttelt den Kopf. „Ich denke, im Sommer seid ihr zu Hause! Dieses Benehmen…!" Noah schüttelt noch immer den Kopf über so viel Dreistigkeit gegenüber ihrer Mutter! Was ist in ihnen gefahren? „Dad! Wir wollten doch in das Feriencamp!", flennt Seb. „Daraus wird nichts!" „Scheiße!" Micha und Seb stehen betreten da. Sie hatten sich doch erst vor kurzem angemeldet! Viele ihrer Freunde sind dort! „Mum!", jammert Micha lautstark. „Ihr habt euren Dad gehört!" Sie wendet sich demonstrativ ab, was ihr sehr schwer fällt. Es sind doch ihre Jungs! Aber Strafe muss sein. Unterdrücktes Lachen hier und da. Seb und Micha drehen sich mit finsteren Blicken um, um die Schuldigen zu auszumachen. Aber das Lachen wird lauter und bald sind es zu viele, um an ihnen Rache zu üben.

Schnell verschwinden sie. Jetzt kann ihnen keiner mehr helfen. Sie sehen es ein, dass sie zu weit gegangen sind und verkriechen sich in ihrem Zimmer. Sarah seufzt und greift sich an den Bauch. „Was haben sie falsch gemacht?" „Nichts!" Noah ist ebenso ratlos wie seine Frau. Sie verabschieden sich bald. Ihre Stimmung ist nicht mehr zu retten. Florian begleitet sie. „Es tut mir leid, Mum! Sie sind schrecklich!" „Ach, du kannst ja nichts dafür, mein Lieber!" Sie küsst ihren Sohn und geht mit ihrem Mann zum Wagen. Florian ist wütend auf seine Brüder! Konnten sie sich nicht wenigstens heute zurück halten?!

Das Fest geht auch ohne die Jacksons weiter. Eine Schulband hat ihre Instrumente auf die Bühne geschafft und spielt, sehr zum Vergnügen der Gäste, viele bekannte Schlager, Pop, Rock'n Rolls und auch Neues aus der Hitparade. Sie sind wirklich gut. Es dauert nicht lange, bis die ersten Tänzer auf der Tanzfläche ihre wilden Verrenkungen zeigen. Es wird gelacht und gealbert bis spät in die Nacht hinein.

Aber irgendwann ist das Fest zu Ende. Es ist super gewesen. Die letzten Gäste sind zufrieden lachend abgereist. Dr. Kokoff kann zufrieden sein. Viele Spenden für sein Internat sind in dem Spendenkasten eingegangen. Die Gäste sind nun weg und die Schüler können sich wieder auf den Unterricht konzentrieren. Die letzten Prüfungen zur Sommerpause stehen an.

Bankomatkarte

Anastassja und Alexander sind gerade bei ihm zu Hause angekommen und das Mädchen ist begeistert von dem schönen Haus. „Sieh nur, es hat zwei kleine Türme! Es sieht aus wie ein Schloss!" Auch Alexander muss sich erst an das Haus gewöhnen. Er hat mit seiner Mama in einem Apartment gewohnt und ist von dort direkt in das Internat gezogen. Holger hat dieses Haus mit seiner Mutter seit vorigen Sommer nach der Hochzeit neu bezogen. Eigentlich kennt er es nur durch einen Kurzbesuch während des Schuljahrs. Ein Labrador begrüßt die Ankömmlinge mit freudigem Gebell und eskortiert Alexander und seine Freundin Anastassja ins Haus seiner Eltern. Keine Minute weicht der Hund von den Neuankömmlingen. Nach einer herzlichen Begrüßung durch die Kowalski meint Alexanders Mutter. „Sucht euch ein Zimmer im oberen Stock aus!" Frau Kowalski werkelt inzwischen weiter in der Küche. Die jungen Leute haben bestimmt Hunger. „Glaubst du, wir können in einem der Türme wohnen?", fragt Anastassja leise zu Alex gebeugt. „Weiß nicht, komm wir sehen nach! Gesagt getan. Sie erklimmen die Wendeltreppe und gelangen in ein entzückendes rundes helles Zimmer mit viel Platz. Es hat zwei Betten und viel Stauraum. „Sogar ein eigenes Badezimmer! Schau, eine Badewanne und eine Dusche!" Anastassja dreht sich begeistert im Kreise. Ihre Arme sind zur Seite gestreckt. Sie dreht sich immer schneller, bis Alexander sie auffängt, als sie droht, auf den Boden zu stürzen. „Sachte… Komm setz dich nieder." Ohne viel Aufhebens nimmt er sie in seine Arme und trägt sie zu einem der zwei Betten. Dort strecken sie sich aus, legen sich zueinander hin und schauen sich zufrieden schmunzelnd in die Augen. „Es werden wunderbare zwei Wochen hier bei dir!", meint sie. „Mhm…!" Er kann gar nicht anders und küsst sie auf die vollen Lippen. Einer seiner Arme liegt auf ihrer Hüfte und der andere ist unter seinem Kopf eingeklemmt. Sie liegen einfach nur da und gucken sich an. Sie haben entschieden, dass sie in diesem wunderschönen

Turmzimmer gemeinsam wohnen werden. Seine Mama und Holger sehen sie skeptisch an. „Ich weiß nicht recht.", meint sie. Holger indessen sieht streng auf Alexander und Anastassja abwechselnd hin und her. „Ich sage es euch nur einmal. Es gibt keinen Sex! Es gibt getrennte Betten und die Tür ist über Nacht offen!" Er hebt die Augenbraue um seine Bedingungen zu unterstreichen. Anastassja senkt errötend die Augen. Sie wagt es nicht zu widersprechen. Alexanders Augen funkeln mutwillig.

Dann gibt es endlich Essen. „Mama arbeitest du eigentlich noch?", will Alexander wissen. „Nein, ich habe meinen alten Arbeitsplatz gekündigt. Ich helfe bei Holger im Büro aus, wenn er Hilfe braucht." Bianca und Holger lächeln sich an. „Wie geht es Joe?" „Gut. Er wollte vorbei kommen. Aber er hat mit seinem Bistro so viel zu tun. Er sucht sich schon seit längerer Zeit eine Angestellte. Aber es ist schwierig passendes Personal zu finden, sagt er. Er würde sich freuen, euch beide zu sehen!" „Klar, können wir. Er hat die besten Burger der Stadt!" „Burger?" „Kennst du keinen Burger?!" Ana schüttelt den Kopf. „Morgen fahren wir zu Joe's! Ich verspreche dir, dort gibt es die besten Burger der Stadt!" „Vergesst nicht eure Pläne den Bodyguards mitzuteilen!", mahnt Bianca, seine Mama. Anastassja blickt aus dem Fenster. Ein bulliger, hoch gewachsener Mann steht vor der Tür an der Vorderseite. Ein anderer, ähnlich gebauter Kerl, ist offensichtlich in Bewegung. Sie sieht ihn gerade um die Hausecke kommen. Die Männer nicken sich zu und der Mann setzt seinen Weg fort. „Seht nur!" Anastassja zeigt mit ihrem Zeigefinger auf einen der Männer. „Ja, es ist komisch solche Typen im Garten zu haben!", meint Bianca. „Schatz, ohne diese Männer hätte Anastassja nicht zu uns kommen dürfen! Anweisung ihres Vaters!", sagt Holger achselzuckend.

Nach dem Essen beziehen sie ihr Turmzimmer. Sie packen ihre Koffer aus und machen die Betten fertig. „Ich möchte ein Bad nehmen. Kommst du mit?" „Äh... ich weiß nicht so recht. Wenn Holger merkt, dass wir gemeinsam in der Wanne sitzen... äh... ich habe ihn schon erlebt, wenn er wütend wird." Alex zeigt mit dem Daumen nach unten und zieht eine Grimasse. „Ach was! Er wird schon nicht so schnell nachsehen! Außerdem können wir ja in Bikini und Badehose hinein!", meint sie alternativ. Er lässt sich überreden und sie lehnen sich bald entspannt in einem riesigen Schaumberg zurück. Alexander hat Mühe seine langen Beine unterzubringen. Bis sie schließlich ihre über seine legt. Genussvoll schließen sie die Augen und lassen es sich gut gehen. Alexander fängt einen ihrer kleinen Füße ein. Er hebt ihr Bein leicht an und massiert ihre Fußballen. Schnurrend blickt sie ihn unter ihren langen dichten Wimpern hindurch an. „Das ist sooo gut! Nicht aufhören! Aaahh… jaaa…!" Immer wieder spornt sie ihn auf diese Weise an, bis Holger und Bianca auf der Bildfläche erscheinen. Alexander und Anastassja blicken sehr entspannt auf die Erwachsenen. „Was gibt es?", will Alexander wissen. „Wir haben was gehört und dachten wir müssen genau jetzt eingreifen. Wieso sitzt ihr gemeinsam in der Badewanne?" Holgers Blick ist misstrauisch. Seine Kiefermuskeln mahlen. Seine Arme sind vorne verschränkt. Alexander hält sich nicht an seine Vorgaben! Holger sieht nur den Schaumberg. „Ich habe gesagt, es gibt keinen Sex!" „Ich habe ihr nur den Fuß massiert!", verteidigt sich Alexander und hält demonstrativ Anastassjas Bein hoch. Prompt rutscht sie fast unter Wasser. „Pass auf… nicht… urks!" Hustend und spuckend rudert sie aus dem Schaum heraus und greift blind nach dem Brauseschlauch, um auch den seifigen Schaum aus ihren Augen zu spülen. Blinzelnd sieht sie Alexander vorwurfsvoll an. Treuherzig guckt er sie an. Holger hat sich, aus Rücksicht auf die vermeintliche Nacktheit des Mädchens, zur Tür umgedreht. Bianca kichert. „Du kannst wieder schauen! Sie sind nicht nackt!" Sie hilft Ana beim Wasser. Nun merkt auch Holger, dass die Jungen in Badekleidung in der Badewanne plantschen. Etwas beruhigt nickt er ihnen zu. Damit kann er leben. „Aber jeder schläft im eigenen Bett!" Das wird er auf jeden Fall kontrollieren!

Anastassjas erster Tag bei Alexander ist sehr lustig gewesen. Aber die lange Anreise, das gute Essen und das heiße Bad hat sie sehr ermüdet. Nun liegen sie in ihren eigenen Betten. „Es ist sooo schön hier. Ich freue mich auf morgen. Was machen wir da?" Sie streckt ihre Arme nach oben und dehnt ihren Körper. Alexander bewundert einmal mehr ihre biegsame Figur. „Morgen besuchen wir Joe. Er wird uns sicher einen Spezial Burger machen." „Joe?" Anas Gehirnzellen sind schon sehr träge. „Du weißt doch… Joe mein Patenonkel. Der Mann der Holgers Trauzeuge war!" „Ah… ja…!" …und sie schläft ein.

Anastassja erwacht als Erste. Sie sieht sich neugierig im Zimmer um. Es ist ein sehr geräumiger Raum mit hellem gelbem Anstrich. Bilder mit abstrakten Motiven schmücken die Wände. Ein, in die Mauer eingebauter Schrank dominiert eine Seite des Raumes und drei großzügige Fenster erhellen das Zimmer. Der Raum ist sechseckig. Die restlichen zwei Seiten sind Türen zum Bad und in das Stiegenhaus des Turmes. Es gefällt Anastassja ausnehmend gut. Hier wird sie den Aufenthalt sicher genießen! Heiter springt sie aus dem Bett. Barfuß geht sie auf das Bett zu, in dem Alexander schläft. Sie setzt sich an den Rand der Matratze, beobachtet den Jungen im Schlaf und küsst ihn schließlich liebevoll auf die Stirn. Brummend bewegt er sich kurz und kuschelt seine Wange seufzend wieder in das Kissen. Sie beugt sich vor und säuselt in sein Ohr. „Hallo Lieber! Mach die Augen auf! Es ist schon taghell! Die Sonne scheint!" Wieder nur ein Brummen und er dreht sich auf die andere Seite. Endlich lässt sie ihn in Ruhe. Sie zuckt die Achseln. „Was soll's! Dann gehe ich eben alleine!" Nur in Pyjama und in dicken Kuschelsocken hüpft sie die Stufen in das untere Stockwerk hinab. Dem Duft des frischen Kaffees folgend, kommt sie ohne nennenswerte Umwege in der Küche an. Gutgelaunt begrüßt sie ihre Gastgeber. „Guten Morgen! Welch ein schöner Tag, nicht wahr?" Sie strahlt die Erwachsenen an und streichelt den Hund, der sie schwanzwedelnd begrüßt. „Guten Morgen! Setz dich doch zu uns. Was willst du? Kakao, Kaffee, Tee…?" Bianca freut sich über das freundliche Mädchen. Anastassja wählt Kakao und ein Nutella Brot, das sie sich selber richtet… mit einer dicken Schicht der schokoladig-nussigen Creme. „Wo ist Alex?" „Och… er schläft noch tief und fest!" Bianca lächelt. Alexander schläft gerne lange, wenn er nicht aufstehen muss. „Dann lassen wir ihn doch. Ich muss noch einen kleinen Einkauf machen. Hast du Lust mich zu begleiten?" „Ja! Das wird lustig. Ich war noch nie einkaufen!" Etwas irritiert schaut Bianca sie an. Aber dann erinnert sie sich, dass ihre Eltern es nicht nötig haben den Haushalt zu führen. Dafür gibt es bestimmt Hausangestellte!

Anastassja eilt nach dem Frühstück wieder nach oben ins Bad, um sich die Zähne zu putzen. „Komm ins Bett! Wir haben Zeit. Joe sperrt erst später auf!" „Egal... umpf..." Anastassja hat den Mund voll mit Zahnpasta. Bald kommt sie aus dem Bad und küsst Alexander auf den Mund. „Guten Morgen, mein Lieber! Ich gehe heute mit Bianca einkaufen!" Alexander rekelt sich im Bett. Er beobachtet belustigt das geschäftige Treiben seiner Freundin, bis sie fertig angezogen wieder vor ihm steht. „Ich freue mich schon! Ich war noch nie in einem Geschäft! Das wird lustig werden!" Sie küsst ihn noch einmal und läuft nach unten. Kopfschüttelnd steht er auf. Es ist für ihn etwas ganz Alltägliches, einkaufen zu gehen! Für ihn ist es nichts. Er geht, sich am Kopf kratzend und herzhaft gähnend, in die Küche. „Hallo Mama!" „Da bist du ja! Ausgeschlafen? Ich gehe mit Anastassja einkaufen. Etwas dagegen?" „Nein, wieso sollte ich? Geht nur! Ich frühstücke erst einmal." Ein Kuss auf die Stirn von seiner Mama und die Frauen gehen winkend hinaus. Alexander sieht ihnen durch das Fenster nach und beobachtet, dass einer der Kerle, die das Haus bewachen, ihnen folgt.

Anastassja ist ganz hingerissen, als sie den kleinen Supermarkt betreten. Hier gibt es so viel zu sehen! Die Regale sind voll geräumt mit den unterschiedlichsten Sachen! Natürlich kennt sie Vieles. Aber sie läuft von einem Regal zum nächsten und bestaunt die bunten Produkte wie ein kleines Kind. Bianca zeigt ihr die lange Einkaufsliste. Produkt für Produkt landet im Einkaufswagen. Bianca ermuntert Anastassja, sich doch etwas für sich auszusuchen. Anastassja ist in eine reiche Familie hineingewachsen. Ihr hat es nie an irgendetwas gemangelt. Aber im Grunde ist sie ein bescheidenes Mädchen geblieben. Sie sieht sich alles genau an. Vieles nimmt sie in die Hände und liest das Etikett, damit sie weiß, um was es sich hierbei handelt. Aber sie stellt es immer wieder zurück auf den Platz. „Bitte hol mir da vorne aus der Kühlbox eine fettarme Milch heraus. Sie soll nur einskommaneun Prozent haben!" Anastassja läuft voraus und sieht sich mit etlichen Tetra Packungen Milch konfrontiert. Sie nimmt eine heraus und liest dreikommafünf Prozent. Sie stellt sie wieder hin. Die nächste Packung hat einskommafünf Prozent. Nein. Dann sieht sie auf die Preisschilder und bemerkt, dass die Prozentangaben darauf geschrieben stehen und findet schnell die gewünschte Milch und sie legt die gewünschte Packung in den Einkaufswagen.

„Ich habe sie!" Erfreut über ihren Erfolg lacht sie Bianca an und tänzelt um sie herum. Bianca freut sich über ihre wissbegierige Begleitung und spornt sie zu weiteren Herausforderungen an. „Jetzt brauche ich noch Marmelade! Erdbeere!" Bianca beobachtet das Mädchen, das sich vorerst suchend um die eigene Achse dreht und dann in die anderen Gänge schlendert, um das richtige Regal zu finden. Inzwischen stellt sich Bianca in der Warteeihe der Fleischabteilung an. Anastassja braucht nicht lange, um das Regal mit den Konfitüren zu finden. Langsam geht sie die Gläser und Pappbecher ab und findet schließlich das gewünschte Produkt. Summend geht sie zurück und hält Bianca triumphierend die Marmelade entgegen. „Was brauchst du noch?" Bianca sieht auf ihren Einkaufszettel. „Wir haben alles! Hast du auch schon was für dich gefunden?" „Nein. Ich brauche nichts. Danke!" „Knabberst du gerne Chips… oder Popcorn…?" „Was ist das?" Bianca ist etwas geschockt. Wer kennt nicht Chips oder Popcorn? Wo ist denn das Mädchen aufgewachsen?! „Weiß du was? Du holst dir jetzt eine Packung Chips, egal welche. Popcorn nimmst du jene, die wie Mais aussehen. Dann machen wir sie zu Hause selber! Das wird dir bestimmt gefallen!" Anastassja geht wieder auf die Suche. Inzwischen ist auch Bianca in der Fleischabteilung fertig und geht das Mädchen suchen. Sie trifft sie an dem Regal mit dem süßen Gummizeugs und den Knabbereien. Chips hat sie schon in der Hand. Noch hat sie kein Popcorn gefunden. „Wie sehen Popcorn aus?" Ana schaut sich lange um. Sie hat keine Ahnung wo sie sie finden soll. Bianca zeigt ihr die Packung. Die Popcorn sehen aus wie Maiskörner, bemerkt das Mädchen staunend.

Dann stehen sie an der Kassa. Einige Kunden sind vor ihnen. Anastassja ist begeistert von dem Förderband an der Kassa. Sie lässt es sich nicht nehmen, alle ihre Einkäufe selbst aus dem Einkaufswagen zu nehmen und auf das Band zu legen. Sie ist da sehr genau. Stück für Stück legt sie die Produkte sorgfältig nacheinander hin. Neugierig beobachtet sie, wie die Kassierin ein Stück nach dem anderen über den Scanner zieht. Jedes Mal ertönt ein: Bing! Dann wird ihr Einkauf verrechnet. Sie legt die Sachen auf Biancas Wunsch wieder in den Einkaufswagen zurück und beobachtet erstaunt, als Bianca eine Karte in einen Terminal steckt und einen Code eintippt. „Was ist das?" „Ich bezahle mit der Bankomatkarte! Hast du das noch nie gesehen?!" Ana schüttelt fasziniert den Kopf. Bianca ist etwas irritiert. Heutzutage haben jüngere Mädchen und Burschen schon eine eigene Bankomatkarte! Sie geht neben Anastassja her, die den Wagen zur Ablage schiebt. Sie räumen ihre Taschen voll und gehen hinaus. „Wenn sie wollen, trage ich ihre Einkäufe!" Ihr Bodyguard steht hinter ihnen und streckt seine Hand aus. Anastassja reicht ihm, ohne zu zögern, ihre Tasche. Sie ist es gewohnt und denkt sich nichts dabei. Bianca zögert und gibt sie schließlich doch ab.

Anastassja überfällt Alexander mit ihren neuen Erlebnissen. Er hat schon auf sie gewartet. Er sitzt vor dem Computer und vertreibt sich die Zeit mit Video Spielen. „Wie war es?" „Alex, es war spannend! Ich war noch nie einkaufen! Stell dir vor! Bianca hat mit einer Karte bezahlt!" Äh…? Alexander wundert sich. Mit Karte zu zahlen ist doch nichts Besonderes! Oder?! „Wir haben Milch einskommaneun Prozent, Erdbeermarmelade, Chips, Popcorn, das wie Mais aussieht, gekauft." Anastassja denkt nach. „Bianca hat Fleisch gekauft und wir haben uns an der Kassa angestellt. Da war ein Förderband, auf das ich die Produkte gelegt habe und die Frau an der Kasse hat sie über einen Scanner geschoben und es hat jedes Mal ‚Bing‘ gemacht. Das war alles sehr interessant!" Alexander ist fasziniert. Alessandra demonstriert sehr anschaulich ihre neuesten Erlebnisse. Ihre Hände sind permanent in Bewegung. Er fragt sich, wo seine Freundin eigentlich aufgewachsen ist?!

Joe's Bistro

„Wir werden Joe zum Mittagessen einen Besuch abstatten. Du kennst doch Joe? Er ist mein Patenonkel." Alessandra stupst ihren Zeigefinger auf ihre Nase. „Meinst du den tollen Mann, der bei der Hochzeit Holgers Trauzeuge war?" „Ja genau! Wieso toll?" „Er sieht super aus!" „Er ist alt!", widerspricht Alexander. Alessandra sieht ihn verständnislos an „Er hat sooo super gut im Anzug ausgesehen!" Alexander ist verstimmt. Wieso gefällt ihr sein Patenonkel?! Er ist doch schon ein alter Mann! Egal. Er zuckt die Achseln. „Wann gehen wir?" „Wir können sofort los. Ich habe Hunger! Wir fahren mit der U-Bahn." „Au ja! Ich bin noch nie mit der U-Bahn gefahren!" Sie klatscht begeistert in die Hände. „Na dann los." Die Bodyguards machen die Pläne jedoch zunichte. Auf keinen Fall darf Alessandra mit der U-Bahn fahren. Es ist zu gefährlich für sie! „Wir fahren euch mit der Limousine in die Stadt." Widerrede ist zwecklos. „Och! Ich wollte etwas erleben! Mit der Limousine ist es nichts Neues!", mault das Mädchen. Aber sie muss sich fügen. Alexander ist froh darüber. Die Menschenmassen in den Öffis sind nicht so seins. „Hallo Alexander! Schön, dass du mich besuchst. Hi, Alessandra! Du bist noch schöner geworden seit dem letzten Sommer!", schmeichelt er dem jungen Mädchen. Sie errötet zart und streicht sich verlegen über ihre Haare. Alexander gibt ein leicht unwilliges Geräusch von sich und greift nach ihrer Hand. Joe bemerkt es lächelnd. „Was möchtet ihr heute bei mir essen? Ihr seid natürlich eingeladen!" Alessandra steht etwas ratlos vor den beleuchteten Screens. Sie kennt diese Art von Menüs nicht. „Was ist das? Ich kenne das alles nicht." „Hast du noch nie einen Burger gegessen?" Alexander sieht sie sprachlos an. Sie schüttelt den Kopf und sieht neugierig auf die anderen Gäste, die ihre Tabletts von den Tresen wegtragen. „Wisst ihr was? Ihr setzt euch hin und ich stelle euch ein Menü zusammen. Alexander, ich nehme an, du isst das Übliche?" „Geht klar!"

„Hier ist es richtig bunt!" Alessandra ist begeistert von der Einrichtung. Die Tische sind jeweils in einer anderen Farbe. Die Wände sind mit bunten Comics versehen. Mickey und Minne Mouse lachen ihr entgegen. Batman, Superman, Hulk und Ironman posieren von allen Seiten. Einzig der Boden ist in einer eintönigen neutralen Farbe. Die angebotenen Speisen sind überall zwischen den Comics auf leuchtenden Screens abgebildet. Staunend zeigt sie immer wieder auf eine Figur und fragt Alexander nach dem Namen. Inzwischen benennt er unaufgefordert die einzelnen Comics und wundert sich schon wieder, wo seine Freundin aufgewachsen ist. Inzwischen kommt Joe mit zwei Tabletts an ihren Tisch. Er hat sie beobachtet. Alessandra ist wirklich ein hübsches Mädchen. Alexander kann stolz sein. Aber er hat auch bemerkt, dass sie eine starke Hand braucht. Sie hat viel Energie und verliert sich in vielen Kleinigkeiten. Sie lenkt schnell vom Hier und Jetzt ab. Hoffentlich ist sein Patensohn mit ihr nicht überfordert. Er wird sehen. „Leute! Euer Essen ist fertig. Lasst es euch schmecken!" Es setzt sich zu ihnen, um mit ihnen zu plaudern. Zurzeit sind wenige Gäste im Joe's. Die Mittagszeit ist vorbei. Sein einziger Angestellter kommt jetzt alleine zurecht. Er freut sich auf den besonderen Besuch. Er hat Alexander schon das ganze Jahr nicht gesehen. „Erzählt mal! Wie lange seid ihr hier und was habt ihr vor?" „Stell dir vor! Ich war heute mit Bianca einkaufen! Es war sooo aufregend!", platzt sie heraus. „Was ist vorgefallen?", Joe gibt sich interessiert. Alessandra beugt sich begeistert vor. „Stell dir vor, es gibt so viele Sachen in dem Supermarkt zu kaufen! Ich habe das noch nie gesehen! Bianca hat mit einer Plastikkarte bezahlt! Ich muss unbedingt Papa fragen, ob ich auch so eine bekomme!" Joe lacht. Das Mädchen gefällt ihm und er kann gar nicht anders und streicht ihr mit dem Handrücken über die glühenden Wangen. Alexander erstarrt. „Hände weg!" Joe sieht seinen jungen Freund erstaunt an. Langsam zieht er seine Hand zurück. Er hat sich nichts dabei gedacht. Es war eine spontane Geste der Zuneigung.

Alex ist eifersüchtig! Alessandra bekommt von dem Zwischenfall nichts mit. Sie plappert unaufhörlich dahin. Ihre Augen glühen. „Aber mit der U-Bahn darf ich nicht fahren.", meint sie bedauerlich. „Wieso denn nicht?", fragt Joe. „Es ist zu gefährlich für mich! Die vielen Menschen, weißt du?" Alex sitzt daneben und schmollt. Er hat seine Burger und Pommes schon längst gegessen. Ihr Tablett hingegen hat sie kaum angerührt. Sie ist so beschäftigt, Joe ihre Erlebnisse anschaulich zu erzählen, dass sie ganz vergisst, dass sie ja wegen der Burger gekommen sind. „Willst du nichts essen? Schmeckt es dir nicht? Kann ich was abhaben?" Alex stiert zu ihrem Burger, der unberührt auf der Serviette liegt. „Äh… was…? Ah… der Burger!" Sie nimmt den Burger in die Hand und beißt ab. Ketchup und Mayonnaise rinnt über ihre Finger. Sie leckt sich über die Lippen und kaut langsam und genüsslich. „Mmmmh… das ist aber guuut!" Sie verdreht begeistert die Augen und greift nach den Pommes. Es schmeckt ihr offensichtlich. Lange braucht sie nicht und das Menü ist aufgegessen. Zum Schluss leckt sie sich noch die Finger und nimmt schlussendlich die Serviette zur Hand. Wohlwollend sieht sie Alexander zu, der inzwischen Nachschub von Joe bekommen hat. „Willst du noch einen Nachtisch?" Joe setzt sich mit einer süßen Eiskreation zu ihnen an den Tisch und stellt sie vor Alessandra. Sie ist begeistert. Obwohl sie geglaubt hat, dass sie nichts mehr essen könnte, löffelt sie die süße Nachspeise mit Genuss. „So was Leckeres! Wahnsinn! Aleksej muss das auch einmal essen!" „Hast du noch nie einen Burger gegessen?!" Alexander ist entsetzt. Sie schüttelt, ganz entrückt von dem köstlichen Geschmack des Nachtisches, den Kopf. Sie leckt sich jedes Mal die Lippen, wenn sie den Löffel hingebungsvoll abgeschleckt hat. Alexander bekommt Probleme mit dem Schlucken. So etwas Erotisches hat er noch nie gesehen! Seine Augen hängen gebannt auf ihrer bewegten Zunge. Er kann gar nicht anders und rückt näher zu ihr. „Willst du auch einmal kosten? Es ist himmlisch!", schwärmt sie. Wieder leckt sie den Löffel ab und entzückt verdreht sie die Augen.

Joe beobachtet die zwei Teenies vor sich. Sein Patensohn, mittlerweile in dem Alter wo Sex ein Thema werden kann und Alessandra die Sirene, die den jungen Mann, mit ihrer ungewollt sinnlichen Ausstrahlung, in Versuchung führt. Belustigt wartet er ab. Er will Alex sein Vergnügen nicht verpatzen und verhält sich ruhig. Alexander öffnet brav den Mund, weil das Mädchen einen Löffel voll Schokoeis vor ihn hinhält. Dabei mag er nicht wirklich ein Eis. Aber er ist in diesem Moment ihre willenlose Marionette. „Da ist auch noch was! Mach den Löffel sauber!" Alexander gehorcht. Joe lacht aus vollem Halse los. Er ist es gewohnt, dass Frauen das machen was er will. Er ist dominant. Seine Frau Anita und er besuchen regelmäßig mit ihren Freunden Bianca und Holger einen BDSM Club. Aber wie er hier dieses Schauspiel vor ihm beurteilen kann, hat dieses Mädchen in diesem Augenblick die Oberhand. Es ist ja auch kein Wunder. Alexander hat bis jetzt wenig Erfahrung mit dem anderen Geschlecht. Nach ein paar harmlosen Beziehungen mit Mädchen, ist er ins Internat eingezogen. Joe ist sicher, dass in dieser Schule streng darauf geschaut wird, dass die Schüler sich entsprechend benehmen. Andererseits hat Alessandra eine natürliche sexy Ausstrahlung. Ihr ist es nicht bewusst. Sie ist genauso naiv, wie Alex.

„Hi!" Anita, seine Frau steht hinter ihm und schlingt die Arme um Joes Hals. Er lenkt seinen Kopf zur Seite und küsst sie zur Begrüßung. Sie sind noch genauso verliebt wie am ersten Tag. „Alessandra darf ich dir meine Frau vorstellen? Ich weiß nicht, ob du dich noch an sie erinnern kannst?" Alessandra legt den Löffel weg, springt auf und streckt der Frau hinter Joe die Hand entgegen. „Aber ja! Ich kann mich erinnern! Hallo Anita!" „Ich freue mich, dass ich dich noch einmal sehen darf! Bei der Hochzeit haben wir wenig Gelegenheit gehabt. Aber ich erinnere mich an dich. Du warst immer von einigen Jungs umgeben!", und lacht dabei. Alessandra wird nachdenklich. „Ja, da hast du recht. Es waren mein Bruder Aleksej, Florian Jackson und Alexander hier!" Sie tätschelt ihrem Freund liebevoll die Schulter. „Sie haben alle auf mich aufgepasst, dass ich nicht verloren gehe! Du musst wissen, ich bin hyperaktiv! Da kann es mir einfach so spontan einfallen, dass ich die Kurve kratze und ich bin weg. Dabei verirre ich mich so leicht. Du glaubst gar nicht, wie schwierig es in der Schule am Anfang war!" Freimütig erzählt sie Anita ihre Erlebnisse. Anita wundert sich, dass das Mädchen so leicht über ihre Schwäche reden und darüber lachen kann. „Weißt du, ich habe es den Jungs nicht leicht gemacht. Einmal bin ich einfach ins Freie hinaus gelaufen! Es war so befreiend gewesen. So viele Menschen in einem Haus war ich zu Hause nicht gewöhnt. Es war am Anfang grauenvoll für mich. Na ja, die Jungs haben mich einen halben Tag lang gesucht. Alexander hat mich schließlich gefunden und Alexej hat mich im Zimmer eingesperrt und mich nur mehr zum Unterricht aus dem Zimmer gelassen. Du musst wissen, dass Alexej und ich ein gemeinsames großes Zimmer haben. Wir sind Zwillinge." Anita hat Mühe der Schilderung zu folgen. Immer wieder nickt sie, um zu zeigen, dass sie verstanden hat. Aber nicht alles ist ihr klar. Sie sieht Alexander an, um sich zu vergewissern, dass er derselbe Junge ist, der einem Mädchen nachläuft, um auf sie aufzupassen. Alexander hat Alessandra an sich gezogen und ihr den Arm über ihre Schulter gelegt. Sie schmiegt sich hinein und lächelt zittrig. Sie ist erschöpft. Sie redet gerne. Aber irgendwann wird sie deshalb müde. Sie ist nach dieser Rede wirklich erschöpft. Sie legt den Kopf auf die Schulter des Jungen und schließt seufzend die Augen.

„Joe könntest du mir meinen Burger und das Übliche dazu vorbereiten?" Anita will die jungen Leute alleine lassen. Alessandra hat sich offensichtlich vorausgabt. Sie weiß nur nicht recht, wieso das so ist und folgt ihrem Mann zur Theke. „Sie ist süß! Alexander ist ganz verliebt in dieses Mädchen!" „Ja, er macht alles was sie will." „Ja, aber sie gibt sich so unbedarft... ungekünstelt... naiv." „Stell dir vor, sie hat noch nie einen Burger gegessen! Wo gibt es das heute noch?!" Anita sieht verstohlen zu den jungen Leuten hinüber. „Was glaubst du, laden wir sie in den Zoo ein? Alessandra wird sich sicher darüber freuen!" Alessandra isst schon wieder an ihrem inzwischen etwas aufgetauten Eis weiter. Der himmlische Genuss ist ungebrochen. Immer wieder schließt sie genussvoll die Augen und präsentiert Alex hin und wieder einen Löffel voll, bis er schließlich kopfschüttelnd ablehnt. Genug Süßes!

„Hey Leute! Wie lange seid ihr noch hier in der Stadt?" Joe stellt Anitas Tablett auf den Tisch und schiebt ihr ganz gentlemanlike den Sessel zurück, damit sie sich setzen kann. Dabei lächeln sie sich verliebt an und Joe drückt ihr noch einen Kuss auf den Scheitel. „Diese Woche sind wir hier, dann fahren wir noch zu Tante Olga nach Russland. Von dort geht es wieder ins Internat. Die Kaminov holen uns ab." Auf die fragenden Gesichter erklärt Alex. „Ihre Eltern!"

„Wie wäre es mit einem Ausflug in den Zoo? Wir laden euch ein." Alessandra klatscht begeistert in die Hände. „Ich war noch nie in einem Zoo!" Sie denkt kurz nach. „Was ist ein Zoo?" Alexander sieht sie wieder einmal entgeistert an. „Warst du noch nie in einem Zoo?" Sie schüttelt den Kopf. „Da gibt es exotische Tiere, die du in unserem Land in freier Wildbahn nicht sehen wirst können! Das sind zum Beispiel Elefanten, Löwen, Tiger, Affen, Krokodile, Schildkröten, exotische Vögel und viele mehr!", zählt Anita auf. Alessandra denkt nach. „Diese Tiere habe ich schon einmal gesehen! Wir waren in Afrika, in Indien und in Russland. Da haben wir viele solcher Tiere in freier Wildbahn beobachtet. Das war spannend." Wow. Alexander hängt an ihren Lippen. Sie hat eine ganz andere Kindheit erlebt als er. Trotzdem möchte er nicht tauschen. Er ist froh, dass er einen Burger kennt und weiß, wie er mit einer Kreditkarte zahlen kann. „…Aber ich möchte sehr gerne in einen Zoo gehen!"

Nächtliches Abenteuer

„Danke, danke für den heutigen Tag! Es war so interessant!" Sie fällt Alexander spontan um den Hals. Lachend hat er zu tun, um diesen Wirbelwind sicher zu halten. Sie gibt ihm einen Kuss und er zögert nicht und küsst sie zurück. Sie sehen sich erstaunt in die Augen bis er sich wieder zu ihr hinunterbeugt und seine Lippen wieder auf ihre presst. Sie schlingt ihre Arme fest um seinen Hals und knabbert auf seiner Unterlippe. Hingebungsvoll küssen und lecken sie die Lippe des anderen. Ihre Körper sind sich ganz nahe. Alessandra möchte am liebsten in ihn hineinkriechen und klettert auf ihn hinauf und schlingt ihre Beine um seine Hüften. Er verliert die Balance und sie fallen lachend auf das Bett hinter ihnen. Aber sie lassen sich nicht mehr los. Das Küssen schmeckt ihnen allzu sehr. „Essen!" Holger steht plötzlich bedrohlich, mit verschränkten Armen und mit dem Hund vor ihnen. Sie lösen sich langsam und träge. Ihre verträumten Gesichter behagt Holger ganz und nicht. Er muss aufpassen, sonst entwickelt sich diese Verliebtheit noch in etwas Ernsthaftes! „Ich habe keinen Hunger! Mein Magen ist noch voll von dem Burger und dem himmlischen Eis!", meint Alessandra träge. Ihre Beine sind noch da, wo sie sie platziert hatte. „Ich auch nicht! Joe hat mir eine Extraportion gemacht!" Alexander wird es langsam peinlich, so engumschlungen mit seiner Freundin vor Holger zu liegen. Aber er müsste Gewalt anwenden, wenn er sich lösen wollte. Seufzend fügt er sich. „Trotzdem kommt ihr mit. Bianca wird es nicht gutheißen, wenn ihr dem Abendessen fernbleibt! Immerhin hat sie etwas Gutes für euch gekocht." Holger steht etwas unentschlossen da, nicht exakt wissend, wie er mit der Situation klar kommen soll. Er hat klare Anweisung vom Vater des Mädchens bekommen! Keine sexuellen Handlungen! Ob ein Kuss dazu gehört? Er hätte auf keinen Fall so eng gesteckte Vorschriften. Aber wie die Sache aussieht muss er besser aufpassen, dass da nicht mehr daraus wird! Schließlich gehen sie gemeinsam einen Stock tiefer in die Küche. „Da seid ihr ja! Setzt euch." Sie portioniert die Teller und stellt vor jeden einen hin. „Das sieht aber gut aus! Was ist das?", fragt Alessandra. Sie langt eifrig zu, trotz ihrer Versicherung, dass sie keinen Hunger hätte. „Eiernockerl und Blattsalat.", antwortet Alexander mit vollem Mund. Er konnte ebenso nicht widerstehen. Belustigt sieht Holger ihnen zu, wie sie sich ihrer Münder vollstopfen. Der ereignisreiche Tag macht sich bei Alessandra bald bemerkbar. Alle paar Minuten muss sie gähnen. „Wenn du möchtest, geh doch vorzeitig in Bett!", meint Bianca liebevoll. Dieses Angebot nimmt das Mädchen gerne an. Sie geht alleine zu ihrem Turmzimmer hinauf. Sie legt sich hin und schläft augenblicklich ein. Sie hat es gerade noch geschafft, sich das Pyjama anzuziehen. Sie merkt gar nicht mehr, als Alexander sie später zudeckt. Seufzend legt er sich ebenfalls in sein Bett und nimmt sich ein Buch zur Hand. Er ist noch lange nicht müde. Sein spannendes Buch hält ihn lange wach.

Es ist Vollmond und wie es manches Mal so ist, scheint er genau auf die falsche Stelle. In dieser Nacht leuchtet der milchige Schein genau auf das Gesicht des Mädchens. Immer wieder bewegt sie sich hin und her. Sie wimmert. Ein Alptraum plagt sie. Sie fällt tief. Es ist keiner da, der sie auffängt. Sie fällt und sie sieht kein Ende. Sie hat Angst irgendwann auf einen harten Grund aufzuprallen. Aber noch fällt sie. Immer weiter. Sie fängt an zu schreien. „Nein… neiiin… geh weg… helft mir… Vladimir!" Alexander wacht von dem hilflosen Schreien auf. Sein Körper schnellt in die Höhe und sieht gehetzt zu dem anderen Bett hinüber. Was hat sie gesagt?! Vladimir? Alexander weiß, wer Vladimir ist. Warum schreit sie nach Vladimir? Er taumelt noch schlaftrunken zu Alessandra, nimmt sie fest in seine Arme und wiegt sie sanft hin und her. Zärtliche Worte fließen in ihre Ohren. „Alles wird wieder gut. Wach auf! Alessandra wach doch auf!" Schließlich schafft sie es, mit seinen eindringlichen Worten, in die Wirklichkeit zurück zu kommen. „Was ist los? Warum liege ich hier mit dir?" Sie ist orientierungslos. „Du hattest einen Albtraum! Warum schreist du nach Vladimir?!" „Habe ich nach Vladimir geschrien?" Sie weiß es nicht mehr. Er nickt. „Hattest du was mit ihm?" Sie schüttelt verzagt den Kopf.

Sie erinnert sich sehr gut an Vladimir. Sie hat ihn das erste Mal bei Tante Olga gesehen. Er ist ein gutaussehender muskulöser Mann! Sie hat ihn geküsst. Oh mein Gott! Er konnte küssen wie ein Gott! Dabei hatte sie keine Vergleichsmöglichkeiten. Aber das Gefühl war berauschend. Dabei war sie noch so jung! Als sie in das Internat gekommen ist, hat er sich als Sportlehrer anstellen lassen. Er war immer für sie da. Ach Vladimir! Aber jetzt hat sie Alexander. Sie sieht ihn lange an. Er ist auch immer für sie da gewesen. Aber fühlt sie dasselbe wie für Vladimir?! Sie ist sich nicht mehr so sicher. Sie streichelt Alexander über seinen Haarschopf, lächelt ihn an und streift zart über seine Lippen. Er genießt es. Er hat bemerkt, dass sie gedanklich weit weg von ihm war… vielleicht bei Vladimir? Er muss abwarten. Diese Woche gehört sie auf jeden Fall ihm. „Komm leg dich wieder hin. Die Nacht ist noch lang. Ich muss die Jalousie zumachen, sonst scheint der Mond wieder voll auf dich und du bekommst wieder einen Albtraum." „Bleibst du bei mir, bis ich eingeschlafen bin?" Sie fürchtet sich alleine. Also legt er sich hin, schlingt einen Arm um ihre Mitte und zieht sie an sich. Sie schläft wieder ein. Er beobachtet sie. Ihr Brustkorb hebt und senkt sich wieder ruhig und gleichmäßig. Vorsichtig steht er auf und schleppt sich müde in sein Bett. Er hat vorher noch nicht allzu tief geschlafen. Das Buch liegt zwar fertig gelesen auf dem Nachttisch. Dafür ist er hundemüde und driftet bald ins Tal der Träume ab.

Obwohl der Schein des Mondes ausgesperrt ist, ist Alessandra bald wieder unruhig. Sie steht auf und geht barfuß aus dem Zimmer. Sie schleicht sich geräuschlos die Treppe hinunter und erreicht gefahrlos die Küche. Sie nimmt sich ein Glas, füllt es aus der Wasserleitung und trinkt in kleinen Schlückchen. Sie geht weiter. Sie hat die Orientierung verloren und kommt in den anderen der zwei Türme und erklimmt die Stufen… eine nach der anderen. Sie hört Stimmen und geht ihnen nach. Bald steht sie vor einer Tür. Der Lichtstrahl schimmert hervor. Vorsichtig macht sie auf. Sie wird nicht gehört. Aber was sie hier sieht, lässt sie stocken… Holger steht mit einer Lederhose, nacktem Oberkörper und barfuß mit dem Rücken zu ihr vor dem Bett.

Zwischen seinen Beinen sieht das Mädchen Bianca nackt vor ihm auf dem Boden knien. Ihre Hände sind auf dem Rücken. Bianca sieht hingebungsvoll, mit schimmernden Augen zu Holger auf. Er hat seine Hand tätschelnd auf ihrem Kopf liegen und sein Ton ist befehlend. „Mund auf!" Alessandra rückt ihren Kopf neugierig nach vorne und sieht mit großen Augen gebannt zu, als Bianca den Mund aufmacht und sich weiter zu Holger vor beugt. Alles kann Anastassja nicht sehen…. „Ja, das machst du sehr gut! Komm, das geht tiefer!" Bianca röchelt kurz. Ihr Kopf ist wippend in Bewegung. Einmal vor und zurück. Das neugierige Mädchen kann nicht viel sehen, was hier vor sich geht. Sie hört Holger knurren und stöhnen. Sein Kopf fällt zurück. Seine Hüfte zuckt immer wieder nach vorne. Biancas Kopf behält stets die gleiche Bewegung.

Alessandra keucht auf. Holgers Kopf schnellt herum. „Wer ist da?!" Bianca hüpft eilig auf und zieht schnell die Decke vom Bett, um sich zu bedecken. „Alessandra! Was machst du da?!" „Äh… ich… ich konnte nicht schlafen." Das Mädchen ist äußerst verlegen. Ein Mädchen in ihrem Alter erkennt einen gut aussehenden Mann. Holger sieht sogar sehr gut aus. Seine Muskeln sind sehr stark ausgeprägt und er hat sogar Haare auf der Brust, bemerkt sie staunend. Ihr Mund steht offen. Holger geht langsam aber stetig auf sie zu. „Warum bist du nicht im Bett, Alessandra!" Sein Tonfall ist streng. Genauso wie vorhin. Er schüchtert das Mädchen ein. Er weiß es. Aber er macht es mit Absicht. Sie hat hier nichts verloren. Er legt einen Finger unter ihr Kinn und schließt ihr den Mund. Sie wird puterrot. „Ich habe dich etwas gefragt!" Endlich nimmt sie wieder die Umgebung wahr. „Äh… ich… ich weiß nicht so genau. Ich… ich war… äh… in der Küche etwas… äh… trinken und dann habe ich… äh… nicht mehr zurückgefunden. Auf einmal war ich da!", stottert sie. „Alessandra was machst du da? Ich habe dich überall gesucht!" Alex kommt keuchend die Stufen herauf gerannt. Auch er hat nur eine Pyjamahose an. Er hat keine Haare auf der Brust, bemerkt sie und vergleicht ihn mit Holger. Der Ältere gewinnt.

„Kann es sein, dass du in der Nacht schlafwandelst?",
mutmaßt Holger. „Ja bei Vollmond kommt es vor. Zu Hause
bin ich öfters unterwegs. Aleksej hat mich jedes Mal gesucht,
bis er mich bei Vollmond ans Bett gebunden und sich zu mir
ins Zimmer gelegt hat… für alle Fälle." Alessandra geht
ganz offen mit ihrem Schlafwandeln um. Sie ist nicht einmal
verwirrt. „Hast du ein Problem, wenn wir dich für heute auch
an das Bett binden? Alexander bleibt bei dir." Holger nimmt
Alessandra fest bei der Hand und führt sie durchs Haus bis
zu ihrem Zimmer. Er holt einen Seidenschal aus seiner
Hosentasche und schlingt ihn um ihr Handgelenk. Schnell
hat er mit dem anderen Ende einen Knoten um den
Bettpfosten gemacht. „Ist es so bequem?" Sie zieht daran
und nickt. Sie hat genug Spielraum, um sich auch im Bett
umdrehen zu können. Alexander wundert sich, dass Holger
einen Seidenschal bei der Hand hat, aber er fragt nicht nach.
Er ist froh, dass Alessandra wieder wohlbehalten zurück ist.
Er hat sich Vorwürfe gemacht. Er wusste von dem
Schlafwandeln. Aleksej hat ihm von den gelegentlichen
Albträumen und dem Schlafwandeln erzählt. Er kann sich
erinnern, dass diese Vorfälle meistens bei Vollmond
passieren. Aber bis heute wurde er damit nie konfrontiert. Es
ist Neuland für ihn und deshalb ist er froh, dass Holger die
Situation im Griff hat. Die Aufregung legt sich. „Kann ich
euch alleine lassen?" Alex und Alessandra nicken. Holger
geht hinaus. Kaum schließt er die Tür, setzt sie sich aufgeregt
im Bett auf. „Alex! Bei Holger und Bianca ist was passiert!
Es war sooo aufregend!" Sie stöhnt alleine bei der
Erinnerung daran. „Mein Gott! Holger war sooo aufregend!"

„Was hast du gesehen?" Alexander kommt zu ihr, damit sie
nicht so laut schreien muss. Sie fängt an zu flüstern und hält
sich eine Hand verschämt vor den Mund. Alexander hat
Mühe sie zu verstehen und beugt sich weiter zu ihr vor. „Viel
habe ich nicht gesehen. Holger ist mit dem Rücken zu mir
gestanden. Aber Bianca! Mein Gott war das spannend! Sie
hat am Boden gekniet… und… sie war nackt! Sie hat zu
Holger aufgesehen… ich habe das Kribbeln bekommen…
genau da… und ich hatte überall Gänsehaut!" Das Mädchen
zeigt auf ihren Bauch und streift entlang ihrer Arme. „…ich
bin so aufgeregt! Er hat gesagt, Mund auf! Sie hat es getan,

aber ich habe nicht viel gesehen. Aber irgendwas ist passiert, Alex!" Sie hat einen roten Kopf wegen ihrer Überreizung und Scham. Ihre Augen sind weit aufgerissen und leuchten ganz hell. Alexander ist von ihrem Anblick ganz hingerissen. Er hat sich von ihrer Aufregung anstecken lassen und greift sich gedankenlos an seine Hose. Automatisch sieht sie hinunter und bemerkt die große Ausbuchtung. Sie greift danach, aber Alex stößt ihre Hand weg. „Lass das!" „Was hast du da?" Es ist ihm peinlich. Er hat einen steifen Penis! Das ist ihm noch nie so passiert! Was soll er machen?! Er dreht sich weg von ihr. Aber sie ist neugierig und kriecht ihm nach, bis ihre Fessel sie stoppt. „Alexander bleib da!" „Nein, lass mich in Ruhe!" Er geht in sein Bett und deckt sich beschämt zu.

Warum muss Alessandra nur von dem Vorfall erzählen? Er kann sich gut vorstellen was da passiert ist. Er hat es selbst schon heimlich beobachtet und er hat mehr gesehen, als er vertragen hat. Er hat Albträume davon bekommen, bis er bei Joe ausgepackt hat. Joe hat zwar anfangs Mühe gehabt, ihn nicht auszulachen. Aber dann haben sie darüber geredet. Holger und Bianca haben spezielle sexuelle Vorlieben. Das gilt auch für Joc und Anita. „Alexander?" „Mhm…?" „Bist du mir böse?" „Nein!" „Warum kommst du nicht zu mir ins Bett und wir kuscheln wie sonst auch?" Seufzend dreht er sich wieder zu ihr hin und sie sehen sich eine kleine Weile an. Schließlich gibt er nach und kommt zu ihr unter die Decke. Zufrieden schmiegt sie sich an ihn und schnurrt in seine Brust hinein. „Du Alexander?" „Mhm…?" „Was ich gesehen habe… glaubst du, dass wir das auch einmal probieren können?" „Nein!" „Warum nicht? Wir mögen uns doch, oder nicht?" „Es geht nicht! Wir dürfen nicht!" „Meinst du wegen meiner Eltern?" „Ja auch!" „Auch?" „Wir sind noch zu jung dazu!" „Schade!" Seufzend schmiegt sie sich noch enger an ihn und schließt wohlig ihre Augen. Er hofft, dass das Thema vom Tisch ist.

Das nächtliche Abenteuer ist für den nächsten Tag abgehakt hofft Alexander. Er will nicht mehr darüber reden. Es ist ihm megapeinlich. Anastassja hingegen wäre nicht Anastassja, wenn sie nicht nachfragen würde. Bei Alexander stößt sie auf taube Ohren. Also spricht sie Holger beim Frühstück an. „Holger darf ich dich etwas fragen?" „Natürlich!" Holger blickt sie, bei den Tresen stehend, freundlich an. Er führt seine Tasse Kaffee zu seinem Mund. Bianca und Alexander sind mit ihren Brötchen beschäftigt. „Was ich da gestern gesehen habe... äh... ich bin neugierig. Was habt ihr eigentlich da gemacht? Es hat mich tierisch angemacht!" Bianca keucht entsetzt auf. Alexander hat zu tun, seinen Bissen nicht wieder auszuspucken. Sie beide schauen das Mädchen fassungslos an. Holger blickt auf das Mädchen hinab. Seine Miene ist undurchdringlich. „Ich meine ja nur. Es hat so... ich weiß nicht... so erotisch ausgesehen!" Anastassja guckt in die Runde. „Habe ich etwas Falsches gesagt?" Bianca sieht sie etwas gepeinigt an. Sie hat keine Ahnung, wie sie einem so jungen Mädchen die Episode letzte Nacht erklären soll und schaut verzweifelt Holger an. Der Junge beugt sich mit hochrotem Kopf über seinen Teller.

„Was hast du gesehen?" Das Mädchen und der Mann sehen sich geradewegs in die Augen, bis sie sie verlegen senkt. „Also... na ja... ihr hattet... äh... Sex?" Der Mundwinkel von Holger zuckt. „Da hast du richtig gesehen. Wir hatten Sex." „Aber was genau habt ihr da gemacht? Es war so... spannend. Kannst du uns das auch zeigen?" Sie zeigt auf Alexander und sich. „Nein!", schreit Alex empört dazwischen. „Kommt gar nicht in Frage!" Holger schüttelt den Kopf. „Leider nein, Anastassja. Der Sex ist eine einvernehmliche und gefühlsmäßige Sache. Das kann man nicht so planen wie eine Reise." „Wenn ich meine Eltern gesehen habe, war da kein besonderes Gefühl in mir. Wieso nicht?" „Ich denke, dass es ganz natürlich ist, dass man es bei den eigenen Eltern nicht so toll findet wie bei anderen. Sieh dir Alexander an. Er findet es abscheulich bei seinen Eltern." Holger lächelt. „Darf ich einmal bei euch zusehen? Ich fand es äußerst anregend euch zu beobachten!" Holger lacht aus tiefstem Herzen. Seine Augen haben viele kleine Lachfältchen. Anastassja starrt gebannt dahin. „Ich glaube nicht, dass ich es erlauben kann. Bianca würde sich auch nicht bereit erklären, wenn ein anderer zusieht, nicht wahr Bianca?" Bianca schüttelt vehement den Kopf. „Trink deinen Kakao. Sonst wird er kalt!" Bianca will einen

Schlussstrich unter dem heiklen Thema ziehen. Anastassja verstummt und widmet sich nachdenklich dem Frühstück. Das Thema ist für sie noch nicht abgeschlossen.

„Was habt ihr heute vor?" „Joe und Anita wollen heute mit uns in den Zoo!", sagt Alexander kauend. Er ist über den Themawechsel sehr froh. Es klingelt an der Haustüre. „Ich gehe schon!" Alexander springt auf. „Was machst DU denn hier?!" Vladimir steht vor ihm. Alexander ist gar nicht erfreut. Er kann sich noch auf den Albtraum vergangene Nacht erinnern. Alessandra hat den Namen Vladimirs geschrien. Also was macht er heute hier? „Hi Alex. Nette Begrüßung. Kann ich Holger Kowalski sprechen?" Alex zuckt mit dem Kinn in Richtung Küche und geht ihm hinterher. „Vladimir!" Anastassja stemmt sich enthusiastisch aus dem Sessel und springt ihn begeistert an. „Hey... hey... nicht so stürmisch, Anastassja!" Vladimir lacht und setzt sie, mit einem Kuss auf dem Mund, sofort wieder ab. „Guten Tag Frau Kowalski... Herr Kowalski! Ich bin Vladimir. Ich bin als persönlicher Bodyguard für Anastassja Kaminov von ihrem Vater beauftragt. Ich muss Ihnen leider auch mitteilen, dass ich das Fräulein morgen, spätestens übermorgen nach Hause bringen muss! Befehl des Herrn Kaminov! Ich habe hier ein Schreiben!" Er händigt es Holger aus. Alexander steht schlecht gelaunt abseits der Leute. Seine Anastassja küsst einen anderen! Was soll er sich dabei denken? Missmutig beobachtet er sie. Sie schmachtet den Kerl regelrecht an. Ich bin praktisch nicht mehr präsent, denkt er sich. Er geht. Er hat Besseres zu tun, als um sie zu buhlen. Anastassja spürt sofort die Traurigkeit und läuft ihm nach. „Alex ist irgendwas? Du siehst so böse drein?" „Nichts!", wiegelt er ab und beachtet sie nicht weiter. „Sag es mir! Ich spüre es, dass du traurig bist und es macht mich auch traurig." „Was willst du von Vladimir?!" „Ich?! Nichts! Er ist ein guter Freund, sonst nichts! Ehrlich!", beteuert sie und schmiegt sich an seinen Arm.

Spiel mit mir!

Im Laufe des Vormittags kommen Joe und Anita vorbei. Gemeinsam mit den jungen Leuten und Vladimir fahren sie weg. „Warum muss Vladimir mitfahren?", mault Alex. „Ich muss sie beschützen!" Grinsend sieht Vladimir den Jüngeren an. Er ahnt, dass er nicht gerne bei Alex gesehen ist. Der Junge befürchtet, dass er ihm Anastassja wegschnappen will. Damit hat er wohl Recht. Aber in erster Linie ist er als persönlicher Bodyguard eingestellt worden. Er hat sich persönlich bei den Kaminov beworben… nicht ohne Hintergedanken. Er will das Mädchen haben… schon sehr lange… "Warum bist du hier?" Anastassja geht neben Vladimir das Hirschgehege entlang. "Ich bin dein persönlicher Bodyguard!" "Das habe ich schon verstanden. Aber warum hast du dich als solcher beworben? Du warst doch in der Schule als Sportlehrer eingestellt?" Vladimir sieht in ihr nachdenkliches Gesicht. Dann beugt er sich ganz nahe an sie heran und flüstert in ihr Ohr. "Ich will dich!" Erschrocken weicht sie zurück. Sie ist diesem Mann nicht gewachsen.

"Anastassja geht es dir gut?" Alexander tritt an ihre Seite. Argwöhnisch wegen des Mannes neben ihr. Er legt ihr einen Arm um die Taille und zieht sie ganz nah an sich heran. Fast in Augenhöhe taxiert er Vladimir. "Sie gehört mir!", zischt er ganz leise. Diese Worte sind nur für sie beide bestimmt. Vladimir gibt vorerst nach und tritt einen Schritt zurück, um das Paar vorbei zu lassen und heftet sich an sie dran. Vladimir erinnert sich allzu gerne an die Zeit, als er das Mädchen kennen lernte. Sie war mit ihrem Bruder bei ihrer Tante Olga. Er war später zu ihnen gekommen. Er half Tante Olga immer das Wochenende beim Holz hacken. Dieses Mal ist er nicht nur das Wochenende geblieben. Anastassja und er hatten eine aufregende Zeit. Nicht dass er sie bedrängt hätte. Nein. Aber sie hatten viel geknutscht und herum gealbert. Dabei hat er sich ein bisschen in sie verknallt. Als sie dann ins Internat gekommen sind, musste er sie einfach wieder sehen und heuerte als Sportlehrer an. Aber er konnte nicht da anknüpfen, wo sie aufgehört hatten. Als Lehrer darf er seinen Schützlingen nicht nahe kommen. Es ist hart, aber er hat sie stets im Auge gehabt. Dann verbrachte sie immer mehr Zeit mit diesem Alexander. Zuerst sah er das als eine harmlose Teenagerliebe. Aber sie sind noch immer zusammen und jetzt ist sie sogar bei ihm zu Hause! Da musste er handeln und hat sich als Bodyguard beworben. Seinen eigentlichen Job zuhause hat er ohne Gewissensbisse gekündigt. Der Posten als persönlicher Bodyguard bei Anastassja ist ein Glücksfall gewesen. Dass er sich gewissen Prüfungen und Tests unterziehen musste, war kein Problem für ihn.

Das helle Lachen Anastassja holt ihn aus seinen Erinnerungen heraus. Sie stehen direkt vor dem Elefanten Gehege. Es gibt ein Junges, das tollpatschig zwischen den säulenartigen Beinen der erwachsenen Tiere herumtorkelt. „Schau mal! Ist es nicht niedlich?" In ihrem Überschwang hat sie Vladimir an seinem Arm gepackt und zu sich gezogen. Sie hat wirklich Kraft. Um nicht die Balance zu verlieren, schlingt er seinen Arm um ihre Hüfte, um sich fest zu halten. Absichtlich geht er noch näher an sie dran und schnuppert an ihrem Haar. Vanille und einen Hauch von Zimt. Wunderbar. Sein Arm wird brutal weggezogen und er blickt direkt in Alexanders tödlich blitzenden Augen. Knurrend stößt er ihn weg. Anastassja bekommt dies alles nicht mit. Sie ist so mit dem kleinen Tier beschäftigt und beugt sich näher zum Sicherheitszaun. „Vorsicht!" Joe zieht sie zu sich und Anita in die Mitte. Die jungen Männer sollen es sich unter sich ausmachen. Anastassja will sich sicher in keinen Streit verwickelt sehen. Dazu ist sie zu friedvoll. Sie haken sie bei sich unter und ziehen sie weiter. Es gibt noch so viele Jungtiere zu sehen.

Alexander nähert sich. „Anastassja komm!" Joe sieht ihn mahnend an. „Sie geht jetzt mit uns. Wir wollen den Tag genießen!" Ein kleines Nilpferd läuft hinter dem Koloss, dass seine Mutter sein muss, her. „Seht mal! Ist es nicht lustig? Alexander, komm her!" Erfreut, dass sie nach ihm verlangt, tritt er an ihre Seite. Sofort nimmt er die

Gelegenheit wahr und nimmt sie fest an seine Seite. Sie schmiegt sich hinein und kost ihren Kopf auf seine Brust. Besänftigt schnuppert er jetzt in ihr Haar hinein. „Ja, du hast Recht! Wirklich lustig! Sie mal, jetzt ist es umgefallen!" Ha... ha... ha...! Das kleine Nilpferd rafft sich mühselig auf und trottet wieder seiner Mama hinterher. Alexander ist froh, als er wieder Hand in Hand mit seiner Freundin den Pfad entlang spazieren kann. Dennoch hat er immer ein Auge auf Vladimir. Man weiß ja nie was dem Kerl noch alles einfällt!

Vladimir geht indessen mit einem kleinen Abstand hinterher. Sein Job ist ihm wichtig. Anastassja ist ihm wichtig. Herr Kaminov hat ihm erzählt, dass seine Tochter das erste Mal alleine, das heißt, ohne den Schutz ihrer Familie, sich in der breiten Öffentlichkeit aufhält. Er ist sehr besorgt um seine Tochter. Vladimirs Augen sind überall. Aber er ist nicht ganz alleine. Vor ihnen und hinter ihnen befinden sich noch zwei weitere Bodyguards, die das gesamte Umfeld im Auge behalten. Vladimir weiß, dass er gut ist. Dennoch ist es ihm bewusst, dass er von Anastassja selbst sehr stark abgelenkt wird. Immer wieder muss er sich ins Gedächtnis rufen, wofür er eigentlich da ist. Seufzend überlässt er Alexander das Feld und konzentriert sich lieber auf das unmittelbare Umfeld von Anastassja.

Das Pinguin Gehege ist sehr beliebt. Viele Kinder tummeln sich an dem Geländer. Immer wieder jauchzen sie auf, wenn ein Tier sich lustig gebärdet. Auch Anastassja will sie sich genau ansehen. Sie ist sehr angetan von den putzigen Tierchen. „Sieh mal Vladimir! Die sehen aus wie die, die ich einmal im Pazifik gesehen habe! Ich weiß nicht mehr wo genau. Aber ich kenne sie! Sind die nicht lieb?!" Sie zerrt Vladimir an ihre andere Seite. Sie will, dass alle an ihrer Freude teilhaben. „Geh nicht zu nah dran, sonst fällst du hinein!", warnt Vladimir und zieht sie einmal mehr an ihrer Hüfte zurück. Alexander sieht wieder rot und zerrt sie weiter. „Komm dort rüber! da sind wir näher dran!" Sie laufen entlang des Geländers zu einem anderen Aussichtspunkt. „Schau mal, der Kleine! Ha... ha... der rutscht vom Wasser auf dem Bauch heraus!" Anastassja ist wie gebannt. Es ist schwierig, sie von den Pinguinen wegzubringen.

„Ich habe Hunger! Gehen wir was essen. Habt ihr Lust?", Joe steuert die Gruppe Sitzbänke an und besetzt einen Tisch. Aus seinem Rucksack holt er selbst zubereitete Sandwiches hervor, die er großzügig verteilt. „Vladimir, Sie müssen auch Hunger haben! Hier nehmen Sie und bringen Sie ihren Kollegen auch gleich einige. Für jeden gibt es eine Flasche Wasser! Mahlzeit."

Am nächsten Tag muss Anastassja die Tasche packen. Ihr Vater hat sie heimbeordert. Ihre Tante Olga ist gestorben! Vladimir hat den Grund der vorzeitigen Heimreise gewusst, aber erst jetzt bekannt gegeben. Immer wieder aufschluchzend schließt sie den Reißverschluss ihrer Tasche und Vladimir nimmt ihr den Koffer ab. Alexander kann nicht mitkommen. Er hat keine Einladung von ihren Eltern bekommen. Auch wenn er Tante Olga kennen gelernt hat, gehört er doch nicht zur Familie. Er nimmt seine weinende Freundin liebevoll in den Arm, um sie zu trösten. Er streichelt über ihren Rücken, um ihr Trost zu spenden. „Es tut mir so leid. Sie war so eine liebe alte Frau!", flüstert er in ihr Ohr und küsst das Mädchen dorthin wo er gerade seine Lippen hat. Weinend klammert sie sich noch fester an seinen Körper, um den Trost anzunehmen. Irgendwann reißt sie sich doch von ihm los und umarmt auch seine Eltern und geht mit traurig hängenden Kopf hinter Vladimir nach draußen. Sie sitzen gemeinsam im hinteren Bereich der Limousine. Die beiden anderen Bodyguards nehmen vorne Platz. Vladimir lässt die Zwischenwand hochziehen, um Anastassjas Privatsphäre zu gewährleisten. Vladimir lässt ihr Zeit, damit sie sich wieder fangen kann. Irgendwann nimmt er ihre Hand in seine, um ihr zu zeigen, dass sie nicht alleine ist. Auch er ist von der Nachricht über den Tod der Tante geschockt. Er war nicht verwandt mit ihr. Aber er war ihr ein guter Freund und kam ihr stets zu Hilfe, wenn sie für die Arbeit, die getan werden musste, Hilfe gebraucht hatte. Er ist auf ihrer Beerdigung eingeladen. „Warst du in letzter Zeit bei ihr?" Anastassja sieht ihn aus rotgeränderten Augen an. Er sieht sie an. Sie sieht sehr mitgenommen aus. Aus dem strahlenden Teint ist nur mehr ein verhärmtes Gesicht übrig geblieben. „Ja, ich habe mir das neue Haus angesehen, das Holz gehackt und auf ihrer Veranda Blumenkästen montiert. Sie wollte viele Blumen um ihr Haus haben." Anastassja jammert laut auf. „Was geschieht mit dem Haus, jetzt wo Tante Olga nicht mehr ist?" „Ich weiß nicht. Das muss dein Papa entscheiden. Es gehört ihm." Dann stockt die Unterhaltung. Sie sitzen Hände haltend neben einander und sehen aus ihren Fenstern neben sich.

„Was hast du gestern gemeint mit... Ich will dich!" Dieser Satz ist in ihrem Kopf verankert, seit Vladimir es ihr zugeflüstert hat. Vladimir lächelt schief. „Das was ich gesagt habe! Kannst du dich noch erinnern, als wir uns das erste Mal gesehen haben? Da wusste ich, dass ich dich haben muss. Aber du warst da noch sehr jung." „Und jetzt bin ich nicht mehr sehr jung?" „Natürlich bist du noch zu jung!" Er sieht sie absichtlich nicht an. Er schaut immer noch stirnrunzelnd auf seiner Seite aus dem Fenster. „Für was bin ich noch zu jung?", will sie wissen. Er seufzt. Sie wird nicht locker lassen. „Für das was ich mit dir vorhabe!" Sie sieht ihn an. Ihre Augen sind trocken. Sie ist jetzt von dem furchtbaren Ereignis zu Hause abgelenkt. „Was hast du mit mir vor?" Neugierde schimmert durch. „Ana, das kann ich dir nicht sagen! Ich würde dich zu sehr verschrecken! Die Zeit wird kommen. Gedulde dich!" Sie denkt nach. Es gefällt ihr gar nicht, so abgekanzelt zu werden! „Kann ich dich etwas fragen?" Vladimir sieht endlich zu ihr und nickt. „Ich habe die Eltern von Alex einmal nachts beobachtet. Sie wollten mir nicht sagen, was ich genau gesehen habe. Holger meinte nur, dass sie Sex hatten. Vielleicht kannst du mir das erklären?" Vladimir stöhnt. Gerade er soll ihr etwas über Sex erzählen?! Er ist gespannt was sie gesehen hat. „Erzähl mir, was du gesehen hast. Vielleicht kann ich dich aufklären, was da genau passiert ist."

Anastassja legt den Zeigefinger auf ihre Lippen. Sie denkt nach, wo sie anfangen soll. „Also... äh... ah... ja... Bianca war nackt. Sie kniete auf dem Boden mit dem Gesicht zu Holger. Sie hatte die Hände auf dem Rücken. Holger war nackt bis auf die schwarze Lederhose. Er stand direkt vor ihr. Er stand breitbeinig, mit dem Rücken zu mir. Er sagte zu ihr:

„Mund auf!" Das tat sie und sie wippte mit dem Kopf und er mit dem Becken. Was da genau geschehen ist, habe ich nicht gesehen. Leider!" Sie sieht Vladimir erwartungsvoll an. Vladimir stöhnt und wirft seinen Kopf zurück. Er hat die Augen geschlossen und atmet erst einmal tief durch. Er überlegt fieberhaft wie er das jetzt dem jungen Mädchen erklären soll, ohne sie zu verschrecken. „Wie hast du dich dabei gefühlt?", fragt er sie. „Äh… ich war etwas nervös. Nein, das war ich nicht. Aber mein Bauch hat gekribbelt. Genau da! Es war sehr angenehm. Oh Gott!" Sie erinnert sich lebhaft an ihr Gefühl und legt ihre Hände auf den Bauch. „Ich hatte wirklich große Lust hineinzugehen!" Scheiße! Vladimir kann sich bildhaft vorstellen, was da abgelaufen ist. Die ganze Situation hat das Mädchen angetörnt. „Wie weit bist du mit der Anatomie einer Frau und eines Mannes vertraut?" „Also jetzt bitte! Ich bin doch kein Baby mehr!" Entrüstet dreht sie sich weg von ihm. Verärgert meint sie, Vladimir mache sich über sie lustig. Aber Vladimir schnappt energisch ihren Oberarm und zieht sie wieder zu sich. „Entschuldige, aber ich muss es wissen! Was weißt du über Sex und was weißt du darüber, was dabei passiert?" „Der Mann steckt seinen steifen Penis in die Vagina der Frau. Ein normaler Prozess, um ein Baby zu zeugen."

„Aber Holger und Bianca haben etwas anderes gemacht! Es sah sooo… soooo…!" Sie verliert vor Aufregung den Faden. Vladimir beobachtet gebannt das hinreißende Gesicht. Ihr Körper vibriert. Sie sieht noch so unschuldig aus! Sie ist noch nicht so weit. Sie ist noch zu unbedarft für seine Bedürfnisse. Er räuspert sich. „Also, was du gesehen hast, war eine Form von Sexualität von der du noch keine Vorstellung haben kannst." „Speziell?" Neugierig beugt sie sich weiter zu ihm. Sie ist ganz Ohr. Ihre Antennen sind ausgefahren. Sie wäre nicht Anastassja, wenn sie nichts Spannendes wittern würde. „Erzähl es mir!" Er wusste, dass er sie neugierig machen würde und überlegt, wie er sie mit Kleinigkeiten füttern könne. „Sex ist nicht nur Baby zeugen. Sex kann sehr spannend sein. Spielerisch. Hier kann man sehr viel Fantasie einfließen lassen. Sowohl die Frau, als auch der Mann kann sowohl aktiv, als auch passiv agieren. Paare können auch Dominanz und Submission ausleben.

Wie du es geschildert hast, scheint mir Holger der Dominante zu sein." „Äh…? Was meinst du damit?" „Holger lebt seine Bedürfnisse mit Bianca aus. Sie gibt ihren Körper vertrauensvoll in die Hände von Holger. Er schenkt ihr Lust in verschiedenster Form, wie zum Beispiel mit Penetration, Schläge, Fesselungen und so weiter." Anastassja denkt nach. „Welche Form von Sex lebst du aus, Vladimir?" „Ich bin nicht weit von Holger entfernt. Ich bin dominant." Er sieht sie glutvoll an. Irritiert und verlegen blickt sie weg. Ihr Hirn rattert. Sie hat jetzt so einiges gehört. Aber noch immer keine Ahnung davon, was sie gesehen hat. „…und was habe ich gesehen?" „Er hat von ihr verlangt, dass sie seinen Penis lecken soll!" Kurz und bündig kommt es aus ihm heraus, hoffend, dass sie nicht weiter bohrt. „Oh…!" Er beobachtet ihr verlegen gerötetes Gesicht. „Das ist ja ekelhaft… oder? Was meinst du?" „Warte ab, bis du es einmal gemacht hast! Aber ich warne dich! Lass dich erst darauf ein, wenn du es willst!" Sie ist wirklich noch nicht so weit. Kaminov würde ihm den Hals umdrehen, sollte er seiner ‚kleinen' Tochter etwas zuleide tun. Er muss noch einige Jahre auf sie warten. Bis dahin muss er auf sie achten und hoffen, dass Alexander nicht dazwischen kommt. „Spiel mit mir!" Vladimir bekommt einen Hustenanfall. Er glaubt sich verhört zu haben! Entgeistert schaut er sie an. „Was hast du gesagt?" „Äh… ich will etwas erleben! Fessele mich! Zeig mir deinen Penis! Ich will ihn kosten! Penetrier mich! Zeig mir alles! Spiel mit mir!", wiederholt sie.

„Du weißt gar nicht, was du von mir verlangst!" Er löst ihre Hand von der seinen und rückt etwas von ihr ab. „Was genau meintest du mit… Ich will dich!?" „Genau das was ich gesagt habe. Aber jetzt ist es noch zu früh!", rechtfertigt er sich verzweifelt. Sein Penis drückt schmerzhaft gegen seine Jeans. Das ganze Gerede von Sex hat ihn aufgepeitscht. Er ist auch nur ein Mann! Shit! Sie sieht auf seinen Schritt. Sie leckt sich die Lippe. Auch das noch! In ihrer Unschuld ist sie doch wie eine Sirene, die ihn lockt. Er rückt seine Arschbacken auf einen anderen Platz… genau zwei Zentimeter daneben. Plötzlich liegt ihre Hand auf seiner Beule. Er hat es nicht kommen sehen und schlägt sie spontan zur Seite. „Aua!" „Tut mir leid!" Vladimir nimmt wieder ihre Hand in seine und führt sie zu seinem Mund, um sie um Vergebung zu küssen. Er kann gar nicht anders und leckt kostend darüber. Kurz. Anastassja sieht ihn groß an und lächelt. Es gefällt ihr. Er kann nicht mehr die Augen von den ihren lassen. Ihre Augen glänzen verheißungsvoll und doch nicht allwissend. Sie ist neugierig. Aber wenn er richtig loslegen würde, würde sie schreiend davon laufen. Da ist er sich sicher. In seiner Verzweiflung fährt er andere Geschütze auf. „Sag mal, was ist mit Alexander?" „Was ist mit ihm?" „Er ist doch dein Freund? Er wird nicht glücklich darüber sein, wenn du mit mir so rummachst." Anastassja nimmt sofort Abstand von dem Mann neben sich. Er hat ja so was von recht! Was macht sie nur da?! „Vielleicht ist Alexander ja offener als du!", meint sie schnippisch. Vladimir kocht. So hat er es nicht gemeint. Alexander hat keine Ahnung wie er Anastassja glücklich machen kann. Oder doch?! Schweigend sitzen sie den Rest des Heimweges nebeneinander. Anastassja hat ihre Hand wieder in seiner. Sie beide wollen einen Rest von gegenseitigem Kontakt halten. Es ist ihnen angenehm so. Dennoch sehen sie sich nicht mehr an. Anastassja seufzt leise auf. Wieder Stille.

Vladimir hingegen kann sich gar nicht genug Arten des Sexes mit Anastassja vorstellen. Seine Gedanken führen ihn in unvorstellbare Höhen. Seine Libido wächst ins Unermessliche. Sie liegt gefesselt an Armen vor ihm. Sie windet sich, weil er mit einer Feder ihre Erregung anheizt. Er steht über ihr mit leicht wippenden Penis.

„Nicht so fest! Du tust mir weh!" Er wird brutal aus seinen Fantasien heraus gerissen. Er hat unbewusst zugepackt und ihre Hand gequetscht. Wiederholt küsst er, mit seiner Zunge leckend, über ihren Handrücken und sieht sie entschuldigend an. Besänftigt nickt sie. Er muss sich zusammenreißen! „Was ist zu Hause passiert? Wann ist das Begräbnis?" „Tante Olga wurde überführt und liegt in der Kapelle bei euch zu Hause aufgebahrt. Heute Nachmittag wird dort gebetet. Das Begräbnis ist übermorgen. Anastassja nickt traurig. Spontan lehnt sich Vladimir vor und legt seine Hand in ihren Nacken. Vorsichtig aber bestimmt zieht er sie zu sich und legt seine Lippen auf ihre. Er kostet sie und klopft mit seiner Zunge an. Mit weit aufgerissenen Augen öffnet sie keuchend den Mund. Seine Zunge sucht ihre und fordert sie auf mit ihm zu tanzen. Dieser Mann macht sie noch wahnsinnig! Es ist ein sehr erotisches Spiel. Anastassja ist unsicher. Aber sie ist lernwillig und bald erwidert sie seinen Zungenkuss. Seine Hand legt ihre Hand auf seine Schulter ab und greift dann zärtlich auf ihre Wange. Fordernd küssend, inhaliert Vladimir gleichzeitig ihren Duft nach Vanille und Zimt. Berauscht will er sie noch näher an sich ziehen. Alleine die Gurte hindern ihn daran und erinnern ihn an die verquere Situation. Sie ist zu jung! Bedauernd löst er sich von ihr. Nur seine Augen sind jetzt durch intensive Blicke mit ihren verbunden. Anastassjas Gesicht ist ganz verklärt. Die Augen halb geschlossen. Sie ist noch im siebenten Himmel. Der Kuss hat sie alles wieder vergessen lassen. „Warum hörst du auf?" Vladimir seufzt gequält auf. Er muss der Vernünftige sein! Wenigstens guckt sie nicht mehr so traurig wie vorhin. „Wie alt muss ich sein, dass du mit mir spielst?" „Alt genug um meine Forderungen zu erfüllen!" erwidert er mürrisch. Sie kommt immer wieder zu dem Thema zurück. Sie will es unbedingt wissen und er darf dem einfach nicht nachgeben! Er zieht sich endgültig zurück. „Vladimir! Wieso wendest du dich von mir ab?!" Sie ist irritiert. Sie kapiert es einfach nicht! Er verschränkt die Arme vor seinem Körper und sieht wieder aus dem Fenster neben sich.

Anastassja ist still geworden. Neugierig begutachtet sie seinen Körper. Sie hat ihn bei Tante Olga oben ohne gesehen. Seine Muskulatur ist immer schon sehr ausgeprägt gewesen. Heute ist er männlicher denn je. Spontan greift sie nach seinem Bizeps. „Was machst du da?!" Vladimir zuckt zusammen. Er fühlt sich angegriffen. „Ich fühle deine Muskeln. Sie sind größer geworden! Wie machst du das?" „Ich trainiere." „Oh… ja… na… dann…" Anastassja merkt, dass sie bei ihm nicht mehr durchkommt und schweigt.

Daheim in Harmonie

Anastassja freut sich sehr, als sie wieder zu Hause ist. Sie kann es gar nicht erwarten, ihre Eltern und ihren Bruder zu sehen. Kaum kommt die Limousine zum Stehen, löst sie ihren Gurt und springt aus dem Wagen. Ungestüm läuft sie auf das Tor zu und reißt es auf, bevor der Butler noch reagieren kann. Er hat Glück, dass ihm die massive Tür nicht auf den Kopf fällt. Tunlichst springt er zu Seite und macht ihr Platz. „Ich wünsche ihnen einen guten Tag, Fräulein Anastassja!" „Ich dir auch, Joseph!" Eilig umarmt sie ihn in ihrem Überschwang und schreit frohgemut in die Halle hinein. „Mama… Papa… Aleksej! Ich bin wieder da!" Ihre Eltern kommen ihr aus dem Salon entgegen und stellen sich ihrer stürmischen Tochter. „Meine liebes Mädchen! Ich freue mich so, dich wieder bei mir zu haben!" Ihre Mutter ist ganz gerührt. Auch ihr Papa ist froh, sein Mädchen wieder sicher zu Hause zu sehen. „Wo ist Aleksej? Aleksej!" „Hier!" Ihr Bruder kommt gemächlich und von einem Ohr zum anderen grinsend, die Treppe herab. Geduldig lässt er sich ihre begeisterte Begrüßung gefallen. „Aleksej! Ich habe dich sooo vermisst!" Aleksej ist ihr Zwillingsbruder. Er ist ihr ein und alles. Er ist immer da gewesen. Sie waren noch nie getrennt. Nur zu Alexander wollte er partout nicht mitfahren. Wenn Aleksej ehrlich zu sich selbst ist, dann hat er seine liebreizende Schwester auch vermisst. Aber jetzt ist sie ja wieder da und wird ihm bestimmt ständig in den Ohren liegen. Er freut sich darauf.

„Nachdem wir die Begrüßung hinter uns gebracht haben, wollen wir uns ins Speisezimmer begeben. Joseph hat schon gedeckt. Das Essen wird bald serviert. Vladimir sie dürfen mit uns am Tisch sitzen. Die anderen Bodyguards wollen doch bitte mit Joseph mitgehen." Herr Kaminov lässt seine Frau bei sich einhängen und sie gehen voraus. Vladimir bietet Anastassja seinen Arm an, den sie nicht verweigert. Irritiert runzelt Aleksej die Stirn und hängt sich an die andere Seite seiner Schwester. Herr Kaminov hebt leicht eine

Augenbraue, lässt diese Geste aber unkommentiert. „Meine Kleine, ich bin so froh, dass ich dich wieder da habe! Ich habe Angst gehabt, es könnte dir etwas geschehen! Immer wieder hört man von Kriminellen in der Stadt!" Die Mutter streichelt ihrer Tochter über ihre dichten braunen Locken. „Aber nein Mama! Da sind nicht nur Kriminelle. Es sind ganz normale Leute! Stell dir vor, was ich alles erlebt habe! Ich war einkaufen mit Bianca! Wir haben viele Sachen gekauft. Es war sooo schön! An der Kassa war ein Förderband, wo ich die Dinge darauf gelegt habe und die Frau hat sie über einen Scanner gezogen und wir durften die Sachen wieder in unsere Tasche einräumen. Was glaubst du, wie Bianca bezahlt hat? Mit einer Plastikkarte! Es sei eine Bankomatkarte, hat sie mir erklärt. Wahnsinn!" Anastassja plaudert ohne Unterlass. Nicht einmal ein Bissen des exzellenten Essens kann sie stoppen. Sie erzählt von Joe`s Burger Bistro und von dem Zoobesuch. „Sooo leckere Burger! Gibt es bei uns auch Burger? Josephine muss unbedingt auch Burger für uns zubereiten!" Die anderen am Tisch sind schon mit dem Essen fast fertig. „Anastassja hast du keinen Hunger?", fällt schließlich ihr Vater ihr ins Wort. Sie verstummt, tief Luft holend und widmet sich ihrem Filet. Aber sie wäre nicht sie, wenn sie nicht bald vor Mitteilungsbedürfnis platzen würde. „So liebe, schnuckelige junge Tiere im Zoo! Ein kleiner Elefant, ein kleines Nashorn und niedliche Pinguine!" „Anastassja!" Sie verstummt abermals. Aleksej und Vladimir verbeißen sich das Lachen. Das Mädchen ist so erfrischend, inmitten der Steifheit in diesem Zuhause. „Vladimir gab es Probleme?" „Nein! Keine Probleme, Sir!" Anastassja ist auffallend ruhig geworden. Sie befasst sich intensiv mit ihrem noch vollem Teller. Ihr Gesicht ist leicht errötet und verbirgt es hinter ihren Locken. Allein Aleksej ist es aufgefallen. Er kennt seine Schwester in- und auswendig. Da gibt es Nachfragebedarf! Aber nicht jetzt. Nach einem fantastischen Mahl bittet die Frau des Hauses die Familie in den Salon, um es sich dort gemütlich zu machen. Herr Kaminov bietet Vladimir einen Wodka an, den er dankend annimmt. Anastassja verabschiedet sich bald mit Küsschen für alle, um in ihr Zimmer zu gehen. Sie ist müde. Ihre Mama begleitet sie. „Ist etwas zwischen dir und

Vladimir vorgefallen?" Ertappt sieht ihre Tochter sie an. „Äh… nein?" „Ich meine ja nur. Du bist ihm gegenüber etwas auffallend schüchtern aufgetreten. Nur so ein Gefühl!", wiegelt sie ab. „Nein, Mama!" Frau Kaminov lässt davon ab. Anastassja würde früh genug davon erzählen und Vladimir ist ein ehrenwerter Mann! Oder?!" In ihre Gedanken versunken, hilft sie Ana mit ihrem Gepäck. Spontan umarmt Ana ihre Mutter „Ich hab dich lieb!"

Es ist spät. Anastassja liegt wach in ihrem Bett. Sie kann nicht schlafen und beschließt zu ihrem Bruder zu gehen. „Bist du wach?" Zart rüttelt sie ihn. „Ja, jetzt bin ich definitiv wach!", brummt er. „Kann ich zu dir kommen?" Er lüftet schlaftrunken seine Decke und lässt sie zu sich hinein schlüpfen. Sie haben das früher immer so gemacht. Es ist ihr Geheimnis. Niemand weiß davon. „Was geht in deinem Kopf vor?" Aleksej weiß aus Erfahrung, dass er nicht weiter schlafen wird können, solange sie nicht ihr Herz bei ihm ausgeschüttet hat. Er streckt seinen Arm aus und sie schmiegt sich hinein. „Es war alles so aufregend. Der Einkauf, das Essen bei Joe's, der Zoo…!" „Ja?" Er weiß, da ist noch etwas und wartet ab. Sie seufzt. „Na ja… und… Vladimir!" Alarmiert fragt er nach. „Vladimir? Was ist mit ihm?" „Er ist soooo interessant?" „Interessant?!" „Ich weiß nicht, wie ich es sagen soll." „Sag es einfach!" „Er hat mich geküsst und mir Dinge gesagt…" Sie zieht merklich den Kopf ein. Jetzt wird Aleksej doch unruhig. Vladimir hat ihr doch nichts angetan?! „Sag es! Was hat Vladimir gesagt oder getan?!" Seine Stimme ist merklich schroffer geworden. „Ich habe Bianca und Holger in einer Nacht heimlich beobachtet. Da habe ich Dinge gesehen, die ich mir nie vorstellen hätte können! Vladimir hat es mir erklärt." „WAS! Vladimir hat dir erzählt, was die beiden gemacht haben?!" Im Stillen ermordet er Vladimir auf vielerlei Arten. Seiner unschuldigen Schwester mit schmutzigen Gedanken belasten. Pfui Teufel!" „Es hat mich ganz kribbelig gemacht! Er hat mich geküsst! Oh la… la…! Du musst wissen, er trainiert. Was immer er trainiert. Er hat Muskeln! Oh mein Gott! Er ist ein ganzer Mann!" Sie kommt aus ihrer Schwärmerei nicht mehr heraus. Aleksej wird schon schlecht. Er hat es kommen sehen. Er wollte seinem Vater

Vladimir, als Anastassjas persönlichen Bodyguard, abraten. Er wusste, dass Vladimir von Anastassja besessen ist. Bei Tante Olga ist er immer hinter ihr her gewesen. Auch die starrenden Blicke im Internat, als sich dieser Kerl unbeobachtet gefühlt hat, hat er beobachtet. Der Tanz in der Disco, als sie sich heimlich von der Schule davon geschlichen haben, ist noch frisch in seinem Gedächtnis. Wenn er und seine Schulfreunde von ihm nicht abhängig gewesen wären, hätte er ihn zum Teufel geschickt. Nun muss er ständig ein Auge auf die Beiden haben! Er traut dem Kerl nicht.

„Was ist mit Alexander? Ist er nicht dein Freund?" Sie seufzt laut auf. „Ja doch. Aber Vladimir…!" Noch ein Seufzer. „Das ist nicht fair gegenüber Alexander. Du musst mit ihm sprechen, oder Vladimir aus deinem Kopf streichen!" „Glaubst du wirklich? Vladimir betont immer wieder, dass ich zu jung bin für das, was er mit mir vorhat!" Aleksej stöhnt gequält auf. Er will nichts mehr hören. Seine Schwester steuert in den sicheren Abgrund! „Was meinst du, was Vladimir mit mir vorhat? Wieso kann er es mir nicht jetzt schon zeigen? Ich verstehe das nicht." Aleksej zieht die Decke über seinen Kopf. Er will nicht mehr daran denken. Seine Schwester und Vladimir. Undenkbar! Das wird Kämpfe geben. Nicht nur zwischen ihm und Vladimir. Nein, auch ihre Eltern werden massiv etwas dagegen zu sagen haben! Er muss dankbar dafür sein, dass Vladimir Anastassja noch zu jung hält. Die Situation ist noch nicht so dramatisch. Er muss unbedingt mit Ihm sprechen! „Brüderchen! Ich rede mit dir!" Sie zieht an der Decke. Vorsichtig lugt er hervor. Das Gespräch ist noch nicht abgeschlossen. Wenn sie es nicht beendet, solange wird er auch keine Ruhe haben. „Hä…?" Er gibt sich ahnungslos. „Weißt du was Vladimir mit mir vorhat?" „Nein!" Er will keine Dinge in den Raum werfen, auch wenn er nicht sicher weiß, von was genau der Mann gesprochen hat. Aber es ist bestimmt nichts Gutes! Anastassja ist still geworden. Vorsichtig wendet er den Kopf zu ihr. Sie ist eingeschlafen. Seufzend schließt er selbst die Augen. Er hat keine Lust sie wieder aufzuwecken, damit sie in ihr eigenes Bett zurückkehrt.

Vladimir ist auf der Suche seines Schützlings. In ihrem Zimmer ist sie nicht. Das Bett ist kalt. Sie muss schon lange munter sein. Irgendwie hat er vermutet, dass sie Langschläferin ist. Er fragt sich ernsthaft, wo sie sein könnte. Als er gerade nach draußen gehen wollte, kommt Aleksej die Treppe herunter. Gähnend taxiert Aleksej seinen Widersacher. „Weißt du wo deine Schwester ist? Ich suche sie schon seit über einer Stunde!" „Such sie doch weiter!" Vladimir sieht ihn kurz an. „Hast du was gegen mich?" Aleksej will ohne Worte an Vladimir vorbei in die Küche marschieren. „Ich rede mit dir!" „Sie ist in meinem Zimmer!" Mürrisch gibt er Auskunft. Der lästige Kerl hätte sonst seinen Klammergriff nicht aufgegeben. Er schlurft weiter zur Küche. Vladimir sprintet die Treppen hoch und visiert die Tür des Jungen an. Ohne anzuklopfen geht er hinein. Wie elektrisiert steht er vor dem Bett, in dem seine Angebetete schläft. Er hat sie mit seinem Gepolter, in ihrem Schlaf, nicht gestört. Hinreißend. So unschuldig. Ihre Wangen sind leicht gerötet. Der Mund ist halb geöffnet. Ihre Hand liegt stützend unter ihrer Wange. Die Decke ist fast auf den Boden gerutscht. Aleksej hat die Decke einfach nicht mehr über sie gebreitet. Fürsorglich legt er diese wieder auf den fraulichen Körper des doch so jungen Mädchens. Sanft streicht er über die wirren Locken und berührt sachte ihre Lippen mit dem Zeigefinger. Anastassja seufzt leise. Unbewusst küsst sie, die Lippen schürzend, fast unmerklich den Finger auf ihrem Mund. Vladimir setzt sich vor sie auf den Boden. Diese einfache lustvolle Geste macht ihn fertig. Er ist geil. Geil auf das Mädchen, das er nicht haben kann. Einerseits weil sie zu jung ist und andererseits ist er beruflich für sie verantwortlich. Jetzt kann er sie nur bewundern. Sie in entspannter Position beobachten. Er kann gar nicht anders und umfasst ihre offene warme Gesichtshälfte mit der ganzen Handfläche. Sie schmiegt sich hinein und schlägt die Augen auf. Verschlafen lächelt sie ihn träumerisch an. Sie legt ihre Hand auf seine, auf dass er sie nicht zurückzieht und dreht ihren Kopf, um die männliche Handfläche zu küssen.

Sie ist nicht verlegen. Sie freut sich, dass Vladimir bei ihr ist. Sie muss die Beziehung mit Alexander überdenken, schießt es ihr in den Kopf. Sie verzieht das Gesicht bei dem unerfreulichen Gedanken. „An was denkst du?" „Ich weiß nicht. Du… Alexander…", seufz. „Warte auf mich! Ich bin besser für dich!" „Warum?" Noch immer sind sie in derselben Position. Er sitzt vor ihr auf dem Boden und sie liegt im Bett mit einer Hand unter ihrem Gesicht. Er beugt sich vor und küsst sie, wie ein Liebhaber sie küsst und hat sie fest umarmend hochgezogen. Plötzlich reißt er sich stöhnend von ihr weg. „Wir dürfen das nicht. Ich bin dein Bodyguard!" Anastassja sitzt da und fühlt sich sehr verlassen. Sie will ihn. Was sie will, weiß sie selbst nicht so genau. Also steht sie auf und geht ohne Worte in ihr Zimmer. Vladimir folgt ihr. „Ich muss mich anziehen. Geh hinaus!", fordert sie ihn auf. Vladimir postiert sich breitbeinig vor ihre Zimmertür. Als sie fertig angezogen erscheint, geht sie, ohne ihn weiter zu beachten, in die Küche. Sie ist hungrig. Ihr Bruder sitzt schon bei seinem Becher Kaffee und schenkt ihr bereitwillig auch einen ein. Er taxiert Vladimir und bietet ihm stumm Kaffee an. Dieser nickt und schlendert langsam näher zu den Zwillingen und nimmt auf den freien Hocker Platz. Keiner spricht ein Wort. In Harmonie nehmen sie ihr Frühstück zu sich. Brot? Anastassja reicht Vladimir stumm eine weitere Scheibe Brot. Aleksej schiebt ihm Butter zu. Vladimir streicht Butter auch auf die nackten Brotscheiben von Anastassja und Aleksej. Anastassja verteilt geviertelte Tomaten und Eier auf die Teller und Aleksej reicht das Salz weiter. Aleksej hält die Kanne Kaffee wieder stumm fragend in die Höhe und schenkt in die entgegen gehaltenen Becher ein. Vladimir gibt etwas Milch bei Anastassja dazu und rührt gleich um. Kauend beobachten sie sich. Anastassja fängt an zu kichern. „Was!", Aleksej fühlt sich gestört. Sie verstummt, hält sich aber die Hand vor dem Mund. Vladimir ist schon bei seiner vierten Scheibe Brot und zeigt auf das Honigglas, das außerhalb seiner Reichweite steht. Anastassja reicht es ihm und blickt ihm tief in die Augen. Vladimir starrt sie ebenfalls an und greift in die Luft. „Ich bin auch noch da!", murrt Aleksej. Er hat den Flirtversuch seiner Schwester sehr genau beobachtet. Der Kontakt ist nun unterbrochen. Die Harmonie ist weg.

„Heute müssen wir in die Kapelle zu Tante Olga!" Aleksejs Stimme ist traurig. In diesem verzweifelten Moment kommen die Eltern herein. „Ah da sind ja alle! Wir haben schon gedacht, dass niemand im Hause ist. Es war so still." Frau Kaminov schaut in die leere Kanne und seufzt. Sie klingelt dem Mädchen und ordert frischen Kaffee an. Sie setzt sich neben ihren Mann und fängt an, sich eine Semmel mit Butter zu bestreichen. „Heute beten wir für Tante Olga! Vladimir kommen Sie mit?" „Natürlich Frau Kaminov! Tante Olga wird mir ebenso fehlen wie Ihnen auch! Ich habe sie sehr oft besucht und sie hat mich umsorgt wie die anderen. Das werde ich ihr nie vergessen!" Sie nickt. „Wir werden nach dem Frühstück aufbrechen. Wir fahren gemeinsam hin. Ich gebe unserem Fahrer Bescheid." Herr Kaminov nimmt sein Handy zur Hand. Inzwischen ist die frische Kanne Kaffee am Tisch.

Die jungen Leute gehen hinaus. „Ich muss noch etwas mit dir besprechen! Es dauert nicht lange." Aleksej hält Vladimir ab, Anastassja in ihr Zimmer zu begleiten. Er winkt den Mann zu sich in sein Zimmer und schließt die Tür. „Was willst du von ihr?" Kaum sind sie alleine, legt Aleksej schon los. „Was meinst du?" Vladimir gibt sich ahnungslos. Er muss erst wissen, was Aleksej meint. Er ist sich bewusst, dass das Mädchen mit ihrem Zwillingsbruder gesprochen haben muss. Das tut sie immer. Offensichtlich auch über intime Angelegenheiten. „Du stellst ihr nach. Sie hat mir alles erzählt." Aleksej steht mit verschränkten Armen vor seinem Gegenüber. Obwohl er um fast einen Kopf kleiner ist als der Ältere, gibt er nicht klein bei. „Hat sie dir auch erzählt, dass ich sie abgelehnt habe?" „Sie ist noch nicht alt genug für das, was du mit ihr vorhast?!", wiederholt Aleksej die Worte seiner Schwester. Vladimir denkt nach. „So ist es. Ich bin ihr Bodyguard und ich will meinen Job behalten." „Die Frage ist nun, was hast du vor, wenn sie für dich alt genug ist? Sie ist neugierig. Sie wird es wissen wollen und wird keine Ruhe geben, bis du es ihr gezeigt hast! Du hast ihr Flausen in den Kopf gesetzt!" Er ist wütend. „Eines sag ich dir. Sollte ich irgendetwas in dieser Richtung erfahren oder merken, dass etwas mit Anastassja nicht in Ordnung ist, wird es mein Vater erfahren. Dann Gnade dir Gott!" Vladimir verlässt wutentbrannt das Zimmer. Dass er sich von so einem dummen Jungen erpressen lassen muss, ist unerhört! Er lässt sich in den Sessel vor Anastassias Tür fallen und wartet darauf, dass sie fertig angezogen heraus kommt.

Back To School

Tante Olga hat ein würdiges und schönes Begräbnis gehabt. Viele Verwandten und Freunde haben sich eingefunden. Anastassja hat sich die Tränen ausgeheult und musste von Vladimir gestützt werden. Aber nun ist dies vorbei und Vladimir hat die Zwillinge persönlich an dem Tor des Internats, in dem sie nun die vorletzte Klasse besuchen werden, abgesetzt. Er wird wieder, wie jedes Jahr, als Sportlehrer für die Schule zur Verfügung stehen. So kann er jederzeit ein Auge auf die Beiden haben. So ist es mit Herrn Kaminov und dem Direktor abgesprochen. Dass irgendeine Gefahr auf das junge Paar lauern könnte glaubt Vladimir zu dieser Zeit nicht. Aber sein Boss ist da anderer Meinung. Ihm kann es nur recht sein. Er stellt das Auto, in die für ihn reservierte Garage ab, schultert seine Tasche aus dem Kofferraum und schlendert über das weitläufige Schulgelände zu seinem Zimmer. Anastassja und Aleksej suchen ebenfalls ihre Räumlichkeit auf. Seit der ersten Klasse haben sie ein großes gemeinsames Zimmer, nur getrennt durch eine dünne Mauer, mit einem kleinen Vorraum. So haben die beiden ihren Freiraum und können sich jederzeit gegenseitig helfen. Auf dieses Arrangement haben ihre Eltern bestanden, da sie wissen, dass ihre Tochter abends Albträume hat und ihr Bruder am besten damit umzugehen weiß. Nur wissen sie nicht, dass diese Albträume spätestens nach einem halben Jahr sich gelegt haben und das Mädchen seither meistens gut durchschläft. Dennoch ist ihr Bruder ständig um sie besorgt. Er kennt ihre Schwächen und hat deshalb niemals erwähnt, dass dieses spezielle Arrangement hinfällig wäre. Anastassja ist zufrieden damit, wie es ist.

Anastassja nimmt bald wieder ihren Lieblingsposten vor dem Schultor auf der Bank ein. Es gefällt ihr, zu beobachten, wer wann und wie, an der Schule ankommt. Vielleicht gibt es ja den einen oder andern Skandal? Sie will unbedingt auf dem neuesten Stand sein und sich mit ihren Freundinnen

Verena und Nora austauschen. Viele Neulinge kommen an. Mädchen und Jungs, die noch unsicher neben ihren Eltern einhergehen. Sie müssen sich alle als erstes bei der Direktion anmelden. Anastassja lächelt in Erinnerung an ihre Anfangszeit. Sie hat sich auf die neue Schule gefreut. Aber sie hat sich ständig in den vielen Gängen des Schulgebäudes verirrt. Auch heute hat sie sich an Aleksej gehalten. Sie hätte ihr Zimmer mit Sicherheit nicht alleine gefunden. „Da bist du ja!" Aleksej lässt sich neben sie plumpsen. „Ist schon wer von unseren Freunden da?" „Nein." „Schau mal, da ist Nora! Hi Nora!", schreit Anastassja und winkt der Freundin enthusiastisch zu. Nora lacht und sie fallen sich auf halbem Weg um den Hals. „Gut siehst du aus! Was hast du in den Ferien gemacht?" „Ich war bei Florian. Puh…! Das war vielleicht anstrengend!" Nora fächelt sich theatralisch Luft zu. „Wieso das?" „Die Zwillinge!", bedeutungsvoll verdreht Nora die Augen. „Aber warte erst einmal. Ich muss meine Koffer ins Zimmer stellen. Ich komme dann!" Verena ist inzwischen auch angekommen. Sie ist Aleksejs Freundin seit der ersten Klasse. Sie sind unzertrennlich, seit er ihr das Leben gerettet hat. Das hat sie zusammen geschweißt. Arm in Arm schlendern sie zum Tor. Anastassja umarmt freudig ihre zweite Freundin. „Es tut mir leid wegen Tante Olga. Sie war eine ganz Liebe!" „Ja." Anastassja seufzt herzerweichend und tupft sich Tränchen aus den Augen. Verena umarmt sie noch einmal. Inzwischen hat Aleksej ihre Koffer herbeigeschleppt. „Komm ich helfe dir dein Gepäck hinauf zu tragen!", schnauft Aleksej. „Sag mal, hast du Steine eingepackt? Die Koffer sind wahnsinnig schwer!" Verena lacht und packt zu. Zum Glück gibt es einen Aufzug, den die Schüler am ersten Tag verwenden dürfen.

Anastassja ist wieder alleine auf der Bank. Sie streckt genießerisch ihr Gesicht der Sonne entgegen. Ein Schatten beugt sich zu ihr. Vladimir. „Ach du bist es! Du hast mich erschreckt." „Was machst du hier alleine?" Er setzt sich zu ihr. „Ich beobachte die Schüler bei der Ankunft. Es ist irgendwie spannend. Schau mal. Da kommt wieder eine Neue!" Er nickt. Er lehnt sich entspannt zurück und streckt seine langen Beine aus und überkreuzt sie bei den Knöcheln. Ein Arm liegt hinter ihr auf der Lehne. Vladimir genießt die

Sonne ebenso wie Anastassja. Während sie immer wieder Kommentare über Neuankömmlinge macht, hat er die Augen entspannt geschlossen. Sein Gesicht ist der Sonne entgegengestreckt. „Alex!", Ana springt auf und läuft ihrem Freund entgegen. Lachend fängt er sie auf und küsst sie. Vladimir sieht dem gelassen zu. Seine Zeit ist noch nicht gekommen. Kurz dehnt er sich und steht auf. „Hi, Alex. Wie geht's?" „Vladimir." Alex Blick geht zwischen seinem Mädchen und dem Mann hin und her. Aber er sieht keine Bedrohung. Anastassja schmiegt sich in seine Arme und nicht in die des Gegenübers! „Komm ich begleite dich nach oben!" Heute dürfen sich Mädchen und Jungs in allen Gängen aufhalten, wo immer sie wollen. Ab morgen ist wieder streng nach Mädchen und Jungen Trakt getrennt. „Jetzt hast du ja Alexander. Ich gehe dann mal zur Direktion. Ich habe noch etwas zu besprechen." Vladimir trennt sich von den beiden und schlendert zum Sekretariat. Er muss warten. Zurzeit ist ein Neuanfänger mit seinen Eltern beim Direktor.

Dann widmet sich Dr. Kokoff dem jungen Sportlehrer der Schule. „Was kann ich für Sie tun, Herr Kaliko?" „Ich bin wegen der Zwillinge Kaminov hier, insbesondere wegen Anastassja Kaminov. Ihr Vater befürchtet, dass die Geschwister in Gefahr sind. Er hat mich gebeten, besonders auf seine Tochter ein Auge zu haben. Sie kennen ihre Schwäche. Sie ist unberechenbar und kann sich schnell selbst in Situationen bringen, bei der Entführer leichtes Spiel haben könnten." Direktor Dr. Kokoff legt nachdenklich seine Fingerspitzen zusammen. Die Befürchtung des Herrn Kaminov ist äußerst prekär. Herr Kaminov ist einer der großzügigsten Spender der Schule, daher ist es ihm unmöglich Herrn Kaminov zu bitten, seine Kinder an einem sicheren Ort zu bringen. Er muss sich der Sachlage stellen. Äußerst unangenehm. „Was ist der Wunsch von Herrn Kaminov?", fragt er vorsichtig. „Ich bin als persönlicher Bodyguard seiner Tochter eingesetzt. Aber ich möchte sie nicht auf Schritt und Tritt verfolgen. Das wäre zu auffällig. Ich bin auch heuer als Sportarzt in ihrer geschätzten Schule angestellt und möchte mich in dieser Eigenschaft auch einsetzen. Zu dieser Zeit müsste jedoch eine

Vertrauensperson, oder auch zwei, mit Anastassja zugange sein." „Das ließe sich einrichten. Ich werde mir etwas bis morgen einfallen lassen und mich mit der einen oder anderen Lehrkraft beraten." Dankend verabschiedet sich Vladimir und geht hinaus. Er ist sich sicher, dass Alexander noch bei Anastassja ist und sieht sich erst einmal im Gelände des Internats um. Er nimmt sich vor, dass er zu später Stunde die Zwillinge aufsuchen wird, um mit ihnen ein ernstes Gespräch zu führen.

Gefahr in Verzug

Nach der ersten Nacht treffen die Schülerinnen und Schüler im Speisesaal zum Frühstück ein. Der erste Schultag steht an. Lautstark und tratschend gebärdet sich der eine, oder andere. Der Lärm Pegel steigt an. Die Freunde, Anastassja und Alexander, Verena und Aleksej, Nora und Florian haben sich ihren Tisch gesichert. „Sieh nur Florian! Deine Brüder sitzen am Nebentisch!" Nora winkt Micha und Seb zu. „Oh Gott! Beachte sie nur nicht! Bitte!", fleht Florian. Er kennt den Übermut seiner Brüder. Sie haben nur Blödsinn im Kopf. Der eine stachelt den anderen auf und schon ist das Chaos perfekt. Er hat es letztes Jahr miterlebt. Er erlebt es täglich zu Hause. Er zieht den Kopf ein. Er will sie gar nicht sehen. Er kennt sie zu gut. Dennoch beobachten die Mädels am Tisch die gut aussehenden Brüder Florians. Sie wirken noch männlicher auf sie, als im vorigen Jahr. „Sie sind sooo süß!" Alexander reagiert auf Schwärmereien seiner Freundin nicht mehr. Sie sagt sowieso immer das, was sie denkt. Da erspart er sich die Energie, dagegen zu halten. „Ja wirklich! Wer ist eigentlich Seb und wer ist Micha? Ich kann sie gar nicht auseinander halten!" Nora sieht sie fasziniert an. „Das ist ganz einfach... Seb!" Einer der Zwillinge dreht den Kopf grinsend zu ihnen. „DAS ist Seb!", lacht Verena. „Aber es gibt einen Unterschied. Seb hat ein ganz kleines Muttermal auf dem Kinn." Anastassja weiß es wieder einmal besser. „Wieso weißt du das?" „Ich beobachte gerne! Hab ich recht Florian?" Er brummt nur. „Wie kannst du deine Brüder unterscheiden?", fragt Nora und krault liebevoll seinen Nacken. Florian neigt sich der Geste brummig entgegen. „Los sag es uns! Wie kennst du die beiden auseinander." „Ich weiß es einfach, wenn ich sie sehe!" „Hm...!" Die Mädels wissen jetzt so viel wie vorher... gar nichts.

Einige Mädels scharen sich bereits um den Nebentisch. „Hi. Sandra! Du siehst klasse aus!" Das Kompliment kommt von Micha. Oder ist es Seb? „Danke, mein Hübscher? Seb?"

„Micha!", korrigiert er lachend. Es macht den beiden einen Heidenspaß immer wieder verwechselt zu werden. „Rose! Super Haarfarbe! Es schmeichelt dir!" „Danke! Das ist sooo lieb von dir, Micha!" „Seb." In diesem Kontext geht es einige Male weiter. Florian kann es schon gar nicht mehr hören. „Ich muss hier raus! Gehst du mit mir?", fragt er Nora. Sie gibt nur ungern nach. Sie hat Spaß. Sie hören das Gekicher und die tiefen Lacher noch in der Aula der Schule. Schnell zieht er seine Freundin nach draußen vor das Tor. „Warum bist du so verärgert? Sie sind doch harmlos. Du hast dich anfangs ja auch mit jeder Menge Mädels abgegeben?!" „Sooo angeberisch war ich sicher nicht!", verteidigt er sich. „Nein, da hast du recht. Du warst irgendwie charmanter." Dafür küsst Florian sie auf den Mund. „Danke!" „Wofür?" „Dass du mich nicht mit ihnen gleichgestellt hast!" Nora kichert und legt die Arme um seinen Hals und krault ihn im Nacken. Er liebt das. Knurrend legt er sich in ihre Hände. Jetzt bereut sie nicht mehr, mitgegangen zu sein.

„Sieh nur! Seb und Micha gehen hinaus. Es sind ihnen mindestens zehn Mädchen hinterher!", feixt Anastassja. „Es sieht sooo komisch aus! Ha… ha… ha…!" Verena biegt sich vor Lachen. „Ana komm! Wir müssen in die erste Stunde!", Alexander zieht sie mit hinaus. Aleksej und Verena folgen ihnen. Die Vorstellung ist für sie zu Ende.

Vladimir ist besorgt. Er hat einen Anruf seines Arbeitgebers Kaminov erhalten. Der Vater macht sich Sorgen um seine Tochter. Es gab einen Einbruch bei ihnen zu Hause. Vorsicht ist geboten. Vladimir darf unter keinen Umständen seine Tochter aus den Augen lassen. Notfalls muss er in ihrem Zimmer schlafen. Er hat das mit dem Direktor schon abgesprochen. Vladimir richtet sein Lager. Seine eigene Matratze aus seinem Schlafraum liegt neben ihrem Bett auf dem Boden. Anastassja ist im Unterricht. Er sieht auf die Uhr. In zehn Minuten wird es zur Pause läuten. Dann will er sie zum nächsten Unterricht begleiten. Er ist gespannt, wie sie darauf reagieren wird.

„Hi Vladimir! Was machst du da?" „Befehl deines Vaters! Ich muss dich rund um die Uhr bewachen." „Warum denn das?" Sie geht voraus und er schiebt sich neben sie. Es ist ein bisschen schwierig, neben ihr zu gehen. Es ist sehr viel los auf dem Schulgang. Immer wieder werden sie von anderen Schülern unabsichtlich gerempelt. „Wo müssen wir hin?" Vladimir ist genervt. „Dritter Stock, Mathe!" Sie sind auf der Treppe dorthin. „Hi Ana!" Alexander hat sie eingeholt. „Was machst DU hier?" Alexander sieht Vladimir skeptisch an. „Vladimir muss mich beschützen. Befehl von Papa!" Äh...? „Warum? Hier passiert dir doch nichts?" Vladimir wartet bis der nächste Unterricht beginnt und die Tür zum Klassenzimmer zufällt. Er geht wieder in das Zimmer, in das er einziehen wird und werkelt weiter. Er hat sein ganzes Equipment aus seinem regulären Zimmer mitgenommen. Er beansprucht fast dreiviertel des Zimmers. Eine Hantelbank und Gewichte brauchen viel Platz! Dann holt er wieder Anastassja aus dem gegenwärtigen Klassenraum und begleitet sie zum Mittagessen. „Wir haben hier keinen Platz mehr für dich!" Alexander weist Vladimir weg von dem Tisch seiner Freunde. Hier gibt es nur sechs Plätze. „Sieh mal Vladimir. Am Nebentisch ist noch ein Platz frei!" Anastassja setzt sich auf Anweisung an den Rand ihres Tisches, damit Vladimir sie im Auge behält. „Warum verfolgst du nicht einmal Aleksej?" „Aleksej weiß was er tun muss! Außerdem schläft er neben dir in einem Raum. Da kann ich auf euch beide aufpassen!" „Äh... Wie meinst du das jetzt?" „Ich schlafe bei dir im Zimmer." Vladimir isst seelenruhig weiter. „Was?! Das ist verboten!" Anastassja ist perplex. „Anordnung deines Vaters und des Direktors!" Vladimir kaut weiter.

Der Nachmittag gestaltet sich so ähnlich wie der Vormittag. Vladimir ist während der Pausenzeit zur Stelle. Anastassja hat den ganzen Tag Unterricht. Nach dem Abendessen begleitet er sie schließlich in ihr gemeinsames Domizil. Aleksej erfährt erst jetzt von dem Arrangement. „Ist das jetzt unbedingt notwendig?" Er ist genervt. Können sie sich benehmen? Er ist skeptisch. „Ruf deinen Papa an!" „Das mache ich! Da kannst du dich darauf verlassen!" Alexander kommt vorbei. „Was machst DU hier in ihrem Zimmer?"

Misstrauisch sieht er sein Gegenüber an. „Ich schlafe hier! Befehl von Kaminov!" Skeptisch betrachtet der Jüngere die Matratze auf dem Boden. Dieser Mann soll hier bei seiner Freundin schlafen?! Das ist doch nicht sein Ernst? Alexander ist verstimmt. Er geht auf die andere Seite des Zimmers. „Das ist doch nicht euer Ernst?! Was soll das?!", aufgebracht redet er auf Aleksej ein. „Leider ja! Papa befürchtet das Schlimmste. Zu Hause ist eingebrochen worden." Aleksej zuckt die Schultern. Er kann sich nicht vorstellen, dass seine Schwester und er hier in Gefahr sind. Alexander schüttelt fassungslos den Kopf. Vladimir kommt zu den Jungs hinüber. „Anastassja will sich für die Nacht fertig machen", meint er. „Ich warte so lange bei euch!" Die Jungs nicken. „Du kannst mit uns eine Runde zocken!" Er hat nicht besseres zu tun und setzt sich an den Tisch. Aleksej teilt die Karten aus. Florian kommt herein. „Kannst du nicht anklopfen?! Beinahe hätte ich dich niedergerannt!" Vladimir ist blitzschnell aufgesprungen, als er jemanden an der Tür gehört hat. Selbstbewusst kommt Florian näher. „Ich klopfe nie!" Aleksej nickt Florian zu und teilt Karten für alle vier aus. „Komm spiel mit uns! Wir brauchen einen vierten Spieler!" Ohne weitere Worte starren die Vier auf ihre Karten.

Anastassja kommt zu ihnen hinüber. „Ich bin fertig!" Sie geht zu Alexander und küsst ihn auf die Wange. Der Junge legt einen Arm um ihre Mitte. Er mag sie sehr und freut sich, dass sie zu allererst zu ihm gekommen ist. Vladimir beobachtet sie aus den Augenwinkeln. Er ist nicht eifersüchtig, weil er weiß, dass da nicht mehr als Geknutsche zwischen den beiden ist. Er kann warten. Seine Zeit mit Anastassja wird kommen. Jetzt muss er sich vor allem darauf konzentrieren, dass ihr kein Leid geschieht. Sie hat sich einen Sessel geholt und sich neben Alex gesetzt. Geduldig beobachtet sie das Spiel. Hin und wieder zeigt sie mit dem Finger auf eine Karte in Alexanders Hand. Er beugt sich ihren Empfehlungen. Sie hat fast immer recht, weil sie ein gutes Zahlengedächtnis hat. Sie wäre eine super Pokerspielerin! Alexander gewinnt. „Anastassja, du bist ein Glücksbringer!" Er küsst sie kurz auf die Lippen. „Mit Glück hat das nichts zu tun! Man muss nur mitzählen. Dann kann man nur die richtigen Karten ausspielen!", meint sie. „Meine Schwester hat eine wahnsinnig gute Beobachtungsgabe! Eines Tages werden wir das Casino entern! Ihr werdet sehen!" Aleksej lacht. Nur über meine Leiche, denkt sich Vladimir. „Ihr werdet meine Süße nicht ausnutzen!" Alexander protestiert knurrend bei dem Kosewort. Vladimir mischt gekonnt die Karten und teilt aus. Er ist ebenfalls ein exzellenter Spieler. Bis jetzt hat er nur die Lage gepeilt. Aber jetzt will er den Jungs zeigen, dass er besser ist, als sie. Er kann ebenfalls die Karten zählen. Darin ist er mindestens so gut wie Anastassja. Er spielt aus. Beobachtend blickt er in die Runde. Er will an den Gesichtern ablesen, wie gut die Karten seiner Gegner sind. Sie machen es ihm leicht. Ein kleines Grinsen, ein verzogenes Gesicht und er kann einschätzen, wie es um sie steht. Sein Blatt ist nicht schlecht. Aber es fehlen ihm noch bestimmte Karten, um das Spiel sicher für sich zu entscheiden. Sein Blick fällt auf Anastassja. Sie zeigt Alexander welche Karte er ausspielen soll. Es ist eine Pik Sieben, die auf dem Tisch landet. Sie sieht auf und direkt in Vladimirs Augen. Einen kurzen Augenblick lang. Er muss sich konzentrieren, sonst verliert er! Sie lenkt ihn ab. Er spielt aus und gewinnt den Satz. Noch drei Runden und er hat gewonnen. Mit sich zufrieden lehnt er sich entspannt zurück. Alexander mischt und teilt aus. Vladimir gewinnt die nächsten vier Spiele ohne Probleme.

„Mir reicht es! Ich gehe schlafen!" Florian steht auf und geht ohne weitere Worte. „Ja, es ist Zeit aufzuhören! Ihr müsst morgen in den Unterricht." Vladimir kann es nicht lassen und sieht dabei Alexander an. „Ja, ja ich gehe ja schon! Komm Ana, ich bringe dich ins Bett. Ich brauche noch einen Gute Nacht Kuss!" Demonstrativ legt er ihr den Arm auf die Taille und schiebt sie nach nebenan in ihren Raum. Vladimir lässt ihnen Zeit und schlendert dann selbst hinüber. Alexander ist weg. Vladimir zieht sich bis auf seine Boxer Short aus und legt sich auf seine notdürftige Matratze und zieht die Decke über seinen Körper. Lächelnd hört er Anastassja leise seufzen.

Visionen

Seit einer Woche ist Vladimir nun bei den Zwillingen einquartiert. Er fragt sich, ob diese Vorsichtsmaßnahme weiterhin notwendig ist. Bisher ist nichts Besonderes vorgefallen. Irgendwie geht es ihm auf den Sack, dass er das Mädchen jede Stunde in die andere Klasse begleiten muss. Alexander geht ja fast überall mit ihnen mit. Er muss mit Herrn Kaminov sprechen. Später…

„Alexander, kann ich mit dir sprechen?" Vladimir holt den jungen Mann aus der Gruppe von Mitschülern, mit denen er sich unterhalten hat. Anastassja steht neben ihm. Ungern löst sich Alex aus Seinesgleichen und sieht Vladimir fragend an. „Vielleicht ist es dir schon eigenartig vorgekommen, dass ich Anastassja in letzter Zeit nicht aus den Augen gelassen UND in ihrem Zimmer geschlafen habe?" „Ich weiß ja nicht, was hier vorgeht. Aber ich kann dich dabei nicht abhalten!" Gereizt steht Alex da und will einfach nur weg von Vladimir. „Ich muss dir etwas erzählen. Aber es ist streng vertraulich. Komm dort hinüber! Da sind wir alleine." Ohne weiteren Kommentar dreht er sich um und verlässt sich darauf, dass ihm der Junge folgt. Was bleibt ihm auch anderes übrig? „Was soll das jetzt?", motzt er. Sie stellen sich beide so, dass sie Anastassja beobachten können…Vladimir als Bodyguard und Alexander… einfach, weil sie seine Freundin ist und er sie nicht alleine lassen will. „Also mit Einverständnis von Herrn Kaminov kann ich dir erzählen, dass Anastassja und auch Alexej in Gefahr schweben! Deshalb die Vorsichtsmaßnahmen meinerseits! Zu Hause bei den Kaminov ist eingebrochen worden. Nicht irgendwo…, sondern das Zimmer von Anastassja ist verwüstet worden." Alexander dreht sich entsetzt zu Vladimir um. Dann schnell wieder zu Anastassja, die ihm gerade lächelnd zuwinkt. Er hebt winkend die Hand und wendet sich wieder seinem Gegenüber zu. „Das ist nicht dein Ernst!" „Das ist purer Ernst! Aber in der letzten Woche ist nichts Besonderes vorgefallen, was mich in Alarmbereitschaft gesetzt hätte. Deshalb wollte ich dich bitten, meine Position des

Aufpassers von Anastassja zu übernehmen. Da Ihr beide praktisch unzertrennlich seid, könntest du bewusst auf sie achtgeben? Es würde mir sehr helfen. Ich könnte die Gegend mehr im Auge behalten und so zum Schutz beider beitragen." „Was ist mit Aleksej?" „Aleksej ist sich der Gefahr bewusst und hat Anweisungen, sich zu keiner Zeit alleine aufzuhalten. Auf ihn kann ich mich verlassen. Außerdem haben wir ständig Kontakt zueinander. Mit Anastassja ist dies nicht möglich. Du kennst sie ja." Alexander nickt. Er kennt seine unberechenbare Freundin. Man weiß nie, was ihr als nächstes in den Sinn kommt. „Glaubst du, du kannst das durchziehen?" Vladimir sieht dem anderen fest in die Augen und streckt ihm die Hand hin. Alexander nickt und schlägt ein. „Wir werden ständig Kontakt halten. Einverstanden?" „Shit! Sie ist weg!" Alexander rennt zu der Gruppe Mitschüler, wo sie soeben noch gestanden hat. „Wisst ihr wohin Ana gegangen ist?" Vladimir ist hinter Alex nach. „Nö…!" „Mm…!" Die Mädels schütteln den Kopf. Auch der einzige Junge in der Gruppe, weiß es nicht. „Du gehst zu ihrem Zimmer! Ich gehe hinaus! Ich rufe dich an.", kommandiert Vladimir. Alex läuft los. Es ist ihm nicht einmal in den Sinn gekommen, dass Vladimir seine Handynummer nicht haben kann. Er macht sich große Vorwürfe. Wie konnte er sie aus den Augen lassen! Wenn ihr nun etwas passiert?! Panisch reißt er, ohne anzuklopfen, die Zimmertür auf. „Ist Ana da gewesen?", brüllt Alex Aleksej an. Dieser schüttelt den Kopf. „Was ist los?" „Vladimir hat mit mir geredet und Ana hat sich aus dem Staub gemacht! Hoffentlich passiert ihr nichts!" Alexander bekommt die Panik. „Hey Kumpel! Sie wird schon wieder auftauchen! Vielleicht ist sie draußen…?", Aleksej wird flau im Magen. Er wählt Vladimir an. „Hast du sie?" „Nein! Denk nach! Wo könnte sie hingegangen sein?" „Sie ist schon einmal direkt in den Wald gegangen! Scheiße! Sie mag auch den Kräutergarten gerne. Da fängt sie an, Unkraut zu zupfen und zu gießen! Alex ist bei mir. Wir kommen!" „Wir treffen uns beim Kräutergarten!"

Vladimir sieht Anastassja von weitem im Kräutergarten knien. Sie wühlt scheinbar mit ihren Händen in der Erde herum. „Was machst du da? Wir suchen dich schon überall!"

„Vladimir! Schön, dass du da bist! Du kannst mir helfen! Hier ist so viel Unkraut gewachsen!" Vladimir lehnt ab. Aber er setzt sich neben sie auf den Boden und sieht den Jungs entgegen, die gerade um die Hausecke laufen. „Gott sei Dank! Schwesterchen! Du kannst doch nicht immer still und heimlich verschwinden! Wir haben uns Sorgen gemacht!" Aleksej ist total erleichtert, dass ihr nichts passiert ist. Die Jungs setzen sich und sehen dem Mädchen beim Unkraut zupfen zu. Es ist später Nachmittag. Der Unterricht ist längst zu Ende und so genießen sie die Nachmittagssonne. „Wer holt mir eine Gießkanne voll mit Wasser? Ich muss das Gemüse gießen, sonst trocknet es aus!" Erleichtert irgendetwas tun zu können, springt Alexander auf, geht zum Wasserspeicher und taucht den Behälter ein. Mit der vollen Gießkanne kehrt er zurück. Anastassja fordert ihn nun auf, die Tomaten zu gießen. Bereitwillig geht er ihrem Wunsch nach. Irgendwie gefällt es ihm ja auch. Er nimmt sich vor, in Zukunft mit ihr auch zum Kräutergarten zu gehen. „Gehen wir wieder hinein? Es wird kalt und ich habe Hunger!" Anastassja sieht die Männer der Reihe nach an. Sie liegen mittlerweile gemütlich im Gras und erzählen sich lustige Anekdoten aus der Zeit bei Tante Olga. Sie haben sie alle gekannt und geliebt. Sie war eine wunderbare schrullige alte Frau. Vor allem Anastassja und Aleksej vermissen sie schmerzlich.

„Ich habe Angst!" Anastassja sitzt inmitten ihrer Freunde beim Abendessen. Alarmiert heben Aleksej, Alexander und Vladimir, der am Tisch nebenan sitzt, die Köpfe. „Schwesterchen wovor hast du Angst? Du bist hier nicht alleine." Aleksej sieht sie dennoch besorgt an. Sie hat nie grundlos Angst. Es gab bis jetzt immer einen Grund. „Du zitterst ja! Ist dir kalt?" Alexander legt einen Arm um sie, um sie zu wärmen. „Nein, mir ist nicht kalt! Ich habe schreckliche Angst!" Vladimir stellt sich hinter sie und beugt sich nach vorne. „Soll ich heute bei dir schlafen?" Alexander ist wütend. Er hätte mehr Recht, bei ihr zu liegen, als dieser Kerl! Vladimir bemerkt die Wut des Freundes, aber er sorgt sich um das Mädchen. Sie schlottert regelrecht! „Komm mit mir!" Er zieht sie hoch und nimmt sie mit hinaus. Er drängt sie in eine Ecke und umschlingt sie mit seinen Armen und schirmt sie vor allen anderen mit seinem mächtigen, muskulösen Körper ab. Seine Hand liegt beschützend auf ihrem Hinterkopf und drückt ihr Gesicht auf seinen Brustkorb. „Jetzt erzähl mir was los ist." Sie beruhigt sich allmählich und schmiegt sich, Trost suchend, in seine Arme. „Ich... weiß... nicht... Es ist so ein Gefühl. Sehr mächtig... böse... furchtbar! Bitte lass mich nicht alleine!" „Ich bleibe bei dir solange du mich brauchst!", versichert er ihr besänftigend.

„Wie geht es ihr?" Aleksej und Alexander stehen hinter ihm. „Sie hat böse Gefühle... vielleicht Vorahnungen?" Vladimir kann sich durchaus vorstellen, dass Anastassja tiefe Empfindungen entwickelt hat, die es für andere skurril erscheinen lassen. „Das ist ja lächerlich!" Alexander winkt ab. Für solches Zeug hat er keine Geduld. Aleksej jedoch kennt seine Schwester. Viel zu oft sind ihre Vorahnungen wahr geworden. Durch seine Tante Olga hat er gelernt, dass er diese nicht unterschätzen dürfe und ihnen bestmöglich auf den Grund gehen sollte. Zaghaft sieht die noch immer leicht bebende Ana zu Vladimir hoch. „Schläfst du heute bei mir?" Vladimir streichelt über ihren dichten Haarschopf und nickt. Er hat sowieso sein Nachtlager noch nicht geräumt. Für alle Fälle bleibt es dort, bis ihr Vater Entwarnung gegeben hat. „Ana!" Alexander versteht es nicht, dass sie, SEINE Freundin sich an Vladimir wendet und nicht an ihn! Wobei nebenher gesagt, dass er es sich nicht erlauben darf, in ihrem Zimmer zu schlafen. Er könnte von der Schule suspendiert werden! Nicht auszudenken. Er schluckt seinen Ärger hinunter. Anastassja wird von ihren Freunden und Vladimir ins Zimmer begleitet. Das Abendessen ist vergessen. Auch Verena, Nora und Florian kommen nach. Sie haben nicht ganz verstanden, was da vorgefallen ist. „Süße! Was ist los mit dir?" Verena sieht sie besorgt an. „Ach, es geht schon wieder! Ich hatte eine Vision!" Ana ist es jetzt schon peinlich, dass sie so viel Aufmerksamkeit auf sich gezogen hat. Sie bemerkt die Skepsis auf den Gesichtern ihrer Freunde. Sogar Alexander ist etwas distanziert. Nur ihr Bruder und Vladimir glauben ihr. Sie will endlich mit den beiden alleine sein! „Ich bin müde! Geht bitte!" Sie sieht auch Alex an und er… kapituliert. Kopfschüttelnd verlässt er das Zimmer.

„Ich will mich umziehen! Geht bitte rüber!" Ana wedelt mit ihren Händen Vladimir zu Aleksejs Zimmerseite. „Wenn du dich unwohl fühlst, rufst du uns! Ja?" Vladimir ergreift ihre beiden Oberarme und sieht ihr beschwörend in ihre großen rehbraunen Augen. Dann geht er nach nebenan. Eine gute Weile später sitzt sie im Pyjama auf dem Bett. Sie denkt nach. Was hat sie gesehen? Was ist in ihrem Kopf geschehen? Was hat sie so erschüttert? Sie kann sich nicht mehr erinnern. Es ist wie ausgelöscht. Erschöpft und ausgelaugt legt sie sich hin und schließt die Augen und schläft bald ein.

Schreiend fährt sie hoch. Verschwitzt und mit angstgeweiteten Augen sitzt sie erstarrt im Bett. Vladimir, der neben ihr auf seinem Lager schläft, ist beim ersten Wimmern aufgewacht und hat sie alarmiert beobachtet. Aber jetzt ist er bestürzt in die Höhe geschnellt. Aleksej kommt gehetzt in das Zimmer gerannt. Er hat lange nachgedacht und sich erinnert, was ihm Tante Olga gelernt hat, als Anastassja schlimme Albträume geplagt hatten. Er setzt sich an das Kopfteil ihres Bettes und legt schützend seine Hände links und rechts auf ihre Wangen. Seine Hände versprühen viel Energie hat Olga behauptet. Er konzentriert sich auf schöne Momente in ihrem Leben und dabei fällt ihm nur Vladimir ein. Er suggeriert ihr im Geiste die Küsse von dem Mann und wie sie sich immer an seinen Körper geschmiegt hat. Sie haben viel gemeinsam gelacht. Auch heute Nachmittag, fällt ihm ein, dass sie sich von ihm hat trösten lassen. Vladimir tut ihr gut. Sie beruhigt sich allmählich. Aleksej ist erleichtert, dass diese Taktik bei ihr so gut funktioniert. Vladimir sieht ihm zu, als sein Freund langsam seine Hände wieder von seiner Schwester löst. Sie warten geduldig ab. Nach einer Weile schlägt Anastassja die Augen auf und lächelt die beiden an.

„Ich bin soooo froh, dass ihr da seid! Ich dachte schon, dass ich euch verloren hätte!" Tränen kullern die Wangen hinab und Vladimir schließt sie nachdenklich in die Arme. Er ist besorgt. Anastassja muss sich erinnern! Nur so kann er etwas tun! Er versucht es. „Ana kannst du dich noch an deinen Traum erinnern? Es ist vielleicht wichtig!" Ana liegt beschützt in seiner Armbeuge. Dennoch rinnt ihr ein kalter Schauer über den Rücken und zittert dabei. Der Griff um sie wird fester. „Ich weiß es nicht mehr. Warte… ein schwarzer Mann! Ja… er hat mich festgehalten… ich… ich… bin in einem dunklen Raum… äh… nein… Bäume? Vielleicht ein Wald? Ja… er zerrt mich ihn einen Wald! Eine Hütte… windschief… ach… ich weiß nicht! Ich habe Kopfweh!" Sie schluchzt gepeinigt auf. „Das war schon sehr viel! Ruh dich aus! Wenn dir noch etwas einfällt…" Vladimir sieht sie ernst an. Sie nickt zaghaft. Dann fängt ihr Körper wieder unkontrolliert zu beben an. „Ana! Was siehst du?!" Aleksej erkennt es deutlich an ihren Gesichtszügen und ihren sich verblassenden Augen. Sie ist nicht hier bei ihnen. Ihre Gedanken sind weit weg. Sie drückt die Augen ganz fest zu. Vladimir rüttelt sie sachte. „Baby, was siehst du? Antworte mir!" „Eine Frau… eine Frau aus dem Haus… ich kenne sie…" „Wer ist sie?" Aleksej legt eine Hand auf ihre Wange und sieht sie beschwörend an. Er kann sich noch gut an Tante Olgas Worte erinnern. „Junge! Anastassja hat Visionen! Glaube sie ihr! Es kann sehr wertvoll für euch beide sein!" „Ich weiß nicht…!" Sie fällt in sich zusammen. Der bedeutende Augenblick ist vorbei. Vladimir ist sich ebenso bewusst, dass Anastassja wichtige Fakten von sich gegeben haben muss. Nur wie soll er sie verarbeiten?

Vorsichtig legt er das bereits wieder eingeschlafene Mädchen auf ihr Kopfkissen zurück und deckt sie zu. Aleksej und Vladimir sehen sich an. Sie erkennen beide den bedeutungsvollen Moment. „Was meint sie, sie kennt die Frau?! Sie ist aus dem Haus?!", flüstert Aleksej. „Das kann nur eines bedeuten… die Frau befindet sich in dieser Schule und hat nichts Gutes im Sinn! Mehr kann ich jetzt auch nicht sagen." Vladimir seufzt. „Wir haben noch einen schwarzen Mann, einen Wald und eine verfallene Hütte.", fasst Aleksej zusammen. Er holt ein großes Blatt Papier und schreibt sich alles auf. Vielleicht kommen noch neue Erkenntnisse von seiner Schwester dazu. „Wie es aussieht hat euer Papa Recht. Entführung nicht ausgeschlossen! Ich bleibe hier, bis wir sicher sein können, dass nichts passieren wird. Ich schlage vor, wir behalten diese Fakten für uns. Okay?" Aleksej ist sehr damit einverstanden und sie legen sich wieder auf ihre Schlafstätten. An weiteren Schlaf ist nicht mehr zu denken. Vladimir liegt in Seitenlage und beobachtet das Mädchen, das jetzt wieder ruhig atmet. Gott sei Dank!

„Vladimir! Wach auf! Frühstück! Schnell, sonst bekommen wir nichts mehr!" Anastassja steht frisch gewaschen und fertig angezogen vor ihm und lacht ihn charmant an. Vladimir blinzelt. Soviel Frische kann er gerade nicht vertragen. Er konnte lange nicht einschlafen. Immer wieder hat er ihre Worte gedreht und gewendet, aber er ist zu keinem brauchbaren Ergebnis gekommen. Irgendwann ist er in einen betrüblichen Schlaf gesunken, wobei er immer wieder nachdenklich aufgewacht ist. Jetzt blickt er böse knurrend zu ihr auf. „Schau nicht so böse und knurre mich nicht an! Schau die Sonne scheint! Es ist so ein schöner Tag! Mach schon!" Hüpfend erreicht sie die andere Seite, um nachzusehen ob ihr Bruder schon auf ist. Aber er scheint auch zu verschlafen. Was ist nur los mit den Beiden? „Wach auf, Brüderchen!" „Geh weg! Lass mich!" Aleksej dreht sich um und hofft seine Ruhe wieder zu finden. Aber Anastassja lässt nicht locker. Mit ihrer erfrischenden Art schreckt sie die müdesten Männer auf. Ebenfalls knurrend sieht er seine Schwester aus gequält blinzelnden Augen an und erhebt sich schließlich schwerfällig aus dem Bett. Augenreibend blickt er um die Ecke. Vladimir streckt gerade seinen halbnackten Körper der hereinscheinenden Sonne entgegen. Seine Schwester sitzt bewundernd auf dem Bett und schmachtet den makellosen Körper des Mannes an. Nach ein paar weiteren Dehnungsübungen geht Vladimir etwas frischer und weiterhin seufzend in das kleine angrenzende Badezimmer. Aleksej folgt ihm und spritzt sein Gesicht mit kaltem Wasser ab und geht sich anziehen.

Sie erreichen den Frühstücksraum. Der Lärmpegel lässt die beiden Begleiter von Anastassja gepeinigt aufstöhnen. Ana jedoch geht aufgeräumt zur Theke und belegt ihr Tablett voll guter Sachen. Anmutig balanciert sie es zum Tisch, an dem schon der Rest ihrer Freunde wartet. Vladimir hat seinen Platz am Tisch daneben. „Hi! Was war mit dir gestern los?

Du warst so schnell verschwunden!" Leise beugt sich Verena zu ihrer Freundin. Nora, von der anderen Seite meint leise: „Ja, du bist mit Vladimir einfach weg. Sag mal, hast du was mit ihm?" Anastassja lacht laut auf. Ihr Lachen ist fröhlich und ansteckend. Viele Köpfe drehen sich zu ihr und sie merkt es nicht einmal. Sie sieht Alexander, der gegenüber von ihr sitzt, an und streckt ihm die Hand entgegen. Er nimmt sie und sieht sie zärtlich an. Er ist im Höhenflug. Diese süße Geste bestätigt ihm wieder einmal, dass Anastassja ihm gehört und er gelobt sich selbst, mehr auf sie zu achten. Vladimir braucht sie nicht immer im Arm zu halten, wenn es ihr schlecht geht. Er will in Zukunft für sie da sein! Er drückt ihre Finger, um sich selbst zu bestätigen und blickt ihr tief in die Augen. Anastassja spitzt die Lippen und schickt ihm einen Kuss.

„Hey! Gehst du mit mir zu Mathe?" „Woher weißt du, dass ich jetzt Mathe habe?" Das Mädchen zuckt die Achseln. Sie beugt sich provokativ zu Sebastian hinunter. Ihre langen blonden Haare verdecken ihm die Sicht nach außen. „Seht mal, es geht wieder los!", flüstert Nora mit einem amüsierten Blick auf den Nebentisch. „Oha! Sie küssen sich!" „Woher weißt du das? Ich sehe nichts!" „Sieh mal genauer hin. Sie bewegen sich unter der Haarpracht!", lacht Verena. Sie konzentriert sich wieder auf nebenan. Auf Micheals Schoß sitzt eine Brünette. Ihr Arm liegt auf seiner Schulter und krault ihm den Nacken. „Was machst du heute, meine Hübsche?" „Er weiß nicht einmal ihren Namen!", mutmaßt Nora. „Das habe ich mir auch gerade gedacht.", lacht Anastassja. Die drei Mädels amüsieren sich köstlich. Immer wieder bietet der Tisch mit den Zwillingsbrüdern Sebastian und Michael eine spannende und abwechslungsreiche Show... sehr zum Verdruss des großen Bruders Florian. „Hey Bruder! Wir gehen heute ins Kino. Geh doch mit Nora mit!", schreit einer der Zwillinge herüber. Florian, der Morgenmuffel knurrt und lässt sich auf kein Gespräch ein. Seine Brüder sind sooo was von peinlich! „Wir haben keine Lust dazu!" Nora entbindet Florian einer Antwort. Kurz lächelt er sie an und drückt dankbar ihre Hand, die sie ihm entgegengestreckt hat. „Hallo Süßer! Willst du mich zu German begleiten?" Eine weitere Blondine hat sich neben

Vladimir gestellt. Ungeniert setzt sie sich auf seinen Oberschenkel. Er schiebt sie sicher und nachdrücklich von sich. „Ich denke das ist keine so gute Idee!", meint er lächelnd. Die Blondine schmollt mit ihren rotgeschminkten Lippen. Sie versucht mit einem entzückenden Augenaufschlag ihn umzustimmen. Aber Vladimir lässt sich nicht umstimmen. Beleidigt zieht sie ab. „Hey Blondchen, wieso kommst du nicht mit uns ins Kino? Ich begleite dich auch zu German… auch mein nächstes Fach!" Michael packt sie an den Hüften und zieht sie nahe zu sich heran. Getröstet schmiegt sie sich an den ansehnlichen Körper Michaels und harrt geduldig, bis er mit seinem Frühstück fertig ist. „Meine Güte! Was gibt es nur für dumme Leute! Die Mädels harren aus, bis die Männer mit dem Frühstück fertig sind! Wie dämlich kann man nur sein? Haben sie keinen Stolz?" Verena schüttelt angewidert den Kopf. Die Brünette sitzt noch auf dem Schoß und lässt sich Happen in den Mund schieben. „Komm Verena, das Schauspiel ist zu Ende. Wir gehen zu GERMAN!" bei German bekommt Aleksej einen angedeuteten Erstickungsanfall. Angewidert und provokant steckt er vermeintlich einen Finger in den Mund. Auch Florian schnellt in die Höhe. Er hält das nicht länger aus. Seine Brüder sind so was von abstoßend! German… was sind das für neue Begriffe?! Uncool! Er verlässt mit Nora fluchtartig den Raum.

Übrig bleiben Anastassja und Alexander. Vladimir wechselt zu ihnen hinüber. „Alexander du musst dich intensiv um Anastassja kümmern! Irgendwas ist nicht in Ordnung. Lass sie nicht alleine. Geh mit ihr überall hin… auch auf die Toilette!" „Vladimir! Das reicht jetzt. Auf das Klo kann ich doch noch alleine!" Anastassja sieht ihn empört an. Aber Vladimir sieht Alex beschwörend an. „Halte Kontakt mit mir über alles, was dir komisch vorkommt. Anastassja bekommt vielleicht wieder diese Schüttelanfälle! Halt sie einfach fest und höre ihr zu! Merke dir alles und rede mit mir darüber. Wenn du anderen Unterricht hast, sagst du es mir und ich vertrete dich! Alles klar?" Alexander schwirrt der Kopf. Bestätigend lässt er die Anweisungen auf sich niederprasseln. Sie machen ihm mächtig Angst. „Wenn du mich nicht erreichst, kannst du im Notfall auch Aleksej kontaktieren. Er weiß auch, was zu tun ist! Er kann helfen!" Vladimirs eisblaue Augen sind mit Nachdruck auf Alexanders Augen gerichtet. Er nickt beklommen. Dann gehen Alexander und Anastassja in die Fremdsprache Russisch. Während des Unterrichts kann Alessandra einfach nicht ruhig sitzen bleiben. Immer wieder wechselt sie ihre Sitzposition... einmal auf die rechte, dann wieder auf die linke Pohälfte. Alexander ist abgelenkt. Er beobachtet sie. Die Befehle Vladimirs schwirren in seinen Gedanken herum. Was ist los? In welcher Gefahr schwebt seine Freundin wirklich? Er greift zu ihr hinüber und schnappt ihre Hand und hält sie eisern fest. Sie wollte gerade ihre Sitzposition wieder einmal wechseln. Alexander sieht sie beschwörend an. Sie schüttelt den Kopf. Sie sehen nach vorne und hören wieder zu. Eine kleine Weile. Dann passiert es...

Alexander spürt es zuerst nur als kleines Kribbeln in der Hand. Er blickt hinunter in ihre verschlungenen Finger. Krampfhaft zuckend und ruckend geht es weiter. Er sieht alarmiert hoch. Ihr Gesicht ist verzerrt, starr und unnatürlich blass. Ihre Augen sind fest geschlossen. Die Augenbrauen ziehen sich permanent zusammen und wieder auseinander. Alexander wird ganz mulmig zumute. Was passiert da? Sie bekommt einen Schüttelanfall! Er hüpft auf und zerrt sie gnadenlos auf die Füße und hinaus aus dem Klassenzimmer. Er hat keine Zeit für Erklärungen. Anastassja kann nicht mehr alleine gehen. Ihr Körper ist gnadenlos einem Anfall ausgesetzt. Alex versucht sie festzuhalten, indem er seine starken Arme fest um sie schlingt. „Ana! Beruhige dich! Keine Angst ich halte dich! Ich liebe dich!" Er redet wirres Zeug. Hilflos rutscht er an der Wand, auf dem Schulgang, zu Boden. Anastassja hat er auf dem Schoß sitzen. Seine Arme krampfen um ihren Körper. In seiner Hilflosigkeit holt er, mit einer Hand, sein Handy aus seiner Hosentasche und scrollt zu Vladimirs Nummer. Beim ersten Klingeln hebt er ab. „Ja?" „Ana... ich glaube es geht los... hilf mir Mann!" „Shit! Wo seid Ihr?" „Vor dem Klassenzimmer! Was soll ich tun?" „Halte sie einfach fest. Ich bin bald da!"

„Nein... nicht... ich will nicht... lass mich gehen...!" Anastassja brabbelt vor sich hin. Ihre Augen sind aufgerissen. Stöhnend lässt sie zwischendurch ihren Kopf auf die Schulter von Alex fallen. Dann schnellt sie wieder in die Höhe. „Es ist so dunkel... hilft mir niemand... ist da jemand?" Ihr Körper schlottert unkontrolliert. Alexander muss schiere Kraft aufwenden, um sie möglichst sicher zu halten. Seine Muskeln verkrampfen immer mehr. Er muss durchhalten! Endlich kommt Vladimir! „Hat sie etwas gesagt?" „Ja! Lauter wirres Zeug!" „Geh nicht weg... ich fürchte mich... lass mich gehen... fass mich nicht an!" Die letzte Bemerkung faucht sie wie eine Katze und sie wehrt sich auch wie eine! Alexander ist erschöpft. Schweißperlen stehen auf seiner Stirn. Schweiß rinnt ihm über den Rücken hinunter. Seine verkrampften Muskeln machen ihm zu schaffen. Anastassja wird immer schwieriger zu halten. Ihre ruckartigen Bewegungen zwischendurch und das starke Zittern ihres Körpers haben es ihm schon anstrengend gemacht, sie noch länger festzuhalten. Aber, dass sie jetzt kämpft wie eine Irre, lässt ihn sie fast loslassen. Vladimir erkennt die Not Alexanders und nimmt ihm das Mädchen ab. Aber der epileptische Anfall ist so abrupt vorbei, wie er begonnen hat. Zu dritt bleiben sie auf dem Boden sitzen, „Was ist los? Was machen wir da auf dem Boden?" Ana ist verwundert. Sie kann sich offensichtlich an nichts erinnern. „Du hattest einen Anfall. Ich habe dich aus der Klasse genommen und dich gehalten." Ana sieht die beiden nachdenklich an. „...und was machst du da?" Sie sieht Vladimir an. „Alexander hat mich angerufen und ich habe ihn abgelöst. Du hast dich zum Schluss wie eine Raubkatze gebärdet!"

Die Schulglocke läutet. Die Tür neben ihnen wird aufgerissen und die Schüler kommen schwatzend heraus. Aber keiner beachtet sie. „Warum haben Sie den Unterricht verlassen?" Die Lehrerin steht vor ihnen. Alexander druckst etwas herum. Er weiß nicht was er sagen soll. „Mir war schlecht. Alexander glaubte, dass ich kotzen müsste!" Anastassja ist nicht gewillt, dass irgendjemand von ihrem Anfall erfährt. „Geht es ihnen nun besser?" Sie wartet keine Antwort ab und redet im gleichen Atemzug weiter: „Gehen Sie bitte zu Dr. Schiwago. Er wird Sie untersuchen! Sie sollten ansteckende Krankheiten ausschließen lassen!" Ana nikt nur. „…und bitte stehen Sie sofort auf! Es ist nicht gut auf einem kalten Boden zu sitzen!“ Ana verdreht im Geiste die Augen… wann wird sie endlich Ruhe geben? „Ja, Frau Lehrerin!“

Zu dritt gehen sie hinaus vor das Gebäude. „Was hat sie gesagt?“ Vladimir lässt sich mehrmals von Alexander die Worte wiederholen. Innerlich vergleicht er sie mit denen vom Vorabend. Anastassja wundert sich, dass sie nicht weiß, was mit ihr passiert ist und das Erste was ihr einfällt, ist eine Entführung! Werde ich entführt? Vladimir weißt du etwas? Hat Papa etwas gesagt?“ „Anastassja, es gibt einen begründeten Verdacht, dass du und Aleksej in Gefahr schwebt. Ich bin ständig in Kontakt mit deinem Papa! Du darfst dich nicht mehr irgendwo alleine aufhalten. Geh nirgend wohin ohne Alexander oder mir! Hast du das verstanden?!“ Vladimir hat sie an ihren beiden Oberarmen gepackt und sieht ihr unmissverständlich in die erschrockenen braunen Augen. Seine eisblauen Augen sind fast weiß. Sie ist fasziniert. Es lenkt sie vom eigentlichen Problem komplett ab. „Deine Augen! Sie sind weiß! Aua! Du tust mir weh!“ Vladimir hat sie grob geschüttelt. Sie hört ihm nicht zu! Er resigniert. Sie wird es auch nicht verstehen. Dazu erkennt sie den Ernst der Lage zu wenig. Sie wird immer wieder ihre Gedanken, wer weiß wo haben. Alexander und er müssen verdammt gut auf sie achtgeben. Er sieht ihn an und sie verstehen sich ohne Worte.

Visionen werden wahr

Anastassja hat sehr wohl zugehört. Aber sie will sich mit solchen Problemen nicht befassen. Was sie auch gefühlt hat, ist, dass ihr liebster Bruder in Gefahr ist. Sie macht sich große Sorgen um ihn und rennt los. „Wo willst du jetzt wieder hin?! Warte! Anastassja! Shit!" Alexander läuft hinter ihr nach. Mit seinen langen Beinen hat er keine Probleme sie einzuholen. „Aleksej ist in Gefahr! Ich muss ihn warnen!" Keuchend rennt sie in das Gebäude, die Treppe hinauf und sie erreicht bald das gemeinsame und doch getrennte Zimmer. „Hey, was ist los?" Aleksej ist in der Pause kurz ins Zimmer gegangen, um sich etwas zu holen. Verwundert sieht er seine aufgelöste Schwester keuchend vor ihm stehen. Stürmisch umarmt sie ihn krampfhaft. „Aleksej! Du bist in Gefahr!" Er umarmt sie. „Schwesterchen! Ich weiß es schon! Aber vergiss nicht, dass du auch in Gefahr bist! Vladimir wird uns beschützen!" Alexander steht da und weiß nicht wie er sich in dieser Situation verhalten soll. Die Zwillinge stehen sich umarmend da und erzählen sich gegenseitig, dass sie auf sich aufpassen müssen. Anastassja ist voller Sorgen um ihren Bruder und vergisst ganz auf sich selbst. Na ja, er ist ja auch noch da! ER wird sie nicht vergessen! Irgendwann beruhigt sie sich doch. Tröstend redet Aleksej auf sie ein. „Du musst immer bei Alex, oder bei Vladimir bleiben! Versprichst du es mir?" Aleksej sieht sie beschwörend an. Sie nickt verzagt. „Sag es!" „Ja, ich werde immer bei Alex oder Vladimir bleiben! Bei wem bleibst DU eigentlich?" Anastassja zieht die Stirn kraus. Mit großen Augen sieht sie ihren Bruder an. „Ich werde immer mit euch allen beisammen sein. Wir müssen darauf achten, niemals alleine herum zu laufen!" Aleksej seufzt. Er weiß, dass sie ihr Versprechen an ihn nicht immer einhalten kann. Dazu ist sie einfach nicht in der Lage. Er sieht Alexander an und ringt ihm ein stilles Versprechen ab. Alexander wagt nun einen Schritt vor und legt einen Arm um seine Freundin. Sie schmiegt sich nun in diese Umarmung. Alexej zwinkert ihm zu und verlässt leise das

Zimmer. „Komm wir müssen in Mathe!" Alexander versucht sie wieder an den Unterricht zu erinnern. „Oje! Jetzt kommen wir noch zu spät!" Anastassja ist schon wieder in anderen Gedanken. Alexander wundert sich wieder einmal, wie schnell sie von einer Angelegenheit in eine andere switchen kann.

Vladimir schläft wieder täglich neben Anastassja auf dem Boden. Er stellt sich auf weitere Visionen ein. Aber sie bleibt ruhig und Vladimir wacht ausgeruht am nächsten Morgen auf. Er legt sich seitlich, mit Blick zu dem Mädchen und betrachtet sie still. Ihre Unschuld macht etwas mit ihm. Bisher hat er sie rein körperlich begehrt. Seine Fantasien haben ihm wilde Szenen vorgegaukelt. Aber jetzt will er sie nur halten und beschützen. Was sagt das über ihn aus?! Er weiß es nicht. Er betrachtet sie weiter. Er denkt an ein Häuschen, wie das neue von Tante Olga. Es ist wie ein Zufluchtsort. Ein schöner Ort, um zu zweit die Zeit zu genießen. Dort hat er Anastassja vor einigen Jahren kennen gelernt. Er war so fasziniert von ihr gewesen. Ihre Küsse haben ihn berauscht, wie schon lange keine mehr. Er will sie wieder küssen! Er muss mit Kaminov reden. Vielleicht kann er das Häuschen erwerben? Er stellt sich vor, dass Anastassja mit ihm dort wohnen würde. Sie werden viele Kinder haben und nichts wird sie stören, außer einmal ein Bär oder andere Wildtiere. Er hat gelernt in der Wildnis zu überleben und er weiß, dass es Anastassja geliebt hat, dort zu sein.

Anastassja schlägt ihre großen braunen Augen auf. Sie sehen sich eine Weile schweigend an. Dann lächelt sie und sein Herz geht noch weiter auf. „Guten Morgen!" Sie strahlt ihn an. Aber sie rührt sich nicht. „Morgen!" Er lächelt zurück. Er kann gar nicht anders. Nicht nur draußen scheint die Sonne. Auch hier erstrahlt sie hell. Er räuspert sich. „Was liegt heute an?" Sie denkt kurz nach. „Äh… erste Stunde Deutsch, dann zwei Stunden EDV, Russisch und Mathe. Ein kurzer Tag!" „Wie weit ist der Tag mit Alexander kompatibel?" „Alexander ist in Deutsch nicht da! Wieso?" Sie hat es schon wieder vergessen! Vladimir seufzt und steht auf. Er ist bis auf seine Boxer Short nackt. Er beginnt sich zu strecken und zu dehnen. Anastassja gafft ihn bewundernd an. Wow! „Du siehst umwerfend aus!" Vladimir dreht sich zu ihr um und grinst. „DAS hat mir noch kein Mädchen gesagt!", meint er schelmisch. Er lässt sich gegen den Boden fallen und fängt sich mit seinen Händen und gestreckten Beinen auf. Sofort beginnt er mit seinem morgendlichen Liegestützen und Sit ups. Anastassja sieht ihm gebannt zu. Die Muskeln sind in Dauereinsatz. Die Sonne streichelt seine Haut und sie kann gar nicht anders, als ihn zu berühren. Sie streift entlang seiner Bizepse, weiter zu dem beeindruckenden Eightback. Er hält inne. Am Gummizug seiner Boxer Short bleiben ihre Finger hängen. Vladimir stockt der Atem. Er sieht an sich hinunter und nicht anders zu erwarten, steht seine Boxer Short wie ein Zelt von ihm weg. Er muss sie aufhalten! Aber er kann nicht. Ihr Duft betört ihn. Der Duft des Schlafes, der Duft von zarter Vanille und ein bisschen Zimt umgibt sie. Ihre zerzausten Locken streicheln seine Haut, weil sie ihren Kopf nach unten hält, um visuell nichts zu verpassen. Ihre Hände machen weiter. So nah an seinem hochaufgerichteten Penis. Das ist zu viel für ihn! Er packt resolut ihre Hände und legt sie ihr energisch auf den Rücken und hält sie dort fest. Ihr Körper presst sich auf seinen. Nur der weiche Flanell ihres Pyjamas trennt sie voneinander. Eigentlich nichts… Erschrocken hat sie den Kopf erhoben und blickt ihn fragend an. „Anastassja sieh mich nicht so an." „Wie sehe ich dich an?", fragt sie zitternd in Erwartung darauf, was jetzt kommen wird. „So unschuldig!", murmelt er und hebt seinen Kopf zu ihren Lippen und streichelt sie mit seinen. Er verliert sich vollkommen in diesen süßen Geschmack. Seine Zunge tastet sich entlang der vollen Konturen und begehrt Einlass. Die weichen Lippen spalten sich und er stürzt sich trunken hinein. Dabei hält er ihr Gesicht mit seinen beiden Händen fest. Wimmernd ergibt sie sich seinem Ansturm und klammert sich mit ihren freigewordenen Händen an ihm fest.

„Shit! Was macht Ihr da?" Aleksej kommt gerade aus seinem Teil des großen abgeteilten Raumes, um nach seiner Schwester zu schauen. Vladimir trennt sich schwerfällig von dem Mund des Mädchens. Keuchend blicken sie sich noch einmal an und er schiebt das Mädchen in seinen Armen, vorsichtig, als wäre sie zerbrechlich, von sich. „Du musst dich beherrschen, Mann!" Aleksej weiß um die Gefühle des

Mannes für seine Schwester. „Sie ist in Gefahr! Konzentrier dich gefälligst darauf!" Vladimir nickt und greift nach seiner Cargo Hose. Er muss sich voll und ganz auf seinen Job konzentrieren! Er ist ihr Bodyguard! Herr Gott noch einmal! „Guten Morgen, Aleksej!" Anastassja ist kein bisschen verlegen. Im Gegenteil… sie lacht heiter und gut gelaunt ihren Bruder an. Dann wendet sie sich ab. Es ist Zeit sich fertig zu machen. Die Zeit läuft davon! Es dauert nicht lange und sie sind auf dem Weg zum Frühstück.

In der ersten Stunde sitzt Vladimir im Klassenzimmer. Nicht eine Minute kann er sie alleine lassen. Die Stunde mit Alexander letztens, war ihm eine Lehre. Ihre Anfälle können jederzeit wieder kommen. Er hat ein unsicheres Gefühl, dass bald was Entscheidendes passieren wird. Sein Blick schweift umher. Er beobachtet Anastassja aus der letzten und obersten Reihe. Die Klassenzimmer sind ähnlich einem Vorlesesaal eingerichtet… nur sehr viel kleiner. Die Schüler in den hinteren Rängen… davon gibt es nur drei… haben die Möglichkeit besser nach vorne zu sehen. Seine Augen haften permanent auf ihr. Sie ist sichtbar etwas unruhig. Immer wieder schweifen ihre Blicke nach links und wieder nach rechts. „Fräulein Anastassja! Haben Sie ein Problem?" Die Lehrkraft ist auf sie aufmerksam geworden.

„Äh… neeeiin?", dann: „Aleksej! Oh neeeiin! Aleksej… lasst ihn los… Aleksej!" Anastassja ist aufgesprungen. Vladimir ist beim ersten Schrei die paar Stufen hinunter gesprintet und hebt das Mädchen in die Höhe und bringt sie hinaus auf den Gang. „Baby, was hast du gesehen?!" Er presst sie an seinen Brustkorb und drückt ihren Kopf in seine Halsbeuge. Anastassja heult auf. „Aleksej! Aleksej!" Sie schluchzt und bekommt Schluckauf. Vladimir wählt Alexander an. „Komm schnell her. Anastassja…" Mehr braucht er nicht zu sagen. Alex hat aufgelegt. Binnen ein paar Minuten hat Vladimir dem Jungen das Mädchen aufgedrückt. „In welcher Klasse ist Aleksej? Schnell!" Vladimir rennt los. Jede Minute ist kostbar! „Wo ist Aleksej?" Der Lehrer sieht ihn verdattert an. Vladimir ist ohne anzuklopfen in den Raum gestürmt. „Er wird die Toilette aufsuchen, nehme ich an." Mit hochgezogenen

Augenbrauen zeigt er über die drastische Unterbrechung seinen Unmut. Die Glocke läutet… Vladimir ist schon auf dem Weg zu der nächstgelegenen Toilette. „Hilfeeee!" Vladimir folgt rennend dem erstickten Schrei nach. Aleksej kann nicht weit sein! Er rammt im Weg stehende Schüler, die sich gerade jetzt in der Pause befinden. „Hilfeeee…!" Der Schrei ist viel weiter weg, als vorhin. Er hört in sich hinein und hastet den Weg in Richtung eines Notausgangs entlang. Klar, dass sie nicht das Haupttor nehmen. Es wären zu viele Leute dort. Da vorne! Vladimir erhascht einen kurzen Augenblick zweier Personen… ein Mann und eine Frau. Der Mann hat Aleksej über die Schulter geworfen. Vladimir nutzt seinen Vorteil und legt noch einen Zahn zu. Der Abstand verringert sich zusehends.

Jetzt laufen sie auf freies Gelände. Er muss sie noch vor dem Wald erwischen! Mit letzter Kraft hechtet er auf den Mann, mit Aleksej auf dessen Schulter, zu und reißt ihn zu Boden. Aleksej knallt gequält stöhnend auf dem harten Boden auf und bleibt einige Meter entfernt still liegen. Die Frau schreit auf den vor ihr liegenden Mann ein und will ihm aufhelfen. Blitzschnell hat Vladimir ihn gepackt und zieht ihn am Kragen hoch. Ohne weiter nachzudenken, knockt er ihn mit seiner rechten Faust aus. Die Frau ist weggerannt, als wäre der Teufel hinter ihr her und erreicht bald den Waldrand und somit außer Sichtweiter Vladimirs. Er muss sich um den bewusstlosen Aleksej kümmern, der vor ihm auf dem Betonboden liegt. Der Kopf des Jungen steckt in einem schwarzen Stoffsack. Er befreit den leblos liegenden Aleksej davon und tastet nach seinem Puls, der schwach zu erkennen ist. Erleichtert sackt er kurz in sich zusammen. Dann holt er sein Handy hervor und ruft Hilfe herbei. „Aleksej! Wo ist er?" Anastassja kommt als erste herbeigelaufen. Alexander neben ihr. „Oh Aleksej!" Sie kniet neben ihrem still liegenden Bruder und streichelt immerfort über die schweißnasse Stirn, die Wangen und das Kinn. „Aleksej! Wach auf! Bitte!" Heiße Tränen tropfen auf sein Gesicht. Anastassja weint verzweifelt und leichenblass neben ihrem Bruder am Boden.

Inzwischen ist der Platz voll mit Schülern. Es hat sich augenblicklich herumgesprochen, dass etwas passiert sein musste. Die Lehrer hatten keine Chance, die Schüler wieder in ihre Klassen zu bitten. Alles ist auf dem Platz vor dem Gebäude versammelt. „Bitte treten Sie zur Seite! Alle! Bitte!" Der Schularzt, Dr. Schiwago trifft mit seiner medizinischen Assistentin Schwester Natascha ein. „Schwester Natascha bitte rufen Sie den Rettungsdienst an." Er macht die notwendigen Erstuntersuchungen und wendet sich schließlich an den Direktor Dr. Kokoff, der inzwischen keuchend, nach Luft ringend, neben ihm steht. „Aleksejs Kopf ist vermutlich hart aufgeschlagen. Sehen Sie, er hat hier einen Riss am Kopf, der genäht werden muss." Schwester Natascha verbindet derweil notdürftig die stark blutende Wunde. „Hautabschürfungen an Armen, die ungeschützt über den Boden geschrammt sind. Wir brauchen ein Röntgen, um gebrochene Knochen ausschließen zu können. Eventuell muss er wegen einer Gehirnerschütterung im Krankenhaus bleiben. Wir werden sehen." Dr. Kokoff nickt, dreht sich um und ruft in die Menge: „Sehr geehrte Lehrkräfte, liebe Schülerinnen und Schüler bitte gehen sie wieder in das Gebäude hinein. Aleksej wird es nicht besser gehen, während sie sich alle hier nur erkälten! Der Unterricht entfällt für heute. Vielen Dank!" Zu Vladimir gewandt: „Sie kommen bitte umgehend in mein Büro!" Die Rettungssanitäter treffen ein. Sobald er auf der Trage in den Wagen geschoben wird, kommt Bewegung in Anastassja. „Aleksej!" Ihre Tränen sind noch immer nicht versiegt. Sie läuft verzweifelt hinterher. Alexander versucht sie zurückzuhalten, indem er beide Arme um sie geschlungen hat. Aber sie gebärdet sich wie eine Wildkatze. „Ich will zu meinem Bruder! Lass mich los! Sofort!" Hilflos sieht Alex zu Vladimir. „Herr Direktor, wir müssen Anastassja mitfahren lassen. Vielleicht kann Alexander mitkommen? Eventuell nur zum Schutz des Mädchens?" Dr. Kokoff verharrt eine kleine Weile und stimmt dem Vorschlag zu. Anastassja und Alexander nehmen im Krankenwagen Platz. Es ist sehr beengt. Aber man macht in diesem Fall eine Ausnahme. Mit Blaulicht fahren sie weg.

„Sie wissen, dass ich in diesem Fall die Eltern benachrichtigen muss?" Vladimir nickt. Dr. Kokoff nimmt den Hörer zur Hand und wählt kurz an: „Frau Sejdic, ich bitte Herrn Kaminov ans Telefon!" Er legt auf und sie warten ab. Das Telefon läutet. „Guten Tag Herr Kaminov! Wir haben schlechte Nachrichten für Sie und ihre Frau! Ihr Sohn Aleksej wurde entführt. Dank ihres zur Verfügung gestellten Bodyguards Vladimir konnten wir ihren Sohn sofort aus den Händen des Entführers befreien. Er ist in das städtische Krankenhaus eingewiesen worden." Vladimir kann mithören. Die Lautstärke des Telefons ist gut für ihn hörbar. „Dr. Kokoff, meine Frau und ich kommen! Ich erwarte, dass wir für ein oder zwei Nächte in ihrer Schule unterkommen, um alles weitere für den Schutz unserer Kinder regeln können!" Der Direktor zögert spürbar. Seine Schule ist kein Hotel! Aber Herr Kaminov ist einer der spendabelsten Kunden und hat schon sehr viel für die Restaurierung eingebracht. Da kann er nicht ablehnen! „Natürlich, Herr Kaminov!" Er legt auf. „Die Eltern der Zwillinge wollen hier übernachten. Wir sind für solche Gäste nicht vorbereitet!" Der Direktor spricht vor sich hin, bis er sich bewusst wird, dass Vladimir noch im Zimmer ist. Vladimir lässt nicht durchblicken, dass er alles gehört hat. Nickend stimmt er dem Direktor zu, auch wenn es ihm ziemlich egal ist. Hauptsache seiner Anastassja geht es gut. Er muss unbedingt weg von hier, um ins Krankenhaus zu fahren. Schnell verabschiedet er sich, bevor der Direktor ihn noch zurückhält.

„Was ist mit meinem Bruder?! Aleksej!" Anastassja ist verzweifelt. Seit einer Ewigkeit kauern Alexander und sie, auf harten Stühlen, im Wartezimmer. Niemand hat bis jetzt mit ihnen gesprochen. Durch eine silbergraue, undurchdringliche Stahlwand getrennt, starrt sie immerzu dorthin, in der Hoffnung auf ein Wunder. Alexander hat das weinende Mädchen fest in die Arme geschlossen. Immerzu streichelt er über ihre braunen Locken über den Rücken hinab. Er leidet mit ihr. Er weiß nicht mehr, was er zu ihr sagen soll. Seine Worte ersticken in seinem Hals. Es tut ihm unendlich weh, sie gebrochen zu sehen. Jedes Mal, wenn die Tür aufgeht und eine Schwester herauseilt, zuckt sie hoch.

„Aleksej! Was ist mit ihm! Bitte!" Flehend streckt sie die Arme nach der Schwester aus. Aber sie bekommt keine Antworten. Die Glastür geht auf. Vladimir. Er geht schnurstracks auf Anastassja zu und nimmt sie Alexander ab. Irgendwie ist der Junge froh, diese schwere Last los zu haben. Seine Arme sind kaum mehr spürbar, so verkrampft hat er sie zuletzt gehalten. Seine Ärmel sind nass von den vielen Tränen, die noch immer ungehindert aus den Augen der Verzweifelten laufen. Erschöpft bleibt er sitzen, dann steht er auf und geht ein paar Mal auf und ab. Dann setzt er sich wieder zu den zweien. „Baby, ich habe dich! Es wird alles wieder gut! Vertrau mir!" Vladimir hat sie auf dem Schoß sitzen und redet tröstend auf sie ein. Schniefend nickt sie mit dem Kopf. Ihre Tränen versiegen allmählich und sie kuschelt sich in den massiven Brustkorb des Mannes.

Endlich geht die Stahltür auf. Ein Arzt erscheint in einem weißen Kittel und einem Mundschutz, den er sich vom Gesicht gezogen hat. Er geht auf das Trio zu und erkundigt sich, mit wem er es hier zu tun hat. „Ich bin Anastassja... schnief... seine Schwester... schnief... was ist mit Aleksej... schnief!" Sie hat heftigen Schluckauf. Sie ist aufgeregt und Vladimir muss sie zurückhalten, damit sie dem Arzt nicht auf die Pelle rückt. Der Arzt sieht die zwei Begleiter an: „...und Sie?" „Das ist Vladimir... mein Bodyguard... und hier... schnief... ist Alexander, mein Freund." Etwas skeptisch sieht der Arzt das Trio an und ruft die Schwester aus dem Untersuchungsraum. Er muss sich vergewissern, ob das die Leute sind, die mit seinem Patienten gekommen sind. „Ok, nachdem wir das geklärt haben, kann ich Sie Informieren. Ihr Bruder Aleksej ist schwer mit seinem Kopf auf einen harten Gegenstand aufgeschlagen. Seine Kopfhaut ist geplatzt. Wir mussten die Wunde nähen. Das Nasenbluten wurde gestoppt. Seine rechte Schulter ist massiv geprellt. Zum Glück ist nichts gebrochen. Gehirnerschütterung. Er muss auf alle Fälle über Nacht zur Beobachtung hier im Haus bleiben. Morgen kann er in die medizinische Pflege ihrer Schule entlassen werden, wenn keine weiteren Komplikationen auftreten werden." Vladimir muss seinen Schützling stützen. Diese Informationen sind zu schmerzvoll für sie. Aufschluchzend bittet sie, zu Aleksej zu dürfen. „Er kommt jetzt auf die Intensivstation zur Beobachtung. Für eine weitere Vorgehensweise, beziehungsweise Fragen, steht Ihnen die Schwester zur Verfügung. Guten Tag!" „Komm!" Vladimir schiebt sie, noch immer mit einem Arm umschlungen, in Richtung des Bettes, das gerade aus dem Untersuchungsraum gefahren wird. „Aleksej! Oh Aleksej!" Sie drängt zum Bett und ergreift die Hand ihres Bruders. Die ganze Fahrt, bis zur Station, lässt sie ihn nicht mehr los. Weinend stolpert sie nebenher. „Warum ist Aleksej nicht wach?" Anastassja ist im höchsten Maße verstört. „Der Junge hat ein schweres Trauma. Wir haben ihn in einen künstlichen Schlaf versetzt, damit er genesen kann. Bitte halten Sie etwas Abstand!" „Wann wird er voraussichtlich erwachen?" „Der Arzt meint, dass es nicht vor morgen früh sein wird. Vielleicht ist es besser, wenn sie morgen wieder kämen?" Die Schwester bittet sie alle beruhigend, aber konsequent, weg vom Bett. „Aleksej! Ich komme morgen wieder!", flüstert sie ihm zu.

„Wo ist mein Sohn!" Die Eltern eilen höchst erregt den Gang entlang. „Papa… Mama!" Anastassja fällt ihrem Papa schluchzend um den Hals „Ich bin so froh, dass ihr da seid! Aleksej geht es soooo schlecht!" Sobald Herr Kaminov seine Tochter an die Mutter übergeben hat, wendet er sich der Schwester und Vladimir zu. Hoch aufgerichtet mit erhobenen Haupt verlangt er Antworten. Dann gewährt ihm die Schwester Zutritt zum Bett seines Sohnes. Seine Frau folgt ihm, nachdem sie Anastassja in Vladimirs Arme zurück gelegt hat. Fürsorglich holt Herr Kaminov seiner Frau einen Sessel, worauf sie dankbar Platz nimmt. Sie schlägt die Hände vor dem Mund zusammen. „Oh mein Gott, Wladimir! Er sieht schrecklich aus! Du musst etwas unternehmen!" Wladimir Kaminov nickt. Er verlangt nach dem behandelnden Arzt und geht hinaus. Frau Kaminov bleibt geschockt neben dem Bett ihres Jungen sitzen. Sein Kopf ist bandagiert. Sein Gesicht ist teilweise geschwollen und aschfahl. Mehr kann sie von ihm nicht sehen. Die dünne Zudecke schirmt seinen Körper vor weiteren Blicken ab. Verschiedene Kabel, verbinden Aleksejs Körper mit dem Überwachungsgerät, das seine Vitalfunktionen aufzeichnet. Sie scheinen ruhig zu sein. Sie ergreift seine Hand. Sie ist eiskalt. Sie beugt sich vor und küsst ihn zart auf die normal aussehende Seite des Gesichts. Eine heiße Träne benetzt seine Wange. Vorsichtig streift sie sie ab. Ihre Tränen fließen jetzt ungehindert weiter. Hastig nimmt sie ein Taschentuch zur Hand und schnäuzt sich erst einmal undamenhaft hinein.

Plötzlich steht ihr Mann hinter ihr. „Komm mit, meine Liebe! Aleksej ist in guten Händen! Ich habe einen Bodyguard angefordert, der unseren Sohn schützen wird. Bitte kümmere dich um unsere Tochter!" Er legt eine Hand auf ihr Kreuz und schiebt sie rücksichtsvoll auf den Gang, wo das Trio auf sie wartet. Anastassja stürzt sich sofort auf ihre Mutter „Wie geht es Aleksej?" Sie umschlingt, Trost suchend, ihre Mutter. „Aleksej schläft. Er wird gesund, aber das weißt du ja. Wir müssen jetzt für ihn stark sein!" Krampfhaft halten sie sich aneinander fest.

Hilfe für Aleksey

Herr Kaminov zieht Vladimir zur Seite „Zuerst einmal bedanke ich mich bei ihnen, für die Rettung meines Sohnes. Sie werden ihr Leben lang in meiner Gunst stehen. Aber ich möchte genau wissen, wie es dazu kommen konnte!" „Herr Kaminov, wollen wir uns nicht in einem separaten Raum, vielleicht im Zimmer der Zwillinge, zusammensetzen? Da können wir ungestört reden!" Der mächtige Mann ist einverstanden. „Wir müssen noch auf den Mann warten, der auf Aleksej, während seines Aufenthaltes hier, achtgeben muss. Ah… ich glaube, das ist er." Ein großer bulliger Kerl kommt auf sie zu. Tattoos zieren seine gesamten Arme. Sein Kopf ist kahl rasiert. Seine Cargo Hose und ebenso sein Muskelshirt sind rabenschwarz. Er salutiert vor seinem Auftraggeber. „Ich bin Seal. Sie müssen Herr Kaminov sein. Ich bin abkommandiert, um auf einen Jungen aufzupassen? Wo ist mein Schützling und wo ist mein Platz?" „Ich bedanke mich für die rasche, kompromisslose Bereitschaft. Kommen Sie!" Herr Kaminov führt den riesigen Kerl in Aleksejs Zimmer und erklärt ihm seine Wünsche. Der Mann stellt sich breitbeinig und mit verschränkten Händen vor die Tür. Sein Blick ist konzentriert. Vladimir ist sich sicher, dass hier keiner mehr reinkommt ohne die Einwilligung Seals. Mit der Limousine der Kaminov geht es zurück zum Schulgelände. Herr Kaminov hat permanent sein Handy im Einsatz. Er fordert einen zweiten Bodyguard an, der neben Seal in der Schule zum Einsatz kommen wird. Dr. Kokoff hat die honorigen Gäste schon erwartet und bittet sie in sein Büro. Er ist nicht glücklich über die jüngsten Entwicklungen. Es wirft kein gutes Bild über seine tadellose Führung im Internat! „Dr. Kokoff ich möchte Sie darauf hinweisen, dass ich über das Internat die beste Meinung habe. Es ist eine herausragende Schule!" Der Direktor beugt zum Dank leicht den Kopf. „Dennoch muss ich gewisse Vorkehrungen treffen, um die Sicherheit meiner Kinder gewährleisten zu können. Ich kann nicht davon ausgehen, dass die Schule dafür verantwortlich ist, einer Gefahr, wie dieser jüngsten, selbst vorzubeugen. Ich werde die Maßnahmen persönlich finanzieren und koordinieren, indem ich zusätzlich Bodyguards für Aleksej und Anastassja einsetze. Vladimir wird ausschließlich für Anastassjas persönlichen Schutz zuständig sein, wie er es für richtig erachtet. Anastassja ist ein besonderes Mädchen, mit einer besonderen Schwäche. Daher will ich doppelte Sicherheit für sie. Haben Sie irgendwelche Einwände, Dr. Kokoff?" „Nein, Herr Kaminov! Ich werde die Lehrerschaft darüber informieren. Die Schüler und Schülerinnen werden sich schnell an die Änderungen gewöhnen, denke ich." „Das denke ich auch. Selbstverständlich werde ich für diese Unannehmlichkeiten ein kleine Spende an die Schule richten!" „Ich danke ihnen, Herr Kaminov!" Der Direktor ist hoch erfreut, weil er weiß, dass Spenden von diesem Mann immer sehr hoch ausfallen!

„Nun möchte ich Sie bitten, uns die Zimmer zu zeigen, die Sie für uns vorbereitet haben! Meine Frau möchte sich nach diesem anstrengenden Tag gerne ausruhen!" Dr. Kokoff lächelt Frau Kaminov herzlich an. Dennoch ist ihm mulmig zumute, was er gleich vorschlagen muss. „Frau Kaminov, Herr Kaminov es tut mir leid, aber wir müssen Ihnen, aus Mangel leerer Räumlichkeiten, vorerst das Zimmer ihres Sohnes anbieten." Herr Kaminov seufzt. „Lassen Sie uns es ansehen!" „Wladimir es ist doch gar nicht so schlecht, oder? Außerdem bin ich dann in der Nähe von meiner Ana!" Frau Kaminov steht in Aleksejs vier Wänden des großen abgeteilten Raumes. „Nikita wir können doch nicht zu zweit in einem Einzelbett übernachten!" Er dreht sich mit hochgezogenen Augenbrauen zu dem Direktor um. Erst jetzt erkennt dieser seinen Fehler. „Ich werde vom Hausmeister sofort ein zweites Bett bringen lassen! Das ist doch selbstverständlich!" Vladimir kommt mit Anastassja herein. „Mama!" Sie fliegt in ihre Arme und drückt sie ganz fest. „Vladimir, wir haben jetzt Zeit zu reden. Bitte schildern Sie mir, wie es dazu kommen konnte, dass Aleksej beinahe entführt wurde!" „Ich muss vorerst sagen, dass die ganze Zeit mein Fokus auf Anastassja gelegen hat. Aleksej versicherte mir immer wieder, dass er stets darauf achten wird, nie alleine zu sein." Vladimir macht eine kleine Pause.

„Ich habe Alexander, das ist Anastassjas ständiger Begleiter und Freund, gebeten, immer bei ihr zu bleiben, wenn ich es aus zeitlichen Gründen nicht schaffen konnte. Aber gerade zu dieser Stunde war ich bei Anastassja, weil Alex anderen Unterricht hatte. Anastassja hatte einen Anfall und ich reagierte darauf, indem ich mir berechtigte Sorgen um den Jungen machte. Ich rief Alex an und nachdem Anastassja in sicheren Händen war, ging ich auf die Suche nach Aleksej. Er war während des Unterrichts alleine auf der Toilette gegangen und wurde dort überfallen. Ich konnte bald die Verfolgung aufnehmen und fing sie gleich außerhalb des Schulgebäudes ein. Der Mann wurde festgenommen. Die Komplizin konnte in den Wald flüchten. Ich musste Prioritäten setzen. Das Leben Aleksejs war mir wichtiger und so kümmerte ich mich vorrangig um ihn, bis die Rettungssanitäter eintrafen."

Herr Kaminov lässt den Bericht, hin und wieder nickend, auf sich einwirken. „Ich muss Ihnen danken, dass sie so schnell reagiert haben. Das zeigt, dass Sie der Richtige für diesen Job sind. Wie gesagt, kümmern sie sich weiterhin um Anastassja. Aleksej bekommt einen eigenen Bodyguard zu Seite gestellt. Auch für Anastassja habe ich einen weiteren Bodyguard bestellt, der bald da sein wird. Ich denke, dass man nicht immer zur gleichen Zeit an zwei Orten sein kann. Aber... haben Sie nicht von einen Anfall meiner Tochter gesprochen? Erklären Sie mir das!", fordert er mit steinerner Miene. „Anastassja bekommt Visionen. Tante Olga hat schon zu Lebzeiten davon gesprochen, dass Anastassja ein besonderer Mensch ist. Aleksej wusste auch davon. Kürzlich haben diese Anfälle angefangen. Sie sagt nur einzelne Wörter. Wir können uns nur vage zusammen reimen, was sie bedeuten. Dieser letzte Anfall in der Klasse hat Aleksej gerettet. Auch konnte ich aus den Visionen herausfiltern, dass eine Frau an der Entführung involviert ist. Was offensichtlich der Fall war. Es wird nach ihr gefahndet. Ein weiterer Verdacht, aufgrund der Visionen, ist, dass es eine Frau aus der Lehrerschaft sein muss. Aber es ist natürlich kein Beweis. Ich werde die Augen offen halten, Herr Kaminov." „Oh mein Gott!" Frau Kaminov ist entsetzt. Ihre Augen sind schreckgeweitet und werden feucht. „Wir müssen unsere Kinder von dieser Schule nehmen!" Wladimir drückt tröstend ihren Arm. „Nikita, meine Liebe! Beruhige dich! Ich bin überzeugt, mit Hilfe der zusätzlichen Bodyguards und Wladimir können unsere Kinder sicher sein!" „Ich danke ihnen für ihr Vertrauen, Sir!" Wladimir neigt zum Dank leicht den Kopf.

„Sir, wir werden vielleicht sogar mithilfe Anastassjas Visionen auch die Täterin aufdecken. Vielleicht kennt sie die Lehrerin schon und ist es sich nur noch nicht bewusst. Ich werde Ihrer Tochter, von nun an, immer an Ihrer Seite sein. Ich habe die letzten Nächte schon bei ihr geschlafen!" „Wie bitte?!!!" Frau Kaminov ist entsetzt. Wie kann dieser Mann, bei dem sie dabei ist, ihr Vertrauen zu schenken, bei ihrer Tochter schlafen?!!! Außer sich sieht sie ihren Mann an. „Das ist doch die Höhe! Wladimir tu doch was!" Sie drückt aufgebracht den Arm ihres Ehegatten, der beruhigend seinerseits ihren Arm drückt. Er weiß von einer Absprache, aber er spürt den Puls an seiner Schläfe pochen und setzt zu einer scharfen Erwiderung an. Aber Wladimir kommt ihm zuvor. „Entschuldigen Sie bitte! So ist es nicht gewesen!", wiegelt er ab. „Kommen Sie bitte nach nebenan!" Wladimir geht voraus, gefolgt von dem Ehepaar, in das Zimmer ihrer Tochter. „Sehen Sie, hier ist meine Schlafstätte. Anastassja kann ich bei Ihren Visionen, die sehr heftig ausfallen können, Hilfe leisten und auch gleich Ihre Worte mithören." Herr Kaminov nickt. Sein Puls legt sich spürbar. Grummelnd gibt er sich einverstanden. Sie werden die nächsten Nächte gleich nebenan sein… nur getrennt durch eine dünne Wand. Da kann wirklich nichts passieren!

Aleksej ist in die interne Betreuung der Schule entlassen worden. Es geht ihm gut, solange er seine Ruhe hat. Viele seiner Freunde und Mitschüler wollen ihn sehen. Im Krankenzimmer des Internats geht es zu, wie in einem Bienenstock. Als er jedoch fast anfängt zu weinen, schickt Schwester Natascha, mit Einverständnis Dr. Schiwago, sämtliche gutgemeinten Besuche hinaus. Endlich kehrt Ruhe ein. Alleine seine Mama und Anastassja dürfen zu ihm. Auch sein Papa kommt kurz vorbei. Er hat viel zu tun. Er muss sich ein Bild von den Gegebenheiten und Gefahrenquellen in-

und außerhalb der Schule machen. Vladimir begleitet ihn überall hin und zeigt ihm alles. Frau Kaminov will ihren Sohn nicht aus den Augen lassen. Er sieht noch so schwach aus! „Wie geht es dir Aleksej?" „Schon viel besser, Mama! Danke, dass ihr gekommen seid." Er wird schon wieder müde und drückt kurz die Augen zu. Seine Mama hat es sehr wohl gemerkt und seufzt mitleidig. Sie hat die ganze Zeit seine Hand gehalten. Jetzt sieht sie zu Anastassja. „Meine liebe Anastassja, wir lassen deinen Bruder schlafen. Wir gehen etwas spazieren und du kannst mir von dir erzählen. Ich denke da gibt es genug, was ich noch nicht weiß!?" „Gute Idee! Ich muss an die frische Luft, sonst drehe ich noch durch! Aleksej, schlaf gut!" Sie drückt ihrem Zwillingsbruder einen heftigen Schmatz auf die Wange, sodass er sein Gesicht leicht verzieht. Dennoch verdreht er die Augen, nachsichtig lächelnd, gegen die Decke. Zufrieden mit der Situation, beschleunigt sie den Schritt auf den Gang hinaus. Der Kuss seiner Mama fällt viel zärtlicher aus. Sie macht sich keine Sorgen, dass Anastassja schon so weit voraus ist. Der Bodyguard ist ihr auf den Fersen. „Mama, wo bist du?" Anastassja dreht sich nach ihrer Mutter um und winkt ihr von weitem. Ihre Mutter kommt ihr langsam nach. Eine Lady läuft nicht! Schritt für Schritt nähert sie sich mit ihren hochhackigen Stiefletten und Anastassja wartet schon ungeduldig beim offenen Tor auf sie. Dann hakt sie sich unter und zieht ihre Mutter in den Garten. Der Bodyguard Sean ist dezent, soweit man einen bulligen Kerl mit fast kahlgeschorenen Kopf dezent halten kann, hinter ihnen. Seine Augen schweifen stets umher, um die Gegend mit seinem wachsamen Blick zu scannen.

„Schau die Kräuter und das Gemüse habe ich alles alleine gemacht! Der Direktor hat mir dieses Fleckchen zugestanden. Sieht das nicht toll aus? Paprika, Gurken, Kohl, Karotten… alles da! Basilikum, Petersilie, Schnittlauch… sieh mal! Ich ernte und bringe es in die Küche. Dort darf ich auch hin und wieder beim Kochen mitmachen!" Frau Kaminov wundert sich über ihre Tochter. Sie ist so erwachsen geworden! Sie hat Vorlieben, von denen sie nichts geahnt hatte! „Woher hast du das alles gelernt?", fragt sie neugierig. „Tante Olga hatte einen riesigen Garten! Da habe ich im Sommer immer gepflanzt, gegossen und geerntet. Sie hat mir beigebracht, Gutes zu Kochen. Den Jungs hat es geschmeckt…" Melancholisch seufzend gedenkt sie der verstorbenen Tante. Tränen treten in ihre großen braunen Augen. Schniefend lässt sie sich von ihrer Mutter in den Arm nehmen. Doch sie wäre nicht Anastassja, wenn sie nicht sofort wieder auf andere Gedanken käme und löst sich energisch aus der tröstenden Umarmung. „Aber das ist noch nicht alles! Schau dort drüben! Vladimir hatte immer einen Nachmittag ‚Holzfäller' als Freistunde für die Jungs. Jetzt nicht mehr, weil er auf mich aufpassen muss. Schade! Es war so anregend!" Der Platz ist noch von vielen unbearbeiteten Holzstämmen belegt. Aber Vladimir hat sich wegen der kürzlich furchtbaren Umstände freigestellt. Ihre Mutter beobachtet ihre quirlige Tochter, die ohne Punkt und Komma die Geschichten rund um den Alltag des Internats erzählt. Anastassja ist zu einer bezaubernden jungen Frau geworden! Wehmütig erinnert sie sich, als ihr kleines Mädchen noch zu Hause war. Sie war unberechenbar. Viele, teils wertvolle Gegenstände sind zu Bruch gegangen, wenn sie sich ihren Wutausbrüchen hingegeben hatte und diese waren nicht zu knapp! Aber sie war auch ein entzückendes kleines Ding. Ihre lange, braune, lockige Haarpracht und ihre großen rehbraunen Augen hat sie wie einen Unschuldsengel aussehen lassen. Ihr Lächeln war allerliebst und sie war anschmiegsam, abenteuerlustig und neugierig. Aber ihre Tochter war auch anstrengend. Frau Kaminov hat die immer häufigeren Wutanfälle ihrer pubertären Tochter nicht mehr ausgehalten. Sie ist depressiv geworden und Herr Kaminov hat beschlossen, die Zwillinge in ein Internat zu geben.

Sie treffen auf die Männer und Frau Kaminov wird aus ihren tiefsinnigen Gedanken heraus gerissen. Sie geht sofort auf ihren Mann zu, der einen Arm um sie legt und sie fest an seine Seite zieht. Er nickt Sean zu. Anastassja ist sofort zu Vladimir gegangen. Schüchtern legt sie eine Hand in seine und krallt sie noch fester, als er sie wieder loslassen wollte. Er spürt den Blick der Eltern. Sie sind seine Arbeitgeber und da kann er sich keine Intimitäten mit deren Tochter leisten! Aber sie lässt ihn nicht los. Er erinnert sich an den Sommer bei Tante Olga, als er das Mädchen zum ersten Mal gesehen hat. Sie haben sich ständig geküsst, bis die Eltern gekommen sind und die Zwillinge abgeholt hatten. Anastassja wollte ihren Eltern noch alles zeigen. Beim Essen hat sie sich doch glatt auf seinen Schoß gesetzt! Es war megapeinlich. Die Eltern waren entsetzt. Er stand da wie ein Mädchenschänder! Die Kaminov kannten ihre Tochter besser und haben es sich verkniffen, ihn zu tadeln. Heute würde er nicht so glimpflich davon kommen! „Anastassja lass meine Hand los!", flüstert er ihr zu. „Vladimir, wenn meine Tochter Schutz bei ihnen sucht, habe ich kein Problem, wenn Sie ihre Hand halten." Stellt Herr Kaminov fest. Vladimir ist erleichtert und entspannt sich sichtlich.

„Ähem… wo waren wir… ah ja…! Anastassja sprach von Bäumen, Wald, ein windschiefes Haus…" Vladimir macht eine kleine Pause, er muss sich sortieren. „…ich denke den Mann haben wir. Aber die Frau ist hier entlang in den Wald gelaufen und entkommen." Herr Kaminov nickt. Er hat nicht vergessen, dass Vladimir Prioritäten setzen musste. „Gibt es im Wald ein Haus, das zu ihrer vagen Beschreibung passen würde?" „Ja. Eine verfallene Bretterbude. Die Polizei und ich haben es uns angesehen. Es kann sein, dass es ein Unterschlupf für die Entführer ist, oder auch für Obdachlose. Das konnten wir so nicht feststellen. Fingerabdrücke und Fußspuren wurden gesichert. Aber ich habe noch keine Informationen bekommen." „Ich werde mich darum kümmern." Die Kaminov sehen es nicht als notwendig, diese Bretterbude zu besichtigen und so kehren sie alle zurück ins Schulgebäude. Vladimir und Anastassja sehen nach Aleksej. „Hey Kumpel! Wie geht's?" „Viel besser! Hallo Schwesterchen!" Ihr Überschwang erfreut ihn dieses Mal sehr, wird er doch die ganze Zeit mit Samthandschuhen angefasst, als wäre er zerbrechlich! Er grinst, fängt ihre Hand ein und lässt sie nicht mehr los. Anastassja setzt sich zufrieden auf sein Bett. „Wie machen sich unsere Eltern?" „Ich bin mit Mama durch den Garten geschlendert und habe ihr alles gezeigt. Sie war sehr angetan. Vladimir war mit Papa unterwegs." „Ja… ich habe ihm die Entführungsgeschichte geschildert und die Tatorte gezeigt." „Wisst ihr, wer der bullige Kerl ist, der da vor der Tür steht?" Er nickt mit dem Kopf zum Ausgang. „Das ist dein neuer

Bodyguard Seal. Meiner heißt Sean. Uh… das sind heiße Kerle!" Ana fächelt sich mit der Hand vor dem Gesicht. Aleksej schüttelt nachsichtig den Kopf.

„Und du…? Bist du deines Amtes enthoben?" „Nein, noch nicht. Ich bin ihr ganz persönlicher Bodyguard! Als ich deinen Eltern gesagt habe, dass ich bei Ana schlafe, waren sie ganz entsetzt." Vladimir grinst. Aleksej lacht. „Das kann ich mir vorstellen! Und… schläfst du noch bei ihr?" „Na klar! Wusstest du, dass sich deine Eltern in deinen vier Wänden einquartiert haben?" „Was?! Aber wo schlafe ich dann?" „Das ist nur vorübergehend, bis du wieder aus dem Krankentrakt kommst." „Shit! Ich werde so lange hier bleiben müssen, bis meine Eltern es hier nicht mehr aushalten!" „Armer Aleksej. Das müssen wir beschleunigen, nicht wahr?" Anastassja hat auch keine Freude, wenn ihre heißgeliebten Eltern sooo nahe bei ihr schlafen. Sie fühlt sich schon jetzt beobachtet. Im Geiste malt sie sich schon Szenarien aus, um den Ausziehprozess zu beschleunigen. Sie muss sich mit Verena und Nora kurzschließen.

Der Schulalltag geht wieder seinen normalen Weg. Seit der Entführung ist nun einige Zeit vergangen. Die Gespräche über diesen Vorfall versiegen und die Kaminov sind immer noch da. Aleksej wird von Tag zu Tag mürrischer, weil ihn Schwester Natascha immer wieder vertröstet. „Mir geht es gut! Ich möchte wieder in den Unterricht! Mir ist langweilig!" „Aber Aleksej! Dr. Schiwago meint, dass mit Kopfverletzungen nicht sorglos umgegangen werden kann!" „Meinem Kopf geht es gut, sagen Sie es Dr. Schiwago!" Schwester Natascha seufzt. Einzig Aleksejs Eltern ist es zu verdanken, dass Aleksej nicht in sein Zimmer kann! „Ana, hilf mir! Ich will hier raus!" Seine Schwester sieht ihn mitleidig an. „Ich versuche es schon die ganze Zeit, sie loszuwerden! Aber sie lassen sich nicht vertreiben. Ich glaube, ich muss härtere Geschütze aufziehen!" Ein kleines triumphierendes Lächeln erhellt ihr Gesicht. „Ana?! Mir schwant, dass du noch etwas in Petto hast!? Bitte tu es!" jammert er bettelnd. „Spätestens übermorgen bist du entlassen!" Dann eilt sie hinaus. Sean folgt ihr im

Laufschritt. Sie ist auf der Suche nach den Zwillingen Michael und Sebastian. Sie findet sie im Gemeinschaftsraum. Es ist ungewöhnlich, dass sie so auffällig still, ohne die aufdringlichen Mädels an ihrer Seite, an einem Tisch sitzen und ihre Hausaufgaben machen. „Hey Leute!" „Ana! Nett, dass du vorbeischaust!" „Ich… nein Aleksej braucht euch!" Sie heben ihre Augenbrauen. Aleksej war nicht immer nett zu ihnen. „Was springt dabei für uns raus, wenn wir ihm einen Gefallen tun?" „Das müsst ihr mit ihm selbst ausmachen! Ihr müsst ihm helfen, endlich aus dem Krankenzimmer zu kommen! Mama und Papa blockieren sein Zimmer!" „Das ist allerdings schlimm! Was schwebt dir vor?" „Erst einmal, warum seid Ihr in letzter Zeit sooo brav?" Bei brav macht sie mit ihren Zeigefinger Apostrophe in der Luft. „Äh… na ja… wir wollten deine Eltern nicht vor den Kopf stoßen. Immerhin sitzen sie beim Essen an unserem Tisch! Da haben wir schon Respekt." Michael hält schmunzelnd seinen Kopf schief. Sebastian stimmt ihm nickend und scheinbar unschuldig zu. Im Rücken kreuzen sie die Finger. Ana weiß es besser. „Was ihr nicht sagt!", und lacht. „Was hält ihr von einem riesigen Spaß?" „Für Spaß sind wir immer zu haben, nicht war Seb?" Sein Bruder nickt und sie schlagen zum High Five ein. „Treibt es auf die Spitze! Macht es wie immer und etwas wilder?!" Anastassja legt nachdenklich den Zeigefinger auf ihre Nase. „Sprecht euch mit den Mädels ab, mit denen ihr immer herummacht! Wenn das nicht Papa, vor allem Mama nicht abschreckt?!" „Wir machen nicht rum mit den Mädels. Wir sind einfach beliebt!", meint Seb vorwurfsvoll. „Was ihr nicht sagt!" „Das kann uns einen Rauswurf aus der Schule kosten! Unser Bruder würde uns lynchen und wir müssen uns vom Direktor schelten lassen!" Letzteres sind sie gewohnt und hat nichts zu sagen. Mit ihrem Bruder wird sie fertig. Wegen des Rauswurfs wird sie sich noch etwas einfallen lassen. „Hey das klappt bestimmt! Vertraut mir!" Seb und Micha sehen sie schweigend an. Sie kennen Anastassja und ihre verrückten Einfälle. Sie vertrauen ihr. „Okay! Wir machen es! Wann soll die Party steigen?" „Am besten morgen beim Frühstück! Da sind alle da! Das wird ein Riesenspaß!" Das Trio lacht aus vollem Halse.

„Hey warum hast du es heute so eilig! Wir haben noch Zeit." Vladimir sieht Ana an, die schon fertig angezogen die Türklinke in den Händen hält. Ana steht unter Strom. „Rede nicht so viel, mach dich fertig! Ich habe Hunger!" Vladimir steht nur in Boxer Short vor ihr. Anscheinend ist sie heute von seinem Body nicht so beeindruckt wie sonst. „Was heckst du aus, Anastassja!" Er sieht sie scharf an. „Ich?! Nichts!", wiegelt sie nervös ab. Kann er sich nicht beeilen? Dann fällt ihr ein, dass ja Sean auch noch da ist. „Ich warte auf dich beim Frühstück! Sean begleitet mich!" Bevor er sie noch zurück halten kann, ist sie weg. „Na warte, mein Mädchen! Das hat ein Nachspiel!", knurrt Vladimir mürrisch. Er sieht nur mehr den breiten Rücken von Sean aus der Ferne. Zufrieden sieht sie die Zwillinge am Nebentisch sitzen. Sie warten nur mehr auf die Eltern von Ana, damit sie loslegen können. „Sie kommen!", ruft sie den Zwillingen lautstark zu. „Wer kommt?" Verena beugt sich zu Anastassja. Auch Nora hat sie gehört. „Oh mein Gott! Sie kommen wieder!" Verena hat die Mädels gemeint, die gerade auf den Nebentisch zusteuern. „Stopp! Hier sitze ich! Die zwei Plätze sind für die Herrschaften dort drüben reserviert!" Vladimir ist gerade gekommen. „Benehmt euch!", meint er noch hinterher. Die Mädels kichern. Micha und Seb essen, als ob es ihnen nichts angehen würde. „Guten Morgen!" Vladimir begrüßt das ankommende Ehepaar. Freundlich schiebt er sogar der Frau den Sessel zurecht und lässt sie Platz nehmen. Frau Kaminov dankt dem jungen Mann mit einem Nicken und beobachtet das junge Mädchen, das einen der jungen Burschen anspricht.

„Hey, Seb! Wie geht's denn so?" „Ich bin Micha, Saskia!" „Egal!" Sie plumpst mit ihrem Hintern auf seine Oberschenkel und legt einen Arm über seine Schulter. Seinen Nacken kraulend meint sie: „Du hast doch nichts dagegen?" „Nein, Süße! Komm, gib mir einen Kuss!" Sie fangen an zu knutschen. Frau Kaminov schüttelt über diese Hemmungslosigkeit den Kopf. Pikiert schaut sie demonstrativ weg. „Hallo Süßer! Hast du heute schon was vor? Wir haben heute Kinonachmittag. Gehst du mit mir?" Vladimir sieht demonstrativ auf die Hand, die unverfroren seinen Unterarm abtastet. Betont angeekelt entfernt er diese

Finger mit einem Wisch. „Nein!" Entschuldigend blickt er auf das ältere Paar. Dieses unverfrorene Mädchen wendet sich an Seb, der noch alleine sitzt. „Aber du gehst doch mit mir, nicht wahr?" „Mädel, bin ich die zweite Wahl?" Sie beugt sich zu ihm hinunter und flüstert etwas in sein Ohr. „Ja, du kannst etwas für mich tun. Knie nieder und bleib dort, bis wir gehen!" Das Mädchen fällt auf die Knie und reibt sich an den Beinen von Seb. Entsetztes Aufkeuchen und ein unterdrücktes Kichern ist zu hören. „Jetzt reicht es!" Florian ist dabei aufzuspringen. Seine Brüder gehen zu weit! Anastassja hat es kommen sehen und legt ihre Hand beruhigend auf seine. Pssst! Irritiert guckt er sie an. Er setzt sich wieder nieder. Aber das Schauspiel nebenan hat noch kein Ende gefunden! Dort geht es zu, wie bei einem Bienenschwarm. Mehrere Schülerinnen haben es sich zur Aufgabe gemacht, die Brüder zu umgarnen. Seb und Micha bemühen sich, es allen recht zu machen. „Wladimir, wir gehen!", als sogar ein Mädchen so dreist ist, es mit Herrn Kaminov aufzunehmen. Dieser hat vor Überraschung eine Augenbraue gehoben. „Wie heißt du?" „Malika!" „Malika, bist du nicht zu jung, um es mit mir aufzunehmen?" Sein Ton ist sarkastisch und sieht ihr zu, als sie sich schulterzuckend umdreht und sich an Micha heranmacht. Kopfschüttelnd erhebt sich Herr Kaminov und hilft seiner fassungslosen Frau auf. „Wir müssen über diesen Vorfall mit dem Direktor sprechen. Ich kann solches Benehmen in der Schule meiner Kinder nicht dulden!" Anastassja hat es gehört. Aufatmend, nach hoffentlich gelungener Mission, klärt sie den Rest des Tisches auf. Verena und Nora nehmen es mit Humor. „Das Schauspiel war Klasse!", lachen sie. Florian ist mies gelaunt. „Wenn das nur gut geht!" Nachdem die Brüder den Abgang beobachtet haben, winken sie die Mädel wieder fort. „Ihr wart Klasse!" „Das war Absicht?!" Vladimir sieht sich um. Er sieht Anastassja scharf in die Augen. Bis jetzt hat er sie nicht als schuldig gesehen. Aber der triumphierende Ausdruck in ihrem Gesicht sagt ihm etwas anderes.

„Wir wollen sofort zu Dr. Kokoff!" „Es tut mir leid! Dr. Kokoff ist gerade in einer Lehrerkonferenz. Bitte nehmen Sie Platz. Er wird in fünf Minuten da sein!" „Wir warten nicht, Frau…" Er sieht auf das Schild auf ihren Schreibtisch:

„...Sejdic!" Die Sekretärin beugt sich beklommen dem arroganten Ton des Mannes vor ihm und hebt den Hörer des Telefons ab. „Dr. Kokoff! Das Ehepaar Kaminov möchte Sie dringend sprechen! Ja, in Ordnung!" Sie legt auf und sieht den Mann vor ihrem Schreibtisch an. „Bitte gehen Sie in das Büro des Direktors. Er ist schon unterwegs!" Etwas besänftigt folgt das Ehepaar der Sekretärin in den anderen Raum und sie setzen sich in die Besucherstühle. „Ah... Frau und Herr Kaminov... was kann ich für Sie tun?" Der Direktor nimmt Platz. „Wir sind etwas verwundert, welche Erziehungsmethoden Sie in der Schule anwenden?!" „Wie bitte?!" „Wir sind gerade Zeugen über pubertäre Ausschweifungen zwischen Mädchen und Jungen geworden! Ein Mädchen hat es gewagt, mich unziemlich anzusprechen!" „Äh... wie bitte...!?" Der Direktor kann es nicht fassen. In seiner Schule?! Das wird Konsequenzen haben! „Herr Kaminov, wenn Sie mir bitte die Mädchen und Jungen zeigen können, dann werde ich strafende Maßnahmen setzen. Ich bitte vielmals um Entschuldigung!" „Ich kann mich nur mehr auf die Jungen erinnern. Es sind Zwillinge. Es waren viele Mädchen, die wie Hornissen auf unseren Tisch eingefallen sind, dass ich mich gar nicht mehr an einzelne von ihnen erinnern kann." „Oh... ja... sicher! Der Vorfall tut mir wirklich außerordentlich leid! Es wird strenge Strafen für die Zwillinge geben!" „Danke, mir genügt Ihr Wort. Meine Frau und ich haben beschlossen, heute noch abzureisen. Unsere Anwesenheit ist nicht mehr notwendig, denke ich. Für die Sicherheit meiner Kinder ist gesorgt. Seal und Sean sind für die ständige Bewachung und Begleitung hier. Vladimir ist der persönliche Bodyguard von unserer Tochter. Mit unserem Einverständnis darf er weiterhin neben dem Bett von Anastassja übernachten, bis Entwarnung gegeben wird, beziehungsweise die flüchtige Frau enttarnt und festgenommen ist!" „Natürlich!" Insgeheim ist der Direktor froh, dass die Kaminov abreisen. Er war kein Freund dieses Notarrangements gewesen. Nun kann er Aleksej wieder aus seinem Krankenbett entlassen und alles nimmt seinen gewohnten Gang.

„Wollt Ihr schon abreisen, Mama?" Anastassja sieht ihrer Mutter beim Packen zu. „Ja, mein liebes Kind! Es wird Zeit.

Hier können wir nichts mehr ausrichten und hoffen, dass die Täterin bald entlarvt wird. Wir werden telefonisch mit der örtlichen Polizei in Kontakt bleiben." Anastassja sieht zu, als ihr Papa die Koffer schließt. Insgeheim gratuliert sie sich für ihren gelungenen Plan. Sie liebt ihre Eltern. Aber hier haben sie nichts verloren! Sie begleitet sie bis zu Ihrer Limousine und winkt, bis das imposante Auto in die Kurve fährt und die Bäume ihr die Sicht rauben. Wehmütig seufzend geht sie direkt in das Krankenzimmer. Nichtdestotrotz hat sie gern mit ihrer Mama geredet. Sie ist immer bei ihr gewesen und hat sich Zeit genommen, ihre Fragen zu beantworten. Fröhlich läuft Anastassja zu ihrem Bruder auf die Krankenstation. „Sie sind weg!" „Wer ist weg?" „Mama und Papa!" „Echt jetzt?" „Ja sie hatten es wirklich eilig und Mama schickt dir einen Kuss!" „Äh... ja... danke!" Das ging ja schnell! Wie hat seine Schwester das fertig gebracht?! Er springt auf. Zeit in sein Zimmer zu gehen und sein Leben wieder aufzunehmen! Ein schneller Kuss im Vorbeigehen für seine Schwestern und er beeilt sich aus der Krankenstation hinauszukommen. Aleksej zieht wieder in sein Zimmer ein. Grinsend macht er es sich auf dem breiten Bett, das für seine Eltern hier hereingestellt wurde, bequem und schaltet sich sein TV-Gerät ein. Wenn es nach ihm ginge, wird er das Bett nur unter Protest hergeben! „Hallo Alexander!" „Da bist du ja wieder!" Sie klatschen ab und umarmen sich nach Männermanier. Alex schmeißt sich auf das breite Bett neben Aleksej und vergisst nebenbei ganz, dass er eigentlich wegen Anastassja gekommen ist. Aber Anastassja ist sowieso nicht hier.

„Wir müssen jetzt zum Direktor." Sebastian und Michael treffen Anastassja auf dem Weg dorthin. „Ich komme mit! Ich bin ja auch mitschuldig!" Sie klopfen an. „Herein!" „Guten Tag Frau Sejdic!" „Ah... ja... diiie Zwillinge!" Sie betont ‚die' theatralisch und informiert sie weiter: „Der Direktor wartet schon auf euch!" Sie winkt die Jungen weiter. „Anastassja? Was kann ich für dich tun?" Der Blick der Sekretärin schweift verunsichert zu dem massigen Körper Seans ab. Ihr gefällt was sie sieht. „Ich will mit den Jungs zum Direktor! Ich bin in gewisser Weise beteiligt!" „Äh... ja..." Die Sekretärin ist von dem großen Mann zu sehr abgelenkt. Dabei beachtet Sean sie gar nicht. Er steht, mit seinen Händen auf dem Rücken verschränkt, mit breit gestellten Beinen und starren Blick nach vorne gerichtet, wie eine Statue da. Er hat was. Die Sekretärin vergisst ganz auf die Schüler. Ihr verträumter Blick ist auf IHN gerichtet. Kichernd, mit rotem Gesicht reagiert sie endlich auf das Trio. Sie winkt zur Tür des Direktors. „Ihr könnt alle rein, hab ich gesagt!" Als sich Sean in Bewegung setzt, meint sie: „Sie können hier warten!" Aber Sean beachtet sie nicht. Er hat klare Anweisungen. Wenn Vladimir nicht bei seinem Schützling ist, hat er sie nicht aus den Augen zu lassen! Er setzt sich in Bewegung und begleitet das Trio in das Allerheiligste der Schule, wobei er wieder vor der Tür Stellung bezieht.

„Ah… hier sind ja die Jungs. Anastassja?" Dr. Kokoff betritt mit einem Sicherheitsabstand zu Sean sein Büro. „Herr Direktor, ich bin in gewisser Weise an dem Dilemma beteiligt und stelle mich, gemeinsam mit den Jungs, Ihrer Schelte." Anastassja wäre nicht sie, wenn sie nicht mit dem älteren Mann umgehen könnte. Sie ist wirklich bezaubernd. Sie setzt sich hin und sieht ihn mit ihren großen rehbraunen Augen an. „Ich höre. Deine Eltern waren sehr verärgert darüber, was ihr am Frühstückstisch abgezogen habt. Was ist in euch gefahren? Ihr bringt das Internat in Verruf! Deine Eltern sind entsetzt über derartiges Benehmen!" „Herr Direktor!", setzt das Mädchen an zu sprechen. „Ich musste zu außergewöhnlichen Maßnahmen greifen! Meine Eltern waren einfach schon zu lange in Aleksejs Zimmer! Sie wollten nicht von sich aus nach Hause! Ich wusste nicht, wie ich es ihnen sagen sollte, dass es Zeit wird, das Feld zu räumen. Können Sie mir und den Brüdern hier verzeihen?" Sie zeigt mit flehentlichem Gesichtsausdruck auf Sebastian und Michael, die scheinbar zerknirscht auf ihren Sesseln sitzen. Im Stillen muss er dem Mädchen applaudieren. Das Arrangement mit den Kaminov hat ihn ebenso massiv geärgert. Aber er war machtlos. Die Kaminov sind die größten Spender für das Internat! Er sieht das Mädchen nicht mehr ganz so streng an und wechselt zu den Jungs. „Michael und Sebastian!" Die Jungs setzen sich gerade und sehen noch zerknirschter aus, als vorhin. „Ich muss in jüngster Zeit feststellen, dass ich dieses Benehmen, nicht ohne einer Strafe, durchgehen lassen kann. Ihr habt Glück, dass ich noch Hoffnung in euch setze und denke, dass ihr mit der Zeit mehr Disziplin an den Tag legen werdet." Der Direktor nimmt tief Luft und donnert dann los: „Nehmt euch gefälligst ein Beispiel an eurem Bruder Florian! Er ist ein toller Junge!" Das Trio zuckt zusammen. Seine Arme sind auf der Tischplatte aufgestützt und lässt sich nun erschöpft, wegen seines Ausbruchs, auf seinen Stuhl zurücksinken. Er versucht sich zu sammeln und atmet einmal tief durch. Auch die Jackson sind äußerst spendabel. Er kann sich nicht leisten, sich wegen der dummen Jungen aufzuregen! „Jetzt kommen wir zu eurer Strafe." Mit Argusaugen beobachtet er die Jungs. Er kennt die Sorte von Schüler. Sie sehen vielleicht reumütig aus, aber sie haben kein bisschen Einsicht. Aber er weiß auch, dass sie keinen Schaden anrichten werden, weil sie auch gute Jungs sind. „Ich will, dass Ihr zwei den Turnsaal reinigt und desinfiziert! Ihr geht zu Frau Dobermann und fragt sie, was ihr zu tun habt. Frau Dobermann weiß Bescheid." Sebastian schnaubt. „Herr Direktor, was ist mit mir?" Anastassjas Augen sind doch tatsächlich tränennass! Der Direktor wird weich. „Mein liebes Mädchen! Ich sehe, dass du reuevoll bist. Ich will heute ausnahmsweise von einer Strafe absehen. Aber mach mir nicht mehr so viel Kummer!" Sie nickt und bedankt sich artig. Sie sind entlassen. „Kommt gehen wir zum Turnsaal. Bringt es hinter euch!" „Wie bringst du es nur hin, dass die Leute bei deinen Kulleraugen dahinschmelzen? Der Direktor hat es dir voll abgekauft!" Michael schüttelt den Kopf. Trotz allem war es der Ärger wert. Sie hatten Megaspaß!

Aleksej besucht die Brüder Florians in deren Zimmer. „Hey Jungs! Ich habe gehört, was ihr getan habt. Schade, dass ich nicht dabei war. Cool!" Er klatscht mit ihnen ab. „Keine Ursache! Es war megacool! Du hättest sehen sollen, wie Malika deinen Dad angebaggert hat! Ha… ha… ha…!" „Nein! Das ist ja abgefahren!" Aleksej grinst und klatscht mit Sebastian ab. „Er hat sie von oben bis unten angesehen und nach ihrem Namen gefragt. Dann hat er gesagt, ob sie nicht zu jung sei, es mit ihm aufzunehmen. Ich hatte wirklich Mühe, mich nicht kaputt zu lachen! Ha… ha… ha…!"

Michael erzählt weiter: „Aber... Cosma... Wahnsinn... war wirklich der Oberhammer! Sie hat sich an Vladimir herangemacht und ist natürlich abgeblitzt. Sie ist dann zu Seb und der hat sie angeschnauzt, ober er vielleicht die zweite Wahl sein soll. Er hat sie aufgefordert sich neben ihn niederzuknien und sie hat es doch tatsächlich getan!" Ha... ha... ha...! Die Zwillinge lachen sich kaputt. „Wow! Das ist ja noch geiler gewesen! Wahnsinn! Meine arme Mama! Ha... ha... ha...! Die muss es ja fast vom Hocker gehauen haben!" Die Zwillinge grinsen. Sie sind mit sich zufrieden. Die Show war wirklich so was von abgefahren! „Jungs ich mache eine Party in meinen vier Wänden! Ihr seid meine Ehrengäste! So was von abgefahren...!" Lachend und kopfschüttelnd geht Aleksej wieder hinaus. Seal folgt ihm wie sein Schatten.

Auch Anastassja, Verena und Nora haben sich noch fröhlich über die Show ausgelassen. „Hast du gesehen, wie Malika deinen Vater angebaggert hat. Sie war so was von echt!" „Ja das war echt mutig von ihr! Ich hätte das nicht gekonnt. Ich würde mich so genieren!" Nora schüttelt es sich bei diesem Gedanken. „Na ja, es war ja alles gespielt. Cosma! Mein Gott! Sie hat sich aufgeführt wie eine Schlampe! Oh mein Gott! Dann hat sie sich noch wie ein Hund neben Seb gekniet!" „Ja... wie demütig sie sich gegeben hat!" Die Mädels kichern. „Wie ging es Florian? Hat er sich bald beruhigt?" „Na ja, ich glaube, er wollte am liebsten mit dem Boden verschmelzen! Es war soooo was von peinlich für ihn! Ihr kennt ihn ja." Verena und Anastassja nicken. „Mädels, Aleksej schmeißt heute eine Party für die Brüder und wegen seiner Heimkehr aus dem Exil! Ihr seid alle eingeladen." „Was sagt Vladimir dazu?" „Er weiß es noch nicht." „Das kann ja noch spannend werden!" Verena trifft den Nagel auf den Kopf.

Die Party

Die Party ist im vollen Gange. Jeder hat Vorräte aus dem Abendessen mitgebracht und das nicht zu knapp! Alle, die vorbei schauen, dürfen mitmachen, mit der Auflage am Gang möglichst nicht aufzufallen. Es ist eine unangemeldete Party! Die Zimmer der Zwillinge Kaminov sind brechend voll. Immer wieder muss die Lautstärke der Feiernden gezügelt werden. Dennoch wird Musik gespielt. Die ersten fangen schon zu tanzen an. „Hey Alex, weißt du wo Vladimir ist?" „Nö…! Ich wundere mich auch schon. Normalerweise klebt er permanent auf meiner Freundin!" Achselzucken… „Glaubst du, dass Seal und Sean uns verpetzen?" „Ich denke nicht. Was wir machen, geht den Bodyguards nichts an. Sie müssen nur achtgeben, dass uns nichts passiert." Grinsen… „Trinken wir auf Malika und Cosma, die es endgültig geschafft haben, meine Eltern wieder auf den richtigen Weg zu bringen!" Aleksej erhebt seinen Becher und schaut alle der Reihe nach an. Das Gejohle, das folgt, muss wieder gedämmt werden. „Leiser bitte! Wir möchten doch nicht, dass die Party vorzeitig aufgelöst wird!" Gerade ein Dezibel weniger und das Fest nimmt fröhlich seinen weiteren ausgelassenen Lauf.

Anastassja gesellt sich zu Malik und Cosma. Die beiden sehen ihr mit gemischten Gefühlen entgegen. Sie sind nicht gerade dicke Freundinnen. Aber Anastassja wäre nicht Anastassja, wenn sie Cosma und Malika nicht für ihre ‚guten Taten' anerkennt. „Hey Malika! Du warst große Klasse! Papa wird noch lange an dich denken! Ha… ha… ha…! …und du Cosma… echt das war so was von grenzwertig! Oh mein Gott! Wie konntest du nur! Meine Mama wäre beinahe in Ohnmacht gefallen! Ha… ha… ha…!" Die beiden Mädchen zucken nur die Achseln. „Ich musste mich selbst überwinden, das zu tun! Glaub mir! Mich da hinzuknien wie eine Devote!" Cosma wird etwas blass um die Nase. Im Nachhinein kann sie froh sein, dass sie keiner verpetzt hat! Sie wäre von der Schule geflogen! Mein Gott! „Wie bist du auf so etwas gekommen?!" „Na ja, ich habe im Internet gegoogelt... äh... ja..." Cosma ist etwas zurückhaltend geworden. „...ja... also..." Seb kommt hinzu und legt einen Arm um Cosmas Taille. „Na Mädels, wie geht's euch?" Anastassja ist gebannt auf den Lippen Cosmas gehangen, aber Cosma hat mittendrin abgebrochen. Sie hakt nach. „Also...? Seb! Cosma versucht mir gerade zu erklären, wie ihr auf dieses Schauspiel gekommen seid!?" Seb lacht aus vollem Halse. „Das möchtest du jetzt wissen, was?" Ana nickt. Ihre Augen leuchten neugierig auf. „Cosma und ich haben uns überlegt, was wir Schockierendes tun könnten. Die ,normalen' Küsse hätten deine Mum und deinen Dad sicher nicht vertrieben. Also haben wir die erotischen Seiten gegoogelt. Mann! Da waren Sachen! Da bin sogar ich rot geworden! Wir haben uns auf etwas Einfaches geeinigt." Seb hat sich innerlich verlegen über die Stirn gerieben. Ganz so cool wie die sich geben, sind sie nicht! Anastassja muss mit jemandem anderen darüber reden. Ganz so klar ist ihr die Sache noch nicht. Vladimir! Mit ihm kann sie über alles reden. Er wird es ihr erklären. „Wo ist eigentlich Vladimir?!" Anastassja fällt jetzt erst auf, dass er immer noch nicht da ist. Er ist doch immer da! Sie muss zu Sean. Vielleicht weiß er mehr? Sie geht zum ,Buffet' und nimmt Leckereinen für den Kerl mit. Dann geht sie hinaus aus dem Zimmer. Seal und Sean posieren wie gewohnt davor. Allerdings haben sie es sich bequem gemacht und sitzen auf dem Boden. „Hey! Ist die Party schon zu Ende?" „Nein! Noch lange nicht!" Anastassja gibt ihnen je einen Teller zum Essen und fragt sie nach Vladimir. „Wisst ihr wo er ist?" „Wir dürfen darüber nicht sprechen!" „Wieso?" Anastassja sieht die beiden Männer an. Genüsslich die Brote, mit leckeren Sachen darauf, verschlingend, schauen sie sie nichtssagend an. Hier bekommt sie keine Antworten. Sie geht wieder in das laute Zimmer.

Verena unterhält sich inzwischen mit Malika. „Du hast vielleicht Mut gehabt! Herrn Kaminov anzubaggern. Frau Kaminov sind beinahe die Augen herausgefallen! Ha... ha... ha...! Du hättest sie sehen sollen!" Malika gesteht unter Lachen. „Ich... ha... ha... kann ja nicht... ha... ha... den Mann anbaggern... ha... ha... und dabei seine Frau anschauen... ha... ha...!" Sie kann kaum reden. Ihr Lachen ist ansteckend. Sie ist wirklich ein hübsches Mädchen, denkt sich Verena. „Aber Cosma und ich sind wirklich dankbar, dass wir nicht verpetzt wurden! Ich habe mir vorgenommen, nicht mehr so provozierend mit den Zwillingen zu spielen! Sie sind zwar lustig, aber es kann irgendwann nach hinten losgehen!" Cosma nickt zustimmend. „Sagt mal, war das immer nur Show?" „Natürlich! Seb und Micha wollten Florian damit an den Rand der Verzweiflung bringen!" „Warum das?" „Sie haben uns erzählt, wie er sie in den Ferien schikaniert!" Darum... Florian ist ungewollter Zuhörer. Er war gerade auf der Suche nach Nora, die sich mit den Mädels in Anastassjas Zimmer befindet. „Nora, ich habe da gerade meinen Namen gehört? Um was ging es gerade?" „Komm mit!" Sie gehen hinaus und suchen sich ein Plätzchen in einer Fensternische. Er nimmt sie in die Arme und sie lehnt sich entspannt an ihn. Sein großer, jetzt schon ansehnlich männlicher Brustkorb fühlt sich für sie wie ein Polster an. Behaglich schnurrt sie wie ein Kätzchen. „Ist das gut, dem Lärm da drinnen entkommen zu sein, nicht wahr?" Er nickt. Sein Kinn liegt auf ihrem seidig, lockigen blonden Haarschopf. „Mhm..." Sie fühlen sich wohl beieinander. Florian ist ihr Held. Er ist froh, dass er so ein tolles Mädchen gefunden hat. Beinahe hätte er geglaubt er sei schwul! In seinem Brustkorb rumpelt es. „Was ist so komisch?" „Ich habe gerade daran gedacht, dass ich mir einreden habe lassen, dass ich schwul sei!" Nora lacht nicht mit. „Ich denke, es war eine wertvolle Erfahrung für dich, oder?" „Mhm..." „Aber du musstest mich dreimal retten, bis du überzeugt warst, dass ich die bessere Wahl bin, nicht wahr?!" Sein Brustkorb rumpelt erneut. „Meine liebe Nora!" Ihre Gesichter neigen sich zu einem zärtlichen Kuss zueinander. Dann sitzen sie wieder schweigend beieinander. Beider Gedanken gehen ihren eigenen Weg. „Um was ist es vorhin bei euch Mädels gegangen?" Florian kommt zum ursprünglichen Thema zurück.

Nora setzt sich auf. „Die Mädels Malika und Cosma haben gesagt, dass die Sachen mit deinen Brüdern nur Show war, um dich zu ärgern. Angeblich schikanierst du deine Brüder in den Ferien. Stimmt das?" „Ich...?! Sie sind doch so anstrengend und haben immer nur Blödsinn im Kopf!" Florian ist gekränkt. Das ist ja die Höhe… „Ich denke, da ist ein Gespräch längst überfällig?" Micha kommt gerade nach draußen. „Da seid ihr ja! Wir alle haben euch gesucht." „Wir haben Frischluft gebraucht. Außerdem ist es hier so angenehm ruhig, findest du nicht Micha?" Nora will Florian davon abhalten, Micha nicht gleich mit dem leidigen Thema zu konfrontieren. Dafür müssen sich die Brüder irgendwann in Ruhe zusammensetzen. „Kommt wieder hinein. Aleksej will zu einer Dankesrede ansetzen!", feixt Micha. Es ist nach Mitternacht. Die Party geht dem Ende zu. Aleksej ist, auf dem Rücken liegend, leicht schnarchend, mit seiner Jeans auf dem Bett eingeschlafen. Anastassja seufzt. Ihr Bruder hat die Sau raus gelassen! Er hat sich erschöpft mitten im Zimmer auf den Boden gelegt. Verena hilft Anastassja, ihn auf das Bett zu legen, ihm die Schuhe auszuziehen und Ana drückt ihm einen Gute-Nacht-Kuss auf den Mund, den er brummend über sich ergehen lässt. Nachdem sie den gröbsten Müll in Säcken zusammengestellt haben, ist Verena zu Aleksej ins Bett gekrochen und kuschelt sich an ihn. Sie ist zu müde, um noch in ihr eigenes Zimmer zu laufen.

„WAS ist hier los?!!" Vladimir steht plötzlich mit verengten Augen in der Tür. „Vladimir!" Anastassja fliegt regelrecht in seine Arme. Geflissentlich überhört sie seinen strengen Ton. Sie freut sich einfach, dass er wieder bei ihr ist. „Was! Ist! Hier! Los!" Gefährlich knurrend wiederholt er sich, nicht bevor er sie kurz an sich gedrückt hat. „Wir haben Aleksejs Heimkehr gefeiert. Es war sooo lustig! Wo warst du?!" „Hier sieht es wie nach einer Schlacht aus. Als hätte eine Bombe eingeschlagen! Mein Gott!" Vladimir befreit sich aus dem Klammergriff des Mädchens. „Aber wir haben doch schon das Gröbste weggeräumt! Sieh nur!", sie zeigt auf die beiden Müllsäcke neben der Tür. „Seal! Sean! Hierher!" Die großen Kerle kommen herein und stellen sich salutierend nebeneinander. „Was ist, Chef?" „Warum wurde ich darüber nicht informiert?" Die Männer sehen ihn verständnislos an. „Warum?", wiederholt Vladimir. „Unser Befehl lautet, die Zwillinge vor fremden Angriffen zu beschützen. Die Party gehört nicht dazu. Außerdem hätten wir gegen eine Horde pubertierender Jugendliche nicht viel ausrichten können. Es war eine harmlose Party." „…nicht allzu laut.", ergänzt der andere. Die Bodyguards blicken stur geradeaus. Vladimir schüttelt verdrossen den Kopf. „Ab!" Schnaubend winkt er die Bodyguards wieder hinaus. „Vladimir, es war doch nur eine harmlose Party! Aleksej musste sich bei seinen Freunden bedanken." „Bedanken? Für was, bitte?!" „Na ja… äh… Seb und Micha haben mithilfe Cosma und Malika eine grandiose Show hingelegt, nicht wahr? Meine Eltern sind ausgezogen. Aleksej konnte endlich aus dem Krankenzimmer raus. Das mussten wir feiern." „Das, was die Brüder heute beim Frühstück veranstaltet haben, war Show, um deine Eltern von der Schule zu vergraulen?!" Anastassja nickt. Sie ahnt, dass bald ein Donnerwetter auf sie niederprasseln wird. Vladimirs eisig blaue Augen duellieren sich mit Anastassjas rehbraune Kulleraugen. Kopfschüttelnd wendet er sich ab… Ohne Worte und wütend kickt er den Boden frei und holt sich die Matratze, die achtlos in die Ecke geworfen wurde. Angeekelt reißt er das zerknitterte, mit Flecken und Brösel versaute Spannleintuch herunter und holt sich ein frisches aus dem Schrank. Sein Bettzeug hat Anastassja auf ihrem Bett in der Ecke zusammengedrückt liegen. Er zieht sich bis auf seine Boxer Short aus und legt sich, immer noch ohne Worte, hin. Demonstrativ dreht er sich von ihr weg. Er muss das morgen klären. Er ist unendlich müde. Ihr ist unheimlich zumute. So hat er noch nie auf sie reagiert. Er ist richtig sauer. Warum eigentlich? Traurig legt sie sich nieder. Sie kann lange nicht einschlafen. „Vladimir?" „Mhm…?", brummt er. „Ich kann nicht schlafen!" Endlich dreht er sich um. Ohne weiter nachzudenken, dass er eigentlich auf sie böse sein sollte, lüftet er seine Decke. Dankbar nimmt sie sein Angebot an und kuschelt sich mit dem Rücken an seine Vorderseite. Seine Decke senkt sich wieder über sie beide. „Schlaf jetzt!"

Mitten im tiefsten Schlaf wird Vladimir mit einem Schrei aus dem selbigen herausgerissen. Er sieht auf das leuchtende Ziffernblatt seiner Armbanduhr. Es ist vier Uhr in der Früh! Was hat ihn aufgeweckt?! „Hilfe… lasst mich los… nein geh weg… ich habe dir nichts getan!" Anastassja brüllt um Hilfe und wehrt sich mit Armen und Beinen gegen ihren imaginären Gegner. Vladimir versucht sie festzuhalten, indem er sie mit seinen Beinen und Armen umschließt. Beruhigend und tröstend redet er auf sie ein. „Sch... sch... ich bin ja da! Beruhige dich... Liebste... ich rette dich..." Anastassja wird noch immer bedroht. Ihre Sinne sind noch im Traum gefangen. „Geh weg... lass mich... ich will da nicht hinein... hiiilfeee...!" Aleksej kommt schlaftrunken herbeigeeilt. Er wundert sich nicht einmal, dass seine Schwester mit Vladimir auf dessen Matratze liegt. Er kniet sich hin und versucht sie mit seinen Händen zur Ruhe zu bringen. Seine Handflächen liegen auf ihrem Kopf. Er suggeriert ihre flüsternd all die schönen Erinnerungen die ihm auf die Schnelle einfallen. „Anastassja, hör mir zu! Weißt du noch, als wir bei Tante Olga waren? Da hast du Vladimir kennen gelernt... Ihr habt so viele schöne Stunden gehabt... Er hat dich geküsst... Du hast es so sehr gemocht..." Er macht Pause und küsst sie zwischendurch auf die Stirn. Langsam beruhigt sie sich. „Vladimir!", flüstert sie und lächelt. Sie ist wieder eingeschlummert. „Danke!" Vladimir seufzt auf. Er kann keinen klaren Gedanken fassen. Er war die ganze Nacht im Wald und hat bei der Bretterbude gelauert. Müde fährt er sich über die Stirn und gähnt.

Aleksej nickt und schlurft übermüdet wieder zu seiner Freundin ins Bett. Der Morgen kommt bald genug. Viele seiner Partyfreunde werden erschöpft sein. Er kuschelt sich an Verena und schläft augenblicklich weiter.

Anastassja ist weg

Seit der Party sind schon einige Tage vergangen. Vladimir verbringt noch eine Nacht, nahe der Bretterbude, im Wald. Was er da zu sehen bekommt, lässt ihm die Haare zu Berge stehen. Vorsichtig entfernt er sich und joggt zur Schule. Er muss Recherchen anstellen, bevor er die Person enttarnen kann. Noch hat er keine Beweise. Er überlegt, wer ihm dabei helfen kann. Er wählt die Nummer eines ehemaligen Schulfreundes an. „Hey Mario, lange nichts mehr von dir gehört!" „Vladimir? Ist das noch zu fassen? Kumpel, wo bist du?" „Ich bin Bodyguard eines Mädchens einer russischen Familie. Zurzeit bin ich in einem Internat." „Mensch, das ist ja Klasse! Was kann ich für dich tun?" Vladimir lacht. „Warum glaubst du, dass du etwas für mich tun kannst?" „Ich denke nicht, dass du mich ins Café einladen möchtest, oder?" „Du hast recht!" „Mein Schützling läuft Gefahr entführt zu werden. Ich habe eine verdächtige Person in unmittelbarer Umgebung. Kannst du mir helfen, sie zu durchleuchten?" „Na klar! Wie heißt diese Person? Hast du zufällig ein Foto?" „Es ist eine Lehrkraft in dieser Schule… eine Frau Salerno Gabriele. Sie unterrichtet Mathematik. Ein Foto kommt heute noch!" „Geht klar!" Marios Hände klappern bereits über die Tastatur seines Laptops. „Tschau!" Vladimir legt auf.

Das wäre schon einmal geschafft. Er geht durch das Tor der Schule. Das Klappern von Geschirr und Besteck weist ihm den Weg zum Frühstück. Er hat Hunger und vor allem großen Durst. Vorerst hält er Ausschau nach dem Lehrertisch, der etwas abseits von denen der Schüler steht. Frau Salerno ist noch nicht da. Er holt sich ein großzügiges Frühstück und nimmt an seinem angestammten Tisch Platz… mit Blick auf den Lehrertisch. „Hi Vladimir!" Vladimir winkt mit dem Messer in der Hand den Zwillingen zu. Sein Mund ist voll mit dem Essen. Er kann nicht reden und nickt mit dem Kopf. Er sieht auf den Nebentisch. Anastassja lacht ihm zu und entlockt ihm ebenso ein

Lächeln. Dann sieht er sich um. Frau Salerno steht an der Theke! Er muss einen guten Zeitpunkt erwischen, um ein Foto von ihr zu machen. Er tastet nach seinem Handy. Er isst weiter. Dann erhebt er sich mit dem Tablett, scheinbar um sich Nachschub zu holen. Vom Buffet hat er einen guten Blick auf sein anvisiertes Ziel. Er hebt sein Handy an und fotografiert scheinbar verschiedene nett arrangierte Tabletts vor ihm. Dann schwenkt er schnell um und macht ein Foto vom Lehrertisch. Er ist so schnell, sodass es niemanden aufzufallen scheint. Er wiederholt sein Manöver noch mehrere Male von anderen Positionen. Dann kehrt er zu seinem Tisch zurück. Einzig Anastassja bemerkt, dass er heimliche Fotos gemacht hat. Sie setzt sich mit ihrem Tablett neben ihn und beugt sich ganz nah an sein Ohr. „Was hast du soeben fotografiert?" Er sieht sie direkt an. „Nichts!" Sie grinst ihn vielsagend an. „Wir sehen uns dann!" ...und wechselt wieder zu ihrem Tisch zurück.

Vladimir nimmt an dem ersten Unterricht bei Anastassja teil. Er hat Alexander gebeten, noch intensiver auf sie aufzupassen. Ab der zweiten Stunde bis zur vierten Stunde wechseln sie ab. Die letzte Stunde ist Mathe. Diesen Unterricht sitzt Vladimir in der Nähe des Lehrerpults. Er braucht noch eine Nahaufnahme von Frau Salerno. Ihr Verhalten ist nicht auffällig... wie immer. Während Alexander seine Freundin in den Speisesaal begleitet, forstet Vladimir seine Fotos durch. Die gut abgelichteten Aufnahmen der Frau Salerno, verschickt er, ohne weiteren Kommentar, an Mario. Sein Freund wird wissen, wer die Frau auf dem Foto ist. Anastassja steht plötzlich neben ihm. „Was ist los mit dir? Du tust so komisch! Wieso machst du Fotos von meiner Mathelehrerin? Die ist ja gar nicht so hübsch! Sie ist eine alte Schachtel!" Wenn er es nicht besser wüsste, würde er glauben, dass sie eifersüchtig ist. Aber er glaubt, dass sie zu so etwas nicht fähig sein kann. Sie ist zu bescheiden und zu jedermann immer freundlich. „Baby! Ich erzähle es dir heute Nacht, okay?" Anastassja ist einverstanden... sie hat noch einige Fragen zu einem anderen Thema. Gemeinsam kehren sie wieder zu den anderen zurück.

Alexander beobachtet sie. Er sieht es gar nicht gern, wenn sie ständig mit Vladimir zusammen ist. Schon alleine, dass er jede Nacht neben ihr schläft! Er spürt, dass es seine Freundin immer mehr zu dem anderen Kerl hinzieht. Seine Zeit dürfte abgelaufen sein, befürchtet er. Er ist noch nicht soweit! Scheiße! Es tut weh... sehr weh! Er geht hinaus in die Sonne und versucht seinen Kummer hinunterzuschlucken. Er erreicht den Garten, der von Anastassja liebevoll gepflegt wird und setzt sich auf die Wiese. Er schließt gequält seine Augen. Warum nur? Es ist doch alles so gut gelaufen!? Er würde am liebsten seinen Kummer laut in die Welt hinausschreien... „Hey Alexander, ich habe dich gesucht!" Sie lässt sich neben ihm nieder. Die Sonne ist so schön warm! Sie spürt die negativen Schwingungen, ausgehend von ihrem Freund sehr deutlich. Unsicher küsst sie ihn auf die Wange. Mehr gibt er nicht her. Er hat seinen Kopf instinktiv etwas weggedreht. „Was hast du?" „Ach, ich weiß auch nicht!" Seine Augen sind längst nass. Sein Gesicht ist von ihr abgewandt. Sie sieht ihn bestürzt an. Sie empfindet seine Traurigkeit sehr intensiv. Sie erlebt seinen Schmerz tief in ihrem Inneren. Eine schmale Hand legt sich ängstlich auf seinen breiten Arm. „Rede mit mir!" Sein ganzer Frust, den er hinuntergeschluckt hat, bricht aus ihm hervor. Sein jugendliches schönes Gesicht verzerrt sich in ein gebrochenes, aschfahles Antlitz. „Es tut sooo weh..." Er greift sich an seine Brust nahe dem Herzen. „Wir hatten eine so schöne Zeit! Was hat er, was ich nicht habe?! Sag mir das!" Anastassja bricht in Tränen aus. Sein Kummer und ihre eigene Unsicherheit, der beiden Männer gegenüber, lässt sie straucheln. „Oh Alexander! Ich kann nichts dafür. Ich liebe dich und ich liebe auch Vladimir! Die ganze Zeit schon. Ich weiß nicht was ich tun soll!" Aufgrund der kummervollen Lage, umarmen sie sich innig. Lange Zeit kleben sie verzweifelt aneinander. „Warum bist du dann nicht bei ihm?" „Ich weiß es nicht. Ich bin zu jung für ihn! Er mag mich nicht." „Nein, er verzehrt sich nach dir! Ich sehe es jedes Mal, wenn ich euch beide sehe!" „Wirklich? Aber mein Herz schlägt auch für dich, Alexander! Ich will dich nicht verlieren!" Herzzerreißend fängt sie an zu weinen. Er hievt sich hoch und nimmt sie fest in die Arme. Sie schmiegt sich tröstend hinein. Aber sie kann nicht aufhören.

„Da seid Ihr ja! Ich habe euch überall gesucht!" Vladimir kommt näher. Anastassja kriecht wimmernd noch mehr in Alexander hinein. Sie will jetzt bei ihm bleiben. „Er soll weggehen!", flüstert sie. „Vladimir lass uns jetzt alleine! Sean ist ja in der Nähe!" Irritiert tritt der Ältere näher. „Was ist da los?! Anastassja was hast du?" Er blickt auf und merkt, dass es dem Jungen auch nicht besser geht. „Was ist passiert? Redet mit mir!" Er nimmt eine leicht drohende Haltung ein... Anastassja reißt sich, völlig aufgelöst, los und schreit ihn vehement an. „Du bist passiert! Es war so schön mit Alexander alleine. Du hast alles zerstört!" Wie eine Rachegöttin geht sie auf Vladimir zu. Wütend, mit tränennassen Wangen, drischt sie keifend auf ihn ein. Ihre Fäuste trommeln auf seine Brust, bis er sie festhält. „Was habe ich getan, Baby?", beruhigend will er auf sie einwirken. Aber das Wort ‚Baby' hat es nur noch schlimmer gemacht. Sie gebärdet sich wie eine Furie. Alexander greift ein. Mit energischen Griffen reißt er sie herum und zieht sie wieder an seine Brust. Dort kuschelt sie sich etwas besänftigt hinein. Ihr Körper zuckt noch von den Nachwehen ihrer Wut. Die Tränen sind versiegt. Sie krallt sich fest an ihn und lässt ihn nicht mehr los. Zitternd hängt sie in den Armen Alexanders.

„Setzen wir uns!" Vladimir will endlich wissen, warum die Emotionen so hochgekocht sind. Sein Blick haftet auf Alexander. Sein fahles Gesicht reibt sich tröstlich an den seidigen Locken des Mädchens, das sein Gesicht in seinen Hals geschmiegt hat. „Ich bin schuld!" Alexander nimmt es auf sich. „Ich bin eifersüchtig auf dich. Sie liebt uns beide und es zerreißt sie!" Alexander beobachtet seinen Nebenbuhler genau. Vladimir lässt sich nichts anerkennen. Seine inzwischen fahle Maske ist starr. Sie schweigen lange. Einzig der Schluckauf des Mädchens unterbricht die Stille. Schniefend verschmiert sie den Rotz, der aus ihrer Nase rinnt, an Alexanders Shirt. Irgendwann löst sie sich von dem warmen besänftigenden Körper. „So genug geheult! Ich sage es nur kurz... Ich liebe euch beide. Vertragt euch!" Ohne sie weiter anzusehen, steht Anastassja auf und geht mit Stolz erhobenem Haupt weg von ihnen. Einzig Sean folgt ihr nach… Vladimir räuspert sich. „Was für ein Dilemma!" „Ja…" „Was machen wir jetzt?" „Wir machen weiter, wie bisher. Anastassja ist in Gefahr, solange wir die Täterin nicht haben!" „Hast du eine Idee?" „Hör mir jetzt zu. Ich erzähle dir den Stand der Dinge. Ich habe zwei Nächte im Wald vor der Bretterbude auf der Lauer gelegen. Ich habe beobachtet wie die Salerno dort war. Ich kann aber nichts beweisen. Ich habe heute von der Salerno Foto geschossen und sie einem Freund von mir geschickt, der sie durchleuchten soll. Ich warte noch auf eine Nachricht von ihm." Alexander sieht ihn entgeistert an. „Sprichst du von unserer Mathe Lehrerin?!" Vladimir nickt. „Bis wir nicht wissen, ob sie tatsächlich die Mittäterin ist und überführt werden kann, ist Anastassja nicht sicher!" „Ich werde auf sie aufpassen!", verspricht Alexander. „Danke! Wegen der anderen Geschichte…" Alex winkt ab. „Wir lassen es auf uns zukommen." Sie geben sich die Hand und umarmen sich nach kurz.

„Sie ist es!" „Mario, erzähle!" „Sie ist ursprünglich aus Sizilien! Als die Zwillinge im Internat eingezogen sind, hat sie das erste Jahr als Mathematik Lehrerin angefangen. Sie hat einige Vorstrafen wegen Diebstahls und Körperverletzung, die schon sehr lange zurück liegen. Sie hat nachweislich Schulden in Millionenhöhe und sie verkehrt mit zwielichtigen Leuten, die ebenfalls keine weiße Weste haben!" „Sie braucht Geld! Wieviel?" „Zwei Millionen!" Vladimir schüttelt entgeistert den Kopf, obwohl Mario es durch das Telefon nicht sehen kann. „Du musst auf der Hut sein. Die Lady ist nicht zimperlich." Vladimir muss nachdenken und schaltet ohne weitere Worte das Gespräch weg.

Er muss wieder zurück. Anastassjas Mathestunde steht auf dem Stundenplan. Auch wenn Alexander direkt neben ihr sitzt, will er auf Nummer sicher gehen. Anastassja beugt sich zu Alexander. „Ich muss mal!" Alexander nickt und dreht sich zu Vladimir um. Mit Handzeichen gibt er ihm die Situation zu verstehen. Er muss nicht mit ihr gehen. Er kann dem Unterricht weiter verfolgen. Aus den Augenwinkel verfolgt er den Abgang der beiden. „Vladimir ich kann alleine auf die Toilette gehen! Sean ist ja auch noch da." Sean verfolgt sie ein paar Meter hinter ihr. Vladimir bleibt an ihrer Seite. „Das geht aber jetzt zu weit!" Sie blickt ihn streng an. Vladimir steht mit ihr im Mädchenklo. „Willst du vielleicht auch mit in die Kabine?!" Anastassja sieht ihn herausfordernd und mit funkelnden Augen an. Vladimir lässt sich auf keine Diskussion ein und durchsucht sämtliche Kabinen und hält ihr eine der Tür auf. Die Augen verdrehend, verschwindet sie und dreht nachdrücklich die Verriegelung zu. Vladimir lehnt sich entspannt an das eine Waschbecken, verschränkt die Arme vor sich und wartet. „Vladimir?" „Ja?" „Ich habe eine Frage!" „Mhm…" „Cosma und Seb haben mir da was erzählt." „Ja…?" „Äh… ja… sie haben im Internet geforscht… auf einer Sex Seite…" „Jaaa…?" „Äh… na ja… äh… Cosma hat sich ja bei der Show für meine Eltern neben Seb hingekniet… äh… sie hat gesagt, dass sie sich überwinden musste, das zu tun! Was meint sie damit?" „Glaubst du, dass ich dir das am Klo erklären soll? Das heben wir uns für heute Nacht auf!" „Oh… na gut!" Im Klassenzimmer verläuft der Rest der Stunde ereignislos.

Erst beim Essen kommt es zum gefürchteten Showdown… Anastassja geht in Begleitung dreier Männer in den Speisesaal… Arm in Arm mit Alexander, hinter ihr Vladimir und noch einmal dahinter Sean. Außer Sean, der etwas später von Seal abgelöst wird, nehmen alle ein Tablett. Sie wählen die Menüs nach ihrem Geschmack und erreichen bald die anderen Freunde. Alexander setzt sich schon hin. „Aleksej, wie geht es dir?" „Ja ganz gut, danke!" Aleksej hat gelegentlich über Kopfschmerzen geklagt. Aber laut Ärzten ist alles eine Frage der Zeit, bis sich auch diese beruhigen. Verena beugt sich zu ihm und küsst ihn auf die Wange und streichelt ihn über den Kopf. „Mein lieber Aleksej, du wirst schon wieder!" Er dreht sich zu ihr und sieht sie liebevoll an und küsst sie vor allen anderen. Alex lächelt. Er muss seine Ana auch küssen! Er dreht sich nach ihr um… wo ist sie? Seine Augen überblicken suchend die nähere Umgebung. Dann blickt er zu Vladimir rüber. Der Mann ist mit seinem Essen beschäftigt. Wo ist Sean? Er steht am Eingang des großen Saales. Anastassja muss noch hier in diesem Raum sein! Aber wo? „Vladimir!" Bei der Stimme von Alex hebt er den Kopf. Er registriert sofort, dass Anastassja fehlt. Shit! Sein Blick geht automatisch zu Sean. Er ist auf seinem Posten. Er verstellt zur Hälfte den Eingang. Dort ist Anastassja nicht hinaus. Suchend dreht er sich im Kreis. Aber er sieht sie nirgends! Sein Blick schweift zum Lehrertisch. Frau Salerno ist nicht da. Er kann aber nicht sagen, ob er sie schon beim Essen gesehen hat. Er eilt sofort zu dem Tisch. „Entschuldigen Sie bitte die Störung. Ich suche Frau Salerno…" Er sieht die Lehrerin vor ihm fragend an und heftet seinen betont freundlich lächelnden Blick auch auf andere anwesende. Die Sekretärin der Schule, Frau Sejdic sieht sich um. „Sie war doch noch soeben hier. Sie hat direkt gegenüber von mir gesessen! Vielleicht holt sie sich den Nachtisch?" Sinnend sieht sie auf den leeren Sessel und zuckt die Achsel. Sie isst weiter. Vladimir hat sich wortlos verabschiedet. Während er davon eilt, zückt er sein Handy und gibt Sean Bescheid. Dieser dreht sich selbst noch suchend um die eigene Achse, muss aber ergebnislos auf Vladimir warten, damit sie kurz das weitere Vorgehen besprechen können, bevor sie mit der Suche beginnen.

„Ich kann mir nicht vorstellen, wie die beiden unbemerkt von mir aus dem Speisesaal verschwinden konnten! Ich bin die ganze Zeit hier gestanden und habe den Tisch meiner Zielperson nicht aus den Augen gelassen! Wie geht das?!" Sean macht sich Vorwürfe. Vielleicht hat er einmal ein hübsches Mädel zu lange angestarrt? Saskia hat mit ihm zu flirten versucht! Er war abgelenkt. Das war zu lange! „Saskia!" „Was hast du gesagt?" „Sie hat mit mir geflirtet. Es hat zirka drei Minuten gedauert, bis ich sie abwimmeln konnte!" Vladimir zweifelt keinen Moment an der Integrität des Bodyguards. Sie müssen jetzt handeln. „Es bleibt noch die Frage, wie sie Anastassja ohne Gegenwehr aus dem Raum bringen konnten? Gibt es noch einen Ausgang, von dem wir nichts wissen? Hier konnten sie nicht raus. Das glaube ich nicht." Alexander kommt auf sie zu gerannt. „Wo ist Anastassja?" „Kumpel beruhige dich. Wir finden sie! Kennst du Saskia?" „Meinst du die Schlampe in Sebs und Michas Jahrgang? Was ist mit ihr?" „Sieht so aus, als wäre sie an Anastassjas Entführung mitschuldig." Alexanders

Gesicht ist kreidebleich. Seine Anastassja! Sie, die keiner Fliege etwas zuleide tun kann! „Scheiße!" „Kennst du einen anderen Ausgang als diesen hier? Denk nach!" Vladimir schüttelt den Jüngeren grob am Arm. Alexander reißt sich zusammen und konzentriert sich. „Ja... eine Tapetentür... direkt neben dem Lehrertisch! Warum?" Alexander ist noch immer in Gedanken an dem entsetzlichen Geschehen. Seine Konzentration dauert gerade ein paar Sekunden an, dann trauert er wieder um seine Freundin. Verständnislos guckt er Vladimir und Sean nach, die schon durch den Speisesaal laufen. Sie haben ihn einfach stehen gelassen! Schnell eilt er hinter ihnen nach. Im Zickzack Kurs erreichen sie die Wand und entdecken tatsächlich einen kleinen Einlass, um die versteckte Tür aufmachen zu können.

Die Tür führt zu einem Nebenausgang des Gebäudes, die jetzt einen Spalt weit offen steht. Sie gelangen direkt zum Garten, der so eifrig von dem Mädchen Tag für Tag gepflegt wird. Aber von Anastassja, oder von Frau Salerno gibt es keine Spur. Keuchend bleiben sie am Waldrand erst einmal stehen. „Alexander du holst dir Aleksej und Florian. Sucht das Gelände und die Schule ab. Sean du kommst mit mir in den Wald. Wir werden die Bretterbude aufsuchen! In einer Stunde rufst du mich an, Alex." Der Junge nickt. „Los!" Sie trennen sich. Alexander rennt wie gehetzt zurück. Er nimmt denselben Ausgang, aus dem sie gekommen sind. Auf dem Weg zu seinen Freunden, die noch beim Essen sitzen und keine Ahnung von den Ereignissen haben, rempelt er ohne Rücksicht seine Mitschüler zur Seite. „Hey, mach mal langsam!" „Geht's noch?!" Keuchend schnappt er nach Luft. „Anastassja... sie... ist..." Sein Atem stockt. Seine Lungen müssen neu gefüllt werden. „Was ist mit Ana?" Verena klopft Alexander auf den Rücken, als dieser einen Hustenanfall bekommt. „Wo ist Anastassja?!" Aleksej erhebt sich schon alarmiert von seinem Sessel. Alex sieht ihn verzweifelt an. „Entführt!" Jetzt hüpft auch Florian von seinem Sessel auf. Alexander steht vornübergebeugt und versucht noch immer krampfhaft keuchend, Atem in seine Lungen zu pumpen. „Wartet!" japst er. Verena platziert ihn energisch auf seinen Sessel und demonstriert ihm, wie er ruhiger atmen muss. Sie zwingt ihn, sich auf sie zu konzentrieren und gemeinsam mit ihr Atemübungen durchzuführen. Ein… aus… ein… aus. Langsam, aber sicher beruhigt sich sein Körper. „Vladimir und Sean suchen im Wald. Wir sollen gemeinsam im Gebäude und der näheren Umgebung suchen!" Jetzt springt Florian auf und winkt seinen Brüdern. Sie sollen sich nützlich machen! „Hey, kommt!" Arrogant winkt er mit der Hand nach ihnen. Sie reagieren nicht. Wieso auch?

Alexander eilt zu ihnen. „Helft uns! Anastassja ist entführt worden!" Diesmal sind Seb und Micha voll dabei. Ihre Freundin muss gefunden werden. „Was können wir tun?" „Zuerst einmal hat Vladimir den Verdacht, dass Saskia beteiligt ist." „Was! Dieses Miststück! Wenn ich diese Bitch in die Hände kriege!" Suchend blickt er sich im Saal um. Aber es gibt hier keine Saskia mehr. „Micha! Wir haben keine Zeit, uns mit Rachegefühlen herumzuplagen! Uns fehlt die Zeit!" Beschwörend schüttelt Alexander den zornigen Bruder Sebastians. „Ich beruhige mich schon. Was müssen wir als erstes tun?" „Sebastian und Micheal Ihr sucht mit Florian und Nora die Zimmer der beteiligten Personen ab. Also Anastassjas Zimmer und Saskias! Aleksej, Verena und ich nehmen uns das Lehrerzimmer, Turnsaal und die Klassenzimmer vor. Dann treffen wir uns beim Haupteingang. Wir telefonieren!" „Alles klar?"

„Warum haben Sie mich hierher verschleppt? Was wollen Sie von mir? Saskia? Was tust du denn hier?" Das Mädchen kommt gerade durch die wackeligen Brettertür herein. Als Antwort hat sie nur ein abfälliges Grunzen für Anastassja übrig und geht in den hinteren Bereich der baufälligen Bude. „Halte deinen Mund! Noch einen Laut und ich kneble dich… du vorlautes Ding!" Frau Salerno steht drohend vor ihr. Anastassja sieht sie böse an. Sie hat doch keine Angst vor der Mathelehrerin! Sie ist nicht dumm. Sie kann zwei und zwei zusammenzählen. Hat doch Vladimir erst kürzlich Fotos von dieser Schnepfe auf dem Handy gehabt und sie dumme Kuh war doch glatt eifersüchtig auf sie gewesen! Pff! Vladimir hat sie doch längst im Visier gehabt! Anastassja sitzt bewegungslos gefesselt auf einem gefährlich klapprigen Stuhl. Sie rutscht hin und her und versucht die Fesseln in ihrem Rücken zu lockern. „Halt still!" „Wie lange glauben Sie, dass sie das hier durchziehen können, Sie... Sie... Dummkopf!" Ana hat nicht einmal ausgeredet, hat Frau Salerno ihr eine klatschende Ohrfeige auf die Wange gepfeffert. „Auuuu...!" Dann plärrt Alessandra wie eine Irre los. „Hiiilfeee... hiiilfeee... hiiilfeee...!" Ana nimmt tief Luft, um weitere Schreisalven loslassen zu können. Aber Saskia ist schneller und stopft ihr einen zusammengeknüllten dreckigen Lappen in den Mund. Anastassja muss würgen. Der trockene Lappen drückt ihr in den hinteren Gaumen. Hustend und mit der Zunge drückend, versucht sie ihn loszuwerden. Aber es will ihr nicht gelingen. Der Knebel hat sich an den inneren Wänden ihres Rachens festgeklebt und lässt sich nicht mehr von alleine ausspucken. Anastassja schießen die Tränen in die Augen. Mit leicht vorgebeugtem Oberkörper versucht sie, Luft zu bekommen. Schwer atmend resigniert sie fürs Erste. Sie bleibt jetzt still sitzen, um die Schmerzen minimal zu halten. Sie hofft darauf, dass Vladimir sie bald befreien wird. Aber es hindert sie nicht, immer wieder giftige Blicke zu der Salerno, oder Saskia zu werfen. Sie sieht der Salerno und Saskia beim Hantieren zu. Für sie sieht es aus, als würden sie die Taschen packen. Hoffentlich brauchen sie noch lange. Sie will hier nicht weg, bevor Vladimir kommt!

Vladimir und Sean bewegen sich schneller. Sie haben die Hilfeschreie des Mädchens gehört. „Sie sind noch dort!" flüstert Vladimir. Sean nickt nur. Lautlos gleiten sie durch den Wald. Vladimir spitzt die Ohren. Er hört nichts mehr. Sie werden ihr doch nichts getan haben?! Er ist besorgt. Bald erreichen sie den Standort der verfallenen Hütte. Sie lauschen der Geräusche. Die Entführer sind nicht allzu vorsichtig. Sie dürften sich sicher fühlen, als würden sie nicht glauben, dass jemand von ihrer Anwesenheit in dieser verfallenen Hütte im Wald ahnen. Schritte von mehr als einer Person sind zu hören. Vladimir verständigt sich mit Zeichen und Sean nickt. Er hat verstanden. Sie beobachten, still hockend hinter einem Busch, ihr Ziel. Die Tür geht auf. Die Salerno kommt mit einer Tasche aus dem Haus. Hinterher stolpert Anastassja, gefesselt an Armen und ihre Beine sind gebunden, sodass sie nur kleine Schritte machen kann. Der

Knebel steckt noch in ihrem Mund. Saskia macht die Türe zu und versucht die Spuren mit Tannenästen hinter ihnen wieder zu verwischen. Die Männer folgen ihnen geräuschlos, versteckt hinter den Büschen, bis zu einem Geländewagen. Wenn sie das Mädchen jetzt nicht befreien, ist sie für sie verloren! Vladimir gibt mit Zeichen seinem Kompagnon Sean Anweisungen. Dann stürzt er sich auf Frau Salerno und Sean auf Saskia. Die Frauen haben keine Chance gegen die kampferprobten Männer. Bald sitzen sie aneinander gefesselt am Boden. Vladimir geht zu Anastassja und sieht in ihre funkelnden vorwurfsvollen Augen, als würden sie sagen wollen: „Wo warst du so lange?!" Er bindet sie los und sie wirft sich sofort in seine Arme. „Ich wusste, dass du kommen würdest!" Dann schluchzt sie los. Er wirft sein Handy zu Sean damit er Bescheid geben kann, dass Anastassja in Sicherheit ist.

Anastassja beruhigt sich sehr schnell und wischt sich schniefend die Tränen mit ihrem Handrücken ab. Energisch drückt sie sich von ihrem Retter weg und geht direkt auf ihre Mathelehrerin zu. Ohne, dass Vladimir es vorher sehen kann, pfeffert sie der Frau ihre Hand ins Gesicht. „So! Das war für ihre Grobheit!" Ihre Hand schlenkernd, macht sie sich auf den Weg. „Wo gehst du hin?" „Na wohin denn? Zur Schule! Ich muss die Kräuter spritzen!" Vladimir sieht Sean verdattert an. Aber dieser lacht nur. „Na, dann räumen wir hier zusammen! Wir können das Auto nehmen und fahren sie gleich zur Polizei. Anastassja findet alleine zurück, oder?!", fragend sieht er provozierend zu ihr. „Worauf du Gift nehmen kannst!" Sie schickt beiden Männern eine Kusshand zu und dreht sich um. Dennoch finden sie Alexander, Aleksej, Florian, Sebastian, Michael, Verena und Nora als sie gerade an der Weggabelung den falschen Weg einschlagen will.

Verbündete

Zu Beginn der Ferien packen die Zwillinge Sebastian und Michael, immer wieder schwer seufzend, ihre Taschen. Sie müssen wohl oder übel nach Hause fahren, obwohl sie andere gehabt Pläne haben. Sie hatten es beim Schulfest zu weit getrieben und ihre Eltern haben ein Machtwort ausgesprochen! „Vielleicht schaffen wir es doch noch in das Feriencamp? Wir müssen nur etwas durchhalten. Was meinst du?" „Ich glaube auch, dass noch nichts verloren ist." Die Brüder geben sich ein High Five und ziehen die Reißverschlüsse ihrer Taschen zu und gehen aus ihrem gemeinsamen Zimmer, dass sie seit zwei Jahre bewohnen. Auf dem Gang treffen sie Florian. „Hallo ihr beiden! Ihr seid heuer zu Hause…?" Die jüngeren Brüder nicken knirschend. „Viel Spaß! Ich bin heuer bei Nora!" Florian freut sich schon auf seine Ferien. Nora ist seine Freundin und ihre Eltern haben ihn eingeladen. Gemeinsam gehen sie bis zum Tor der Schule. Es ist ein sonniger Tag. Entspannt neigt Florian sein Gesicht den wärmenden Strahlen entgegen. Er lächelt, als Nora seine Hand nimmt und ihn in Richtung eines Autos zieht. Er stellt seine Tasche in den Kofferraum und grüßt die

Eltern Noras. „Ich will mich noch kurz bei meinen Eltern dort drüben verabschieden!"

Er stellt Nora seinen Eltern vor. Seine Brüder sitzen bereits auf der hinteren Bank des großen Autos. „Hi Mum… Dad! Ich fahre dann zu Nora!" Frau Jackson, seine Mum umarmt ihn liebevoll. „Pass auf dich auf, Mum!" Der Babybauch seiner Mutter ist schon sehr geschwollen. Lange kann es nicht mehr dauern. „Sag mir Bescheid, wenn das Baby da ist! Ich will es unbedingt sehen!" „Natürlich Florian!" Herr Jackson klopft seinem Sohn fest auf die Schultern und grinst ihn an. „Mach's gut mein Sohn!" Dann reicht er seine große Pranke dem Mädchen neben Florian und schüttelt sie sanft. Nora sieht etwas schüchtern, zu dem riesigen, gutaussehenden Mann, auf. Noch ein letzter Blick zu seinen Brüdern und Florian kehrt mit Nora zu ihren Eltern zurück.

„Es kann losgehen!" „Na endlich!" „Jungs zeigt gute Laune! Wir freuen uns auf ein Wiedersehen!" Sarah Jackson versucht die Stimmung zu heben. Ihr ist klar, dass ihre beiden Jungs keine Lust haben, nach Hause zu fahren. Ihre Mienen sind sehr deutlich. Sie kann sich zwar keinen Reim darauf machen und sieht fragend rüber zu Noah, ihren Mann. Er bemerkt instinktiv den Blick seiner Frau Sarah und lächelt sie kurz an und wendet sich gleich wieder dem Straßenverkehr zu. „Grandpa und Grandma freuen sich auch auf euch! Ihr werdet viel Spaß haben!", versucht er die Jungs aufzuheitern. Ein unwilliges Grunzen ist die Antwort. Die Brüder sehen sich augenrollend an. Grandma und Grandpa sind ja kein Problem für sie. Im Gegenteil, sie freuen sich auch schon auf sie. Sie können alles von ihnen haben! Zum Glück haben sie zwei Omas und zwei Opas… also doppelter Vorteil! Ihre Gehirne zermartern sich schon den ganzen Tag, wie sie auf dieses Feriencamp kommen können! Sie haben es schon vor langer Zeit geplant und auch schon mit den Eltern abgesprochen! Aber dann haben sie es sich selbst vermasselt. Warum mussten sie nur diese blöde Show vor ihren Eltern abziehen? Sie haben gar nicht daran gedacht, dass es Folgen haben könnte. Sie sind mit Mädels an jedem Arm angetanzt und haben geknutscht und sie in den Arsch gekniffen… und das vor ihrer Mum und ihrem Dad! Mum war fuchsteufelswild! Dad musste reagieren und verdonnerte sie die großen Sommerferien nach Hause! Jetzt sind sie auf dem Weg dahin und sie wissen gar nicht, was sie die lange Zeit über anfangen sollen! Sie müssen in das Feriencamp! Egal wie sie es anstellen...

Nach langer, stummer Fahrt kommen sie an ihrem Elternhaus an. Die Eltern steigen aus und winken den Großeltern Jason und Carla, die an der Tür stehen, zu. Grandpa Jason kommt näher und späht durch das Fenster. „Na ihr beiden, wollt Ihr nicht aussteigen?" Er öffnet auf Sebastians Seite und lacht, wobei sich das Gesicht in sehr vielen Falten legt. „Hi, Grandpa!" Sebastian streckt die Hand nach seinem Opa aus und schüttelt sie grinsend. Winkend lacht er seiner Grandma zu und streckt sich erst einmal durch. Michael ist schon in ihren Armen gelandet und drückt sie stürmisch. Lachend stemmt sie sich gegen ihn. Die Jungen sind sehr gewachsen! Die Männer in der Familie sind allesamt mehr als einen Kopf größer, als ihre Frauen. Sie hängt im Arm Michaels und sieht dem anderen zufrieden entgegen. „Kommt rein! Ich habe Euer Lieblingsessen gekocht! ...und Jungs vergesst nicht Eure Hände zu waschen!" Jason kommt auf sie zu und küsst Carla mitten auf den Mund. Er liebt seine Frau und er will, dass es auch alle mitbekommen. Dann geht er den anderen bedächtig hinterher. Seufz... Jason Jackson ist gebürtiger Amerikaner. Seine Frau Carla hat er in Österreich kennen und lieben gelernt. Er hat sie sofort geheiratet, als sie mit Noah schwanger wurde und es nie bereut.

„Jungs wir freuen uns, dass Ihr zu Hause seid! Wo ist eigentlich Florian?" „Florian ist bei seiner Freundin eingeladen!", antwortet Sarah. „Übrigens ein wirklich nettes Mädchen!" „Ja, ein wunderschönes Mädchen!", betont Noah hinterher, wodurch er sich einen sanften Stoß seiner Frau einhandelt. Jason lacht. „Ja... wir Jackson haben alle wunderschöne Frauen!" Noah nickt und steckt sich eine Gabel voll Salat in den Mund. „Burschen, wie sieht es bei euch aus? Habt ihr schon Freundinnen?" Jason sieht die Zwillinge zwinkernd an. „Jason!", mahnt Carla. Die Zwillinge haben keine Scheu mit ihrem Grandpa zu

scherzen. „Klar Grandpa! Wir haben viele Freundinnen!"
Sarah schnaubt. Sie hat die Aktion nicht vergessen. Sie wird
sie später ordentlich in die Zange nehmen. Sie ist noch
immer entsetzt, dass ihre Kinder eine grenzwertige Szene
geliefert haben. Zum Schämen war das! Das kann sie nicht
ungestraft durchgehen lassen! Carla sieht zu Sarah. Sie hat
sie schnauben gehört. „Berichtet mal, wie war das Schulfest?
Eure Eltern haben uns gar nichts darüber erzählt!" ...und
wendet sich ihren Enkelkindern zu. Sebastian und Michael
haben plötzlich mit dem Fleisch zu tun, das sie jetzt mit
Messer und Gabel bearbeiten. Ähem... Sarah winkt
verächtlich ab. „Lassen wir lieber das, bevor ich aus zucke!"
Carla und Jason ziehen die Augenbrauen hoch und sehen zu
Noah hin, der stumm die Achseln hebt. Er will jetzt keine
Diskussion darüber. Er will sein Essen genießen...

Die Brüder richten sich in ihrem Zimmer ein. Es ist ein
großes, helles und sehr bequem eingerichtetes Zimmer. Es
ist überhaupt das schönste Zimmer im ganzen Haus. Die
Großeltern wohnen im unteren Stock und die große Familie
ihres einzigen Sohnes bewohnt das obere Stockwerk. Jason
Jackson ist Architekt und hat das Haus selbst geplant und
gebaut. Nachdem sein Sohn Noah mit Sarah eine Familie
gegründet hatte, hat er kurzerhand das obere Stockwerk
ausgebaut. Seine Frau und er haben diese Entscheidung nie
bereut und sie sind sehr zufrieden mit diesem Arrangement.
„Was machen wir jetzt?" Seb sieht Micha an. „Wir fahren zu
Frank und sondieren dort die Lage." Micha nickt. Sie poltern
die Treppe hinunter und verabschieden sich schnell. „Wir
fahren zu Frank!" „Hey...!" Aber Noah erreicht sie nicht
mehr. Die Jungs sind weg. Frank ist ihr bester Freund, der
immer für sie da ist. Er ist älter, aber das ist egal. Er hat die
Zwillingsbrüder immer unterstützt, wo er nur kann. Er ist da
gewesen, als Florian plötzlich nicht mehr für sie da war, weil
er ein Jahr vor ihnen ins Internat gezogen ist. „Hey Leute!
Habe euch vermisst!" Sie schlagen ab und knuffen
gegenseitig mit den Fäusten aneinander. „Ja, wir haben dich
auch vermisst. Was geht ab?" „Ihr wisst ja. Ich mache
meinen Job bei eurem Dad und versuche mich nicht zu viel
aufzuregen, wenn ein Kunde wegen eines kleinen
Computerfehlers ausflippt. Ha... ha... ha..." Frank arbeitet

als IT-Fachmann für Ihren Dad und ist ein richtiger Nerd im Homeoffice. Er mag die Jungs. Sie sagen ihm nie, was er zu tun hat und deshalb gehen sie ihm auch nicht auf die Nerven. „Was kann ich für euch tun, Jungs?" „Wir haben ein Problem…", beginnt Michael. „Ja… äh… Mum hat uns gezwungen die Sommerferien zu Hause zu verbringen! Das ist Scheiße!" „Ja, wir wollten doch in das Feriencamp. Erinnerst du dich noch? Wir haben dir davon letztes Mal erzählt." Sebastian sieht wieder einmal zerknirscht drein. Diesen Blick hat er voll drauf.

Nur dass Frank nicht darauf reinfällt. „Also Sarah wird schon ihren Grund haben. Was habt Ihr angestellt?" Er sieht sie grinsend an, dann dröhnt er. „Raus mit der Sprache!" „Äh… ja… also… wir haben bei der Schulveranstaltung etwas… äh… dick aufgetragen." „Was meinst du damit?" Sebastian wird blass. „Na… ja… wir haben Mum und Dad bloßgestellt! Absichtlich!" „Wie?" Frank lässt sie nicht mehr los. „Wir sind… äh… mit Mädchen angetanzt und haben mit ihnen eine Show hingelegt. Wir haben geknutscht und sie in den Po gekniffen!" Sebastian lacht und steckt Michael an. „Du hättest ha… ha… ha… sie sehen sollen, ha… ha… ha… wie sie geschaut haben! Ha… ha… ha… Sie waren ganz entsetzt!" Die beiden kriegen sich fast nicht mehr ein. Frank findet das nicht sonderlich zum Lachen und meint sarkastisch: „…und was habt ihr euch dabei gedacht?" Sie sind sofort still. „Äh… so genau weiß ich das auch nicht mehr! Was sagst du Micha?" „Also… äh… wir wollten es unseren Eltern heimzahlen!" Irgendwie ist ihnen nicht mehr nach Lachen zumute. Irgendwie kommen sie sich jetzt doof vor. „Heimzahlen? Erklärt es mir!" Michael und Sebastian schauen sich an. Irgendwie wissen sie auch nicht mehr, welchen Grund sie eigentlich haben. „Wir… äh… hatten ja ein Jahr später als Florian angefangen. Also… wir sind ein Jahr mit unseren Eltern zu Hause gewesen. Das… war… sagen wir es mal so… megapeinlich…!" „Megapeinlich?" Frank sieht sie ratlos an. Sebastian holt tief Luft. „Stell dir vor, du hörst deine Eltern tagtäglich beim Sex. Sie stöhnen und schreien die ganze Nacht hindurch. In der Früh geht es weiter und weiter…?" „Äh…! Grauenvoll!" „Da siehst du es. Wir mussten es ein Jahr lang durchhalten!" „Ziemlich grenzwertig!" Frank ist entsetzt. Schon alleine die Vorstellung, es bei den eigenen Eltern erleben zu müssen? Entsetzlich… Gut, dass er seine eigene Wohnung hat!

„Habt Ihr schon mit eurem Dad darüber gesprochen? Oder vielleicht mit eurer Mum?" Frank revidiert. „Vielleicht nur mit eurem Dad!" Die Brüder schütteln die Köpfe. „Ich hoffe, ihr fragt mich nicht, ob ich euer Vermittler wegen des Feriencamps sein möchte?" Als Frank die hoffnungsvollen Gesichter sieht, schüttelt er abwehrend den Kopf. „Nein… nein… Das müsst Ihr selbst machen. Ich will meinen Job behalten!" „Frank!" „Nein!" „Fraaank!" Er sieht in die betont unschuldigen Gesichter der Brüder und seufzt. Irgendwie sind sie ja traumatisiert. Vielleicht kann er doch was für die beiden tun. „Gut… ich versuche es! Aber ich garantiere euch nichts!" Er schaut sie böse an. Auf was hat er sich da jetzt wieder eingelassen? „Mann, du bist Klasse!" Die Brüder geben sich gegenseitig ein High Five und halten die Hände zu Frank. Schweren Herzens schlägt er ein. „Jetzt haut schon ab! Ich muss nachdenken." Frank sieht ihnen kopfschüttelnd nach. Er mag sie immer noch ganz gerne. Aber er weiß gar nicht, wie er ihnen dabei helfen soll.

„Jungs, da seid ihr ja wieder! Charlie hat mich angerufen und nach euch gefragt. Er will sich mit euch im ‚Together' treffen. Wollt Ihr?" Die Jungs sind begeistert. Anders als Florian, amüsieren sie sich grandios im Club. Die raue Rockeratmosphäre gefällt ihnen. Charlie und Timo sind enge Freunde und Rockergefährten aus früheren Zeiten. Nun sind sie ebenso wie ihr Dad, aus dem Milieu ausgestiegen und haben Familien gegründet. Trotzdem treffen sie sich gerne im Club, um abzuhängen. Sebastian und Michael sind zwar noch zu jung um beizutreten, aber sie sind immer wieder gerne mitten drin. Aber ohne ihren Dad dürfen sie nicht hinein. „Wie war es bei Frank?" „Frank?" „Ihr wart doch bei Frank, oder nicht?" „Ja doch!" Die Brüder gucken etwas schuldbewusst drein. Ihre Mum merkt es natürlich sofort. „Sagt mal, was heckt Ihr beiden schon wieder aus? Habt Ihr Frank zu etwas angestiftet? Rückt es raus! Sebastian!" Sie richtet sich direkt an den Angesprochenen, der rot wie eine Tomate angelaufen ist. Aber er schweigt. „Michael?"

„Was?!" „Was habt ihr angestellt?" „Wir… nichts!" Michael schüttelt vehement den Kopf. Es könnte nicht peinlicher sein! Sarah sieht sie schweigend und durchdringend an. Die Brüder sind plötzlich damit beschäftigt, dass sie anfangen Dinge von einem Ort zum anderen zu schieben. Sarah sieht streng zu. Noah muss sich umdrehen, bevor er losprustet. Nun sieht sie ihren Mann vorwurfsvoll an und er lacht laut los. Sein tiefer Bass hallt durch das ganze Haus. Sarah kann nicht mehr ernst bleiben und lacht selbst laut los. Ihr helles Lachen verwundert nun die beiden Jungs und sie schauen verdattert auf ihre Eltern. Wieso lachen sie jetzt? Geht es noch?! Die sind vielleicht durchgeknallt! Sie schütteln beleidigt die Köpfe und trollen sich einen Stock tiefer zu ihrem Grandpa.

„Hallo Grandpa!" „Hallo Jungs! Hattet ihr Spaß oben?" „Mum und Dad hatten Spaß!" „Wir eher nicht!" Sebastian und Michael lassen sich links und rechts neben dem Opa, auf die Couch fallen. Jason wartet ab. Die Jungs wollen etwas von ihm. Er kann es spüren. Es dauert nicht lange und die Zwillinge kommen zum Kern der Sache. „Also… wir… haben ein… äh… Problem!" Micha nickt heftig zu Sebs Worten. „Jungs, ihr könnt mit allem zu mir kommen! Ihr wisst das doch, oder?" Lächelnd blickt er auf die wundervollen Jungs an seiner Seite. „Was gibt es für ein Problem, das wir lösen müssen?" „Dad und Mum haben uns heuer das versprochene Feriencamp verboten!" Sebastian setzt seinen betont tragischen Gesichtsausdruck auf. Michael macht es ihm gleich. Ihr Grandpa sieht sie an und knufft sie beide in die Seite. „Na… na… soo schlimm wird es schon nicht sein! Erzählt, was vorgefallen ist." Gespannt wartet er auf ihre Version der Geschichte. Beim Essen ist Sarah sehr wütend gewesen. Aber den Grund haben sie nicht erfahren. „Es passierte beim Schulfest." „Ja… äh… wir haben vielleicht etwas… äh… zu dick aufgetragen!", stottert Michael. „Was habt ihr gemacht?" Jason liebt seine Enkelkinder. Was kann so schlimm sein, dass Sarah so wütend wird? Er wird es erfahren. „Wir haben vor Mum und Dad eine Show mit Mädels geliefert! Wir haben mit Ihnen geknutscht." Jason zieht eine Augenbraue in die Höhe. Jetzt wird es interessant. „Ja… und wir haben sie in den Po gekniffen! Ha... ha... ha...!" Michael lacht über die Erinnerung der Show. Es war wirklich lustig. Ha... ha... ha...!" Sebastian treibt es jetzt feixend auf die Spitze. „Du hättest die Gesichter von unseren Eltern sehen sollen!" Die Zwillinge lachen sich kaputt. Sie können sich nicht mehr zurückhalten. „Der Anblick ha... ha... ha... war es... ha... ha... ha... Wert!" Ha... ha... ha...! Sie halten sich schon ihren Bauch. Sie krümmen sich vor Erheiterung. Jason sieht sie mit zuckenden Mundwinkel an. Er kann sich vorstellen, dass Sarah entsetzt von ihren Söhnen gewesen ist. Wenn die Jungs nicht gleich zu lachen aufhören, kann ich nicht länger ernst bleiben, denkt er sich und prustet plötzlich los. „Was ist denn hier los?" Carla schaut um die Ecke. „Grandma! Komm doch zu uns!" Sebastian denkt sich, dass ein Verbündeter mehr, nicht schaden würde und umarmt seine Grandma innig. „...und jetzt braucht Ihr mich, um eure Eltern milde zu stimmen, damit Ihr in euer Feriencamp kommt?" Sebastian und Michael sind sofort stumm. Sebastian legt einen Arm um seinen Grandpa und nickt. „Ja... bitte... hilf uns!" „Wir werden sehen!" Ihr Grandpa lässt sich nicht in die Karten schauen.

„Seb! Micha! Wir gehen in einer Stunde ins ‚Together'" Ihr Dad ruft sie vom oberen Stockwerk. Micha umarmt liebevoll seine Grandma und sie beide sind weg.

Together

Freitags war immer schon Disco und es hat sich bis heute nichts geändert. Als die drei Jackson ankommen, werden sie gleich einmal von Mädchen angebaggert. Sie sind auch wirklich gutaussehende Männer. Noah ist blond, abgesehen von kaum sichtbaren grauen Schläfen und blauäugig. Seine Statur ist muskulös. Besonders seine Bizepse sind beachtlich. Die Zwillinge sind braun gelockt und blauäugig. Die Größe der drei ist auffallend. Die Jungs haben ihren Dad überholt und ihr Körperbau lässt erahnen, dass sie ihrem Dad einmal in nichts nachstehen werden. Kein Wunder, wenn die Mädels sie anstarren und sie ihre T-Shirts zu richten anfangen. Sebastian und Michael fühlen sich in Gegenwart von Mädchen wohl. Sie haben den Umgang mit den Schülerinnen ausreichend gelebt, auch wenn es nur gespielt war. Aber hier ist es nicht viel anders. Sie lachen und schäkern, was das Zeug hält. Mit ihren fast siebzehn Jahren, haben sie viele Mädels um sich. Noah ist inzwischen in das obere Stockwerk gegangen. Er ist auf der Suche nach seinen langjährigen Freunden Charlie und Timo. „Hey Kumpel, wo sind deine Jungs?" „Sie sind beschäftigt!", lacht Noah. „Ja, ja, das waren noch Zeiten!" „Wie geht es Sarah? Wann ist es soweit?" „Es kann nicht mehr lange dauern. Was bin ich froh, wenn es wieder vorbei ist! Die Geburten sind schon nervenaufreibend!" Noah erinnert sich noch lebhaft an die Geburt seines Erstgeborenen Florian! Er ist fast durchgedreht. Ihre ersten Wehen waren die Hölle für ihn. Er durchlebte jede einzelne mit ihr. Zum Glück ist ihr Papa bald gekommen und hat ihm beigestanden. Ihm, nicht ihr. „Noah! Du hast jetzt Übung. Du weißt ja wie es jetzt abläuft! Ha... ha... ha...!" Charlie und Timo lachen. „Was ist mit deiner Sylvia? Sie muss ja auch bald ihr Baby bekommen, oder täusche ich mich?" Noah lenkt auf Timo ab. Er nickt. Bedächtig trinken die Freunde ihr Bier.

„Mädels lasst uns einmal ankommen! Später tanzen wir mit euch... mit jeder von euch... versprochen!" Sebastian und sein Bruder sind permanent belagert. Sie haben Durst und versuchen durch die schnatternde und kichernde Mädchenbarriere zu kommen. Mit etwas Druck gelingt es ihnen sogar und sie kommen wohlbehalten an die Bar im ersten Stockwerk an. Gut gelaunt bestellen sie sich je eine Cola. Grinsend gehen sie auf Charlie und Timo zu. „Hi!" Sie klatschen ab und setzen sich. „Habt ihr unten schon ordentlich aufgemischt?" „Klar!", kontert Seb großspurig. „Hör mal, Charlie!", beginnt Micha, nachdem Noah zur Toilette hinaus ist. „Wir haben ein Problem! Wir wollten doch in das Feriencamp. Dad und Mum haben es uns verboten! Könntest du da ein gutes Wort für uns einlegen?" Charlie und Timo sind die Patenonkel der beiden. Da ist es naheliegend, sie auch als Verbündete zu rekrutieren. Charlie und Timo lachen aus vollem Halse. „Was habt ihr angestellt?" „Warum glaubt jeder, dass wir etwas angestellt haben müssen?!" Micha ist beleidigt. Inzwischen ist er überzeugt, dass ihre Einlage beim Schulfest eigentlich nicht so schlimm gewesen ist! „Wir haben Mum und Dad eine extra Show am Schulfest vorgeführt!", meint Seb sarkastisch. „…und wie hat die Show ausgesehen?" „Äh… na… ja…", stottert Seb nun. „Wir haben vor ihnen eine ganz private Knutschshow hingelegt!" Charlie und Timo verschlucken sich. „Was!" Ha… ha… ha… „Warum lacht Ihr so? Darf ich auch erfahren, was euch so erheitert?", fragt Noah mit einem lachenden Gesicht. Er steht hinter ihnen. Charlie und Timo sind sehr ausgelassen. Ihre Bässe hallen durch den ganzen Raum. Sie können sich gar nicht mehr einkriegen! Ha… ha… ha…! Die Männer von den anderen Tischen kommen näher. „Wir… ha… ha…" Timo verschluckt sich. „Wir haben gerade erfahren, was eure Jungs beim Schulfest abgeliefert haben! Ha… ha…!" Charlie hilft Timo und klopft ihm vorsorglich auf die Schulter. Noah sieht seine Söhne stirnrunzelnd an und meint dann großspurig. „Sie wissen halt wie es geht!" „…und wie ist es mit dem Feriencamp?" Aha, daher weht der Wind, denkt sich Noah. „Sarah hat es entschieden. Sie war so entsetzt. Ich kann ihr nicht widersprechen!" „Ich denke, wir müssen euch bald einen Besuch abstatten! Wir können doch unsere Patenkinder nicht in Stich lassen! Was meinst du

Charlie?" „Klar doch!" Die Zwillinge sind begeistert und tanzen ab, bevor ihr Dad noch etwas dagegen hat. Sie kommen wieder in die Höhle der Löwinnen und lösen ihr Versprechen ein. Nach jedem Tanz wird das Mädchen gewechselt. Sie nehmen es sehr ernst. „Seb, du tanzt gut!" „Micha!", korrigiert er. Der Rock'n Roll ist schweißtreibend. Aber Micha gefällt es. Seine Tanzpartnerin macht eine gute Figur. „Micha! Ein Kuschelrock! Den musst du unbedingt mit mir tanzen!" „Seb!", korrigiert er und schnappt das kichernde Mädel um die Taille und schwingt es einmal um ihre eigene Achse. Die Brüder sind so täuschend ähnlich, dass sie keiner mit dem richtigen Namen ansprechen kann und wenn doch, dann rein zufällig.

„Sebastian?" Er dreht sich um und steht einem sehr hübschen Mädchen mit lockigem, blondem Haar gegenüber. „Malika! Wo kommst du denn her? Micha, sieh mal wer da ist!" Sebastian küsst das Mädchen auf den Mund. Sie sind gemeinsam auf demselben Internat. „Ich bin zu Besuch bei meiner Freundin hier. So ein Zufall!" Michael kommt hinzu und küsst sie ebenfalls auf den Mund. „Wo ist deine Freundin?" Malika sieht sich um und entdeckt sie auf der Tanzfläche. Sie winkt ihr mit wedelnden Armen und das Mädchen kommt zu ihnen. „Seht, das ist Calina, meine Freundin. Sie wohnt hier in der Nähe." „Calina, das sind Freunde aus dem Internat. Sebastian und Michael!" Calina starrt die Brüder ungeniert an und lässt auch die Küsse ungeniert über sich ergehen. „Tanzt ihr mit uns?", fragt sie gleich und zieht Michael mit sich. Malika und Sebastian ziehen mit. Die Brüder fühlen sich wohl. Es sind angenehme Mädels. Sie schnattern nicht und sie kichern nicht. „Wo gehst du zur Schule?" „Ach, meine Eltern sind mit mir vor einer Woche hierher gezogen. Ich werde auch auf das Internat gehen wie Malika. Unsere Eltern kennen uns gut." „Toll!" Micha freut sich ehrlich und schwingt Calina mit sich im Kreis. „Ich habe Durst!" Malika sieht sich um. „Da müssen wir einen Stock höher gehen. Da gibt es eine Bar. Wollen wir?" Sebastian winkt seinem Bruder. Sie gehen hinauf und betreten alleine die Bar. Die Mädels mussten noch auf die Toilette.

„Malika! Das sind ja Sahnebonbons!" Calina ist begeistert von ihren Tänzern. „Ja, wir haben viel Unsinn in der Schule gemacht. Glaub mir, der Spaß war vorprogrammiert!" Malika lacht in Erinnerung auf. „Das musst du mir unbedingt einmal erzählen. Sag mal, stehst du auf einen von denen?" Malika wird rot. „Sebastian mag ich sehr. Er ist soo…!" Malika schwelgt in Gefühlen. „Gott sei Dank! …, weil Michael so ein Schnuckel ist." „Sag mal, kennst du die beiden schon auseinander?" „Ja…, in der allerersten Minute. Es ist kaum erkennbar. Aber Sebastian hat am Kinn ein Muttermal. Winzig klein. Aber sichtbar." „Deine Beobachtungsgabe ist ja phänomenal!" Calina grinst selbstgefällig. Sie gehen wieder hinaus und suchen die Bar auf, an der die Brüder schon die Getränke für die Mädels geordert haben. „Da seid Ihr ja!" Michael legt sofort seinen Arm um die Schulter von Calina. … und Sebastian macht dasselbe bei Malika. Seb drückt einen Kuss auf deren Scheitel und sie lehnt sich an ihn. Dass das Quartett unter Beobachtung ihres Vaters, Charlies und Timos stehen, versteht sich von selbst. Der Abend dauert noch sehr lange. In den frühen Morgenstunden verabschieden sich die Jacksons und fahren die Mädels nach Hause. „Es war schön mit euch!" Calina gähnt herzhaft. „Ja.", meint Micha. „Gib mir deine Telefonnummer. Ich rufe dich an! Wir müssen das unbedingt einmal wiederholen!" Gesagt, getan.

Eissaloon

Die Brüder faulenzen früh am Morgen müde in ihren Betten. „Calina ist eine echt scharfe Braut!" Micha nuschelt in seinen Polster über das neu kennen gelernte Mädchen vom Vorabend im ‚Together'. „Ich möchte sie gerne wieder sehen!" „Malika ist auch geil! Mir hat sie schon in der Schule gefallen. Stell dir vor, Calina kommt auch dieses Jahr aufs Internat! Es wird toll mit unseren Bräuten werden. Meinst du nicht…?" Seb gefällt Malika. „Ist schon komisch, dass jeder von uns zur selben Zeit ein Mädel findet!" „Ja, mit Malika hatten wir letztes Schuljahr eigentlich nur Spaß gehabt. Aber sie ist wirklich nett!" „Ruf an! Wir laden sie auf ein Eis ein! Was sagst du dazu?" „Gute Idee!" „Hallo…?" „Hi Calina! Seb und ich gehen auf ein Eis. Hast du Lust? Nimm Malika mit! Wir haben ihre Telefonnummer nicht." „Micha, freut mich, dass du mich fragst! Natürlich haben wir Lust! Wir treffen uns in einer Stunde, passt es euch?" Die Brüder klatschen grinsend ab. Das wäre schon einmal geritzt. Sie freuen sich auf ihre Freundinnen. Sie stylen ihre Frisur mit Haar Gel auf und ziehen frische T-Shirts an. Sie wollen guten Eindruck machen. „Wir sind dann mal weg!" „Wohin habt ihr es so eilig?", ruft ihre Mum nach. „Wir gehen auf ein Eis!" Sie poltern die Treppe hinab und stehen bald darauf auf der Straße. Ihre Möglichkeiten zum Eissaloon zu kommen, beschränkt sich auf Öffis, oder mit dem Fahrrad zu fahren. Sie wählen ihre Fahrräder.

Sie sind zuerst da und wählen den Gastgarten. Sie haben sich etwas in den Hintergrund gesetzt, wo sie einen guten Überblick über das Geschehen haben. „Was kann ich euch bringen?" „Äh… ja… Wir warten noch!" „Mir können Sie eine Cola bringen, danke!" Der Kellner entfernt sich wieder. „Hey Calina! Hier sind wir!" Michael hat sie entdeckt und winkt ihr zu. Die Mädels kommen durch den Gastgarten auf sie zu. Seb und Micha lassen es sich nicht nehmen und gehen ihnen einen Schritt entgegen und küssen sie jeweils auf die

Wange. „Kommt setzt euch!" „Die Cola für dich!" Der Kellner steht schon wieder da. „Wollt ihr Eis haben?" Als alle nicken, übergibt er jedem eine Eis Karte und geht wieder weg. „Also… ich nehme den Früchteeisbecher!" „Ich auch…!" Michael und Sebastian sehen nicht nur gleich aus, sie haben offensichtlich auch den gleichen Geschmack! „Coup Dänemark für mich!" „Malika?" „Ich kann mich nicht so recht entscheiden! Vanille, ich will hauptsächlich Vanilleeis!" „Dann nimm dir einen Eisbecher mit nur Vanilleeis!", schlägt Sebastian vor. „Gute Idee! Eiswaffeln möchte ich auch noch dazu!" Malika lehnt sich zufrieden zurück. „Habt Ihr schon gewählt?" Der Kellner steht mit seinem elektronischen Bestellgerät vor ihnen. Michael nickt und übernimmt für alle. „Wir wollen zweimal Früchteeisbecher, einmal Coup Dänemark und einen Vanilleeisbecher… mit… wieviel Kugeln, Malika?" Er sieht sie fragend an. „Vier Kugeln Vanilleeis und eine Packung Eiswaffeln! Danke!" „Willst du Schokosauce und Schlagobers darüber?", bietet der Kellner an. Malika denkt kurz nach und nickt. „Bevor ich vergesse… vielleicht bringen Sie uns noch einen Krug Wasser dazu mit vier Gläsern?" Der Kellner nickt und eilt davon. Der Gastgarten ist inzwischen gerammelt voll. „Das ist doch voll abgefahren, dass du diesen Sommer hier bist, Malika!" Sebastian kann es immer noch nicht fassen, sie hier zu sehen. „Ja… wir hatten viel Spaß heuer!

„Wen haben wir denn da?" Charlie und Timo stehen plötzlich vor ihnen. Micha und Seb freuen sich, als die beiden Männer, ihre Patenonkel vor ihnen stehen. Es sind coole Typen. Sie stellen vor. „Das ist Malika und das ist Calina." …und zeigt anschließend auf Charlie und Timo. „Diese Männer sind unsere Patenonkel und ehemalige Rocker! Jetzt brave Bürger der Stadt!" Malika lacht. Sie schütteln sich die Hände. „Werde nicht frech, Junge!" „Ja, wir haben euch noch immer in der Hand! Ich sag nur… Feriencamp!" Diese lässige Drohung ist längst nicht mehr so schlimm. Malika und Calina sind da und die Brüder sind mit ihrem Dasein zufrieden. „Offensichtlich seid ihr nicht mehr so versessen auf euer Feriencamp?" „Ach weißt du Charlie, wir haben jetzt Calina und Malika! Was will man mehr?" Die

Mädels kichern geschmeichelt und bedanken sich mit Küsschen auf die jeweiligen Wangen der Jungs. „Was dagegen, wenn wir uns zu Euch setzen?" Charlie und Timo sitzen, bevor sie das Einverständnis bekommen. Aber das Quartett hat nichts dagegen. „Ihr seid also Calina und Malika, die Freundinnen der bösen Jungs?" Timo zwinkert den Mädels zu. „Wollt Ihr auch Eis bestellen?" Der Kellner steht schon mit der Karte am Tisch. „Nein, danke! Nur ein Bier! Danke!" „Für mich dasselbe!" „Wer ist nun dein Patenonkel?", fragt Malika Sebastian, der einen Arm um ihre Schulter gelegt hat. „Der da!" Er zeigt mit dem Daumen zu Charlie. „Dann ist Timo der Pate von Micha?" „Yep." „Aber wenn ihr es genau wissen wollt, dann sind wir beide für beide Jungs da.", erklärt Timo. „Übrigens wie geht es eurer Mum? Kommt das Baby bald?" „Wissen wir nicht. Ihr Bauch ist kugelrund." Sebastian zuckt betont desinteressiert mit den Achseln. „Das Interesse scheint ja nicht sehr groß zu sein!" „Übrigens, wollt Ihr nun ins Feriencamp, oder nicht?" Sebastian sieht Michael an. „Wissen wir auch nicht. Vielleicht wenn Calina und Malika mitkommen?" Michael ist begeistert von der Idee seines Bruders. „Das wäre Klasse! Calina, Malika! Ihr kommt einfach mit!" Die Mädchen lächeln bei so viel Überschwang, aber halten sich bei diesem Thema bedeckt. Sie haben viel Spaß, aber die Schatten werden immer länger. Calina zittert schon. Es ist empfindlich kühl geworden. „Ich glaube ich muss nach Hause gehen. Mir ist kalt!" Michael zieht sie besorgt an sich heran und umschlingt sie nun mit beiden Armen, um sie zu wärmen. „Zahlen!" Sebastian hebt die Hand. Aber Charlie winkt ab und zückt seine Brieftasche.

Eines kommt selten alleine

„Jungs!" „Hi Opa!" „Hallo Oma!" Die Brüder freuen sich ehrlich über den Besuch der Großeltern Shiva. Manuel und Jennifer sind die Eltern ihrer Mum. „Wir finden es cool, dass ihr da seid!" Michael spricht seinem Bruder aus dem Herzen. „Ja, wir sollen euch gleich zum Essen holen! Sie gehen in das warme Esszimmer im unteren Stockwerk. Es sind schon alle da. „Wo wart ihr Jungs?" „Wir waren auf ein Eis. Charlie und Timo sind auch vorbei gekommen und wir haben die Zeit aus den Augen verloren. Calina ist es kalt geworden. Sonst wären wir noch immer dort." „Calina? Wer ist Calina?" Sarah ist hellhörig geworden. „Calina ist meine Freundin!", greift Michael einmal vor. Nun hat er die volle Aufmerksamkeit seiner großen Familie. „Ist es das Mädchen von gestern Abend?", fragt Noah nach. Er kann sich noch erinnern, dass seine Jungs die halbe Nacht nur mit zwei Mädchen getanzt haben. Michael nickt und schiebt sich die Gabel mit Gemüse in den Mund. „...und die andere? Wer war das?", bedeutungsvoll schaut Noah nun Sebastian an. „Malika!" Sebastian schoppt sich Fleisch in den Rachen. „Seine Freundin!", plaudert Michael und zeigt mit dem Messer auf seinen Bruder. „So ist es richtig. Ihr fackelt nicht lange!", lacht Jason. Er und Manuel geben sich ein High Five.

Die beiden Großväter sind die ehemaligen Gründer des heutigen Rockerclubs. Das waren vielleicht wilde Zeiten! Aber wegen der Geburt der Kinder und der Hochschulausbildung beider, haben zuerst Manuel und Jennifer und viel später Jason und Carla das Rockerleben hinter sich gelassen und sind ‚seriös' geworden. Jason ist Architekt und Manuel ist Anwalt. Sie haben sich eine sehr lange Zeit aus den Augen verloren. Nach vielen Jahren, haben sich durch Zufall ihre Kinder Noah, alias Rocker Jack und Sarah lieben gelernt und die alten Haudegen haben sich auch wieder gefunden. Jetzt sind sie durch die Enkeln Florian, Michael und Sebastian untrennbar verbunden und sie lieben es! Dass bald der nächste Enkel das Licht der Welt erblicken wird, ist nur mehr das Tüpfelchen auf dem i. Heimlich hoffen sie dieses Mal auf ein süßes Mädchen.

„Sarah wie geht es dir? Wann will dein Baby auf die Welt?" Jennifer, ihre Mutter sieht sie von der Seite an. Sarah seufzt laut auf. „Weißt du, es ist schon sehr beschwerlich. Bei Micha und Seb war es auch so. Die Tritte sind schmerzhaft. Es kann nicht mehr lange dauern. Der Termin ist erst in vierzehn Tagen!" „Aber es ist nur ein Baby?!" Noah lacht. „Ja, wir wissen nur von einem! Ha… ha… ha!" Er beugt sich zu seiner Frau und küsst sie mitten auf den Mund. Selbstvergessen zieht er sie am Nacken zu sich und will gar nicht mehr aufhören sie zu küssen. „Es reicht jetzt!" Michael schreit es laut heraus. Sarah und Noah lösen sich irritiert. So explosiv hat ihr Sohn noch nie reagiert. „Michael!" Carla sieht ihn besorgt an. Manuel betrachtet die beiden Jungs, die mehr als böse dreinschauen. Was ist nur los mit ihnen? Ihre Eltern haben sich nur geküsst? Er wird noch ein Wort mit ihnen sprechen. „Jungs, was haltet Ihr davon, wenn Ihr morgen in meine Kanzlei kommt?" „Wirklich? Opa das ist genial!" Tatsächlich sind die Jungs gerne in der Anwaltskanzlei. Sie besuchen ihren Opa in den Sommerferien immer wieder dort. „Das ist cool!" Sebastian schlägt mit Michael ein. „Ich hole euch morgen ab!"

„Ich fühle mich nicht wohl! Ich denke ich lege mich ein bisschen hin! Lasst euch durch mich nicht stören!" Sarah ist blass um die Nase. „Süße, ich begleite dich!" Besorgt stützt Noah seine Frau und nimmt sie kurzerhand auf seine kräftigen Arme. Er trägt sie in ihre Wohnung in das obere Stockwerk. Die Unterhaltung ist unterbrochen und die Familie, bis auf die Jungs, sieht den beiden besorgt nach. Die Zwillinge essen unbehelligt weiter. Einzig Manuel fällt es auf. Sie verhalten sich so, als wäre ihnen alles egal, was ihre Mum betrifft, denkt er sich. Das ist nicht normal. Jason greift wieder das Thema Freundinnen auf. „Micha erzähle uns von deiner Freundin!" „Sie heißt Calina und sie ist in unserem Alter. Sie ist schlank, rote Haare und hat viele Sommersprossen auf der Nase. Sie steigt heuer in unserer Schule ein." Michael lächelt in Gedanken. „Das ist ja toll,

Junge! Wer ist deine Freundin, Seb?" „Malika! Geht in unsere Klasse. Sie hat eine super Figur! Etwas mollig. Blondes langes Haar. Sie hat mit uns tolle Sachen gemacht! Ha… ha… ha!" Sebastians Gedanken sind in der Vergangenheit. Sein Gesicht leuchtet hell. „Das müssen ja tolle Mädels sein! Nehmt sie einmal mit und stellt sie uns vor!" „Das werden wir, Grandpa!" Den Brüdern ist es nicht peinlich von ihren Freundinnen zu erzählen. Sie haben in der Schule gemeinsam mit den Mädels viel Schabernack getrieben! Manuel ist eines aufgefallen, dass Malika offensichtlich tolle Sachen mit den Jungs gemacht hat. „Was waren das für tolle Sachen, Seb?" Die Zwillinge prusten in ihre Faust hinein. „Wir haben oft Florian zur Weißglut getrieben! Ha… ha… ha! Weißt du noch Seb, als dann Aleksej und Florian aufeinander losgegangen sind? Ha… ha… ha!" „Ja, tolle Show! Ha… ha… ha!" „Erzählt Jungs!" Manuel gibt sich neugierig.

„Wir haben mit ein paar Mädels, darunter auch Malika, immer eine Show abgeliefert. Die Mädels umschwirren uns, wir küssen sie, oder eine setzt sich auf irgendeinen von uns auf den Schoß. Es war immer eine Riesenhetz. Ha… ha… ha!" „Ja, und Florian, unser Morgenmuffel, ist jedes Mal ausgerastet! Das ist so was von komisch! Ha… ha… ha!" „Na ja, voriges Jahr ist Florian verbal auf Verena losgegangen, weil sie irgendwas zu ihm gesagt hat und Aleksej, ihr Freund, hat Florian eine Schwuchtel genannt. Daraufhin ist die Keilerei losgegangen. Wenn Florians schwuler Freund nicht dazwischen gegangen wäre, hätte es übel ausgehen können!" Michael nickt seinem Bruder zu. „Warum habt ihr euren Bruder zur Weißglut treiben wollen?" „Weil er uns zu Hause immer piesackt!", beschwert sich Sebastian. Manuel und Jason heben gleichzeitig fragend die Augenbrauen. „Das müsst Ihr uns näher erklären." „Er glaubt immer, wenn wir im Sommer hier sind, muss er uns herumkommandieren! Er führt sich auf, als wäre er der Macher!" Die Brüder setzen ihr zerknirschtes, unschuldiges Gesicht auf. Darin sind sie sehr erfolgreich. Aber Carla, ihre Grandma, und Jennifer, ihre Großmutter, lachen aus vollem Halse. „Warum lacht Ihr?" Verständnislos blicken die Jungs auf ihr Gegenüber. „Ihr sollt euch mal selbst ansehen! Als könntet ihr keiner Fliege etwas zuleide tun!" „Das können wir auch nicht!" Sebastian nickt heftig zustimmend auf Michaels Kommentar.

„Also wenn Ihr beide die Mädel-Jungs Show ständig praktiziert habt, dann müsst Ihr ja eine bühnenreife Show vor euren Eltern hingelegt haben!", meint Manuel sarkastisch. Die Brüder schaffen es tatsächlich rot zu werden. „Jetzt stellt sich die Frage nach dem Warum." „Äh…?" Manuel ist in seinem Anwaltsmodus eingetaucht. Dass es sein Beruf ist, wurde schon erwähnt. „Warum tut ihr so etwas? Warum müsst Ihr eine Show hinlegen? Florian alleine kann nicht der Grund sein, sonst hättet Ihr eure Eltern damit nicht beleidigt." Er sieht die Jungs nacheinander scharf in die Augen. Eigentlich wollte er damit bis morgen warten, wenn sie in seiner Kanzlei sind. Aber die Gelegenheit ist jetzt da. „Es macht einfach Spaß!" Michaels lahme Erklärung lässt Manuel und Jason nur kopfschüttelnd grinsen. „Raus mit der Sprache!" „Äh… na ja…" Sebastian verstummt und sieht seinen Bruder hilfesuchend an. Michael zuckt mit den Schultern und platzt heraus: „Ihr hättet Mama und Papa erleben sollen, als wir zu Hause waren! Das Gestöhne… das Gepolter…" „Ja, ständig und überall hatten sie Sex! Es war nicht mehr zum Aushalten!" Carla ist blass geworden. Sie hält sich geschockt die Hand vor den Mund. Ihre armen Enkelkinder! Was mussten sie durchmachen! Sie sieht in deren gequälten Gesichter. „Jason! Was können wir tun? Wie können wir das wieder gutmachen?!" Jennifer hat inzwischen ihren Arm um ihre beste Freundin gelegt. Jason fängt laut zu lachen an! „Jason! Was gibt es da zu lachen! Das ist nicht lustig!" Ha… ha… ha! „Meine liebe Carla! Sieh dir doch die Jungs an! Sie tun doch nur so! Jungs sagt es eurer Grandma, dass ihr nicht wirklich traumatisiert seid! Ha… ha… ha!" Sebastian und Michael stehen auf. Sie können nicht mitansehen, wenn ihre Grandma leidet. Sogar Tränen hat sie in den Augen! „Grandma! Wir waren etwas geschockt, ja. Aber das ist nicht wirklich der Grund, dass wir uns so gegeben haben. Es hat einfach Spaß gemacht!" Carla schnieft leise in ihre Hand. „Wirklich?" „Ja!" Links und rechts wird ihr ein Schmatzer aufgedrückt und sie lächelt zaghaft. „Ach ihr Schlimmen! Ich war wirklich besorgt…

schnief!" „Grandma du bis die Allerliebste!" Jetzt teilt sie beiden Küsse aus und drückt sie dabei fest an sich. So viel Zuwendung lassen sich die Zwillinge gerne gefallen. „So das wäre geklärt! Ihr seid nicht traumatisiert. Florian lässt ihr in Zukunft in Ruhe und ihr versprecht uns, dass ihr nicht mehr unangenehm auffällt. Los!" Manuel sieht sie mahnend an. „Okay… okay… Ehrenwort Opa!" „Ja, großes Ehrenwort. Es hat sowieso schon seinen Reiz verloren. Mit Malika und Calina wird es sicher nicht langweilig werden. Was meinst du, Micha?" Sie geben sich ein High Five.

Ein markerschütternder Schrei lässt alle rund um den Tisch entsetzt zusammenfahren. Jennifer springt auf. „Sarah!" Sie sprintet die Treppe hoch und sieht ihre Tochter mit der ersten Wehe konfrontiert. „Oh mein Gott! Noah, wie weit ist sie?" Noah hat Sarah fest von hinten gepackt und hält ihr den Bauch, um ihr vermeintlich die Schmerzen zu erleichtern. „Es ist die erste Wehe! Sieh auf die Uhr!" Der Krampf lässt nach. Sarah keucht sich durch den Schmerz durch. „Ruf die Hebamme an, Mama! Die Nummer ist auf meinem Handy gespeichert." Jennifer blickt sich um und greift nach dem Telefon vom Nachtisch.

„Sr. Gabi." „Hallo! Frau Jackson Sarah liegt in den Wehen!" „Wie groß ist der Abstand zwischen den Wehen?" „Noah! Wie groß ist der Abstand?" „Etwa zehn Minuten!" „Zehn Minuten! Es geht wieder los!" Sarah krümmt sich in Noahs Armen und schreit gequält auf. Ihr Gesicht ist in Schweiß gebadet. Sie hat sichtbar starke Wehen. „Ich komme in einer halben Stunde zu Ihnen!" „Bitte machen Sie schnell!" Sr. Gabi hat aufgelegt. Fassungslos sieht Jennifer auf das Handy. „Sie kommt in einer halbe Stunde, hat sie gesagt." „Wir brauchen sie jetzt! Die Abstände der Wehen werden kürzer und intensiver " Noah hat mit Sarah schon Florian und die Zwillinge auf die Welt gebracht. Aber es ist immer wieder anders und vor allem nervenaufreibend. „Der Abstand ist nur mehr fünf Minuten! Herrgott wo bleibt das Weib nur!", knurrt Noah. „Papa! Was können wir tun?" Die Zwillinge stehen verloren in der Türe. Noah überlegt fieberhaft, wie er sie wieder verscheuchen kann. Er kann sich jetzt nicht mit ihnen befassen. „Geht und holt nasse

Waschlappen! Wir müssen eurer Mutter das Gesicht abkühlen!", schnauft er. Als er wieder hochsieht, sind die Jungs weg. Jennifer hat inzwischen den anderen Familienmitgliedern Bescheid gegeben. „Das wird jetzt spannend. Kommt das Baby zuerst, oder Sr. Gabi?", scherzt Jason. Manuel sieht ihn wild an. Es ist seine Tochter! Er steht auf und läuft wie ein Tiger im Käfig hin und her. Der nächste Schrei lässt ihn heftig zusammen zucken. Er fängt an, leise zu beten… lieber Gott…

Es läutet. Carla kommt mit der Hebamme herein und führt sie sofort die Treppe hoch. Die Zwillinge stehen wieder, wie unter Schock, in der Tür. Ihre Mum so leiden zu sehen, zerrt heftig an ihnen. „Meine Herren, bitte machen Sie Platz!" …und damit meint sie Michael und Sebastian. Die Brüder sind für ihr Alter schon sehr groß und vor allem breit. Es kann niemand an ihnen vorbei, wenn sie sich nicht bewegen. Gelassen blickt die Hebamme auf das gestresste Paar auf dem Bett. Noch einmal blickt sie auf die Jungs hoch. „Bitte gehen Sie hinunter zur Familie und verhalten Sie sich ruhig, damit ich hier meine Arbeit machen kann!" Mit hängenden Köpfen und schweren Herzens räumen sie schließlich das Feld. „So meine Liebe, sehen wir uns einmal an, wie eilig das Baby es hat." Sr. Gabi tastet Sarahs Bauch ab. Dann führt sie Finger in den Geburtskanal ein. „Der Muttermund ist schon sehr weit offen. Wir schaffen es nicht mehr in die Klinik! Das Baby kommt gleich!" „Was!?" Noah ist geschockt. „Das geht nicht!" Sr. Gabi sieht ihn ruhig an. „Ich frage sie nur einmal… schaffen Sie es, oder nicht?" Noahs Blick duelliert sich mit dem von Sr. Gabi. Entschlossen nickt er. „Natürlich! Was muss ich tun?" „Wir brauchen Hilfe. Wir brauchen saubere Tücher, abgekochtes Wasser und Jemanden der da ist, sollten wir Sonstiges benötigen. Ich rufe inzwischen in der Klinik an, falls wir einen Notarzt brauchen sollten." Noah beugt sich zu Sarah, die inzwischen von einer Wehe geschüttelt wird. „Süße, wir schaffen das!" Dann schreit er nach seinen Jungs. „Seb! Micha!" „Macht euch nützlich! Mama bekommt das Baby hier. Wir brauchen saubere Tücher und abgekochtes Wasser! Beeilt euch!" Sebastian und Michael waren noch nie so schnell. Innerhalb kürzester Zeit kommen sie mit den gewünschten Utensilien zur Tür herein und sehen noch immer geschockt aus. Halten sie das durch?

Sarah ist dabei zu pressen. „Pressen Sie, Sarah… Jetzt hören Sie auf und verschnaufen Sie. Ja… so ist es gut!" Sarah lässt sich erschöpft zurück fallen. Noah wischt ihr Gesicht ab. Gemeinsam atmen sie durch die Schmerzen durch. „Los geht's! Pressen!" Sr. Gabi ist unerbittlich. „Der Kopf ist schon sichtbar! Aufhören! Nicht mehr pressen!" Obwohl anfangs geschockt, haben sich die Zwillinge neugierig neben dem Bett auf den Boden nieder gelassen. Gebannt warten sie auf das Baby. Sie können es gar nicht mehr erwarten. Dennoch wagen sie den Blick nicht in das Zentrum des Geschehens zu werfen. Das wäre ihnen doch zu peinlich. „Es kommt!" Sr. Gabi konzentriert sich auf das kleine Köpfchen, das sich schon fast aus dem Kanal gelöst hat. „Sieh mal! Es ist so winzig!" Michael ist fasziniert und sieht der Hebamme zu, als sie das kleine Wesen vorsichtig heraus zieht. Sebastian ist automatisch aufgesprungen, ergreift sich ein flauschiges und vorgewärmtes Handtuch und stellt sich abwartend hin, um das Neugeborene in Empfang zu nehmen. „Sieh nur Micha, es ist ein Mädchen!" „Wow!" Ehrfürchtig betrachten sie es. „Kommt, legt es kurz auf den Bauch Eurer Mum!", fordert die Hebamme sie auf. Lächelnd nimmt Noah sein Baby entgegen, um es Sarah auf die Brust zu legen. Plötzlich krampft sie wieder. „Noah!" „Was… was… ist mit dir… Sarah!" Schnell gibt er das Baby wieder an Michael ab und legt seine schützenden Arme wieder um den zitternden Körper seiner Frau. Die Hebamme tastet schnell und mit geübter Hand den Bauch Sarahs ab und fühlt wieder im Inneren. „Wir haben noch ein Baby!" „Was!?" „Das gibt es doch nicht!" „Pressen!" Sarah mobilisiert ihre letzten Kraftreserven und drückt das zweite Baby in den Geburtskanal. „Aufhören!" Sr. Gabi tastet nach dem Köpfchen. „Pressen Sie! Aufhören!" Sie zieht leicht an dem zweiten Köpfchen und es flutscht ohne Probleme auf die Welt. Sebastian steht abermals mit dem Handtuch in den Händen da, bereit es entgegen zu nehmen. „Jungs Ihr wart super! Ich muss jetzt doch einen Notarzt anrufen. Dann erlöse ich euch!"

„Was ist es?" Sarah fragt mit schwacher Stimme nach dem Geschlecht des zweiten Baby. „Sieh mal Mum. Ist es nicht süß?" „Seb, was ist es?" Noah wird ungeduldig. Sebastian hat das Baby komplett in das flauschige Handtuch eingewickelt, sodass nur das Gesichtchen heraussieht. „Wir haben zwei Schwestern!" Sr. Gabi nimmt nun die beiden Mädchen an sich, um sie zu säubern. „Der Arzt kommt sofort. Er wird die Zwillinge und die Mutter untersuchen." „Komm Seb, wir gehen nach unten. Wir müssen Bescheid geben. Rufst du Florian an?" „Klar!" „Mann, das war ein Erlebnis, so was von abgefahren!" Sie klatschen ab. Natürlich gibt es ein großes Durcheinander, als die Brüder die frohe Botschaft der überraschten Familie überbringen. Sie werden als Helden gefeiert und Jason gibt ihnen ein kleines Glas mit etwas Hochprozentigem in die Hand. „Ein Hoch auf unsere Enkel! Sie haben zwei Mädchen zur Welt gebracht!" Der Toast bringt die Jungs in Verlegenheit. Aber als alle nur mehr durcheinander lachen, legt sich die Anspannung beider und das Adrenalin fängt an sich abzubauen. „Mann, mir ist schlecht!" Sebastian ist ganz grün im Gesicht. Michael zerrt seinen Bruder in die Toilette, wo er sich übergeben kann. Gemeinsam setzen sie sich neben die Toilette und schnaufen erst einmal durch. Blass und derangiert lehnt sich Sebastian an seinen Bruder. Er kann sich verlassen, dass diese Peinlichkeit unter ihnen bleibt.

Inzwischen kommt Sr. Gabi aus dem Zimmer der Eltern. „Mit Sarah und den Babys ist alles in Ordnung. Der Arzt bespricht noch alles Nötige mit den Eltern und dann werden wir uns verabschieden. Ich möchte Sie alle bitten, dass Sie nur vereinzelt das Paar aufsuchen. Sarah ist sehr erschöpft. Die Babys brauchen Ruhe!" „Sr. Gabi wir möchten Ihnen sehr herzlich danken, dass alles so gut verlaufen ist! Wollen Sie und Dr. Schenko nicht mit uns essen? So als kleines Dankeschön?"

„Wir haben zwei Schwestern! Florian, stell dir vor! So süße Dinger! Wir waren dabei!" Michael schreit begeistert in das Telefon, um seinen älteren Bruder zu benachrichtigen. Florian sagt erst einmal gar nichts. Sein erster Gedanke ist… Ich muss nach Hause! „Da ist jetzt so viel Aufregung bei dir zu Hause, dass ich niemanden zur Last fallen möchte! Wir sehen uns dann in der Schule, Florian." Seine Freundin Nora hat sich nicht von ihrer Meinung abbringen lassen und so ist er am Abend der Geburt alleine zu Hause angekommen. „Hey Bruder! Du musst sie dir unbedingt ansehen. Sie sind so klein!" Sebastian und Michael haben Florian schon in ihre Mitte genommen, kaum dass er die Schuhe abstreifen konnte. „Florian! Schön, dass du da bist!" Jason klopft ihm auf die Schulter. Carla küsst ihn auf die Wange. „Hi, Grandma!" „Mein Junge!", seufzend lässt sie sich von ihrem großen Enkel umarmen. Überhaupt sieht Florian seinem Vater am ähnlichsten! Blaue Augen und blonde Haare. Die kräftige Statur haben alle drei Enkel von ihrem Vater abbekommen. Dann ziehen ihn seine Brüder nach oben, dass er endlich die winzig kleinen Mädels bewundern kann. Die Säuglinge sind inzwischen in Strampler gesteckt und schlafen eng beieinander in einem kleinen Bettchen. Die einzige Bewegung, die sie machen, ist das Schmatzen mit ihren kleinen Mündern. Florian streckt seinen Zeigefinger aus und berührt sie andächtig an ihren kleinen Wangen. Ihre Haut ist flauschig weich! Er lächelt.

„Florian! Schön, dass du da bist! Ich freue mich so." Sarah kommt gerade in das Zimmer herein. Die drei Brüder stehen an der Doppelwiege, die Sarah vorsorglich von ihren Zwillingssöhnen aufgehoben hat. Ihr besorgter Blick schweift zuerst zu den Babys, dann umarmt sie ihren ältesten Sohn und küsst ihn auf den Mund. Er traut sich nicht, sie allzu fest an sich zu ziehen. Sie sieht so zerbrechlich aus! „Mum!" „Wo ist Nora?" „Sie wollte bei der ersten Aufregung nicht stören. Wir treffen uns dann wieder in der Schule." „Florian, schön dich zu sehen!", besorgt ist Noah seiner Frau nachgegangen, weil er Stimmen im Zimmer seiner niedlichen Töchter gehört hat. Aber er freut sich sehr über seine versammelte Familie. In stiller Eintracht beobachten sie entzückt die Neugeborenen.

Einige Tage später sind die drei Brüder mit den Kinderwägen unterwegs. Sie sind stolz auf ihre kleinen Schwestern und ihr Beschützerinstinkt ist riesengroß. „Wir gehen auf ein Eis!" Sie erwecken, auf dem Weg in den Eissaloon, großes

Aufsehen… im wahrsten Sinn des Wortes. Florian, Sebastian und Michael sind wirklich gutaussehende Jungs, die jetzt schon ihrem Dad in der Größe in nichts nachstehen! Ihr verwegenes Lächeln entlockt im Gastgarten so manchen Seufzer bei den Mädels. „Hey Seb! Was machst du denn hier? Ich habe versucht dich anzurufen!" Malika hält Sebastian am Arm auf. „Hi Malika! Sieh mal! Wir haben Zwillingsschwestern! Sind die nicht süß?" „Ja, ja." Irritiert schüttelt Malika den Kopf. Sebastian ist offensichtlich mehr an den Babys interessiert, als an ihr! Kopfschüttelnd und enttäuscht lässt sie von ihm ab und nimmt ihr Handy zur Hand. Sie will Calina Bescheid geben. Die Jungs nehmen etwas abseits vom Trubel Platz. Sie sind bedacht, dass es den Kleinen gut geht und niemand an den Kinderwägen anstößt. Immer wieder wirft einer der drei einen Blick in das Innere eines Wagens und zupft an der Decke. Dann fängt eines der Babys an zu greinen. Michael springt eilfertig auf und guckt nach. Er greift nach dem kleinen, zarten Körper und holt ihn sachte heraus. „Ist ja schon gut, mein Kleines! Ich habe dich!" Liebevoll wiegt er das kleine Bündel in seinen Armen und streichelt mit der Zeigefingerspitze sachte über die Stirn seines Schwesterchens. Florian hat inzwischen das andere Baby im Arm. Er ist mindestens so fürsorglich und hingerissen von seinen kleinen Schwestern wie seine Zwillingsbrüder. Sebastian holt inzwischen die Bestellung für alle drei selbst ab. Viel Zeit haben sie nicht, weil ihre Mum sie in kleineren Abständen füttern muss. Die Brüder verschlingen in Rekordzeit ihre Eisbecher und sind schon wieder auf dem Weg nach Hause.

„Geht schnell hinein, eure Mum wartet schon!" Jason jätet im Garten, auf Anweisung seiner Frau, das Unkraut. Die Brüder steuern zur Haustüre und nehmen die kleinen Bündel äußerst vorsichtig aus ihren fahrenden Bettchen. Michael macht ihnen die Tür auf und geht voraus, um eventuelle Hindernisse aus dem Weg zu räumen. Sie sind sehr auf Sicherheit bedacht. Ihr Grandpa Jason beobachtet sie lächelnd. So fürsorglich kennt er die Bande nicht! „Hi Mum! Hier sind wir. Sie waren wirklich brave Babys!" Sie legen eines der Mädchen in die Arme ihrer Mum und eines in den Arm ihres Dads. Dann stehen sie da und warten ab. Noah mustert sie und meint: „Jungs… ich weiß, dass ihr sie liebt und alles miterleben wollt. Aber eure Mum braucht etwas Privatsphäre, wenn sie unsere Kleinen füttern will." Widerwillig gehen seine Söhne aus dem Zimmer. „Bitte macht die Türe hinter euch zu!"

Ein Jahr später

Der Direktor des Internats steht am Fenster und beobachtet neugierig die Auffahrt zu dem mächtigen Schultor. Wie jedes Jahr sitzt Anastassja auf ihrem Stammplatz, um die Ankömmlinge zu beobachten. Ihr Bruder Aleksej ist mit seiner soeben angekommenen Freundin Verena in das Haus gegangen. Der schulinterne Sportlehrer Vladimir setzt sich neben Anastassja und lehnt sich bequem zurück.

Mit Grauen erinnert sich Dr. Kokoff an das letzte Schuljahr. Die Zwillinge Aleksej und Anastassja wurden unter Beteiligung einer seiner Lehrkräfte entführt. Vladimir hat unter vorbildlichen Einsatz das Leben der beiden Kinder gerettet. Der junge Mann bleibt im Auftrag seines Auftraggebers Kaminov und Vater der Zwillinge, weiterhin hier, um auf die Geschwister ein Auge zu haben. In der Eigenschaft als Sportlehrer bleibt er der Schule ebenfalls erhalten. Darüber ist der Direktor sehr froh, weil Vladimir bei seinen Schülerinnen und Schülern sehr beliebt ist. „Ah… hier sind meine Quälgeister ja! Wie alt mögen sie sein?" Der Direktor überlegt. Sebastian und Michael kommen in die dritte Klasse! Sie müssten so etwa siebzehn oder achtzehn Jahre alt sein. Ob die Jungs endlich ruhiger werden, denkt er sich. „Hoffentlich!", spricht er laut aus. Ihr ein Jahr älterer Bruder Florian ist ein toller Junge geworden. Seit er Nora für sich gefunden hat, hat Dr. Kokoff das Problem Florian ad acta legen können. Florian glaubte schwul zu sein und hat sich mit einem älteren Schüler eingelassen, der Gott sei Dank, voriges Schuljahr, nach erfolgreich abgelegter Prüfung, aus dem Internat entlassen werden konnte. Aber die Zwillingsbrüder Sebastian und Michael haben es faustdick hinter den Ohren! Immer wieder haben sie ihren Bruder geärgert. Sie haben mit Mädels Shows hingelegt, dass sogar er, der Direktor, rot geworden ist. Er hat nie wirklich eingegriffen, da es für ihn zu harmlos gewesen ist. Aber als sie mit ihrem Benehmen sogar die Kaminov, eine äußerst spendable Kundschaft, verärgert haben, da musste er etwas tun. Er setzte eine Strafe, die klaglos von den Jungs ausgeführt wurde und die Sache hat sich gegessen. Im Nachhinein hat Dr. Kokoff den Grund ihrer äußerst pikanten Show erfahren. Er musste darüber schmunzeln und im Stillen bedankte er sich dafür.

Was ist damals passiert? Anastassja hatte Visionen, die sich immer bewahrheitet haben. Sie hatte eines Tages, mitten im Unterricht, einen Anfall, indem sie gesehen hat, dass Aleksej entführt wird. Vladimir, der immer in der Nähe des Mädchens war, ist dieser Ahnung nachgegangen und konnte Aleksej glücklicherweise noch retten, bevor die Entführer mit ihm verschwunden wären. Aleksej wurde verletzt und ins städtische Krankenhaus eingeliefert. Die Eltern sind angereist und verlangten ein Zimmer im Internatsgebäude. Dr. Kokoff musste dem zustimmen, weil er die spendabelsten Kunden nicht verärgern wollte. Sie bezogen das Zimmer Aleksejs. Aleksej wurde im Krankenzimmer der Schule eingewiesen und musste dort so lange bleiben, bis seine Eltern bereit waren sein Zimmer freizugeben. Es hatte den Anschein, als würden die Kaminov es nicht allzu eilig haben. Daraufhin hatte Anastassja die Zwillinge Sebastian und Michael um Hilfe gebeten, ihre Eltern zu verscheuchen. Ihre Eltern mussten raus und es ist ihnen skandalös gelungen! Dr. Kokoff kann sich das Lächeln nicht verkneifen. Die Party danach hat er stillschweigend toleriert. Der Direktor weiß über fast jedes Geschehnis Bescheid, welches innerhalb seiner Schule vor sich geht. Seine Augen und Ohren sind überall. Aber er weiß, dass er vieles wohlwollend ignorieren muss. Die Kinder müssen sich entwickeln und da gehört auch Schabernack dazu. Entgegen der Verbreitung, dass Pärchen Bildung nicht geduldet wird, kann er nur lächeln. Im Gegenteil… es ist ja spannend für die Jugendlichen, sich mit einem bevorzugten Partner abzugeben. Manche lösen sich bald auf, manche dauern über Jahre hinweg. Aber es gibt natürlich Grenzen und da muss er eingreifen. Es klopft. Dr. Kokoff seufzt leise. Er muss seinen Beobachtungsposten wieder aufgeben und sich anderen wichtigen Aufgaben widmen. Neuankömmlinge müssen sich nämlich mit ihren Eltern persönlich bei ihm melden. Die anderen Schüler und Schülerinnen brauchen sich nur im Sekretariat registrieren lassen. „Herein!" Ein Mädchen, mit braunen Locken und vielen Sommersprossen wird von ihren Eltern in sein Büro hereinbegleitet. „Herzlich willkommen! Nehmen Sie doch bitte Platz! Du bist sicher Emilie!" Dr. Kokoff schüttelt jedem die Hand und setzt sich nieder…

Anastassja weilt auf der Gartenbank, vor dem Tor, neben Vladimir. Die Sonne scheint angenehm warm auf sie herunter und sie ist zufrieden mit sich selbst. Immer wieder gibt sie Kommentare ab, wenn wieder Neuankömmlinge vorfahren, oder alte Bekannte sich ihr nähern. Vladimir brummt nur dazu und hält die Augen entspannt geschlossen. „Sieh nur! Die Jackson kommen! Warte, das sind nicht die Eltern. Da kommen zwei Männer heraus. Wie sehen die denn aus?" Vladimir riskiert ein Auge. Tatsächlich, die Männer, die die Jackson Brüder begleiten, haben ein Rocker Flair. Lange Haare, Bart, Jeans und Lederjacke, Stiefel… der eine. Glatze, Tätowierungen, Muskelshirt, Cargo Hosen und Stiefel… der andere. „Anastassja! Was geht ab?" Sebastian setzt sich schwungvoll auf ihre andere Seite. „Bis jetzt nichts Neues!" Neugierig betrachtet sie die Kerle, die mit den Brüdern vor ihr stehen. „Das sind unsere Patenonkel… Charlie und Timo!" Die beiden salutieren grinsend vor Anastassja und Vladimir. Vladimir nickt leicht und Anastassja streckt gleich höflich die Hand aus. Dabei ist sie auch aufgestanden. „Hi!" „…und wer bist du, schönes Mädchen?" Timo hat die Hand ergriffen und drückt sie leicht. „Anastassja!" Sie lächelt unsicher. „Haben wir noch alle Platz hier?" Florian sieht sich um. Der Tag ist zu schön, um gleich in das Gebäude zu gehen. „Sicher! Wir rücken zusammen und es gibt ja noch eine zweite Bank!"

Emilie, das Mädchen das sich gerade beim Direktor angemeldet hat, kommt heraus und geht an den besetzten Bänken vorbei. Michael starrt sie an. „Wer ist sie?" Emilie wird rot und wendet sich ab. Schnell geht sie ihren Eltern nach, die sich um das Gepäck kümmern wollen. Michael springt auf. Er will unbedingt helfen. Er kommt Emilie hinterher. Sie dreht sich um und lächelt schüchtern. „Hi. Ich bin Michael. Du?" Das Mädchen stoppt und sieht ihn von unten her an. Sie ist wirklich klein. Sie reicht ihm gerade zum Brustmuskel. „Emilie." Sie kraust die Nase und dreht sich nervös nach ihren Eltern um. Sie kommen gerade mit ihrem Koffer auf sie zu. „Ich sehe, du hast schon Bekanntschaft geschlossen? Wer sind sie junger Mann?" Die Mutter sieht ihn freundlich an. „Ich bin Michael. Dort drüben sind meine Brüder Sebastian, Florian und unsere Patenonkel. Daneben ist Anastassja und ihr Bodyguard Vladimir." „Bodyguard?" Der Vater runzelt die Stirn. Ist es hier nicht sicher für seine Tochter? Michael zuckt die Schultern. „Zeig mir deine Zimmernummer und ich bringe dich dorthin. Einverstanden?" „Das ist aber sehr von ihnen, Michael! Emilie brauchst du uns noch? Nein? Dann können wir uns hier schon verabschieden! Du weißt, wenn du was brauchst, rufst du einfach an. Alles klar?" Emilie nickt und umarmt ihre Eltern. Irgendwie geht ihr die Übergabe zu schnell. Aber was soll's? Michael übernimmt den Koffer und die Zimmerschlüssel und hält dem errötenden Mädchen die Hand hin. Gemeinsam gehen sie zum Tor. Die anderen auf den Bänken starren sie nur sprachlos an. „Also, dass…" Sebastian ist es nicht gewohnt, dass Michael eine Maßnahme wie diese, ohne ihn macht. „Wow…", auch Anastassja ist einmal sprachlos. Das ging ja schnell.

Das ist ja das Zimmer gleich neben Anastassja und Aleksej!", staunt Michael. „Wer ist Aleksej?" „Das ist der Zwillingsbruder von Anastassja. Sie bewohnen das Zimmer nebenan. Es wurde extra für sie adaptiert. Sie stehen vor dem offenen Zimmer Emilies und sehen sich an. „Also dann, wenn du mich nicht mehr brauchst, dann…" Michael will noch nicht gehen. Er ist fasziniert von dem kleinen Mädchen mit den Sommersprossen im Gesicht und den wilden braunen Locken. Ihre braunen Augen haben goldene Sprenkel und sehen ihn so unschuldig an. „Wenn du willst, kannst du gerne noch kurz hereinkommen?" Das lässt sich Michael nicht zweimal sagen. Er setzt sich bequem auf das Bett und sieht ihr zu, wie sie den Koffer neben ihm langsam entleert. Akribisch räumt sie Shirt für Shirt, Jeans für Jeans, Unterwäsche, Socken und Schuhe in den einzigen Kleiderschrank im Zimmer. Als endlich auch die spärlichen Kosmetik Artikel im Baderaum verstaut sind, schiebt sie den leeren Koffer unter das Bett. Seufzend setzt sie sich neben Michael. Er gefällt ihr. Aber irgendwie weiß sie nicht, was sie jetzt mit ihm machen soll. Soll sie ihn rausschmeißen? Aber sie hat ihn ja herein gebeten. Sie sieht ihn an und verliert sich in seinen blauen Augen. „Da draußen, ist das dein Zwilling gewesen? Er hat dir so ähnlich gesehen!" „Ja, Sebastian…" Er will jetzt nicht von Sebastian reden. Emilie sitzt neben ihm…

„Gehen wir wieder hinaus?" Er nickt. Schnell nimmt er wieder ihre Hand in seine, nachdem sie ihr Zimmer abgeschlossen hat und den Schlüssel in ihre Hosentasche gesteckt hat. Er will sie gar nicht mehr loslassen. Es ist ein gutes Gefühl. Er merkt, dass sie einmal versucht, sich von ihm zu lösen. Aber er denkt gar nicht dran, dies zuzulassen. Bald kommen sie wieder ins Freie. Anastassja sitzt wieder mit Vladimir alleine da. „Wo sind die anderen?" „Eure Patenonkel sind abgefahren. Deine Brüder melden sich an und tragen ihre Koffer in die Zimmer. Sebastian hat deinen Koffer mitgenommen und dich auch angemeldet. Hallo, wer bist du?" „Ich bin Emilie!" Sie geben sich die Hand. Bei Vladimir bekommt sie große Augen. Sie ist so geschmeichelt, dass dieser gutaussehende Mann ihr die Hand schüttelt! Wow… „Also… ich bin Anastassja und das ist Vladimir… mein Bodyguard!" Vladimir grinst. Aber er lässt diese Erklärung so im Raum stehen. „Ah… bist du das Mädchen, das neben mir wohnt?" Emilie wendet sich halb zu Michael zu. Er nickt bestätigend. „Das ist ja super! Dann können wir uns ja immer besuchen, wenn uns danach ist! Das wird lustig!" Emilie ist von dem Überschwang von Anastassja etwas irritiert. Michael sieht auf sein Handy. „Essenszeit! Ich habe Hunger! Komm Emilie, du setzt dich an unseren Tisch!", bestimmend blickt er sie an und zieht sie ohne weitere Umschweife mit sich. Die Schulter zuckend, sieht Emilie Anastassja an und lässt sich von dem großen Kerl abschleppen. Anastassja und Vladimir gehen hinterher. Eigentlich wollte Anastassja auf Alexander warten. Aber er hat gerade ein WhatsApp geschrieben, dass er etwas später kommen würde. Emilie setzt sich an den Tisch mit Michael, Sebastian, Vladimir und Anastassja. Letztere sitzt normalerweise am Nebentisch. Aber weil Alexander, ihr

Freund noch nicht da ist, macht sie es sich hier gemütlich. Sie wollte Emilie mit all den großen Kerlen nicht alleine lassen. Sie sieht, dass das kleine Mädchen eingeschüchtert ist.

„Emilie hast du deinen Stundenplan schon abgeholt?" „Ja, den habe ich schon beim Direktor bekommen! Morgen fange ich mit Mathematik an, dann Deutsch, Russisch und Geschichte!" „Welches Fach ist dir das Liebste?" „Ich liebe Geschichte! Fremdsprachen mag ich auch, weil ich damit noch nie Probleme hatte." „Ich bin in Mathematik gut. Wenn du Probleme damit hast, kannst du jederzeit zu mir kommen!", bietet Anastassja an. „Super! Ich habe tatsächlich Schiss davor!", grinst sie. „Ich bin auch gut in Mathematik!", mischt sich Michael ein und stopft sich weiter mit Nudeln voll. Emilie reagiert nicht darauf. Michael ist ihr unheimlich. Er sieht wirklich super aus, aber er lässt sie nicht eine Minute aus den Augen! Morgen... morgen wird sie sich im Unterricht mit ein paar Mädels zusammen tun und sich mit denen gemeinsam an einen Tisch setzen. Was soll sie mit so vielen Kerlen an einem Tisch reden?! Sie ist froh, dass wenigstens Anastassja bei ihr ist. Sie ist wirklich nett. „Hi, alle zusammen!" Alexander hat sein Tablett soeben auf den Tisch neben Anastassja abgestellt und küsst sie liebevoll. Dann setzt er sich. Schon wieder so ein großer Kerl, denkt sich Emilie. „Emilie, das ist Alexander mein Freund! Alexander das ist Emilie! Sie ist neu hier." Alexander reicht ihr lächelnd die Hand und drückt sie fest. Augenblicklich lässt er sie wieder los und widmet sich seinem Essen. Wenn es um das Essen geht, sind diese Kerle nicht leicht zu unterhalten! Emilie wundert sich, wie sie sich die Nudeln permanent in ihren Rachen stopfen können, ohne erkennbare Pausen zu machen.

Lass mich einfach in Ruhe!

Am nächsten Morgen wird Emilie vor ihrer Zimmertür von Michael abgefangen, als hätte er schon eine Weile auf sie gewartet. „Da bist du ja!" Fest ihre Hand haltend, geht er mit ihr in den Frühstücksraum. Wieder sitzt sie inmitten der großen Kerle. Anastassja hat sich auf den Nebentisch gesetzt, der jetzt bedauerlicherweise voll besetzt ist. Sie freut sich schon riesig auf die erste Stunde, denn da kann Michael ihr nicht mehr nachrennen. Sie muss unbedingt den Mut aufbringen und ihm sagen, dass sie sich in der Schule frei bewegen will. Sie braucht keinen ständigen Begleiter! Er ist ja lustig! Er hat ihr alles Nötige erklärt. Er ist mit ihr hinausgegangen, hat ihr den Garten gezeigt und hat ihr vorgeschlagen, wenn sie laufen möchte, wird er sie begleiten. Aber sie will alles alleine erkunden... bestenfalls mit anderen Mädchen!

Sie ist fertig. „Ich gehe jetzt in den Unterricht!" Michael springt sofort auf und nimmt ihr Tablett in die andere Hand. „Ich begleite dich!" Emilie akzeptiert, weil sie nicht genau weiß, wo sich das Klassenzimmer befindet. Also akzeptiert sie vorerst seine besitzergreifende Hand und lässt sich führen. Sie spürt allzu deutlich, dass sie angestarrt wird. Es ist ihr peinlich. Sie hat das Gefühl, als würde sie abgeführt wie ein kleines Mädchen. „Schau, da vorne ist deine Klasse! Ich bin ein paar Türen weiter!" Wenn du fertig bist, warte auf mich und ich bringe dich zur anderen Klasse! Was hast du gleich nachher?" „Deutsch.", murmelt sie. „Alles klar! Bis nachher!" Es wird kein nachher geben! Da ist sie sich sicher. Sie wird sich mithilfe von Mitschülerinnen davonstehlen. Sie geht hinein und sucht sich einen Platz neben einer nett aussehenden Kollegin. „Hi, ich bin Emilie!" „Camille! Hey bist du nicht die Freundin von dem geilen Kerl aus der dritten?" Emilie verzieht das Gesicht. „Bitte, erinnere mich nicht daran. Michael verfolgt mich schon, seit ich angekommen bin! Ich bin auf der Suche nach Hilfe!" Camille lacht. „Das kann ich nachvollziehen. Mein Bruder hat mich auch ständig verfolgt, um mich zu beschützen! Ha… ha… ha!" Emilie guckt sie nur gequält an. „Was hast du nachher?" „Deutsch!" „Super! Ich auch! Ich schleuse dich ungesehen hinaus!" „Du bist meine Rettung!" Sie hat das gute Gefühl, eine Freundin gefunden zu haben. Die Stunde fängt an.

„Hey, hast du deine Freundin abgeliefert?", feixt Sebastian, als sein Bruder neben ihm Platz nimmt. Michael nickt. Seit sie hier in der Schule sind, lästert Sebastian ständig an ihm herum. So was von nervig! So kennt er seinen Bruder überhaupt nicht! Sebastian denkt sich gerade dasselbe. Er sieht Michael nicht mehr. Sonst haben sie immer alles gemeinsam gemacht. Er muss heute Abend, wenn er denn endlich ins Bett kommt, ein ernstes Wort mit ihm reden. Dann ist Ruhe. Technische Mathematik ist sehr anspruchsvoll. Sie müssen sich dabei konzentrieren, um diese Materie zu verstehen. Aber sie sind sehr interessiert. Als dann die Pause eingeläutet wird, springt Michael auf und rennt, ohne sich weiter nach seinem Bruder umzusehen, hinaus auf den Schulgang. Er lehnt sich angespannt wartend an das Fensterbrett gegenüber der Tür, hinter der Emilie Unterricht hat. Sie ist noch geschlossen. Dann öffnet sich die Tür und ein Schwung Mädchen kommt schnatternd aus dem Klassenzimmer. Er kann nicht erkennen, ob Emilie darunter ist. Aber er ist sich sicher, dass sie auf ihn zukommen wird, da sie ja weiß, dass er sie in das nächste Klassenzimmer begleiten möchte. Emilie hält sich vorsorglich geduckt hinter ihrer neu gewonnenen Freundin Camile. Glücklich und zufrieden mit sich selbst, erreicht sie, ungesehen von dem Kerl am Fenster, das nächste Klassenzimmer. Grinsend sehen sich die beiden Mädels an und holen ihre Utensilien für den Deutsch Unterricht aus ihren Beuteln hervor. „Danke!", flüstert sie Camille zu. „Jederzeit!" Irgendwann muss Michael einsehen, dass Emilie nicht mehr da ist. Sie ist ihm entwischt. Wieso? Verwirrt geht er in seine eigene Klasse und setzt sich gedankenverloren neben seinen Zwilling. Nach dem Unterricht probiert er es noch einmal. Aber das kleine Mädchen mit den Sommersprossen ist nicht mehr auffindbar. Achselzuckend begleitet er Sebastian nach dem Vormittagsunterricht zum Mittagessen. Sie sitzt noch nicht am Tisch und sie kommt auch nie an. Suchend sieht er sich um und entdeckt sie weit entfernt im Kreise von Mädels aus ihrer Klasse. „Sie hat dich endgültig versetzt. Akzeptiere es, Mann!" Kopfschüttelnd fängt Michael an zu essen. Wenigstens den Appetit hat er nicht verloren! „Wie geht es euren Schwestern? Wie alt sind sie jetzt… ein Jahr?", Vladimir sieht die Zwillinge an. Sie sind jetzt zu dritt an dem Tisch. Drei Plätze sind an ihrem Tisch frei. Sebastians Gesicht hellt sich auf. „Ja, sie sind jetzt ein Jahr alt. Richtige Energiebündel, sag ich dir! Entzückend!" Auch Michaels Gesicht hellt sich auf. Seine Schwestern sind wirklich drollig. Dad hat versprochen nächstes Wochenende mit ihnen vorbeizukommen. Er freut sich schon riesig auf Laura und Luisa.

Sie hatten im Sommer der Geburt der Zwillinge vorgehabt, in ein Feriencamp zu fahren. Listigerweise haben sie einige Freunde, Verwandte und sogar einen befreundeten Angestellten ihres Dad mobilisiert, ein gutes Wort für sie einzulegen, weil sie wegen einer berechtigten Strafe nicht in das Feriencamp fahren durften. Aber dann konnten sie die süßen Babys nicht alleine lassen und haben ganz auf ihre Pläne vergessen. Sie haben die ganze Zeit die Babys herumgefahren, herumgealbert und Michael hat sie sogar sehr oft gewickelt und später Fläschchen gegeben. Diesen Sommer sind sie auch die Ferien zu Hause geblieben, um mit ihren Schwestern zu spielen. Es war verrückt. Aber die Kleinen haben sie in ihren Bann gezogen. Es war große Klasse! Aus den Augenwinkel merkt Michael Emilie an seinem Tisch vorbei gehen. In Begleitung eines anderen Mädchens ist sie auf dem Weg zum Ausgang. Er springt auf und blockiert sie beide mit seinem großen Körper. „Emilie! Wo warst du? Ich habe auf dich gewartet!" Emilie stockt. „Ich… äh… ich habe dich nicht gesehen!", sagt sie lahm und ihr Gesicht errötet. „…und warum sitzt du nicht bei mir?" Michael spürt irritiert, als sie nach einer Ausrede sucht. „Sie wollte sich mit mir und den anderen unterhalten!", mischt sich Camille ein. Michael wendet seinen Blick zu dem anderen Mädchen. „…und wer bist du?" Camille errötet, als sie den vollen blauen Blick des großen Jungen abbekommt. „Ich bin Camille!" Ihr Blick heftet sich gebannt über seine

Schulter. Sebastian kommt gerade an seine Seite. „Hey, Emilie! Camille… habe ich gerade gehört? Schön euch beide kennen zu lernen.", sagt er locker und winkt leicht mit der Hand. Er starrt Camille weiterhin an. Sie ist wirklich zauberhaft. Lange braune, leicht gewellte, seidige Haare, braune Augen, und schlanke Figur. Sie ist genauso klein wie Emilie. „Michael, sei mir nicht böse. Aber ich fühle mich nicht wohl mit euch drei großen Kerlen! Ich will mit meinen Mitschülerinnen essen!" „Ist ja kein Problem! Wir können uns ja woanders hinsetzen!", versucht Michael die Situation zu retten. „Lass mich einfach in Ruhe!", genervt dreht sie sich weg und verlässt fluchtartig den Saal. Michael sieht ihr verdattert nach. Er ist blass geworden. So etwas ist ihm noch nie passiert. Normalerweise laufen die Mädchen ihm nach. Es hat ihn noch nie eine abgewiesen und es tut weh! Sebastian lacht aus vollem Halse und Michael boxt ihn unsanft in den Solarplexus. Autsch…

Die Brüder gehen in ihr Zimmer. „Hast du das gehört? Das ist mir noch nie passiert!" „Mach dir nichts daraus! Es soll nicht sein!" „Aber sie ist so süß!", jammert Michael. In diesem Moment kommt Florian herein. „Kannst du nicht anklopfen?", entrüstet sich Sebastian. „Ich klopfe nie!", kontert Florian. Er hüpft schwungvoll auf das breite Doppelbett seiner Brüder. „Sag mal Michael, was ist mit diesem kleinen Mädchen?" Ihr seid das Gesprächsthema Nummer eins!" „Was soll damit sein? Nichts!", mault Michael. Sein großer Bruder braucht darüber nichts zu wissen! „Du sollst sie keine Minute aus den Augen verloren haben?" „Sie hat ihm einen Korb gegeben!", klärt ihn Sebastian auf. „Autsch…" Die drei Brüder lümmeln eine lange Weile stumm auf dem Bett herum. Jeder ist in seinen Gedanken versunken. „Na, da kann man nichts machen. Ich wünsch euch was. Bye!" Florian geht nach draußen, um sich mit seiner Freundin Nora zu treffen.

Am nächsten Tag beim Frühstück geht es schon recht laut zu. Verena, Anastassja und Nora teilen sich die letzten Neuigkeiten mit, die sie noch nicht zum Besten gegeben haben, bis… „Ich denke, es geht wieder los… Guckt mal!" Verena zeigt mit dem Finger auf den Nebentisch. Zwei

Mädels kommen auf Sebastian und Michael zu. „Hey, Micha!" „Seb!" „Egal. Du bist genauso hübsch! Darf ich?" „Klar Calina!" Calina lässt sich auf den Schoß des jungen Mann plumpsen und legt einen Arm um seine Schulter. Sie fängt an, mit ihm zu schmusen. Sebastian grinst sie anzüglich an und gibt dem anderen Mädchen ein Zeichen es Calina gleichzutun. „Malika, nicht wahr?" „Klar doch, immer ich Sebastian!" …und gibt ihm einen Kuss mitten auf den Mund. Anastassja, Verena und Nora haben das Schauspiel grinsend mitverfolgt. Sie kennen es. Es ist doch immer wieder dasselbe. „Ich dachte, dass Michael mit Emilie was am Hut hat?" Nora sieht Anastassja an, die ratlos mit den Schultern zuckt. Sie sieht sich nach der jungen Erstklässlerin um und merkt, dass sie zu den Jungs starrt. Ihre Augen sind entsetzt. Bald sieht sie weg und unterhält sich scheinbar angeregt mit ihrer Tischnachbarin Camille. Anastassja ist ein sehr aufmerksames Mädchen und sieht sehr deutlich, dass auch Michael ein Auge in Richtung Emilie riskiert. Er verliert offensichtlich bald die Lust am Spiel und flüstert Calina etwas zu, worauf diese von ihm ablässt und sich auf den Sessel neben ihn setzt. Auch Malika setzt sich auf den letzten freien Stuhl in der Runde und sie widmen sich in stiller Eintracht ihrem Frühstück. Michael hat die Lust an ihren besonderen Spielen verloren. Ein schaler Nachgeschmack ist über geblieben. Er bemerkt, dass Emilie zu ihm herüber geschaut hat. Ihr Blick war entsetzt? Gleichgültig? Er weiß es nicht.

„Gehen wir?" Michael blickt seinen Bruder an und Sebastian nickt einverstanden. Gemeinsam schlängeln sie sich durch die vollbesetzten Tische bis zum Ausgang. Michael ist schon weiter vorne als Sebastian, als eine kleine Hand ihn zurückhält. „Was bildest du dir eigentlich ein? Du arrogantes…" Verdattert blickt er an sich hinunter. Camille steht vor ihm. Ihre blitzenden Augen blicken ihn verachtungsvoll an. „Michael ich rede mit dir!" „Äh…" „Kannst du, oder willst du nicht mit mir reden! Zuerst baggerst du meine Freundin an und dann lässt du sie wie eine heiße Kartoffel fallen!" „Äh…" Sebastian weiß nicht, wie ihm geschieht. Camille ist offensichtlich eine feurige kleine Person. Ihm ist klar, dass sie glaubt, seinen Bruder Michael vor sich zu haben. Aber er will sie noch nicht aufklären. Sie sieht süß aus, in ihrer Empörung! Er starrt sie nur stumm an und sie wendet sich schließlich schnaubend von ihm ab. „Bleib ja weg von ihr!" „Warte!" Er hält sie nun seinerseits am Arm zurück. Sie dreht sich um und sieht ihn drohend an. Er hebt beide Hände in die Höhe und signalisiert ihr, dass er sie nicht mehr angreift. „Was willst du noch?!" „Ich denke du verwechselst mich mit Michael. Ich bin Sebastian!" Sein verwegenes Grinsen, lässt sie heftig erröten und läuft panikartig davon. „Sebastian wo bleibst du?" Michael ist wieder zurückgekommen, als er gemerkt hat, dass sein Bruder nicht mehr hinter ihm ist. „Camille hat geglaubt ich sei du! Ha… ha… ha! Sie hat Temperament! Als ich ihr gesagt habe, dass ich Sebastian bin, ist sie ganz rot geworden! Irgendwie süß!" „Verguck dich nicht in die Kleine!" Sebastian sagt nichts mehr dazu. Sebastian ist nachdenklich geworden. Emilie hat es nicht gut aufgenommen, dass sie mit anderen Mädels rumgemacht haben. Vielleicht mag sie insgeheim seinen Bruder? Ein Fünkchen Hoffnung ist da auf alle Fälle! Er will es auf jeden Fall bei Camille versuchen!

Nach dem Vormittagsunterricht gehen die Zwillinge ins Sekretariat. Es ist üblich, dass jeder Schüler ein Freifach wählen und es bei der Sekretärin Frau Sejdic anmelden muss. Sie wählen den Holzfäller mit Vladimir als Sportlehrer. „Ihr habt Glück! Es sind genau zwei Plätze noch frei.", meint die Sekretärin. Sie unterschreiben auf der Liste und gehen hinaus. Sie stoßen direkt in die beiden Mädchen Camille und Emilie. Autsch… „Entschuldigung! Habe ich dir wehgetan?" Michael beugt sich äußerst besorgt zu Emilie hinunter, die durch die Heftigkeit des Zusammenstoßes hart auf den Boden aufgeprallt ist. „Ach… es ist nichts… danke!" Sie blickt ihm direkt in die Augen und stolpert noch einmal. Instinktiv hält sie sich an seinem Shirt fest, um nicht wieder auf dem Boden zu landen. Michael schlingt nun seinerseits beide Arme um sie und hält sie beschützend fest. Kurz atmet sie seinen Duft ein und drückt sich nun endgültig von ihm weg. Er lässt sofort los. Aufgelöst und hochrot im Gesicht kämmt sie sich mit ihren Fingern durch ihre braune Lockenpracht. Michael sieht ihr fasziniert zu. „Meldet Ihr euch auch für ein Freifach an?", rettet Sebastian die Situation. „Ja!" Camille hat das Schauspiel neugierig beobachtet. Sie ist sich nicht so sicher, ob Emilie wirklich mit Michael abgeschlossen hat. Aber sie bleibt still. „Äh... was hast du gesagt?" Camille ist zu sehr mit der Situation ihrer Freundin beschäftigt, als dass sie weiter auf Sebastian geachtet hätte. Nun sieht sie ihn lächelnd an. „Ich wollte fragen, ob ihr Lust habt, mit uns heute ins Kino zu gehen! Mittwoch ist Kinonachmittag in der Schule!" „Was läuft?" Sebastian zuckt die Achseln. Er hat keine Ahnung. Eigentlich wollte er sie nach dem gewählten Freifach fragen, aber das Kino Date ist ihm spontan über die Lippen gekommen. ...und er will mit Camille etwas unternehmen. Ihr Lächeln betört ihn. Camille dreht sich nach Emilie um und sieht sie fragend an. Sie nicken sich zögernd zu und Camille antwortet für sie beide. „Okay, machen wir!" „Dann kommt mit! Der Film fängt gleich an." Emilie geht neben Michael einher. Er wollte schon nach ihr greifen und bemerkt ihr Zurückzucken. Er zieht sich ebenfalls zurück und versucht ihr nicht mehr zu nahe zu kommen. Auch Sebastian hütet sich davor, dass er Camille zu nahe kommt.

Sie schaffen es gerade noch, bevor das Licht im Saal gedimmt wird. Sie sitzen ganz hinten. Die Mädels in der Mitte und die Brüder links und rechts von ihnen. Michael und Sebastian stöhnen verhalten auf, als sie merken, dass sie in einem Liebesfilm gelandet sind. Sie haben sich noch gewundert, dass so viele Plätze frei sind. Sie sehen sich über die Köpfe der Mädchen verzweifelt an und resignieren achselzuckend über ihr Pech. Sie haben nun Zeit ihre jeweiligen Sitznachbarinnen zu beobachten, was sie auch ausgiebig tun. Als Emilie anfängt zu schniefen, nimmt Michael ihre Hand und drückt sie kurz, damit sie weiß, dass sie nicht alleine ist. Ohne zu ihm hinauf zu schauen, nimmt sie die tröstliche Geste an und klammert sich irgendwann fester in seine Hand. Mit der anderen Hand tupft sie immer öfter ihre Tränchen aus den Augen, bis Michael schließlich den Arm über ihre Lehne legt und sie sich an seine Schulter kuscheln kann. Camille bleibt von dem Liebesfilm unberührt. Sie vergießt keine Tränen und sie ist insgesamt froh, als zum Ende der Kuss gezeigt wird. Sie erhebt sich auch als Erste und sieht Sebastian auffordernd an. „Gehen wir?" Sebastian springt erleichtert auf. Er verliert kurz das Gleichgewicht und hält Camille instinktiv schützend fest an sich gepresst, nicht dass er sie mit seinem Körper umstößt. Er gibt sie sofort frei. Lächelnd blickt er sie an und ist entzückt über ihr errötendes Gesicht. Michael und Emilie sind nicht so schnell. Sie haben noch den Abspann des Filmes über sich ergehen lassen und beobachten die kurze Interaktion der beiden anderen. Dann löst sich Emilie etwas verlegen von Michael und steht auf. Kurz zupft sie an ihrem T-Shirt und blickt sich nach Michael um. Er hat sie neugierig beobachtet und steht schließlich seufzend auf. Er streckt sich kurz nach oben und bemerkt innerlich grinsend, dass Emilie ihn verstohlen und bewundernd zusieht.

„Was machen wir jetzt?" Sebastian sieht sie alle an. „Wir könnten noch in die Schulbar gehen und etwas trinken? Was sagt ihr dazu?" Er sieht vor allem die Mädels an und freut sich, dass sie noch nicht in ihre Zimmer gehen wollen. „Kommt mit!" Emilie und Camille sind neugierig. Von der Schulbar haben sie noch nichts gehört. Sie folgen den Jungs und staunen über die ansprechend schummrig beleuchtete Bar. „Hallo Florian! Nora!" „Seb, Micha! Setzt euch zu uns! Wir haben noch genug Platz!" „Wollt ihr?" Emilie nickt. Sie rücken alle zusammen. Michael liest die Karte mit den alkoholfreien Drinks vor und geht mit der Bestellung des Tisches an die Bar. Bedienung gibt es keine. „Es sieht toll hier aus!" „Ja, die Bar ist neu! Voriges Jahr wurde sie eingerichtet. Sie ist echt eine Bereicherung. Wart ihr im Kino?" „Ja. Wir haben einen alten Liebesfilm gesehen." Florian sieht seine Brüder an und grinst. Was die alles auf sich nehmen, wenn sie etwas wollen. Außerdem wundert er sich, dass Emilie wieder im Spiel ist. Er dachte, dass es vorbei wäre. Trotzdem freut er sich, dass seine Brüder sich mit Mädchen verabreden. Heute beim Frühstück ist ihm die Vorstellung mit Malika und Calina echt auf den Sack gegangen! „War der Film schön?" Nora sieht Emilie an. „Ja! …und sooo traurig! Ich habe geheult." Nora ist ein absoluter Fan von solchen Liebesfilmen. Aber sie hat Pech. Florian hat einmal mit ihr einen traurigen Liebesfilm angeschaut und seither nie mehr wieder. „Es war ein Alptraum!", hat er gesagt. „Also ich fand ihn echt langweilig. Ich bin mehr für Action!" Camilles Augen leuchten. Sebastian beugt sich zu ihr. „Ganz mein Geschmack! Der nächste Film wird dir gefallen!" Sie grinst ihn an und freut sich auf den nächsten Kinonachmittag mit Sebastian. Spontan gibt sie ihm einen Kuss auf die Wange. Erfreut über die unerwartete süße Reaktion legt er einen Arm über ihre Schulter und zieht sie an sich ... und sie lässt es sich, an ihn schmiegend gefallen. Der Abend ist insgesamt für alle sehr entspannt. Auch Emilie lässt sich den Arm hinter sich gefallen. Zu später Stunde bläst Florian zum Aufbruch. Sie sind allesamt müde. Sie müssen in ihre Zimmer, wenn sie keine Strafe aufgebrummt bekommen möchten. Sebastian und Michael begleiten ihre Dates zu ihren Zimmern und treffen sich äußerst zufrieden in ihren eigenen vier Wänden. „Das war einfach Klasse heute!" Sie klatschen zu einem High Five.

Auch Emilie ist wieder glücklich. Michael war nicht so besitzergreifend wie anfangs. Heute ist er wie ein Gentleman zu ihr gewesen. Sie hat sich wohl gefühlt in seinen Armen und er hat sich mit einem Küsschen auf ihrer Wange verabschiedet. Lächelnd schläft sie schließlich ein. Camille hingegen zieht es ganz deutlich zu Sebastian. Sie hat ihn genau beobachtet. Sie will nicht mehr in Verlegenheit kommen, die Jungs zu verwechseln! Sie hat gesehen, dass ihr Kerl ein Muttermal am Kinn hat. Schwach, fast nicht zu sehen, aber es war da. Bei Michael hat sie keines erkennen können. Sebastian hat sich erkennbar zurückgehalten. Sie rechnet es ihm hoch an. Als er sie im Kinosaal fest an sich gedrückt hat, weil er dachte, dass er sie umstoßen würde, hat sie ein Kribbeln im Bauch gespürt. Huch... Sie fächelt sich Luft zu. ...und sie haben sich zum Abschied geküsst. Camille liegt schwärmerisch im Bett und wünscht sich, dass Sebastian hier wäre und sie wieder küsst. Michael und Sebastian sind zufrieden mit dem Date. Sie wollen es langsam angehen. Auch Michael ist sich bewusst, dass er vielleicht zu besitzergreifend war und seine Emilie überrannt hat. Emilie ist neu in die Schule gekommen und braucht ihre eigene Zeit sich einzugewöhnen.

Holzfäller

Heute fängt das Freifach Holzfäller an. Die Brüder müssen daran teilnehmen, weil sie sich angemeldet haben. Seufzend begeben sie sich ins Freie zu dem Standort. Sie wollen viel lieber mit den Mädels abhängen. „Hallo Jungs! Ich bin begeistert, dass sich heuer so viele angemeldet haben!" Vladimir steht vor der Gruppe Freiwilliger. Er sieht sie der Reihe nach an. „Nachdem dieser Sport voriges Jahr ausgefallen ist, müssen wir heuer doppelte Arbeit leisten. Ihr wisst, dass das Gebäude der Schule vorwiegend von unseren gefällten Holzscheiten beheizt wird? Nachdem ein Jahr ausgefallen ist, ist der Holzschuppen leer." Vladimir macht eine kleine Pause. „Trinkflaschen werden heuer zur Verfügung gestellt. Ihr braucht euch nur zu bedienen. Ansonsten können wir loslegen. Ich werde eine kurze Unterweisung geben und mich dann den jüngeren Brüdern Jackson widmen, weil sie heuer das erste Mal mit dabei sind. Also los geht's Jungs. Ran an die Beile!" Vladimir hebt die Faust mit einem Kriegsschrei, um die Burschen vor ihm zu motivieren und es gelingt ihm. Sie tun es ihm gleich. Sebastian und Michael lernen schnell. Im Gegensatz zu ihrem Bruder Florian, haben sie nichts gegen harte Arbeit. Sie lieben es sogar, sich zu vorausgaben. Vladimir schaut ihnen zufrieden zu. Dann nimmt er auch das Beil und begibt sich auf seinen Platz. Immer wieder beobachtet er den einen, oder anderen Jungen. Hochkonzentriert schlägern die Jungs die Holzklötze, bis der erste schwitzend inne hält und sich Wasser aus der Flasche in den Mund schüttet. Das stetige Klopfen von Beil auf das Holz hat einige Schülerinnen angelockt. Sie gesellen sich zu Anastassja, die immer schon zugeschaut hat, weil ihr Freund Alexander ebenfalls in Holzfäller dabei ist. Auch Emilie und Camille kommen dazu. Sie waren joggen und sind zufällig vorbei gekommen. Schwitzend setzen sie sich auf einen Stamm inmitten der anderen Mädels. Sie sind auch neugierig. Sie erkennen Sebastian und Michael unter ihnen. Sie tuscheln und kichern. „Das sieht aber geil aus, nicht wahr?" „Ja, sieh nur! Jetzt

zieht er sein T-Shirt aus! Mein Gott, er hat ein Sixpack…
und sie sind total verschwitzt… Sie sehen echt klasse aus…
Oh mein Gott!" Camille ist ganz hingerissen von Sebastian.
Sie ist sich aber nicht sicher, ob er es ist. Aber da beide
Brüder völlig ident sind, ist es egal. Das Sixpack haben
beide! Die Sonne scheint warm auf den Platz herab. So ist es
nicht verwunderlich, dass bald alle Holzfäller ihre
Oberkörper freimachen. Die Zuschauerinnen werden immer
mehr. Getuschel und Gekicher wird immer lauter.

Michael hat Sebastian auf ihre beiden Mädels aufmerksam
gemacht. Sebastian nickt und posiert beim Wasser trinken.
Seine Armmuskeln und Schultermuskeln ändern sich
sichtbar bei jeder Bewegung. Er weiß es und blickt grinsend
zum weiblichen Publikum. Er löst eine merkliche Unruhe
aus. Die Mädchen fangen an, an sich hinunter zu sehen, ob
das T-Shirt richtig sitzt und streifen es glatt und heben so ihre
Brüste nach oben. Sie kämmen sich schnell durch die Haare.
Es muss alles perfekt sein! Verwegene Mädels lecken
provokant die Lippen, oder kringeln neckisch eine
Haarsträhne um ihren Zeigefinger. Camille und Emilie
ergeht es nicht anders. Sie sitzen mit großen Augen da und
genießen das Schauspiel. „Gefällt es euch?" Anastassja hat
die beiden Mädchen entdeckt. Camille nickt mit wippenden
Haar Zopf. „Ja, natürlich. Wem würde DAS nicht gefallen?"
Anastassja lacht. „Ja da hast du wohl Recht!" Sie sieht auf
die Uhr. Nicht mehr lange und das grandiose Schauspiel ist
vorbei. „Jungs, wir sind fertig. Legt die Beile weg! Wir
müssen noch das Holz in den Schuppen bringen und stapeln!
Nehmt die Leiterwägen dafür!" Aleksej, Alexander und
Michael nehmen sich je einen Leiterwagen und fahren sie
auch voll beladen in Richtung Schuppen. Die Jungs werden
wie bei einer Zeremonie von den Zuschauerinnen vom Platz
begleitet. Vor dem Schuppen verliert sich die Menge
allmählich, da die Jungs drinnen sind und sie draußen. Also
gibt es nichts mehr zu gaffen! Einzig Anastassja, Emilie und
Camille vertreiben sich die Zeit in der Sonne. „Wollt Ihr
meinen Gemüsegarten sehen?" Anastassja geht ihnen
voraus. „Den Garten habe ich ganz alleine angelegt. Als ich
in die Schule gekommen bin, habe ich den Direktor gefragt,
ob ich das machen darf. Seht mal, das Wintergemüse fängt

schon an zu sprießen!" Camille und Emilie sind neugierig und schreiten die Beete ab. „Wenn ihr wollt, könnt ihr mir helfen! Besonders im Frühjahr habe ich sehr viel zu tun!" „Das ist ja toll! Das mache ich gerne!" Camille ist ganz begeistert. Auch Emilie will helfen. „Vielleicht könnt ihr sogar den Garten übernehmen, wenn ich nicht mehr hier bin?" Anastassja sieht wehmütig in die Zukunft. Sie hat nur mehr dieses und nächstes Jahr. Dann sind die Prüfungen und sie muss hier wieder ausziehen.

„Hi." Alexander weiß, dass Anastassja ohne ihn nicht weit sein kann. Als er sie nicht in der Nähe des Schuppens gesehen hat, wusste er, dass sie in ihren Garten gegangen ist. Das macht sie öfters. Im Schlepptau hat er Sebastian und Michael. Camille und Emilie sind auf einmal schüchtern geworden. Es ist ihnen peinlich, dass sie so auf die nackten Männer reagiert haben. Zu wissen, wie sie unter den T-Shirts aussehen, lässt sie rot werden. Michael stellt sich seitlich ganz nah an Emilie. Er kann gar nicht anders. Ihre verschwitzen braunen Locken, die mit einem Band zusammen gehalten werden faszinieren ihn. Ihr Body ist zierlich, aber wohlgeformt. Die farbenfrohen engen Sportpants und das schwarze Bandeau lassen seiner Fantasie nichts mehr übrig. Er muss sie berühren und legt locker einen Arm um ihre Schulter. Sie zuckt zusammen. Aber er zieht sie zu sich. Zögerlich legt sie ihren Arm um seine Taille. Behaglich mit dem Ergebnis, hören sie Anastassja zu, wie sie eifrig Camille einige Pflanzen in ihrem Garten zeigt. „Kommt, wir gehen hinein. Es wird kalt. Ich gehe duschen!" Sebastian bläst bald zum Aufbruch. Tatsächlich steht die wärmende Sonne tiefer am Horizont. Camille kommt, mit vor dem Körper verschränkten Armen, auf Sebastian zu. Er flüstert ihr frech ins Ohr: „Lust auf eine Dusche?" Sie sieht ihn verdattert an und wird flammend rot. Sie schüttelt energisch den Kopf. „Nein!" Sebastian lacht. Er hat auch nicht damit gerechnet. Aber er war doch neugierig, wie sie reagieren würde. Gut gelaunt legt er einen Arm um sie, um sie etwas vor der kühlen Luft zu wärmen und bringt sie bis vor ihre Zimmertür.

Sturz in die Tiefe

Michael versteht nicht, dass sich Emilie und Camille zum Essen nicht zu ihnen setzen wollen. „Wir haben genug Platz! Einzig Vladimir sitzt an unserem Tisch." Dass es gerade Vladimir ist, der Emilie unheimlich ist, will sie nicht sagen. „Ich möchte ein wenig Zeit mit meinen Mitschülerinnen haben.", meint sie. Sebastian greift seinem Bruder auf den Arm und meint beschwichtigend: „Lass sie doch! Wenn es ihr lieber ist..." Camille hätte sich gerne zu den Jungs gesetzt. Aber ihre Loyalität zu ihrer Freundin, lässt sie verstummen. Später als sie alleine sind, fragt Camille ihre Freundin: „Sag mal, warum sträubst du dich so? Wir haben Spaß mit den Jungs! Außerdem sitzt Anastassja nebenan. Sie ist so nett!" „Hast du dir Vladimir angesehen? Er sieht mich an, als könnte er in mich hineinsehen. Gruselig. Warum sitzt er eigentlich nicht am Lehrertisch?" „Das weiß ich auch nicht." Camille sieht ratlos aus. Irgendwann muss sie Anastassja fragen. Die Ältere scheint alles zu wissen.

Am Nachmittag, einige Tage später, sind die Mädels auf dem Weg zum Wald. Sie wollen sich auspowern. Mit ihren Laufpants und langärmeligen Laufshirts joggen sie langsam nebenher. „Ich habe das Gefühl, als würden wir verfolgt!" Camille sieht sich um. Aber da ist niemand. Emilie bleibt stehen und dreht sich schnell um. Überrascht keucht sie auf. „Ihr habt uns aber erschreckt!" Michael und Sebastian werden hinter einigen Bäumen sichtbar. Sie sind überzeugte Sportler. Jeden Tag joggen sie eine Runde im Wald. „Hi. Wir haben euch hier noch nie gesehen! Lauft Ihr öfters?" Michael sieht Emilie an. Sein Atem geht schnell. Aber er ist noch nicht am Limit. „Wir probieren gerade eine neue Laufstrecke." „Ihr könnt mit uns mitlaufen. Emilie sieht Michael an. Unter seinen schwarzen Laufpants sind seine Oberschenkelmuskeln stark ausgeprägt. Sein anliegendes Sportshirt definiert seine Brustmuskeln. Muskeln wohin man schaut. Sie fühlt sich plötzlich ganz schwach. „Kommt, laufen wir. Wir kühlen ab, wenn wir hier nur herumstehen."

Sebastian hat genug gesehen. Es gefällt ihm, dass die Mädels sportlich sind. Da können sie öfter etwas gemeinsam unternehmen. „Irgendwie habe ich heute schon genug und mir ist saukalt! Ich laufe wieder zur Schule und genehmige mir eine heiße Dusche! Du kannst ja mit den Jungs weiterrennen!" Camille hat schon blaue Lippen. Sebastian übernimmt die Initiative. „Ich laufe mit dir zurück. Ich habe auch keine Lust mehr heute. Wie sieht es bei euch aus?" Michael sieht Emilie fragend an. „Ich wäre schon noch gerne etwas gejoggt! Das letzte Essen drückt noch in meinem Magen!" Also laufen Michael und Emilie weiter und Sebastian kehrt mit Camille zurück zum Haus.

Michael passt sich Emilies Laufstärke an. Es ist für ihn nicht besonders schnell. Aber es gibt ihm die Möglichkeit, sie zu beobachten. Sie hat inzwischen ihre Trainingsjacke, die sie um die Hüften gebunden hatte, angezogen. Es ist wirklich empfindlich kalt geworden. „Was machst du zu Weihnachten?" „In den Ferien?" „Ja." „Ich bin auf jeden Fall zu Hause. Wir haben kleine Schwestern, die jetzt fast fünfzehn Monate alt sind. Sie sind entzückend. Da wird Weihnachten sicher lustig werden." Michaels Gesicht strahlt bei dem Gedanken an Laura und Luisa. Emilie ist über die familiäre Bindung Michaels wirklich überrascht. So hätte sie ihn nicht eingeschätzt. Er ist eher ein Draufgänger Typ. Ist das alles gespielt? „Wo bist du zu Weihnachten?" „Camille hat mich zu ihr eingeladen, weil meine Eltern heuer ausnahmsweise ans Meer fahren wollen." Emilie seufzt. „Du hast keine rechte Lust dazu, stimmt's?" „Nein!" „Wieso kommst du nicht zu uns? Ich lade dich hiermit offiziell ein, bei uns Weihnachten zu verbringen!" „Aber… Michael pass auf!"

Michael stolpert über eine Wurzel, die er nicht gesehen hat. Sein Körper versucht auszubalancieren und rutscht mit dem anderen Schuh über das feuchte Laub. Zu seinem Pech verdeckt das Laub den Beginn eines Abhanges. Er schlittert davon. Er hat keine Chance sich irgendwo festzuhalten. Da ist kein Ast, oder sonst irgendetwas, was sein Gewicht hält. Emilie erwischt sein Shirt und zerrt daran. Sie versucht auf dem rutschigen Laub Halt zu finden und stemmt sich mit den

Haken konzentriert in den Boden. Sein Ärmel zerreißt und sie krallt sich mit ihren kleinen Fingern in seine Brust. Aber der Körper des großen Burschen ist zu schwer für sie und schleift sie langsam aber sicher mit in den Abgrund. Sie schreit gepeinigt auf. „Michael!" „Emilie! Zurück! Lass los!" Aber es ist zu spät... Sie fallen... Sie stürzen beide nebeneinander den steilen Abhang hinunter. Emilie schreit und schreit. Sie rollt wie ein Ball. Sie hat keine Aussicht sich irgendwo festzuhalten. Sie verfehlt jede Wurzel, die in greifbare Nähe scheint. Immer wieder stechen spitze Ästchen und Steine in ihren Körper, oder schürfen ihre Haut auf. Irgendwann sind ihre erschütterten Schreie verstummt. Michael versucht verzweifelt, hier und da, sich krampfhaft an einem kleinen Ast, oder an einer Wurzel abzufangen, aber er hat aufgrund seines enormen Körpergewichts keine Chance. Er reißt all die Äste mit sich. Seine Haut schürft sich an spitzen Wurzeln, Ästen und Steinen auf. Er rollt neben Emilie hinunter und wird schneller, als er keine Gelegenheit mehr findet, nach irgendetwas zu greifen. Dann prallt er auf Gestein auf. Ein heftiger Schmerz durchfährt ihn und er stürzt mit einem Salto über den harten moosigen Untergrund und kommt hart auf nassem Laub zu liegen. Kurz hat er noch ihr Schreien gehört. Dann wird es finster um ihn. Emilie schlägt kurz darauf, nahe seines Körpers, auf dem Boden auf. Sie schliddert noch etwas weiter auf ihn zu und stößt schließlich mit dem Kopf auf Michaels Brustkorb. Sie hat den Aufprall am Fuße des Abgrunds nicht mehr gespürt. Sie ist schon ohnmächtig gelandet.

Sebastian und Camille sind schon lange in ihren Zimmern. Wo bleiben Michael und Emilie? Sebastian geht zu Emilies Zimmer und klopft an. Sie ist nicht da. Bei Camille ist sie auch nicht. „Sie müssten schon längst wieder hier sein!" Camille, längst im Pyjama, zieht sich schnell um. Sie will mit Sebastian auf die Suche gehen. Er wählt inzwischen schon zum x-ten Male die Nummer Michaels an. Mailbox. Die Mailbox läuft auch bei Emilie an. Er sieht besorgt zu den großen Fensterfronten der Schule. Es wird finster. Sicher ist es schon eiskalt draußen. Er geht nebenan zu Aleksej. Er wollte heute noch mit Michael bei Aleksej eine Runde Pokern. „Ist Michael bei euch gewesen?" „Nein! Wir warten schon! Wir wollten doch pokern!" Sein Ton ist vorwurfsvoll. „Ich weiß. Aber Michael und Emilie sind vom Joggen nicht nach Hause gekommen." Sebastian macht sich große Sorgen. Es wird doch nichts passiert sein? Er hat ein ungutes Gefühl. Florian, der auch da ist, zückt sein Handy, aber Sebastian winkt ab. „Er geht nicht an sein Handy!" „Wir müssen uns auf die Suche machen!" „Nehmt Vladimir mit! Er kennt den Wald wie seine Westentasche!", meint Aleksej und ruft Vladimir an. „Ich komme!" Er hat nicht einmal zehn Minuten gebraucht. „Was ist genau passiert? Wie ist der Stand der Dinge?" Vladimir ist krisensicher. Er ist dafür ausgebildet. Er hat voriges Jahr die Zwillinge Aleksej und Anastassja erfolgreich aus den Fängen von Entführern gerettet. Nun sieht er Sebastian an. Viel kann der Junge nicht erzählen. Sebastian steht unter Schock. Sein Bruder ist vielleicht tot! Tausende wirre Gedanken geistern in seinem Kopf herum. Ihm wird schlecht. „Sebastian! Denk nach! Wir brauchen jede kleine Information, die du hast!" Vladimir sieht ihn streng an. Plötzlich zerrt er ihn auf die Toilette. Sebastian muss sich übergeben. Vladimir hält ihn danach kurz unter den Wasserhahn. „Mann, lass mich los! Was soll das?" Er schüttelt sich. Das Wasser war kalt, aber er ist wieder bei sich und bereit für Vladimirs Fragen.

„Camille, du bleibst bei Anastassja! Jungs, ihr helft mir bei der Suche! Zieht euch warm an. Es kann lange dauern. Wir brauchen Taschenlampen. Habt ihr welche? Ich kann zwei, oder drei Lampen besorgen. Alles klar? Los jetzt, wir treffen uns wieder hier!"

Michael kommt als erster zu sich. Stöhnend greift er sich an den pochenden Schädel. Ein Gewicht drückt ihn auf den Boden. Er tastet danach. Ein menschlicher Körper! Lange mit Laub verklebte Haare. Er tastet weiter. Emilie! Er bleibt einige Augenblicke ruhig und macht Bestandsaufnahme seines Zustandes. Ihm ist scheißkalt! Pochender Schädel. Ein heftiger Schmerz zieht über seine Hüften. Hat er sich was gebrochen? Er versucht seine Zehen zu bewegen. Er spürt sie noch. Aber er friert. Er versucht vorsichtig den Körper über ihm zu schütteln. „Emilie!" Ein leises Stöhnen antwortet ihm. „Emilie!" Sie dreht äußerst langsam den Kopf zu seinem Gesicht. „Michael! Oh mein Gott! Mein Kopf! …wo …wo sind wir?" Emilie bebt am ganzen Leib. „Mir ist kalt!" „Ich… ich… weiß. Tut dir was weh?" „Mir… mir… tut alles weh, als… hätte mich jemand… verprügelt!", jammert sie leise zitternd. „Ich… ich meine, kannst du aufstehen? Versuche… es!" Er kann vor Schmerzen fast nicht sprechen. Sein Körper bibbert vor Kälte. Er legt sich wieder zurück, in der Hoffnung, dass es aufhört. Vergebens… es ändert nichts an der Folter. Sie stemmt sich mühsam von ihm runter. Michael reißt sich zusammen, aber der gequälte Schrei ist nicht aufzuhalten. Das tut weh! Mit seinen Hüften stimmt etwas nicht! „Bitte geh von meinen Hüften runter! Ah… Scheiße!" Sie liegt erschöpft von der Anstrengung, von ihm runterzurutschen, auf dem Bauch am Boden. Den Kopf zur Seite gelegt, starrt Emilie ihn entsetzt an. Sie stößt einen erstickten Laut aus. „Was hast du?", ächzt Michael. „Deine Hüften… Sie sind irgendwie verschoben. Der Knochen steht ab!" „Ich weiß. Ich kann mich nicht bewegen! Kannst du gehen?" „Ich versuche es." Sie versucht sich aufzustemmen. Es ist fast aussichtslos. Ihre Beine sind wie Wackelpudding. Ihr ganzer Körper ist ein einziger Wackelpudding. Die Beine wollen sie nicht tragen. Sie fällt wieder in sich zusammen und zieht sich über die kurze Strecke zu Michael zurück. Emilie weint. „Hey! Wir schaffen das!" Michael weiß nur noch nicht wie. „Mir… mir ist kalt!" „Komm her, wir… wir werden uns… gegenseitig wärmen." „Aber du… du bist verletzt!" „Komm schon!" Sie kommt näher und er legt ihr mühsam seine schlappen Arme um sie und reibt sachte den Rücken. Er knirscht mit den Zähnen und ignoriert weitgehendst seine Schmerzen. Sie versucht ihre Arme um seinen Rücken zu legen und hofft, dass sie sich so warmhalten können, bis Hilfe kommt. Immer wieder rubbelt sie, aber es hilft nicht viel. Sie fangen an, nach Hilfe zu schreien. Zuerst schreit er, dann sie. Sie wechseln sich ab. Aber es scheint keine Hilfe in Aussicht zu sein.

Vladimir kommt mit einer dicken Seilrolle, quer um seinen Körper geschlungen, zurück. Die Taschenlampen hat er in einen Rucksack gepackt. „Hört her! Wir werden uns in zwei Gruppen aufteilen und wir geben alle zehn Minuten mit dem Handy ein Signal, damit wir sicher sein können, dass niemandem etwas passiert ist. Florian, du gehst mit deinem Bruder und Aleksej geht mit mir. Vergesst nicht… alle zehn Minuten ein Signal und ein Anruf mit dem Handy, wenn wir sie gefunden haben! Los!" Camille bleibt bei Anastassja. Sie zittert am ganzen Körper vor Angst. „Glaub mir, es wird alles gut." Anastassja hat die weinende Camille in den Arm genommen. Innerlich zerreißt es sie fast vor Sorge.

Vladimir geht voran. Im Wald teilen sie sich auf. „Aleksej wir suchen beim Abhang. Vielleicht sind sie gestürzt und kommen nicht mehr hoch. Kannst du dich noch an Nora erinnern?" Aleksejs Miene verfinstert sich. Er kann sich noch sehr lebhaft daran erinnern! Sie laufen los.

Michael und Emilie zittern am ganzen Körper. Michael kann sich, aufgrund der verletzten Hüfte, nicht rühren. Jede Bewegung wird zur Qual. Emile ist in einem Schockzustand, der sie fest im Griff hat. Sie sind schon sehr schwach. Flüssigkeitsmangel, Schock und Kälte lassen sie nicht mehr lange durchhalten. Emilie schließt als erste erschöpft die Augen. „Ni… cht… ein…schl… afen!" Michael ist nicht mehr Herr seiner Stimme. Emilie sackt weg. Sie ist bewusstlos geworden. Ihr Puls ist sehr schwach. Auch er will die Augen kurz schließen. Er hofft auf ein Wunder und driftet weg. Es dauert viel zu lange, bis sie gefunden werden… Sie hören die Stimmen oben nicht mehr. „Sie sind da unten! Michael! Emilie! Sie hören uns nicht! Ruf die anderen an, sie sollen sofort hierher kommen!" Vladimir leuchtet mit dem starken Scheinwerfer seiner Lampe nach unten. Er sieht etwas Buntes, aber er kann nicht konkret erkennen, ob es Laub ist, oder etwas anderes. Aber instinktiv weiß er, dass die beiden dort unten sein müssen! Er dreht sich im Kreise. Er versucht einen massiven Baumstamm auszumachen, wo er das Seil befestigen kann. Er muss da runter! Er trifft gerade die Vorbereitungen, als Sebastian und Florian am Tatort eintreffen. „Wo sind sie!" „Da unten!" Florian erblasst. Er war schon da unten. Wenn die beiden da unten sind, haben sie keine Chance alleine wieder hoch zu kommen! „Hört mir gut zu! Ich gehe da hinunter! Ich habe eine Decke mit. Sie sind sicher erkaltet. Sebastian und Aleksej, ihr beide lauft zum Haus und alarmiert Dr.

Schiwago! Erzählt ihm alles und er wird wissen, was weiter zu geschehen hat. Florian du bleibst hier, falls ich etwas brauche. Alles klar? Los!" Vladimir ist ein geübter Bergsteiger. Er schlingt sich das Seil profimäßig um sich und beginnt mit dem Abstieg. Das Seil, das um den nahe stehenden Baum gebunden ist, spannt sich. Florian leuchtet die Umgebung aus und findet ein Handy. Es ist Emilies Handy. Er steckt es ein. Vladimir steigt vorsichtig, Schritt für Schritt, den steilen Abhang hinunter. Keuchend landet er sicher auf dem ebenen Boden, der mit nassem Laub bedeckt ist. Er schaltet die Lampe höher ein und leuchtet seine Umgebung ab. Da vorne!

Schnell rennt er auf die leblos liegenden Schüler hin. Michael liegt mit dem Rücken auf dem kalten Boden und Emilie auf seinem Brustkorb. Die Arme des jungen Mannes sind scheinbar fest um ihren Rücken gekrallt. Sie rühren sich nicht mehr. Vladimir fühlt den Puls beider, wie leblos daliegenden Leiber. Der Puls ist schwach, aber noch fühlbar! Er kramt in seinem Rucksack nach Aktivkohlewärmer, aktiviert sie und legt sie auf verschiedenen Körperstellen auf. Dann wickelt er sie beide fest in Wolldecken und zieht noch Alufolie aus seinem Gepäck, um sie trocken zu halten. Er setzt sich daneben und ruft Florian an. „Ja? Hast du sie?" „Ja, sie sind gerade noch am Leben! Warte bis Dr. Schiwago kommt. Sag ihm Bescheid. Er wird alles Nötige veranlassen." Florian ist geschockt. Sein Bruder darf nicht sterben! Aleksej und Sebastian treffen mit Dr. Schiwago ein. „Ich habe die Bergrettung angefordert. Sie wird bald hier sein.", keucht er. In diesem Moment hören sie schon den Hubschrauber, der bei der Schule landen wird können. Florian klärt seinen Bruder auf und stützt ihn vorsichtshalber. „Komm setzt dich hierhin!" Sebastian ist froh, dass er nichts zu tun hat. Sein Zwillingsbruder lebt so gerade noch! Die Leute von der Bergrettung kommen mit den nötigen Utensilien an den Tatort. Hinter ihnen läuft keuchend und aus den Lungen pfeifend, Dr. Kokoff nach. Besorgt erkundigt er sich bei den neben ihnen stehenden Jungs. Viel erfährt er natürlich nicht. Die Rettung beginnt…

Ein Mann lässt sich mit einer provisorisch aufgestellten Seilwinde hinab. Eine Trage wird mit der zweiten Seilwinde hinuntergelassen. Vladimir leuchtet mit seinem Scheinwerfer nach dem Rettungsmann. Er ist froh, dass sie da sind. Er ist sich nicht einmal sicher, ob die Verletzten Überlebenschancen haben! Sie liegen schon seit Stunden hier unten in der Kälte. „Hallo, mein Name ist Heiko. Ich bin Notarzt und ausgebildeter Bergretter. Wo sind die Verletzten?" Heiko eilt in die vorgegebene Richtung und kniet nahe der Verletzten nieder, nimmt seinen Rucksack nach vorne und holt einen kleinen Arztkoffer hervor. Vladimir schält die Bewusstlosen aus der Vermummung und legt sie vorsichtig nebeneinander vor Heiko hin. Stumm untersucht er sie und spritzt den Verletzten je eine Injektion in den Arm. Vladimir nimmt inzwischen die erste Trage entgegen. „Wen werden wir als erste hochholen?" „Das Mädchen!" Sie heben es gemeinsam an den Beinen und den Schultern hoch und legen es in die Trage. Sie zurren es mit den Gurten fest und ziehen an den Seilen. Heiko spricht in sein Funkgerät, dass das Mädchen transportgesichert ist. Dann verschwindet Emilie in der Finsternis. „Der junge Mann hat eine Fraktur an der Hüfte. Sieht schlimm aus." Vladimir nickt. Er hat es schon vermutet. Der Knochen scheint aus der Haut fahren zu wollen. Vladimir holt die zweite Trage, die inzwischen unten angekommen ist. Bald ist Michael oben bei den anderen und wird umgehend aus dem Wald zum Hubschrauber gebracht. Die restlichen Bergretter ziehen Heiko und Vladimir aus der Tiefe. Der Pilot des Hubschraubers hat nur mehr auf Heiko gewartet und hebt mit ihm an Bord ab.

Der ultimative Schmerz

Sebastian ist am Boden zerstört. Weinend und seinen Schmerz laut heraus schreiend, liegt er in Florians Armen. Sein Körper zittert unkontrolliert. Florian drückt ihn hilflos an sich. Selbst er weint heftig, wobei er sich nicht mehr zurückhält. Immer wieder wiegt er sich mit seinem Bruder hin und her. Wieviel kann er noch aushalten?! Michael… Vladimir bückt sich zu dem geballten Haufen Elend hinunter. Kurz teilt er den Schmerz der beiden Jungs und drückt sie eine Zeit lang teilnahmsvoll fest an sich. „Kommt, steht auf! Hier ist es zu kalt! Wir gehen jetzt hinein und duschen heiß. Dann fahren wir in das Krankenhaus." Camille springt auf. „Habt Ihr sie gefunden? Wo sind sie? Emilie!" „Wir haben sie gefunden! Aber…", er schluckt. „Aber?!!!" Camille schüttelt den drei Jahre älteren Jungen fest am Arm. Anastassja steht ängstlich hinter Camille. „Aleksej! Was ist mit Emilie und Michael! Sag es uns!" Gehetzt sieht er die beiden Mädchen an. „Sie… sie… sind sehr schwach! Sie sind bewusstlos mit dem Hubschrauber ins Krankenhaus gebracht worden. Der Notarzt hat uns nichts sagen können!" Seine Tränen fließen jetzt ungehindert. Mit geröteten Augen sieht er sie an. Anastassja schlägt erschrocken die Hand auf den Mund. „Michael!" Er ist immer ein guter Freund für sie gewesen. Alleine der Gedanke, was jetzt Sebastian sein Zwillingsbruder durchmachen muss, ist unfassbar! „Wo sind Sebastian… und Florian?" „Vladimir kümmert sich um sie und bringt sie ins Krankenhaus!

Vladimir steht fertig geduscht und angezogen in der Tür zum Duschraum. Er hat die Brüder Sebastian und Florian kaum mehr aus den Augen gelassen. Verhärmt und starr stehen sie unter dem heißen Duschstrahl. Sie rühren sich nicht. Sie lassen einfach nur das heiße Wasser über ihre nackten Körper rinnen. Ihre Arme hängen nutzlos an ihren Körpern herab. Ihre, in kurzer Zeit, scheinbar erloschenen Gesichter sind dem Wasserstrahl entgegengestreckt. Die Augen vergrämt geschlossen, stehen sie schweigsam da. Hin und wieder wimmert Sebastian auf. Auch Florians Tränen laufen ungehemmt über sein Gesicht. Vladimir lässt sie eine Weile so stehen. Dann dreht er den Wasserhahn ab und führt sie an der Hand hinaus. Er reicht ihnen die Handtücher und bequeme Kleidung. „Kommt Jungs! Reißt euch am Riemen! Wir müssen los!" Er sieht sie an. Dann holt er aus und verabreicht ihnen jeweils einen leichten Schlag ins Gesicht. Sie reagieren nicht einmal empört. Sie sehen ihn einfach nur verloren an, stehen auf und folgen ihm lethargisch. Bald sitzen sie in einem Taxi. Valdimir telefoniert unterwegs mit Dr. Kokoff, der ihm zusichert, dass er die Eltern beider Kinder informiert hat. Diese seien schon unterwegs. Vladimir ist froh, dass ihm diese Last abgenommen wurde. Die beiden Jackson Brüder laugen ihn mental völlig aus. Endlich beim Krankenhaus angekommen, springen die Brüder aus dem Jeep Vladimirs, als hätte jemand einen Knopf gedrückt. Sie laufen zum Portier und werden weitergeleitet. Vladimir geht ihnen gemäßigten Schrittes nach. Er erfährt früh genug, wie es um die Verletzten steht. Im Warteraum hat er sie eingeholt. Aleksej, Anastassja und Camille sehen ihm traurig, aber gefasst entgegen. „Michael ist im OP. Emilie ist im Schockraum. Wir warten schon über eine Stunde!" Sebastian und Florian sind wieder still geworden. Sie sitzen nebeneinander auf den Stühlen, den Oberkörper nach vorne gebeugt, die Ellbogen auf den Knien und ihren Kopf mit den Händen abgestützt. Sebastian wimmert immer wieder auf. Aleksej kommt zu ihm. „Seb kann ich dich sprechen?" Sebastian sieht ihn mit leerem Blick an. Das Gesicht aschfahl, folgt er Aleksej apathisch nach draußen. Aleksej druckst herum. Immer wieder setzt er zum Sprechen an. „Ich… weiß nicht, wie ich es dir sagen soll. Lach mich nicht aus!" Sebastian sieht ihn nur ausdruckslos an. „Also… ja… du weißt ja, dass wir Tante Olga hatten. Hat Florian von ihr erzählt?" Sebastian starrt ihn immer noch leer an, bis er schließlich doch nickt. „Also… äh… ja… Tante Olga hat mir da etwas gezeigt. Etwas was mir bei Anastassja geholfen hat. Vielleicht hilft es dir auch?" Aleksej sieht sein Gegenüber zweifelnd an. „Hörst du mir überhaupt zu?" „Ja…" „Du weißt ja, dass Anastassja etwas eigen ist, nicht wahr? Sie hatte früher ständig Alpträume und da hat mir Tante Olga eine Technik gezeigt, die ich bei ihr anwenden kann. Es ist komisch, aber es wirkt. Ich habe es sogar einmal bei Vladimir angewendet. Glaub mir es war megapeinlich." „Was willst du? Sag schon!" Sebastian wird ungeduldig. Er muss wieder hinein. Wenn Michael aufwacht und er ist nicht da? „Tante Olga meint, weil ich und Anastassja Zwillinge seien, haben wir eine besondere Verbindung zueinander und so... Sie hat mir Techniken gezeigt, wie ich meine Schwester wieder aus den Alpträumen holen kann. Es klappt wirklich." „Schön für dich! Glaubst du, es kann Michael damit gesund machen?!" Sebastian schreit es fast. Aleksej verstummt. Dieser Schmerz in dem Gesicht des Freundes, lässt ihn verzweifeln.

„Setz Dich!" Aleksej drückt den viel größeren und kräftigeren Sebastian auf den neben ihm stehenden Stuhl. Verdattert lässt er es sich gefallen und sieht zu dem Älteren hinauf. „Mach die Augen zu und lass dich fallen. Denk an nichts!" Er legt seine Hände links und rechts an den Kopf Sebastians. Er will erreichen, dass er sich besser fühlen kann. Er grübelt, was er ihm suggerieren soll. Camille! Ja, Camille hat ihn geküsst! Sie waren doch gemeinsam im Kino. Sie sind in die Schulbar gegangen und haben viel gelacht. Er erinnert sich, als Camille bei Anastassja von ihm geschwärmt hatte. Er hat es zufällig mitangehört und sich darüber amüsiert! Währenddessen wird Sebastian merklich ruhiger. Er hat sogar mit den Mundwinkel leicht gezuckt. „...und jetzt stell dir vor, du gehst nachher da rein und der Arzt wird kommen und dir eine gute Nachricht überbringen!" Aleksej hält noch weiter seine Hände an Ort und Stelle, bis er das Gefühl hat, dass es Sebastian gut geht. Erschöpft senkt er langsam die heiß gewordenen Arme. Er hat viel Energie fließen lassen. Wie das funktioniert, ist ihm bis heute schleierhaft. Aber wenn es funktioniert, ist er dankbar dafür, dass er helfen konnte. Danke Tante Olga! Sebastian öffnet seine Augen. Sie sind klar, aber ernst. Er scheint viel gefasster zu sein. „Komm, wir sehen nach!" Aleksej legt ihm einen Arm auf die Schulter und geht schließlich voraus. Sie haben wirklich ein gutes Timing. Der Arzt kommt gerade von der gegenüberliegenden Tür.

„Meine Damen und Herren, wer ist der richtige Ansprechpartner für das Mädchen?" „Wir alle!" Vladimir tritt vor. „Ich bin Sportlehrer am Internat. Dies sind alles Freunde des Mädchens." „Also… ja… ich kann nur nächsten Angehörigen Auskunft geben!" Der junge Arzt blickt irritiert zu der Schwester neben ihn. Sie informiert ihn: „Der Direktor Dr. Kokoff hat die Erlaubnis gegeben, dass wir Vladimir Kaliko Auskunft geben dürfen!" Der Arzt nickt. „Das Mädchen Emilie wurde in einem sehr, sehr schlechten Zustand eingeliefert. Sie ist dehydriert, unterkühlt und hat tiefe Abschürfungen am ganzen Körper. Der linke Knöchel ist verstaucht. Die schlimmste Verletzung ist ein tiefer Riss quer über die Schädeldecke. Wir mussten den Riss am Kopf und die tiefen Abschürfungen nähen. Das Mädchen ist noch nicht aufgewacht. Sie wird auf der Intensiv Station beobachtet. Wann sie wieder aufwachen wird, wird sich morgen zeigen! Es tut mir leid!" Stille. Camille ist in sich zusammen gebrochen, bevor Anastassja sie aufhalten konnte. Das kleine Mädchen ist einfach so in sich zusammen geklappt. Anastassja sieht ihren Bruder an, der ihr helfen soll, Camille vom Boden auf einen Sessel zu setzen. Dann schickt sie ihn, einen Becher Wasser aus dem Spender zu holen. „Camille!" Das Mädchen liegt halb in Anastassjas Armen. Ana streichelt ihr immerfort über den Rücken, Kopf und Wangen, bis sie sich rührt. „Was… was ist passiert?" Dann erinnert sie sich. „Emilie!" „Es wird alles wieder gut!", tröstet die Ältere.

Der nächste Arzt kommt in das Zimmer. „Wer sind die nächsten Angehörigen des jungen Mannes?" Sein Blick bleibt auf Sebastian hängen. „Ihr Bruder?" Sebastian nickt. Der Arzt blickt in die Runde und sieht Camille. „Alles in Ordnung mit dir? Schwester würden sie so nett sein und nach ihr sehen?" Die Schwester eilt an die Seite Camilles. „Also… wir haben die Fraktur an der Hüfte eingerichtet. Sie muss mit künstlich eingesetzten Klammern zusammen wachsen und müssen später wieder entfernt werden. Das größere Problem ist, dass er dehydriert, extrem unterkühlt und mit Verletzungen, die uns Sorgen machen, eingeliefert wurde. Viele Quetschungen und Risse mussten wir operativ nähen. Eine Kopfverletzung drückt auf sein Kleinhirn. Die

Feinmotorik ist hier verankert. Die Heilungschance können wir noch nicht abschätzen. Jetzt müssen wir darum kämpfen, dass er bis morgen überlebt. Er wird auf der Intensiv überwacht." Sebastian und Florian sind am Boden zerstört.

Die Eltern von Michael treffen ein. „Wo ist er!" Sarah stürmt aufgelöst in das Schwesternzimmer. Noah kommt ihr hinterher. „Jackson mein Name… meine Frau!" Er zeigt auf die viel kleinere Frau neben sich. „Herr Jackson wir haben Sie schon erwartet! Kommen Sie mit mir mit." Sie führt sie entlang des Ganges. Fenster trennen sie von den Kojen der Intensiv Station. Sarah greift hilfesuchend nach ihrem Mann. „Michael!", schreit Sarah leise auf. Sie hat ihren Jungen entdeckt. „Sebastian!" Sebastian sitzt neben Michael wie ein Häufchen Elend. Aber er hört seine Mutter nicht durch das dicke Panzerglas. „Mum!" Florian kommt auf seine Mum zu und umarmt sie. Heiße Tränen fließen. Er sieht völlig abgehärmt aus. „Mein Gott! Florian, was ist passiert?!" „Michael ist mit Emilie joggen gewesen und sie sind den Abhang hinuntergestürzt. Sie sind beide bewusstlos. Mum… Dad, es sieht schlimm aus." Florian heult los. Tränen fließen jetzt in Strömen. Er steht da, als wüsste er nicht, wer oder was er ist. Er ist verloren. Seine Energie ist aufgebraucht. Seine Mutter klammert sich um die Mitte des großen Körpers ihres Sohnes. Noah steht aschfahl daneben. Er stützt sich mit einem Arm schwer auf das Panzerglas der Koje, in der sein Sohn regungslos liegt. Dann wischt er sich seine eigenen Tränen vom Gesicht. Aber es reicht nicht. Sie fließen ungehindert weiter. Hat er seinen Sohn verloren…? „Wollen Sie zu ihrem Sohn? Dann muss ich seinen Bruder aus der Koje holen. Es darf immer nur einer zu dem Patienten. Sarah nickt. Die Schwester geht hinein und blickt prüfend auf den Monitor, um nach den vitalen Funktionen zu sehen. Sie beugt sich zu Sebastian hinunter und zeigt zu Sarah durch das Glas. Er dreht sich um, nickt und steht auf. Es scheint, als wäre er um Jahre gealtert. „Oh mein Gott! Er sieht furchtbar aus! Noah!" Sebastian kommt auf seine Eltern zu. Seine Haut ist grau, seine Augen sind glanzlos. Er lässt die Umarmungen seiner Eltern regungslos über sich ergehen und bleibt schließlich mit hängenden Armen, völlig hilflos, neben seinem Dad und Florian stehen. Noah fragt die Schwester nach einem Arzt, der ihm alles erklären soll.

Inzwischen sind Emilies Eltern angekommen. „Wo ist meine Tochter!" Der Mann in einem dunklen Trenchcoat eilt seiner Frau voraus. „Herr Clodi… Frau Clodi, wir haben Sie schon erwartet! Kommen Sie mit mir!" Das Paar wird denselben Gang, wie die Jackson, entlang geführt. Gleich neben Michael, ist Emilie eingeschleust worden. „Wer ist das Mädchen bei meiner Tochter?" „Das ist eine Schülerin aus dem Internat. Sie wollte unbedingt dableiben, bis die Eltern kommen. Ich hole sie heraus, dann kann einer von ihnen zu Emilie hinein!" „Ja, tun Sie das!" „Janette gehst du zu unserer Tochter? Ich versuche einen Arzt zu finden." Der Mann ist sehr gebieterisch. „Junge Frau, wie heißen Sie?" „Ich bin Anastassja Kaminov!" Anastassja gefällt es nicht, wie sie angesprochen wird… als wäre sie eine Untergebene! Furchtbar dieser Mann! Sie beachtet ihn nicht weiter und geht mit Stolz erhobenen Kopf weg. Unterwegs trifft sie auf die Jackson und bleibt erst einmal bei ihnen.

Die Mutter ist den Tränen nahe, als sie ihre Tochter sieht. Viele Schläuche hängen aus dem Körper ihres kleinen Mädchens, verbunden mit dem Monitor oberhalb des Bettes. Der Kopf ist eingebunden. Eine Sauerstoffmaske versteckt das Gesicht fast vollkommen. Ihre Hände sind verbunden. Nichts scheint frei von Verbandsmaterial zu sein! Sie deckt vorsichtig mit ihrer Hand, die Hand ihrer Tochter ab. Emilie rührt sich einfach nicht. Kein Zucken… kein Laut… vollkommene Stille… nur das Piepsen des Monitors…

Anastassja geht hinaus. Sie sucht Aleksej. Sie steht am Beginn eines langen Ganges. Wo ist er? Sie geht weiter und zweigt nach links ab. Sie steuert auf einen Aufzug hin und drückt den Ruf Knopf. Inzwischen liest sie die Tabelle der verschiedenen Stockwerke. Irgendwo muss ja der Ausgang sein. Ah… ja… sie muss auf E drücken. Der Aufzug ist da und sie steigt ein. Aleksej wartet bestimmt schon auf sie. Aleksej kann sie nicht anrufen. Sie muss noch auf der Intensiv Station sein. Er hat keine Verbindung dorthin. Er und Vladimir warten im Entree des Krankenhauses. Sie sitzen geduldig auf der Sitzecke neben dem Portier. Sie hören das Bling des Aufzuges. Anastassja tritt heraus. Gott sei Dank! Er glaubte schon, dass er sie suchen müsste. „Hier bist du ja!" „Ja, die Eltern von Emilie sind oben. Du glaubst gar nicht, wie ekelhaft der Vater ist. Richtig scheußlich!" „Komm jetzt, wir können hier nichts mehr tun. Wir fahren nach Hause!"

Spät am Abend kommen endlich die Jackson in die Schule. Dr. Kokoff lädt sie zu einem verspäteten Abendessen ein. Er setzt sich zu ihnen und wartet ab. Die Stille dehnt sich unendlich aus. Als die Jackson gegessen haben, ergreift der Direktor das Wort. „Sehr geehrte Familie Jackson. Ich habe mit einem Arzt im Krankenhaus gesprochen und erfahren, wie es um die beiden Kinder steht. Ich bin außerordentlich bestürzt über diesen Unfall und hoffe, dass sich alles wieder zum Guten wendet! Wie ich sehe, leidet besonders Sebastian darunter. Da wir kurz vor Weihnachten stehen, ist mein Vorschlag, dass wir die Schule sein lassen und Sebastian und Florian freistellen, wenn sie wollen." „Nein!" Es ist Sebastians erstes Wort, seit er aus dem Krankenhaus gekommen ist. Alle sehen ihn an. „Ich will auch am Unterricht teilnehmen!", sagt Florian. „…und wir wollen in der Nähe von unserem Bruder bleiben." Noah zuckt die Achseln. „Da haben Sie ihre Antwort. Sarah und ich suchen uns für ein paar Tage, eine Unterkunft, damit wir den beginnenden Genesungsprozess unseres Sohnes beobachten können." Er glaubt fest an die Gesundung seines Sohnes! Dr. Kokoff schlägt ihnen, entgegen seiner Überzeugung, folgendes vor: „Sie können im Internat übernachten. Das Zimmer der Zwillinge ist schön groß. Sebastian wird sicher nicht alleine sein wollen und kann bei Florian einziehen. Wir finden sicher noch ein Bett und Platz in seinem Zimmer." Er kann sich zwar noch an die Katastrophe mit den Kaminov erinnern. Aber die Jackson sind ja viel angenehmer und keine dauerhaften Gäste! „Das ist sehr nett von Ihnen! Wir haben vorsorglich schon Kleidung für einige Tage eingepackt und können ihr Angebot sofort in Anspruch nehmen. Vielen Dank!" Dr. Kokoff ist von den freundlichen Leuten sehr angetan und lächelt.

Hoffnung auf ein Wunder!

Am nächsten Morgen sitzt die Familie Jackson gemeinsam, beim Frühstück an einem Tisch. Auch Florian und Verena haben sich dazu gesetzt. Der Tisch ist nun voll. Anastassja fragt Camille, ob sie sich nicht zu ihr gesellen will. Blass, aber doch erfreut, nimmt sie an. Sie bleibt still in sich gekehrt. Der Anblick Emilies im Krankenhaus, hat sie die ganze Nacht voller Grauen wach gehalten. Sie hält es nicht mehr alleine aus! „Camille, dir geht es nicht gut, nicht wahr? Willst du bei mir einziehen, solange es nötig ist?" Anastassja fühlt die tiefe Traurigkeit des jungen Mädchens. Camille zuckt nur unglücklich die Achseln. Anastassja nimmt sich vor, beim Direktor vorzusprechen… gleich nach dem Frühstück!

Die Eltern Michaels fahren sofort wieder in das Krankenhaus. Florian und Sebastian sind in den Unterricht gegangen. Sie wollen etwas zu tun haben. Zum Glück stehen Prüfungen und einige Tests an, die sie kurzfristig auf andere Gedanken bringen werden. Am Nachmittag bringt Vladimir sie zu Michael. Traurig beobachten sie ihren Bruder durch das Glas der Koje. Ihre Mutter sitzt drinnen und hält die Hand ihres Sohnes, bis sie aufsieht und sich vorsichtig erhebt. Sie wirkt gefasst. Dennoch geht Noah sofort zur Schiebetür und holt sie unterstützend heraus. Sebastian darf hinein. Die Schwester hat den Arzt gerufen, der vielleicht kleine Fortschritte bei der Genesung verkünden kann. „Ihr Sohn ist in einer körperlichen guten Verfassung, Dank des gesunden Muskelaufbaus. Der gebrochene Hüftknochen ist nicht das Problem. Dies wird schnell verheilen. Er hat sich den Kopf schwer angeschlagen und den Teil des Gehirns eingeengt, der für die Motorik verantwortlich ist." Noah sieht ihn fragend an. „Das heißt, das Gehirn muss sich wieder entspannen. Bis dahin wird er im Rollstuhl sitzen müssen. Ich kann nicht vorhersagen, wie lange dies dauern wird. Der Heilungsprozess kann von einem halben Jahr bis zu drei Jahren dauern. Es tut mir leid." „Aber er wird überleben?"

Noah Jackson sieht ihn mit stoischer Miene an. „Ja. Wir haben zur Unterstützung eine Sonde vom Gehirn in den Magen gelegt. Überschüssige Flüssigkeit, die das Gehirn bei der Gesundung bremst, wird abtransportiert. Der kleine implantierte, sagen wir mal, Computer, erkennt den erhöhten Druck auf die Gehirnmasse und löst den Befehl zum Abtransport der überschüssigen Flüssigkeit. Michael wird das Gerät und den Prozess nicht spüren und wir werden die Hilfestellung für das Gehirn wieder operativ entfernen können, sobald er wieder normal gehen kann." Der Arzt versichert ihnen, jederzeit weiter Fragen zu beantworten und verabschiedet sich. Sarah und Noah Jackson stehen erst einmal erleichtert da. Ihr Sohn überlebt! Das ist das Wichtigste. „Wir werden Physiotherapeuten in der Schule beschäftigen, wenn er weiter dort bleiben möchte!" Noah plant schon voraus. Sarah legt ihm beruhigend die Hand auf den Arm. Dann beginnen sie sich zu entspannen. Auch Florian hat noch gehört, dass sein Bruder überlebt. Lächelnd sieht er Sebastian durch das Glas an und zeigt ihm einen Daumen hoch. „Michael hast du das gesehen? Ich glaube, wir sind dich noch lange nicht los!" Sebastian gibt ihm einen kleinen verspielten Boxhieb auf den Oberarm. Der Monitor wird kurz unruhig. Was war das?! Sebastian starrt auf die farbigen, zackigen Kurven. Kurz flackert seine Hoffnung auf. Dann steht er auf. Er hat Camille versprochen, dass er nach ihrer Freundin sehen wird. Florian nimmt seinen Platz ein.

Die Eltern Emilies stehen vor dem Arzt. Gutes Timing! Er fragt die Schwester, ob er zu dem Mädchen darf. Sie erlaubt es ihm, denn sie kennt die Verbindung zu dem jungen Mann. „Hey, Emilie! Schöne Grüße von Michael. Er wird wieder, soll ich dir ausrichten! Wie geht es dir? Hoffe, dass du gute Nachrichten für uns hast!" Er nimmt ihre kleine Hand in seine große kräftige und drückt sie leicht. Sie sieht viel besser als gestern aus! Er beobachtet sie intensiv, als wolle er sie nur mit seinem Blick erwecken. „Schöne Grüße auch von Camille! Sie darf hier nicht herein. Daher musst du schnell machen, dass du in ein normales Zimmer verlegt wirst. Sie vermisst dich! Hörst du mich?" „Seb... ast... ian..." Sebastians Kopf schnellt hoch. Sie hat was gesagt!

„Emilie! Hörst du mich?" Ihre Lieder flattern. Sie wacht auf. Er lacht und drückt begeistert ihre Hand. Sie lächelt und schließt sie wieder die Augen. „Michael!", flüstert sie noch. Dann ist sie wieder still. „Sebastian, sie müssen gehen! Die Mutter will zu Emilie." Die Schwester sieht nach dem Monitor. Emilies kurzes Aufwachen ist nicht unbemerkt geblieben. Er geht hinaus und Frau Clodi nimmt seinen Platz ein. „…und wer sind Sie, junger Mann?" Herr Clodi mustert Sebastian von oben bis unten. „Mein Name ist Sebastian Jackson." „Darf ich fragen, in welchem Verhältnis Sie zu meiner Tochter stehen?" „Ich bin der Bruder von Michael in der Koje nebenan. Michael ist der Freund von Emilie." Herr Clodi zieht die Augenbrauen hoch. „Darf ich fragen, wie alt Sie sind?" „Wir sind achtzehn." Herr Clodi zieht missbilligend die Augenbrauen hoch. Was hat seine fünfzehnjährige Tochter mit einem achtzehnjährigen Mann zu tun?! Er muss mit dem Direktor darüber sprechen! Eine Infamie! Sebastian zuckt die Achseln und geht zu seiner Familie. Arroganter Kerl, denkt er sich noch. „Hi. Ich war gerade bei Emilie. Sie scheint aufzuwachen! Sie hat mich angelächelt!" Er grinst. Endlich eine gute Nachricht. Er sieht in die Koje. Florian ist bei seinem Bruder. Er wirkt entspannt. Vielleicht dauert es nicht mehr lange? Hoffend auf ein Wunder geht er mit seinem Vater auf die Suche nach etwas Essbarem. Florian ruft an. „Er ist aufgewacht. Seb! Er ist aufgewacht! Schnell!" „Mein Gott! Dad! Michael ist aufgewacht!" Auf der Stelle drehen sie wieder um. Vergessen ist der Hunger. Sie kehren voller Hoffnung, im Laufschritt die Treppe hinauf, zur Intensiv Station. Florian kommt ihnen lachend entgegen. Mein Gott! Sarah Jackson sitzt bei Michael, der die Augen mühsam offen hält. Lächelnd. Sebastian klopft an die Scheibe. Sein Bruder dreht langsam den Kopf in seine Richtung! Sebastian winkt ihm zu. Seine Mutter überlässt ihm den Platz. Ihre Augen weinen voller Freude und sie lehnt sich erschöpft an ihren Mann, der sofort seinen Arm um sie legt.

„Michael! Cool dich wieder zu haben! Mensch wir haben schon geglaubt, das war's! Tu mir das nie wieder an, hörst du?" Sebastian rinnen die Tränen unaufhörlich über das Gesicht. Schnell rubbelt er sie weg und grinst. Gespielt wütend boxt er seinem Zwilling leicht in den Oberarm. Michael hat ihn die ganze Zeit still beobachtet. Sebastian ist der Jüngere der beiden... knappe fünf Minuten! Er hätte ihn nicht alleine lassen können. Er muss für ihn da sein! Das fällt Michael in diesem Moment alles ein. „E... mil... ie?" „Emilie scheint auch aufzuwachen. Sie hat nach dir gefragt. Aber sie ist wieder eingeschlafen. Ich denke, es geht aufwärts. Mann, ich freue mich ja so!" Michael lächelt und schließt erschöpft die Augen zu. Sebastian drückt ihm kurz und sachte auf den Oberarm und verlässt die Koje. „Ich denke, wir können essen gehen. Dein Bruder muss sich ausruhen!" Noah übernimmt das Kommando und dirigiert seine Familie hinaus aus dem Krankenhaus. Sebastian lacht, seine Mutter ist selig. Es ist noch nicht ausgestanden, aber sie leben!

Michael sieht sich um. Er ist alleine. Er kann sich noch dunkel erinnern, dass seine Mum, Dad, Sebastian und Florian bei ihm waren. Er bewegt seinen Kopf. Irgendwie fühlt er sich schwammig an, aber er ist entspannt... sehr entspannt. Seine Hand bewegt sich langsam und beschwerlich zum Gesicht. Eine Sauerstoffmaske liegt über seiner Nase und Mund. Piep Töne werden laut. „Michael! Das ist ja mal eine gute Nachricht! Wir haben Sie wieder!" Eine Schwester eilt herein und befreit Ihn von dem Plastik vor seiner Nase, nachdem sie den Piep Ton abgeschaltet hat. Mit dem Handy ruft sie einen Arzt herbei. Michael beobachtet sie nur. Bis jetzt hat er seine Stimme noch nicht getestet... alles zu seiner Zeit. „Wie fühlen Sie sich?" „Gut!" Da haben wir es. Die Stimme ist noch da. Er versucht sich zu bewegen. Es geht nicht! „Was war los? Was mache ich hier?" „Gedulden Sie sich! Ich habe den Arzt schon angefordert. Er wird ihre Fragen beantworten. Okay?" Er nickt. Er kann die Zehen nicht bewegen! „Schön, dass Sie wieder bei uns sind, Herr Jackson!" „Michael!", automatisch korrigiert er den Arzt. „Was ist mit mir passiert? Was mache ich hier?" „Also... Michael. Sie hatten einen schweren Unfall. Dabei haben sie sich den Hüftknochen gebrochen. Sie sind schwer mit dem Kopf auf hartes Gestein gestoßen und haben dadurch die Fähigkeit Ihrer Motorik beeinträchtigt! Wir mussten dies operativ soweit unterstützend korrigieren, damit ihr Gehirn diese Fähigkeit mit der Zeit wieder befehligen kann." Michael ist ruhig. Er verarbeitet noch nichts, aber… „Das soll heißen?" „Sie müssen Geduld haben, Michael. Es kann schnell gehen, oder sich auf Jahre hinauszögern, dass Sie wieder volle motorische Einsatzfähigkeit erlangen. Sie werden einen langen Weg in der physikalischen Therapie gehen müssen. Tut mir leid." „Soll das jetzt heißen, ich sitze im Rollstuhl?" „Ich fürchte, ja!" Der Arzt sieht den jungen Mann mit Bedauern an. Er gibt der Schwester ein Zeichen, dass er hinausgeht. Sie muss den Patienten beistehend beobachten. Michael ist geschockt. Deshalb kann er die Zehen nicht spüren! Scheiße! Nochmal Scheiße! Dann fällt ihm noch etwas ein. „Schwester! Das Mädchen! Emilie! Wie geht es ihr!" „Oh… Emilie!" Ihr Gesicht leuchtet auf. So ein liebes Mädel! „Emilie ist vor einer Stunde aufgewacht! Es geht ihr den Umständen entsprechend gut! „Sie ist auch hier?" „Ja! Ihr seid beide einige Tage im Koma gelegen!" Michael seufzt auf. Wenigstens geht es Emilie soweit gut.

Emilie wird für die Normalstation vorbereitet. Sie lässt es stoisch über sich ergehen, dass die Schläuche aus und um ihrem Körper entfernt werden. Sie ist ruhig. Sie hängt an einer Infusion und kann sowieso nicht aufstehen. Sie will es auch gar nicht. Sie fühlt sich wohl hier. Die Schwester kommt herein. „Gute Neuigkeiten! Michael ist aufgewacht und hat mit dem Arzt gesprochen! Aber er muss noch hier bleiben. Seine Werte sind noch nicht so ausgeglichen, wie bei dir." Endlich! Sie wird ihn später besuchen! Sie beide haben Furchtbares durchgemacht! Emilie wird im Bett aus der Koje gefahren. Ihre Eltern erwarten sie am Gang der Station. „Hallo Mama! Hi Paps!" „Mein Kind. Wie geht es dir?" „Ganz gut, denke ich." Sie lächelt ihre Mama beruhigend an. Sie halten sich unterwegs zur Station an der Hand. Ihr Papa hat noch Nichts gesagt. Emilie weiß, dass es ihm peinlich sein muss, in der Öffentlichkeit Gefühle zu zeigen. Sie liebt ihre Eltern, so wie sie sind. Sie kommen in ein Krankenzimmer mit zwei Betten. Der Wagenfahrer fixiert das Bett am Platz neben dem Fenster und steckt die

Kabel für die elektrische Fernbedienung der Bettfunktionen in die Dose. „Ich habe dir eine Tasche mit verschiedenen Dingen mitgebracht! Sieh nur!" Frau Clodi packt die nötigen Utensilien, wie ein Pyjama, Zahnbürste, Paste, Hautcreme aus. Sogar auf das Handy hat sie nicht vergessen. Endlich findet Herr Clodi auch die Sprache wieder. „Wer ist Michael und was will er von dir?" „Erwin!" „Michael ist ein Freund von mir! Mehr nicht! Er war mit mir joggen. Da ist es passiert!", erstickt schluckt Emilie hinunter. „Erwin, rege unsere Tochter nicht auf! Sie hat viel durchgemacht!" „Wer ist Sebastian?" Erwin hat keine Ruhe, bevor er nicht alles geklärt hat. „Sebastian ist Michaels Zwillingsbruder!" Sie lächelt still vor sich hin. Sie mag ihn. Er ist lustig. Aber Michael... seufz! „Wer ist Anastassja?" Frau Clodi seufzt laut auf. Er will einfach keine Ruhe geben! „Ana! Sie ist eine Schülerin aus der Vierten! Wir haben uns angefreundet! Sie ist auch eine Freundin der Brüder." Emilie ist müde. Sie schließt einfach die Augen... „Siehst du? Es ist ihr noch alles zu viel!" Frau Clodi sieht ihren Mann vorwurfsvoll an.

Am nächsten Tag stehen die ganze Familie Jackson vor Michaels Koje, hinter dem Panzerglas. Er wird heute auf die Normalstation verlegt! Der Wagenfahrer schüttelt über so viel Eskorte amüsiert den Kopf. „Hi, Michael! Wie geht es dir?" „Mir ging es schon besser!", brummt er. „Das wird schon. Wir helfen dir!" „Ja... ja... ihr könnt mich im Rollstuhl schieben!" „Ach, sieh es positiv! Wir können jederzeit den Aufzug der Schule benutzen!" Sebastian versucht seinen Bruder aufzumuntern. Michael lacht kurz auf. „Zuerst einmal kommt ihr nach Hause! Weihnachten steht vor der Tür!" Ihre Mum sieht ihre Söhne zärtlich an. Es sind tolle Jungs! Bald verlassen sie ihren Sohn nach seinem Einzug auf die Normalstation. Er ist einfach eingeschlafen, nachdem sie nur herumgealbert haben.

Emilie steht auf. Sie will sich bewegen. Die Schwester hat es ihr geraten, immer wieder kurz aufzustehen, damit ihr Kreislauf nicht kollabiert. Sie will Michael besuchen. Ihr Drang, ihn zu sehen, ist übermächtig. Sie geht zum Stützpunkt der Schwestern und versucht das Zimmer von ihm ausfindig zu machen. „Sie dürfen in ihrem Zustand die

Station auf keinen Fall verlassen!", mahnt die Schwester. „Aber... Michael und ich! Ich will mich vergewissern, dass es ihm gut geht!" Sie sieht die Ältere treuherzig an. Seufzend, nach einem prüfenden Blick auf das Gesicht Emilies, gibt sie nach. Ich werde dich mit dem Rollstuhl zu ihm fahren lassen! Aber nur für eine Stunde!" „Danke, danke!" Glücklich lächelnd geht sie in ihr Zimmer und wartet auf die Fahrgelegenheit, die auch bald kommt. Irgendwie ist ihr mulmig zumute. Wird Michael sich überhaupt freuen, sie zu sehen? Jetzt ist es jedoch zu spät. Sie ist auf dem Weg dorthin. Umdrehen kann sie auch nicht mehr. Wie würde der Wagenfahrer reagieren, wenn sie ihr Vorhaben absagt? Laut seufzt sie auf. Ihre Finger sind ständig in Bewegung. Sie knetet und knetet sie... bis sie vor einer geschlossenen Türe stehen. Der Mann, der sie hierhin geschoben hat, klopft an. „Ja?" Sie wird hineingeschoben. „Hi!" Sie lächelt schüchtern. „Emilie! Ich freue mich so, dich zu sehen!" Die ganze Grübelei war umsonst und sie atmet befreit auf. „Hi Michael!" Michaels Lächeln ist für sie, als würde die Sonne wieder scheinen. „Wie geht es dir?" „Danke! Ich lebe, wir leben!" Die beiden lachen kurz auf. „Ich habe eine gebrochene Hüfte und wie es aussieht, muss ich in den Rollstuhl. Ich habe mir den Kopf angeschlagen und das motorische Zentrum im Gehirn außer Kraft gesetzt!" Emilie ist entsetzt. Mit großen Augen fragt sie: „Aber es wird wieder?!" „Ja, es kann schnell gehen, aber es kann auch Jahre dauern!" Michael ist nun nicht mehr nach Lachen zumute. Sein Blick ist gehetzt. „Das tut mir so leid! Kann ich irgendetwas für dich tun?" Sie greift teilnahmsvoll nach seiner Hand. Michael zuckt die Achseln. Dann reißt er sich zusammen. Emilie ist zu ihm gekommen und will sicher keinen Jammerlappen sehen! „Genug von mir! Wie ist es dir ergangen?" „Ach, ich bin nur schwach auf den Beinen. Du siehst ja, ich sitze auch im Rollstuhl! Aber ich habe keine Schäden davon getragen. Ich muss mich nur schonen." Sie sehen sich stumm an. Er sieht auf ihre Hand. Er will den Körperkontakt, aber er kann nicht. Sie ergreift zaghaft lächelnd die Initiative. „Sebastian hat gesagt, sobald ich entlassen bin, fahren wir alle gemeinsam nach Hause. Weihnachten steht vor der Tür. Der Direktor hat nichts dagegen, wenn meine Brüder und ich etwas früher in die Ferien gehen. Was passiert mit dir?" „Ich weiß nicht. Ich muss wahrscheinlich in die Schule. Meine Eltern haben mir gesagt, dass sie trotzdem in den wohlverdienten Urlaub fliegen wollen." Michael sieht sie entschlossen an. „Das tut mir echt leid für dich. Aber ich kann mich irgendwie erinnern, dass ich dich schon einmal eingeladen habe, mit zu uns zu kommen! Das Angebot steht. Es würde mir sehr gefallen! Was meinst du?" „Glaubst du?" Emilie ist unsicher. Was werden seine Eltern sagen?

„Das werden wir gleich wissen. Sie kommen schon!" Emilie sieht ihn fragend an. Woher weiß er das? Dann klopft es schon. Sebastian und Florian stürmen als erste herein. Hinter ihnen kommen im gemäßigteren Tempo seine Eltern. Emilie kommt sich überrumpelt vor. Die vielen Leute schüchtern sie ein und sie packt ihn fester an seiner Hand. „Hi Emilie!" Florian nickt ihr zu. „Emilie! Schön dich zu sehen! Wie geht es dir?" Sebastian neigt sich zu ihr runter und küsst sie spontan auf die Wange. „Hey Bruder!", begehrt Michael auf. Nicht einmal er hat sie noch geküsst! Sebastian grinst nur. „Hallo hübsches Mädchen! Ich bin Noah, der Dad der drei großen Nervensägen hier!" Noah beugt sich nahe an Emilie und reicht ihr, über das ganze Gesicht lächelnd, die Hand. Sie muss wohl oder übel die rechte Hand von Michael frei machen, damit sie nicht unhöflich erscheint. „Hi!" Sarah umarmt Emilie herzlich. „Ich bin froh, dass es dir so gut geht. Wir hatten alle genug Aufregung!", meint sie nur. Verwirrt über so viel Herzlichkeit, sucht sie wieder Schutz in Michaels Hand, was den Eltern sehr wohl aufgefallen ist. „Mum, ich habe gerade Emilie zu Weihnachten eingeladen! Ihr seid doch einverstanden, nicht wahr?" „Dann kann Camille auch noch kommen, oder?" „Selbstverständlich Sebastian! Florian, bist du noch mit Nora zusammen? Ja? Dann soll sie doch auch kommen. Alle sind herzlich eingeladen! Gebt mir Bescheid!" Ihre Jungens sehen zufrieden aus und Sarah ist glücklich. Emilie wagt einen Einspruch. „Frau Jackson…" „Sarah!" „…Sarah, ich will mich nicht aufdrängen. Meine Eltern glauben, dass ich heuer bei Camille zu Hause bin." „Das werden wir regeln!", übernimmt Noah. „…Aber Herr Jackson…" „Noah!" Emilie verstummt. Emilie wird abgeholt. „Wann kommen deine Eltern zu dir?" Ich denke, dass sie schon auf mich warten!" Noah nickt und begleitet Emilie in ihr Zimmer. Dem Mädchen ist es peinlich, weil sie nicht weiß, was sie mit dem älteren Mann sprechen soll. Er schüchtert sie ein. Sie macht sich klein, so gut es auf dem Rollstuhl überhaupt geht und schweigt. Noah ist es gewohnt, ungeklärte Dinge sofort zu lösen und hat sich spontan dazu entschlossen, mitzugehen.

„Da bist du ja endlich! Wo warst du?" Noah gefällt es gar nicht, wie der Mann, der offensichtlich der Vater von Emilie ist, mit ihr spricht. Schützend stellt er sich näher an Emilie. Herr Clodi wartet bis die Tür hinter dem Wagenfahrer zufällt und wendet sich äußerst unhöflich dem großen Mann vor sich zu. „...und wer sind Sie?" „Noah Jackson!" „Was machen Sie bei meiner Tochter?!" „Papa..." Herr Clodi fährt seiner Tochter dazwischen. „Ich spreche gerade mit dem Mann, der noch immer zu nahe bei dir steht!" Noah kocht. Aber er macht einen Schritt zu Seite. Was ist das für ein A..., denkt er sich. Laut sagt er: „Ich bin der Vater von Michael. Mein Sohn ist der Junge, der mit Emilie in die Schlucht gestürzt ist!" Seine Erklärung lässt den Mann kurz verstummen. Frau Clodi greift vorsichtig auf den Arm ihres Mannes. „Lass gut sein Erwin! Guten Tag, Herr Jackson! Wir haben bereits ihren Sohn Sebastian kennen gelernt. Ein äußerst netter Junge!", versucht sie die Stimmung aufzuheitern. Sie lächelt den großen, muskulösen Mann in zerrissenen Jeans und einem locker sitzenden T-Shirt, mit einem großen lachenden Smiley auf der Brust, zu. „Danke Frau... Clodi?" Noah hofft, den richtigen Namen im Kopf zu haben. Er reicht ihr, mit seinem schönsten Lächeln, das seine Frau immer zum Schmelzen bringt, die Hand. Seine Wirkung verfehlt auch nicht die kleine Frau vor ihm. Ihre Augen werden größer und sie erwidert schüchtern und zurückhaltend seinen Händegruß.

„Nachdem sie meine Frau verwirrt haben. Möchte ich wissen, was sie hier noch zu suchen haben!" Herrn Clodi passt es gar nicht, dass seine Frau dem Mann vor ihr schöne Augen macht! „Papa!" Emilie schämt sich. Ihr Papa ist so unhöflich! „Papa...", beginnt sie, bevor Noah seine guten

Manieren vergisst. Der alte Mann fordert ihn nahezu auf, seine Faust schmecken zu wollen! „…Paps!", versucht es Emilie noch einmal, damit er sich ihr zuwendet. Widerwillig löst Herr Clodi den verächtlichen Blick von seinem Gegenüber und sieht seine Tochter wie einen Störenfried an. „Was!" „Michael hat mich eingeladen, Weihnachten bei seiner Familie zu feiern! Bitte Papa, darf ich? Ich wünsche es mir so sehr!" Ihre Mama rückt noch mehr an ihre Seite, um ihr Beistand zu leisten. „Du bist heuer bei Camille. Das ist abgemacht!", fährt ihr Papa sie rüde an. „Herr Clodi, wenn ich etwas sagen darf? Camille ist auch bei uns. Außerdem ist noch Nora mit dabei. Das ist die Freundin meines ältesten Sohnes. Alle sind in derselben Schule wie Emilie!"

Herr Clodi schwenkt seinen Blick erneut zu Noah. Er mag es überhaupt nicht, wenn seine Pläne umgeworfen werden. Er wird sich bei der Direktion der Schule über die Familie Jackson informieren müssen. Dann wird er entscheiden können, ob seine Tochter dort gut aufgehoben wäre. „Das kann ich jetzt nicht entscheiden!" „Natürlich Herr Clodi! Vielleicht hilft es ihnen, wenn Sie auch meine Frau kennen lernen? Sie freut sich sicher, die Eltern Emilies kennen zu lernen!" Herr Clodi grummelt vor sich hin. Seine Frau ist hingegen sehr viel offener. „Herr Jackson, das wäre wunderbar! Vielleicht können wir uns etwas später in der Kantine treffen, wenn Sie schon hier sind?" Noah lächelt ihr zu. Die Frau ist eindeutig netter als ihr Mann! Noah geht wieder zu seiner Familie zurück.

„Und… Wie war es?" Sarah empfängt Noah mit einem abwartenden Lächeln. „Scheiße…!" Noah schüttelt den Kopf. „Ich war fast so weit, dass ich ihm meine Faust schmecken lassen wollte!" „So schlimm?" Noah nickt. Sein Aggressionslevel steigt wieder. Sanft streichelt Sarah über seinen Arm, damit er sich wieder beruhigt. „Wir haben eine Verabredung mit den Eltern von Emilie… in der Kantine, in einer Stunde!" „Das ist ja super! Dann können wir alles regeln, nicht wahr?" Noah ist skeptisch. Michael ist während des Besuchs einfach eingeschlafen. Er bekommt die ganze Aufregung, rund um Emilies Eltern, nicht mit. Sarah beschließt, dass sie und der Rest der Familie sofort in die Kantine gehen und dort warten. Ihr Sohn braucht Ruhe!

Herr Clodi hat inzwischen Dr. Kokoff, den Direktor der Schule angerufen und sich über die Familie Jackson informiert. Dr. Kokoff hat Herrn Clodi diesbezüglich beruhigt. Die Familie Jackson ist eine nette, äußerst seriöse Familie, die wirklich gut erzogene Jungs haben. Frau Clodi versucht indessen die Laune ihres Mannes, während des Telefonats zu deuten. Aber er verzieht keine Miene. „Ich rufe noch McShower an!", meint er zu ihr. Er will sich vergewissern, dass Camille auch wirklich bei den Jacksons ist. „Guten Tag Frau McShower, Clodi hier! Ist ihr Gatte zu sprechen?" „Guten Tag, Herr Clodi! Natürlich!" Er hört noch, dass sie ihren Mann ruft. „Clodi, welche Freude! Wie geht es Emilie?" „McShower! Ich habe ein Problem! Emilie erzählt mir, dass Camille zu Weihnachten bei den Jacksons ist?!" Auf Emilies Gesundheitszustand geht er nicht ein. Dazu ist er zu sehr in Gedanken bei seinen, in letzter Sekunde umgeworfenen Anordnungen. Kurze Stille. „Jaaa… Camille hat mich schon gefragt, ob sie auch dahin dürfte. Sie meint, dass viele Freundinnen dort sein werden. Ich habe mich noch nicht entschieden! Clodi kennst du die Familie Jackson?" Herr Clodi erzählt ihm von dem Telefonat mit Dr. Kokoff. „Sie scheinen in Ordnung zu sein. Ich habe heute den Vater kennen gelernt. Er ist ziemlich machohaft, wenn du weißt, was ich meine! Janette und ich treffen nachher Herrn und Frau Jackson in der Kantine des Krankenhauses." „Clodi hör mal, ich habe nichts dagegen, Camille zu erlauben, an Weihnachten bei den Jacksons zu feiern. Ich hatte schon das Vergnügen, die Familie kurz kennenzulernen! Sie waren ganz nett! Wenn du auch einverstanden bist, hole ich Emilie bei euch ab und bringe sie hin?" Herr Clodi zögert kurz und zeigt sich einverstanden. „Okay McShower! Ich sage dir noch Bescheid, wenn ich das Ehepaar persönlich gesprochen habe." Irgendwie hat Herr Clodi nun keine Wahl, nachdem McShower durchklingen hat lassen, dass Camille eventuell auch bei den Jacksons sein wird. Er und seine Frau haben eine Kreuzfahrt gebucht, die sie nicht stornieren wollten, weil es Emilie inzwischen schon ganz gut geht. Bis Weihnachten hätte sie sich soweit erholt und braucht ihre

Eltern nicht mehr. Seufzend informiert er seine Frau über den Stand der Dinge. Emilie hat den ganzen Vorfall genau mitverfolgt und hegt große Hoffnung, dass sie Weihnachten so verbringen darf, wie sie es sich vorgestellt hat und lächelt in sich hinein.

Das Treffen verläuft einigermaßen ausgeglichen, weil die Damen Jackson und Clodi immer die Stimmung bedachtsam entschärft haben. Natürlich sind Herr Clodi und Herr Jackson nicht immer einer Meinung gewesen, aber sie hatten sich immerhin soweit in der Hand, dass sie sich nicht an den Kragen gegangen sind. Indessen haben die Damen, in freundschaftlicher Beziehung, ihre Telefonnummern ausgetauscht. Frau Clodi hat viel mehr über die Familie und ihre Kinder erfahren, als ihr Mann, weil er und Jackson sich immer wieder einen Schlagabtausch geliefert haben. Zu guter Letzt ist es ausgemacht, dass Emilie Weihnachten bei der Familie Jackson verbringen darf. „Unsere Freunde McShower bringen unsere Töchter Camille und Emilie zu ihnen.", setzt Clodi noch hinzu. Noah lehnt sich endlich, mit der Hand Sarahs auf seinem Oberschenkel, einigermaßen entspannt zurück. Seine Mission ist abgeschlossen. Das Ehepaar Clodi verabschiedet sich.

Sehnsüchte

Emilie darf wieder in die Schule und am Unterricht teilnehmen, mit der Auflage, sollte sie sich nicht gut fühlen, sich sofort zu Dr. Schiwago begeben. Ihr Zimmer ist neben Anastassja. Die ältere Schülerin nimmt sie sofort unter die Fittiche. „Hi, Emilie! Ich freue mich ja so, dass es dir wieder besser geht. Wir waren alle in großer Sorge!" „Danke!" Emilie bekommt viel Besuch von Mitschülern. Anastassja ist jedoch stets an ihrer Seite und verscheucht immer wieder eine Mitschülerin, oder einen Mitschüler mit Nachdruck, sollten diese zu lange bei ihrer jungen Freundin bleiben. Emilie ist geschafft. Sie ist froh, dass Anastassja keinen mehr zu ihr lässt. Sie legt sich in ihr Bett und schläft augenblicklich ein. Am nächsten Tag spricht sie bei Dr. Kokoff vor, um ihn zu bitten, dass sie Michael besuchen darf. Ihre Bitte wird gewährt. „Fräulein Emilie wir sind so froh, dass Sie wieder bei uns sind. Wenn Sie wollen, dürfen Sie auch Michael besuchen. Ich werde Vladimir beauftragen, dass er Sie hin und zurück fährt. Er muss sowieso einige Besorgungen für die Schule tätigen!"

Als es soweit ist, geht Emilie mit gemischten Gefühlen zum Auto. Von weitem sieht sie den großen, äußerst beeindruckenden Mann. Er hat sie schon vom ersten Tag an verunsichert. Er macht ihr irgendwie Angst. Seine eisblauen Augen sehen sie an, als könnte sie nichts vor ihm verbergen. Unheimlich, wie intensiv er sie mustert. Zaghaft tritt sie näher. Am liebsten würde sie hinten sitzen, um seinem Blick zu entgehen. Aber wie soll sie es ihm sagen? Nein, sie muss sich neben ihn setzen! „Hallo Emilie! Ich habe gehört, dass du mit mir fährst?" „Ja…" „Dann steig ein und schnall dich an! Ich bin schon spät dran. Ich habe noch Unterricht am Nachmittag. Danach hole ich dich wieder ab. Alles klar?" Sie nickt nur. „Wir sind froh, dass ihr, du und Michael, wieder gesund werdet. Wir haben uns wirklich große Sorgen gemacht!" Er blickt kurz zu ihr, bevor er wieder auf die Straße blickt. „Sag Michael, dass ich morgen vorbei kommen werde!" „Ja..." „Emilie?" „Ja...?" „Ist irgendetwas?" „Nein...?" „Wieso redest du nicht mit mir?" Vladimir ist irritiert. Es ist ihm schon aufgefallen, dass sie sich vor ihm immer schon zurückgezogen hat. Emilie zuckt die Achseln. „Ich habe gehört, dass du Weihnachten bei den Jacksons bist?" „Ja... Woher?" „Sebastian hat es mir beim Frühstück erzählt." Emilie ist erstaunt. Bisher hat ihr Vater noch kein Wort zu ihr darüber gesagt. Irgendwie keimt die Hoffnung wieder höher hinauf. Sie muss mit ihrer Mama telefonieren. „Wir sind da! Vergiss nicht, ich komme nach dem Unterricht. Kannst du mir deine Handynummer geben? Falls etwas dazwischen kommt." Er wartet ab. Emilie zögert. Sie will ihre Handynummer nicht gerne bekannt geben. Sie kann nicht sagen warum. Vladimir sieht sie eine Weile an, dann zuckt er mit den Achseln. „Dann eben nicht." Emilie kommt sich blöd vor. Aber sie hat ihre Grundsätze. Niemand in der Schule hat ihre Handynummer! Sie steigt aus und bedankt sich. „Danke fürs Fahren! Ich werde hier wieder auf Sie warten!" Vladimir sieht sie direkt an. Jetzt siezt sie mich auch noch, denkt er sich. Er fährt kopfschüttelnd weg.

Sie muss sich beim Portier nach Michaels Zimmer erkundigen. Sie weiß es nicht mehr. Auch wenn sie die Zimmernummer noch hätte, würde sie nicht wissen, auf welcher Station er liegt. Dann geht sie die vorgegebene grüne Linie entlang und klopft bald an der Tür an. Vorsichtig schaut sie hinein. Michael ist alleine. Sie ist froh darüber, weil seine Familie schüchtert sie ebenso ein. „Hi, Michael!" „Emilie! Ich freue, dass du vorbei kommst! Hast du Ausgang?" „Ja, Dr. Kokoff hat es mir erlaubt. Vladimir hat mich hergefahren und holt mich auch wieder ab." „Super!" Setz dich aufs Bett!" Sie nimmt Platz und nimmt Acht, dass sie nicht an ihn anstößt. Seine gebrochene Hüfte wird noch empfindlich sein. „Gehst du wieder zum Unterricht?" „Ja, aber es ist noch sehr ermüdend. Der Direktor hat mir angeboten, dass ich nicht daran teilnehmen muss, wenn ich mich nicht gut fühle. Aber ich gehe jeden Tag eine oder zwei Stunden." „Das ist gut! Ein bisschen Abwechslung, nicht wahr?" „Ja, sonst fange ich an zu grübeln! Ich habe Albträume!" Sie sieht ihn bedrückt an. Bestürzt sieht er sie an. „Emilie! Geh zu Anastassja und Aleksej! Die können dir dabei helfen!" „Aleksej?!" „Ja... Versprich mir, dass du zu ihm gehst!" „Ja..." „Versprich es mir!" Er sieht sie beschwörend an. „Ja... ich verspreche es!" Ihre Hand liegt warm in seiner.

„Shit! Meine Familie!" „Woher weißt du das?" Emilie hört nichts. „Sebastians Schritte! Hörst du? Als würde ein Elefant kommen!" Emilie kichert. Sie hat es gehört, aber diese Schritte nicht als Sebastians identifiziert. „Dann dieses Trappeln! Das ist meine Mum!", gluckst Michael. ... und dann sind sie alle schon da. „Hi, Emilie!" „Hallo Emilie!" „Michael, wie geht es dir heute?" Seine Mum drückt ihm einen Kuss auf die Wange. „Danke Mum, ganz gut." „Ich sehe du hast wunderschönen Besuch!" Sein Dad schaut wohlwollend zu Emilie. Das Mädchen errötet unter seinem Blick. „Gute Neuigkeiten! Dein Vater hat mich gerade angerufen und mir mitgeteilt, dass du Weihnachten zu uns kommst! Aber das weißt du ja schon, nicht wahr?" Emilie ist verärgert. Jetzt hört sie es schon zum zweiten Mal! Ihr Vater hat sie nicht einmal angerufen und es ihr selbst mitgeteilt! Ihr Handy läutet. Okay, jetzt wird sie es zum dritten Mal hören. Ihr Dad ist dran. „Emilie, ich möchte dir mitteilen, dass du Weihnachten bei den Jacksons verbringst. Aber das wolltest du ja. Willst du mit deiner Mama sprechen?" „Ja Paps! Hallo Mama! Ich freue mich ja so! Danke!" „Mein Liebes! Das haben wir gerne gemacht. Wir werden noch ein paar Tage zu Hause zusammen verbringen. Herr McShower wird dich und Camille dann hinfahren. Wie geht es dir jetzt?" „Ganz gut Mama!" Sie will ihre Mama nicht beunruhigen und schweigt über ihre Albträume. Sie legt auf. Die Familie Jackson ist ungewöhnlich still. Sie haben sie die ganze Zeit beobachtet und ihr zugehört! „Also... ich bin Weihnachten bei euch!" Sie lächelt zaghaft. „Super! Ich freue mich auf dich!" Michael versucht seinen Arm auszustrecken und scheitert. Fluchend sinkt er wieder zurück. Emilie ist aufgesprungen, in der Absicht, ihm zu helfen. Fragend sieht sie ihn an. „Küss mich!", fordert er barsch. Seine Laune ist auf dem Nullpunkt angelangt. Emilie beugt sich vor und küsst ihn scheu auf die Wange und geht schnell wieder auf ihren Platz zurück, als sie ein unterdrücktes Kichern hört. Aus den Augenwinkeln glaubt sie zu erkennen, dass Noah

seinem Sohn Sebastian den Ellbogen in die Rippen stößt...
„Aua...!"

Die Zeit vergeht wie im Fluge. Die Familie Jackson ist eine
lustige und unterhaltsame Familie! Emilie sieht auf die Uhr.
Erschreckt bemerkt sie, dass sie die Zeit übersehen hat!
Vladimir wartet schon. „Ich muss gehen! Ich habe ganz auf
Vladimir vergessen!" „Warte ich begleite dich nach unten!"
Noah Jackson kann das aufgelöste Mädchen nicht alleine
gehen lassen. Sie verirrt sich und dann bekommt sie
vielleicht Panik. „Danke! Das ist sehr freundlich von ihnen,
Herr Jackson!" „...Noah!", unterbricht er sie. „...Noah.
Aber ich kann auch alleine gehen!" „Kommt gar nicht in
Frage! Komm!" Ergeben nickt sie. Sie ist es nicht gewohnt,
dass sich irgendjemand so viele Umstände um sie macht. Sie
verabschiedet sich von Michael und den anderen mit einem
kurzen Winken mit der Hand und geht Noah voraus aus dem
Zimmer. Natürlich ist Vladimir schon da. „Hallo! Da bist du
ja endlich. Ich wollte schon nach dir sehen! Noah!" Sie
begrüßen sich mit ihren zusammenstoßenden Fäusten. „Ich
bring dir Emilie! Ich dachte sie braucht eine Begleitung.
Nicht, dass sie sich verirrt!" Er und Vladimir grinsen sich an.
Das Mädchen guckt zu verschreckt. Er hütet sich deshalb, sie
überhaupt zu berühren! Vladimir nickt Emilie zu, dass sie
ihm folgen soll. Er hat das Auto weiter weg geparkt. Viele
Besucher sind zurzeit im Krankenhaus. Schweigend gehen
sie nebeneinander. „Hast du Angst vor mir?" Sie ist nervös,
aber sie schüttelt den Kopf, dass ihre Locken aufwirbeln.
„Warum bist du so verschreckt?" Sie schüttelt den Kopf und
verschränkt jetzt auch noch die Arme vor sich. Er seufzt und
sagt gar nichts mehr. Er entriegelt sein Auto, steigt ein und
wartet, bis auch sie fertig angeschnallt neben ihm sitzt. Er
dreht den Schlüssel und startet den Motor.

Die Fahrt verläuft schweigend. Vladimir hat das Radio
aufgedreht, um die nervtötende Stille zu überbrücken. Emilie
wippt mit den Füßen. Dann hört Vladimir, dass sie den
Refrain des Songs leise, fast nicht hörbar, mitsingt. „Magst
du diese Art von Musik?" Emilie nickt. Ihre Füße wippen
noch immer. „Ich mag jede Art von Musik!" „Spielst du ein
Instrument?" „Ja, Geige, Klavier und Saxophon." „Wow!

Das ist ja eine ganze Menge! Ich habe noch nie etwas von dir gehört." „Meine Instrumente sind zu Hause!" Sie klingt traurig. „Warum hast du keines deiner Instrumente mitgenommen?" „Papa meinte, dass ich keine Zeit zu spielen hätte." „Aber du fährst Weihnachten nach Hause und dann kannst du zumindest die Geige, oder das Saxophon mitnehmen... oder beides?", fügt er hinzu. „Ja, das wäre schön!" Ihre Augen leuchten. „Wir haben ein Klavier im Internat. Frag einmal deine Musiklehrerin, ob du darauf spielen darfst!" Emilie nickt. Endlich taut sie auf! Vladimir sieht sie kurz von der Seite an. Er wird mit Anastassja reden. Sie soll sich um sie kümmern. Offensichtlich ist sie alleine und kann schwer Kontakte schließen. „Woher kennst du Anastassja und Aleksej?" „Ich habe sie bei ihrer Tante Olga kennen gelernt, bevor sie beide aufs Internat gekommen sind. Ich war viel bei Olga! Ich habe mich darum gekümmert, dass ihr Haus in Schuss geblieben ist. Es war sehr baufällig. Aber irgendwann haben die Kaminov ihr ein neues aufgestellt. Leider ist sie kurz darauf gestorben." Vladimir versinkt in Gedanken an die alte Frau, die ihm sehr ans Herz gewachsen ist. „Das tut mir leid!" Emilie hört die Trauer und den Schmerz aus seiner Stimme heraus. „Sie war schon sehr alt. Das letzte Jahr waren dann noch Florian, Alexander, Verena und Justin dabei. Es war sehr unterhaltsam mit den Kids! Ha... ha... ha..." Vladimir denkt noch mit einem fröhlichen Lachen daran zurück. „Wer ist Justin?" „Justin... ja... also... er hat voriges Jahr den Abschluss gemacht. Er war nicht überall beliebt. Aber er und Florian waren kurz ein Paar." „Wie... ein Paar?" „Sie haben sich gern gehabt." „Oh...!" Emilie kann sich das nicht so ganz vorstellen. „Wir sind da!" Vladimir fährt auf den Parkplatz der Schule. „Danke, dass du mich mitgenommen hast, Vladimir!" „Ist schon gut, ...Emilie?" „Ja...?" Er sieht sie länger an, aber er sagt dann doch nichts. Emilie ist jetzt so entspannt, als dass er sie jetzt wieder verunsichern will. „Wir sehen uns!", sagt er nur mehr. Emilie nickt und geht zum Eingangstor. Sie meldet sich kurz im Sekretariat bei Frau Sejdic wieder zurück und geht in ihr Zimmer.

Sie lässt den Nachmittag Revue passieren. Mit Michael hat es ihr so gut gefallen, dass sie sich jetzt schon auf

Weihnachten mit ihm freut. Sie nimmt sich vor, ihr Saxophon mitzunehmen. Sie ist dankbar für Vladimir, der sie dazu ermuntert hat, ihre Instrumente in die Schule mitzunehmen. Sie vermisst ihre Geige und ihr Saxophon. Sie beschließt spontan in den Musikraum zu gehen. Ob sie sich an das Klavier setzen darf? Sie geht in den Unterrichtstrakt und sucht sich den Musikraum. Bis jetzt hat sie ihn noch nicht von innen gesehen. Sie braucht nicht lange und sie liest das Türschild: Musikraum – betreten nur mit Erlaubnis eines Lehrkörpers! Sie versucht es trotzdem. Sie hat Glück. Die Tür ist unverschlossen! Sie geht hinein und sieht sich um. Da! Ein wunderschöner schwarzer Klavierflügel von C. Bechstein! Sie umrundet das wertvolle Instrument und streicht andächtig mit den Fingerspitzen über das Holz, bis sie an der Tastaturseite ankommt. Sie kann nicht widerstehen und öffnet den Deckel. Sie probiert einige Töne mit einem Finger. Dann setzt sie sich wie hypnotisiert auf den Schemel und legt ihre Finger vorsichtig auf die Tasten. Sie spielt eine Reihe von Tonleitern ab. Sie lauscht andächtig den klangvollen Tönen. Dann fangen ihre Finger an, die Serenade von Mozart... die kleine Nachtmusik, zu spielen. Sie lächelt konzentriert. Sie spielt es auswendig. Sie ist in ihrer eigenen Blase. Sie wechselt zu Johann Sebastian Bach... Air. Auch dieses Lied spielt sie auswendig. Ihr Körper bewegt sich fließend zu den Akkorden. Als sie fertig ist, verstummt sie seelenvoll. Ihre Hände liegen locker in ihrem Schoß. Sie hat schon zu lange nicht mehr gespielt... viel zu lange! Plötzlich klatscht jemand hinter ihr und reißt sie aus ihrer Trance! „Mädchen du spielst göttlich! Wieso bist du nicht in meiner Klasse?!" Die Musiklehrerin! „Es tut mir leid, dass ich so einfach hereingekommen bin!" „Wenn jemand so himmlische Töne aus dem Flügel zaubert, dann hat er jedes Recht hier herein zu kommen!" Frau Moskawa lächelt wohlwollend. „Wie lange spielst du es schon?" „Ich spiele, seit ich fünf war! Ich habe noch Geige nebenbei und Saxophon seit ich acht bin, gelernt!" Stolz auf ihre Leistung hebt Emilie den Kopf. „Du musst unbedingt in unsere Musikgruppe kommen! Es ist mir schleierhaft, dass wir ein Riesentalent haben und davon nichts wissen! Hast du deine

Geige und dein Saxophon hier?" „Nein, zu Hause!" Emilies Stimme ist traurig.

„Komm, wir haben eine Geige hier! Zeig mir, wie du darauf spielst!" Neugierig folgt Emilie Frau Moskawa zu einem geschlossenen Schrank. Sie nimmt den wunderschön geschwungenen Geigenkasten entgegen und klappt ihn auf. Sie stimmt die Saiten an und zupft hie und da, um die richtigen Töne zu finden. Dann setzt sie an und spielt wieder die kleine Nachtmusik… diesmal auf dem Streichinstrument. Die Lehrerin ist begeistert. Sie hat während des Spiels die Hände andächtig zusammengefaltet, als bete sie. Ihre Augen sind geschlossen, dann wieder offen, um das Mädchen zu beobachten. „Bravissimo Emilie! Bravissimo!" Sie klatscht. Emilie verstaut die Geige vorsichtig wieder zurück in die Ledertasche, verschließt sie und legt sie zurück in den Schrank. Emilie noch ganz ergriffen, blickt selig auf die Lehrerin. Ihre Augen glänzen wie zwei Sterne. „Mein liebes Kind. Du kannst jederzeit hierher kommen und dich an den Flügel setzen! Ich werde dir einen Erlaubnisschein ausstellen lassen, der dich dazu berechtigt, auch ohne Begleitung einer Lehrkraft, hierher zu kommen." „Danke! Danke! Sie glauben gar nicht, wie viel mir das bedeutet!" Emilie ist den Tränen nahe. Sie ist so glücklich! Die Musik hat ihr so gefehlt!

Michael

Michael ist müde. Seine Familie ist vollzählig in seinem Krankenzimmer versammelt. Emilie ist gerade, begleitet von seinem Vater, aus dem Zimmer gegangen. Sie ist wirklich ein süßes Mädchen. Er mag sie sehr. Sie lachen auch sehr viel. Er freut sich schon auf die Weihnachtsferien mit ihr. „Hey Bruder! Was machen deine Beine? Spürst du sie schon?" Sebastian schlägt mit einer Hand auf seine Zehen. „Aua! Lass das!" „Das ist ja super!" Sebastian ist begeistert von der Reaktion. Sein Bruder ist auf dem Weg der Genesung! Auch Michael ist überrascht, dass er den Schlag gespürt hat. „Mach das noch einmal!" Er ist sich nicht sicher, ob er nicht mental auf den Schlag reagiert hat. Sebastian schnappt sich die große Zehe vor ihm und quetscht sie. „Aua! Aufhören!" Seine Mutter ist neugierig vom Sessel aufgestanden. Sollte ihr Sohn auf Reize ansprechen? „Noah!" Sie blickt aufgeregt auf ihren soeben eingetretenen Mann zu. „Sieh nur! Michael!" Sie ist ganz aufgeregt. Noah fängt seine Frau auf und sieht fragend auf seine Söhne hin. Florian und Sebastian stehen grinsend da. „Was!" „Er spürt seine Beine! Sieh mal!" Sebastian zwickt Michael grob in das Bein. „Jetzt mach mal halblang! Aua!" Michael ist wütend. Es tut weh! „Noah wir müssen es dem Arzt sagen!" Noah nickt. Er muss es erst einmal verarbeiten. Sein Sohn ist auf dem Weg zur Genesung. Eine schönere Weihnachtsbescherung kann er ihm nicht machen! Noah hat zu tun, nicht schon wieder in heimliche Tränen auszubrechen! Nicht schon wieder!! Er schluckt. Dann geht er hinaus und lehnt sich an die Wand. Sein Kopf hängt nach unten. Unbewusst reibt er sich eine Träne von den Wangen. Tief durchatmend blickt er hoch. „Kann ich etwas für Sie tun? Ist ihnen nicht gut?" Er sieht auf. Seine Sicht ist etwas getrübt. Die Schwester wollte gerade an ihm vorbei gehen. Nun steht sie besorgt vor ihm. Er schüttelt den Kopf. „Alles gut! Michael!" „Was ist mit Michael?" Sie sieht alarmiert zur Zimmertür und bewegt sich dorthin. „Nein! Alles Bestens! Er spürt seine Beine!" „Herr Jackson! Das sind gute

Neuigkeiten! Ich werde sofort den diensthabenden Arzt benachrichtigen!" Es ist später Nachmittag und der Arzt, der kurz vorbei gekommen ist, bestellt Michael erst für den nächsten Morgen in die Ambulanz, wo er verschiedene Tests, unter Berücksichtigung seiner verletzten Hüfte, unterzogen wird.

Am nächsten Morgen ist Noah zur Stelle. Er lässt es sich nicht nehmen, seinen Sohn zur Ambulanz zu begleiten. „Dad! Ich bin bald achtzehn! Ich kann da alleine hin! Mein Gott, du bist peinlich!" Insgeheim ist er über die Eigenmächtigkeit seines Dad doch froh. Noah lacht nur und schiebt ihn im Rollstuhl in den Aufzug, um in den unteren Stock zu gelangen. Sie melden sich an und werden in den Warteraum verbannt. Es sind viele Leute hier. Hoffentlich geht es schnell, denkt sich Noah. Die Holzstühle sind äußerst ungemütlich! Er steht auf und marschiert hin und her. Hie und dort liest er Hinweise des Krankenhauses und Plakate. Dann setzt er sich wieder. Michael spielt mit seinem Handy. „Michael Jackson bitte!" Sie mussten nicht einmal eine Viertelstunde warten! Noah springt erleichtert auf und schiebt seinen Sohn zu der wartenden Ambulanzschwester. Er lächelt sie an, worauf sie leicht errötet. Noah hat es noch immer drauf! Er grinst. Die Schwester hat sich schon umgedreht und ist ihnen voran in den Behandlungsraum gegangen. „Michael Jackson?" „Jep!" „Ich bin Noah Jackson, der Dad!", stellt der Ältere sich gleich selbst vor. Noah ist aufgeregt. Ärzte machen ihn schon immer nervös. Er wartet ab. Der Arzt sieht auf den Monitor vor ihm. „Herr Jackson..." „Sagen Sie Michael zu mir, bitte!" „Michael! Sie haben sich die Hüfte gebrochen, die Ihnen operativ zusammengesetzt wurde und mit Schrauben und Drähten gestützt wird. Haben Sie Schmerzen?" Michael schüttelt stumm den Kopf. „Außerdem sind Sie seit gestern empfänglich für Reize von außen?" Michael nickt wieder. „Sehen wir uns das an!" Der Arzt steht auf und schiebt seinen Patienten in die Mitte des Raumes neben eine Ambulanzliege. Er sieht Noah an. „Können Sie mir helfen, Michael auf die Liege zu transferieren?" Noah springt augenblicklich auf und gemeinsam heben sie ächzend den schweren jungen Mann aus dem Rollstuhl, hinüber auf das

Liegebett. Der Arzt streckt die Beine aus und tastet sie ab. „Spüren Sie das?" Er drückt immer wieder zu. Michael nickt. Dann schlägt der Arzt leicht auf seine Knie. Reflexartig zuckt das Bein leicht nach oben. „Mhm." Er tastet noch die Hüfte ab, die in einem festen Verband liegt und stellt sich aufrecht. „Wir können ihn wieder in den Rollstuhl setzen." Noah ergreift Michael unter den Achseln und zieht den Jungen in die Sitzposition. Mit Schwung hievt er den Körper in den Rollstuhl. Michael ächzt, seine Hüfte!

„Das sind erfreuliche Fortschritte! Sie können jetzt mit der Physiotherapie beginnen! Herr Jackson, haben Sie die Möglichkeit, die Physiotherapie zu Hause fortsetzen zu können? Wenn ja, dann kann Ihr Sohn in einer Woche in häusliche Pflege entlassen werden." Michael lächelt. Er darf wieder nach Hause! Endlich! „Ich muss mich umschauen. Aber ich denke, ich habe kein Problem dabei!" Noahs Stirn runzelt sich. Seine Gedanken sind schon bei sich zu Hause. Er muss dieses Problem mit seinem Dad regeln. Michael muss nach Hause! Er sieht den Arzt an und nickt. „Dann wäre alles ausgemacht. Ich wünsche ihnen alles Gute, Michael! Wir sehen uns zur Nachkontrolle.", sagt der Arzt abschließend. Noah schüttelt dem Arzt die Hand und schiebt Michael aus dem Zimmer. „Mann, bin ich froh!" „Ja Dad, und ich erst!" Noah liefert Michael in seinem Zimmer ab und fährt sofort zu seiner Frau, um die frohe Botschaft zu verkünden. „Noah, wir fahren sofort nach Hause und organisieren das. Ein Physiotherapeut kann bei uns einziehen, wenn es sein muss!" „Langsam Süße! Wir haben zu Weihnachten das Haus voll! Aber wir finden einen Weg!" Sarah seufzt. Noah bremst sie in ihren Enthusiasmus empfindlich ein. Aber sie vertraut Noah. Er hat bis jetzt alles zu ihrer Zufriedenheit geschafft! Sie küssen sich. Lange. Sehr lange, bis sie von Sebastian, der ohne anzuklopfen, in sein Zimmer, das zurzeit von seinen Eltern besetzt wird, stürmt. „Oha!" Noah lässt sich nicht beirren und hängt noch an den Lippen Sarahs. Aber seine Frau drängt ihn loszulassen. Knurrend gibt er nach. Böse und ungehalten schaut er seinen Sohn an. „Was ist!?" „Ich brauche ein frisches T-Shirt! Mein Zimmer, oder?", meint Sebastian frech und geht zu seinem Kasten. „Ihr könnt weitermachen!"

„Sebastian! Komm sofort zurück!" Aber nur, weil ihn seine Mum zurückruft, bleibt er stehen. „Ja?" „Michael wird in einer Woche entlassen! Er braucht einen Physiotherapeuten! Wir fahren heute nach Hause und regeln das! Ihr kümmert euch um Michael. Alles klar? Komm her zu mir!" Sie wedelt ungeduldig mit ihren Armen, bis sie Sebastian mit diesen umschlingen kann. Sie küsst ihn mitten auf den Mund und gleich noch einen Schmatz auf die Wange. „Mum, lass los!" Sebastian wischt sich, vorgebend, als sei er angeekelt, die feuchten Spuren weg. Aber er strahlt über das ganze Gesicht. Endlich kann er seinen Bruder wieder haben. Er war nicht mehr er selbst, seit dem grässlichen Unfall!

„Süße, wir müssen Dr. Kokoff aufsuchen und uns abmelden!" Noah und Sarah haben ihre Taschen gepackt und sind abreisefertig. Hand in Hand gehen sie zur Direktion. Frau Sejdic lässt sie sofort in das Allerheiligste der Schule. „Welche angenehme Überraschung! Frau Jackson… Herr Jackson! Was kann ich für Sie tun?" Die Jackson waren wohltuende Besucher seines Internats. Sie haben keinerlei Ansprüche gestellt und haben sich dem Schulbetrieb untergeordnet. „Dr. Kokoff, wir bedanken uns für den herzlichen Aufenthalt. Wir haben sehr gute Neuigkeiten, betreffend unseres Sohnes Michael. Er kann in einer Woche entlassen werden. Wir müssen in diesem Fall sofort abreisen und alles zu seiner weiteren Genesung vorbereiten. Er braucht einen Physiotherapeuten." „Ich freue mich außerordentlich für Michael! Das sind ja wirklich gute Neuigkeiten! Ich hoffe, dass ich Michael nach den Weihnachtsferien wieder begrüßen darf?" „Natürlich! Seine Bildung ist uns wichtig! Wir werden uns selbstverständlich auch um den Physiotherapeuten nach den Ferien in der Schule kümmern." „Ich danke ihnen für die Zuvorkommenheit und werde zu gegebener Zeit mit Dr. Schiwago wegen der notwendigen Räumlichkeit sprechen!" Sie schütteln sich zum Abschied die Hände. Dr. Kokoff freut sich außerordentlich, dass der Unfall seiner beiden geschätzten Schüler zu einem guten Ende gekommen ist. Sie hätten sterben können! Er mag gar nicht daran denken! Seufzend beobachtet er die Jacksons von seinem Fenster.

Emilie hat sich wieder einen Besuch erbeten. Dr. Kokoff kann dem Mädchen zurzeit nichts abschlagen. Er ist dem Schicksal äußerst dankbar, dass es nicht zu brutal zugeschlagen hat. „Vladimir wird dich wieder fahren!" Emilie nickt. Sie hat Vladimir als netten Mann kennen gelernt und hat nun keine Probleme mehr mit ihm. Im Gegenteil. Sie erzählt Vladimir begeistert, dass sie den Klavierflügel zu jeder Zeit bespielen darf. Er lächelt und freut sich für sie.

Bald steht sie wieder in Michaels Krankenzimmer. „Hi!" Spontan geht sie auf ihn zu, nimmt seine Hand in ihre und beugt sich zu ihm, um ihn zu küssen. Knallrot richtet sie sich auf. Das hat sie eigentlich nicht vorgehabt! Aber Michael hat es gefallen. Er hält ihre Hand weiterhin mit geringem Druck fest und holt sie andeutungsweise auf die Bettkante. „Setz dich hierhin!" „Michael! Du spürst wieder deine Hände?!" Emilie sieht ihn mit großen Augen an. Er grinst nur. Ein Mann kommt in weißer Hose und blauem Hemd in das Zimmer. „Wir beginnen mit der Physio! Michael?" „Ja." Michael bedauert es sehr, dass sie jetzt getrennt werden. „Mein Name ist Dimitri." Er ist mit der Vorbereitung Michaels beschäftigt und blickt nun hoch zu Emilie. „Junges Mädchen! Wenn Sie die Freundin dieses jungen Mannes sind, dürfen Sie uns begleiten!", fordert der Therapeut sie auf. „Äh…!" Sie wollte die Umstände schon berichtigen. „Bitte Emilie! Begleitest du mich?" Michael sieht sie treuherzig an. Sie kann ihm nicht widerstehen und geht mit. Für Michael ist es sehr anstrengend. Der Therapeut Dimitrij fordert ihn von der ersten Minute, sobald er den Jungen abgecheckt hat, was er mit ihm machen kann und muss. „Versuche das Bein mehr zu strecken. Streng dich an Junge!" Michael schnaubt. Er kann nicht! Emilie tut es weh, wie Michael sich anstrengt und doch kein Bisschen weiterkommt. Sie legt ihm anteilsvoll die Hand auf seinen Oberarm. Michael probiert es noch einmal. Vor Emilie möchte er sich nicht blamieren! Seine Stirn ist mit Schweiß bedeckt. Er beißt die Zähne zusammen und fällt schließlich in sich zusammen. „Das war schon sehr gut für den Anfang!", lobt ihn Dimitrij. „Ich will, dass du jede freie Minute den Muskel hier…" Er legt seine Hand auf den

Oberschenkelmuskel seines Klienten. „…anspannst und wieder lockerst. Du wirst sehen, es wird leichter werden!" Dimitrij lässt es Michael noch einige Male vorzeigen. „Wir sehen uns morgen um dieselbe Zeit! Ich hole dich ab!" Dann sind sie entlassen.

Emilie schiebt Michael in seinem Rollstuhl wieder ins Zimmer zurück. Vor dem Bett steht sie etwas ratlos da. Wie soll sie den schweren Körper Michaels auf die Matratze bringen?! Michael beruhigt sie. „Keine Angst! Ich kann das schon alleine! Du brauchst mir nur den Stuhl festzuhalten!" Gesagt getan. Er stemmt seine Arme auf beide Seiten des Stuhls und nimmt Anlauf. Währenddessen hält Emilie den Rollstuhl ganz fest. Er hievt sich zittrig und mit einigermaßen Schwung hoch und lässt sich aufs Bett fallen. „Mein Gott, das sieht ja gefährlich aus! So kannst du das nicht machen! Das kann nicht immer gut ausgehen!" Emilie ist entsetzt. Michael ist auf seinen Oberkörper aufgeprallt. Jetzt quält er sich ab, dass er wieder auf den Rücken zu liegen kommt. Emilie packt zu. Mit vereinten Kräften gelingt es ihnen. Michael schnauft durch. Er verzerrt kläglich das Gesicht. „Mein Kopf! Er tut so weh!" Er bedeckt verkrampft seinen Schädel mit seinen Händen. Emilie ist entsetzt. Was, wenn er sich verletzt hat? „Michael!" Sein Gesicht ist schmerzvoll verzerrt. Emilie ergreift die Klingel und läutet nach der Schwester. Wo bleibt sie nur?! Emilie macht sich große Sorgen. Die Schwester steckt den Kopf bei der Tür herein. „Was gibt es?" Sie bemerkt sofort das aschfahle und schmerzverzerrte Gesicht Michaels. Gekrümmt liegt er auf dem Bett. „Michael was ist passiert? Haben Sie Kopfschmerzen?" Sie sieht, dass er seine Hände auf seinen Kopf presst, als möchte er ihn zusammen halten. Ohne lange nachzudenken, nimmt die Schwester ihr Handy zur Hand und fordert den diensthabenden Arzt an, der nicht lange auf sich warten lässt.

„Herr Jackson was ist passiert?", fragt er ihn, nachdem er den Kopf des Jungen abgetastet hat. Er weist die Schwester an, ein Schmerzmittel zu bringen. „Ich war bei der Physio…" Michael muss immer wieder durchatmen. Die Schmerzen haben ihn fest im Griff. „Emilie und ich sind alleine zurückgefahren... und ich... ich habe mich dann selbst aus dem Stuhl... gestemmt. Dabei bin... ich auf den Bauch gefallen und Emilie... hat mir geholfen... mich auf den Rücken zu drehen..." Immer wieder muss er wegen der schier unerträglichen Schmerzen innehalten. Der Arzt sieht ihn an und tastet den Kopf seines Patienten ab. „Tut es hier weh?" Michael stöhnt leise auf. „...und hier?" „Nein." Der Arzt richtet sich auf. „Junger Mann sie haben sich übernommen! Sie müssen es langsam angehen! Ihre Verletzungen sind nicht zu unterschätzen. Außerdem haben sie eine schwere Operation hinter sich. Sie müssen sich helfen lassen, wenn sie aus dem Rollstuhl ins Bett müssen! Sie müssen ihre Motorik mit Hilfe von Dimitrij neu trainieren! Das wird Monate dauern! ...und Sie brauchen anfangs viel Ruhe!" Er sieht ihn streng an. Michael schluckt gerade eine Tablette mit einem Glas Wasser. Sein Kopf beruhigt sich allmählich. Er nickt verdrossen. Es dauert ihm zu lange! Emilie hat tröstend seine Hand in ihre genommen und sieht ihn lächelnd an. Sie wird ihm helfen! Der Arzt verlässt sie beide und die Schwester meint, dass Emilie sich jetzt verabschieden müsse, damit der Patient sich ausruhen kann und verlässt das Zimmer. Wieder alleine, beugt sich Emilie vor und küsst Michael spontan auf den Mund. Sein Arm legt sich auf sie und verhindert ein zu schnelles Entkommen ihrerseits. Küssend verlieren sie sich aneinander, bis sie von ihm wegrutscht. Er kann gar nicht dagegenhalten. Die Kraft hat seinen Arm schon wieder verlassen! Michael flucht leise... „Ich komme morgen vielleicht wieder. Ich werde Vladimir fragen, ob er mich mitnimmt." Er neigt leicht den Kopf und schließt erschöpft die Augen, sobald sie aus dem Zimmer hinausgegangen ist.

Endlich zu Hause

Eine Woche später wird Michael auf einen Umzug nach Hause vorbereitet. Dimitrij ist als Michaels privater Physiotherapeut engagiert worden. Dieser hat sich die Gelegenheit nicht entgehen lassen. Die Bezahlung ist viel besser als im Krankenhaus und außerdem versteht er sich mit Michael blendend. Der junge Kerl hat Humor und das weiß Dimitrij sehr zu schätzen. Sie sind richtige gute Partner geworden. Er fährt sofort mit den Jackson mit. Die Kündigungszeit für Dimitrij wurde erlassen, nachdem Noah Jackson mit der Krankenhausleitung gesprochen hat. „Da sind sie ja!" Dimitrij kommt abgehetzt, einen kleiner Koffer hinter sich ziehend, in das Zimmer geeilt. „Entschuldigen Sie die Verspätung! Das Taxi ist im Stau gestanden!" „Kein Problem, die Entlassungspapiere sind noch nicht fertig!" Noah Jackson steht im Zimmer und beobachtet die Vorbereitungen für die Abreise. Sarah Jackson steckt die persönlichen Sachen Michaels in eine Tasche und sie ermahnt Sebastian, Michael in Ruhe zu lassen. Sie merkt, dass Michael schon erschöpft die Augen schließt. Als die Entlassungspapiere fertig sind, hilft Dimitri Michael gekonnt in den Rollstuhl. Endlich geht es nach Hause! Sebastian, der ohne seinen Bruder nicht mehr sein will, begleitet Michael. Er hat ihn sehr vermisst! Der Direktor hat dem Arrangement, ohne zu zögern, zugestimmt.

Michael döst während der Fahrt ein. Er ist müde. Der Aufenthalt im Krankenhaus ist lange… zu lange gewesen. Seine Gedanken wandern zu den schweren Stunden, als er endlich nach der tiefen Bewusstlosigkeit aufgewacht ist. Das Wissen, dass sein Körper gelähmt sein könnte… Er darf gar nicht daran denken! Sein Trauma von dem Unfall hat er noch nicht wirklich verarbeitet. Die Psychologin hat ihn vorgewarnt, dass dies sehr lange dauern werden wird. Oft ist er alleine in seinem Bett gelegen, in Tränen aufgelöst, und hat in die Luft gestarrt. Albträume plagen ihn fast jede Nacht. Einzig Emilie schafft es, ihn zu beruhigen, wenn sie da ist.

Er freut sich schon auf sie. Sebastian beobachtet seinen Zwilling neben ihm. Er ist unsicher, was er zu ihm sagen soll. Also schweigt er. Michael hingegen hat den kummervollen Blick gespürt und tastet nach der Hand seines Bruders. Sie blicken sich an, aber schweigen. Dann sehen sie wieder nach vorne. Ihre Hände sind noch beieinander. Endlich zu Hause kümmert sich Dimitrij zu allererst um seinen neuen Freund und Patienten. „Komm, ich fahr dich!" Er lässt Sebastian keine Chance hinzugreifen. Achselzuckend packt Sebastian mit an, die Koffer ins Haus zu tragen. Er hat keine Ahnung, wie es hier weitergehen soll. Dimitri steht zu oft zwischen ihm und seinem Zwillingsbruder. „Hi Dad… Mum!" Noah begrüßt seine Eltern, die ihre Familie schon an der Tür erwarten. „Habt ihr alles vorbereitet?" „Natürlich! Michael! Schön, dass du endlich wieder bei uns bist!" „Grandma!" Er hebt mühsam die Arme zu der zierlichen Gestalt seiner Oma, die gerade mal so groß ist, als dass sie Ihren, im Rollstuhl sitzenden Enkel, in Augenhöhe begrüßen kann. Sie küsst ihn liebevoll und übergibt ihn der anderen Großmutter, die natürlich auch gekommen ist. Sie haben um ihren Enkel gebangt!

„Wo gehen wir hin?" Das gemeinsame Zimmer der Zwillinge ist im ersten Stock. Aber Noah geleitet Dimitrij mit Michael in die Wohnung seiner Eltern. „Wir können dich nicht immer hin und her tragen. Wir dachten, wenn es dir besser geht, kannst du auch alleine nach draußen gehen." Michael nickt. Er hat verstanden. Er ist ein Krüppel und auf die Hilfe anderer angewiesen. Seine Stimmung kippt. „Hey Kumpel mach dir nichts draus! Ich schlafe bei dir!" Sebastian versucht ihn aufzuheitern. Aber es gelingt ihm nicht ganz. Er ist über diese Einteilung auch überrascht. Sie betreten das Zimmer. Es ist genauso eingerichtet wie ihr eigenes! Ihr Bett, ihre Kästen, ihre Tische und sogar ihre Plakate kleben an den Wänden! „Siehst du? Es ist unser Zimmer!" Sebastian lacht aus vollem Halse über den Aufwand. Michael lächelt. Sein Bruder ist zu komisch! „Michael, ist es okay für dich?" Jason, sein Grandpa steht hinter ihnen. „Ja, danke! Es sieht wirklich wie unser Zimmer oben aus!" „Das haben wir gerne gemacht. Euer Zimmer, haben wir für die drei Mädels eingerichtet. Wir wollen es doch für sie auch gemütlich machen!" Er grinst. „Ich bin schon gespannt auf sie!", fügt Jason hinzu. „Nora kennst du ja schon!" Sie sitzen beim Essen. „Dimitrij, wir haben Sie im Zimmer unseres dritten Sohnes untergebracht. Aber wir haben ein kleines Platzproblem. Macht es Ihnen etwas aus, wenn wir unseren Partyraum im Keller für Sie einrichten?" Sarah sieht etwas besorgt den jungen Therapeuten an. „Wir zeigen ihnen nach dem Essen den Raum. Sie können entscheiden! Sonst müssen wir uns etwas anderes überlegen." „Frau Jackson, solange ich ein Bett habe, wird es für mich kein Problem sein!" Er lächelt in die Runde und sein Blick bleibt auf Michael hängen. „Wir schaukeln das, Kumpel!", spricht er ihm Mut zu. Noah und Sarah schauen sich an. Sie sind zuversichtlich, dass sie eine gute Wahl mit Dimitrij getroffen haben. Der junge Mann kann gut mit Michael umgehen.

Emilie besucht inzwischen jede Unterrichtsstunde auf ihrem Studienplan. Sie hat keine Probleme mehr, sich zu konzentrieren. …und sie spielt fast alle Tage am Klavier. Oft ruft sie Michael an und spielt ihm etwas vor. Diese Anrufe behält sie für sich. Es sind ihre ganz besonderen Momente. „Emilie, hast du etwas von Michael gehört?" Anastassja ist in das Zimmer zu Emilie gekommen. Sie ist oft bei ihr, weil sie das Gefühl hat, dass die Jüngere jemanden zum Plaudern braucht. Emilie kann sich ihr anvertrauen, was das junge Mädchen auch dankbar annimmt. Anastassja hört ihr zu, wenn sie wieder einen ihrer depressiven Momente hat. Dann hört Anastassja mit Grauen, wie der Unfall sich ereignet hat… wie sich Emilie sich danach gefühlt hat… als sie im Krankenhaus aufgewacht ist. Anastassja ist entsetzt über die scheinbare Gefühllosigkeit ihres Vaters und dass ihre Mutter sich ihrem Mann unterordnet, auch wenn sie oft an ihrem Bett gesessen ist und ihre Hand gehalten hat. „Wie fühlst du dich zurzeit?" „Ja, es geht schon. Ich freue mich schon auf die Weihnachtstage bei Michael. Aber ich habe auch etwas Angst vor den vielen Leuten, die vermutlich da sein werden." Sie guckt etwas verloren drein. Anastassja streckt spontan die Arme aus und Emilie kuschelt sich hinein. „Hast du noch

Albträume? Soll Aleksej bei dir vorbeischauen?" Aleksej hat ihr über die ersten Wochen wunderbar geholfen. Wenn es ihr besonders schlecht gegangen ist, ist er gekommen und hat seine warmen, heilenden Hände aufgelegt und sie hat tiefen Frieden erlebt. Zuerst hat sie sich geweigert. Es war ihr doch zu peinlich. Aber Anastassja war sehr bestimmend und hat ihr von ihren eigenen Albträumen erzählt. Widerwillig, aber nur weil die Freundin darauf bestanden hat, hat sie schließlich doch zugestimmt. „Es wäre sehr schön, wenn er nachher vorbeikommen könne. Aber zuerst habe ich Michael versprochen, ihm etwas auf dem Klavier vorzuspielen." „Du spielst?" Emilie nickt. Eigentlich wollte sie es nicht sagen, weil es, wie schon erwähnt, besondere Momente mit Michael sind. „Ja. Es gefällt ihm. Deshalb rufe ich ihn an und ich spiele für ihn." Sie lächelt in sich hinein. Anastassja beobachtet das junge Mädchen. Emilie ist ganz entrückt. Sie liebt Michael, wird Anastassja in diesem Augenblick klar. „Dann bis später!"

Wieder einmal durch die Telefonleitung verbunden, hauchen sich Michael und Emilie zärtlich ihre Begrüßung ins Ohr. „Bist du alleine? Ich sitze am Klavier!" „Ja, Gott sei Dank! Sebastian ist so anstrengend! Er ist hinaus. Dimitrij wird bald kommen und mich zur Therapie abholen. Wir haben gerade zehn Minuten! Spiel mir was vor, bitte!" …und Emilie spielt eine Sonate von Beethoven. Michael hat sein Handy auf laut gestellt und schließt die Augen. Er genießt das Spiel in vollen Zügen. Er entspannt, nicht nur, weil er weiß, dass es Emilie ist, die es ihm vorspielt, auch die Musik entspannt ihn. „Michael! Können wir?" Dimitrij steht vor ihm und sieht auf seinen komplett entrückten Klienten. Michael zuckt zusammen und schnappt sich hektisch sein Handy. Er fühlt sich ertappt. „Kannst du nicht anklopfen?!" „Ich habe laut angeklopft!", verteidigt sich Dimitrij. Michael seufzt und spricht in den Hörer. „Wir müssen leider Schluss machen!" „Ich habe es gehört. Michael, wir sehen uns ja bald." „Ja… ich freue mich schon. Hast du ein anderes Instrument, das du mitnehmen kannst?" „Ja… du kannst wählen zwischen Saxophon und Violine!" „Klasse! Ich überlege es mir! Bye!" „Servus!"

Dimitrij hat den Rollstuhl an den Bettrand gestellt und legt seine Arme unter die Achseln des großen Körpers von Michael. Anfangs hatten die Jacksons Zweifel, ob der kleine, schmächtige Therapeut den großen schweren Körper Michaels überhaupt anheben kann. Aber Dimitrij hat es ihnen gezeigt, dass er sehr wohl dazu fähig ist. Mit seinen Armen unter den Achseln seines Klienten, hievt er ihn mit Schwung in den Stuhl. Er stellt seine Füße in die aufgeklappten Tritte und entsperrt die Bremsen. Der für die Therapie geeignete Raum ist zwar im Keller des Hauses... also einen Stock tiefer. Aber Jason Jackson hatte beim Hausbau im Außenbereich eine Rampe in den Keller gebaut, die nur eine leichte Neigung hat. Praktischerweise wurde diese Rampe komplett überdacht. Dimitrij kann Michael nun bequem in den Keller fahren und dort den Fitness Raum der Familie benutzen. Er hilft Michael auf die bereit stehende Massageliege hinauf. Dimitrij beginnt mit seinen Armen, weil diese Übungen nicht so anstrengend sind, wie die mit den Beinen. „Spann deinen Oberarm an! Ja, genauso!" Dimitrij arbeitet konzentriert. Er weiß, dass Michael frustriert ist und immer wieder Ansporn von seiner Seite braucht. „Du machst es sehr gut! Wir machen mit dem anderen Arm weiter! Anspannen und locker lassen! Sehr gut!" Michael schwitzt. Er bemüht sich. Aber heute ist er nicht ganz bei der Sache. Seine Gedanken kreisen um Emilie. Er freut sich auf sie. Nicht mehr lange und sie kommt.

„Michael, konzentriere dich!" Er reißt sich zusammen und spannt seinen Oberarm an. „Was war das am Klavier? Das war Beethoven, nicht wahr?" „Ja!" „Deine Freundin?" „Mhm..." „Kommt sie auch zu Weihnachten?" „Jep!" Dimitrij sieht Michael das erste Mal heute lächeln. „Ist das nicht das Mädchen, das ich bei dir im Krankenhaus gesehen habe?" Michael nickt. „Sehr hübsches Mädel!" „Wir machen mit den Beinen weiter! Dasselbe wie bei den Armen! Versuche den Oberschenkel anzuspannen und wieder locker zu lassen! Genauso! Weiter!" Die Übung wird mit dem anderen Bein gemacht. Dann geht Dimitrij dazu über, dass er die schlaffen Beine anwinkelt und wieder ausstreckt. Er wiederholt es etliche Male. „Mir ist schlecht!" Dimitrij sieht zu Michaels Gesicht. Er ist etwas blass. Er geht zu der

Kühlbox und holt ihm eine Flasche Wasser und hält sie ihm geöffnet an die Lippen. Das halbe Liter Gewicht der Wasserflasche ist zu schwer für Michael, als dass er sie alleine halten könnte. Dimitrij stellt sich an das Kopfende der Liege und fängt an, die Muskulatur am Hinterkopf zu massieren. Michael stöhnt schmerzvoll. „Tut das weh?" „Ja." Er nimmt etwas Druck weg. „Siehst du, es gibt Fortschritte! Du kannst schon die Muskeln an beiden Armen und Beinen etwas anspannen! Du spürst auch deutlich die Massage am Hinterkopf!" Die Stimme des Therapeuten ist erfreut. Aber Michael ist nur müde. Wann sind sie endlich fertig?

„Hallo, wie geht's?" „Hi Dad!" Noah kommt im sportlichen Aufzug herein. Noah sieht auf die Liege und beobachtet die Nackenmassage. „Ihr Sohn kann die Oberarm- und Oberschenkelmuskeln deutlich fester anspannen! Das ist ein großer Fortschritt! Außerdem spürt er den Schmerz der Massage, wenn ich zu hart massiere. Das hatten wir auch noch nicht." Er nimmt die Hände vom Nacken weg und holt den Rollstuhl. „Wir sind für heute fertig, Michael. Du warst große Klasse!" Michael schnaubt. Er ist nur müde! Gerade als Dimitrij Michael unter die Achseln greifen möchte, nimmt Noah Michael beinahe mühelos auf seine Arme und setzt ihn auf dem Stuhl ab. „Oh danke, Herr Jackson!" „Noah!" Dimitrij grinst ihn an und rollt Michael aus dem Fitness Raum.

„Ich mache Fortschritte!" „Super!" Michael hat Emilie in der Leitung. Er muss sie einfach hören. Die vielen Menschen im Haus gehen ihm gehörig auf den Sack. Immer ist irgendwer da. Gerade war Sebastian mit den kleinen Mädels Laura und Luisa da. Die kleinen Zwillingsschwestern von ihm! Entzückend! Aber sie waren anstrengend! Sie sind so aktiv! Sie sind die ganze Zeit auf ihm herumgekrabbelt. Gespürt hat er sie gerade nicht viel. Aber seine Sorge, dass sie abrutschen könnten und vom Bett fallen, war umso größer. Er hätte sie nicht auffangen können! ...und gerade Sebastians Fürsorge geht ihm schon so auf die Nerven...! „Ich bin froh, wenn du kommst!" „Ja, dann machen wir lange Spaziergänge und du musst nicht ständig umsorgt werden!" „Emilie ich kann es gar nicht erwarten!" Michael lächelt. „Bist du noch da?" „Ja, ich träume. Entschuldige!" Emilie lacht. „Weißt du schon, welches Instrument ich mitnehmen soll?" „Saxophon?" „Wie du willst! Ich nehme das Saxophon mit. Aber beschwer dich nicht, wenn ich dir dabei auf die Nerven gehe! Ich werde ununterbrochen spielen!" Michael lacht. Er genießt die lustige Art sich mit ihr zu unterhalten. Nach über einer Stunde verabschieden sie sich, weil Dimitrij schon wieder vor ihm steht und auf seine Armbanduhr klopft. Nervensäge!

Dann ist es endlich soweit! Florian wird mit Nora von der Schule abgeholt. Simon, sein Patenonkel hat sich zur Verfügung gestellt. „Hey Florian! Wie geht's so?" „Simon! Nora darf ich dir Simon vorstellen? Mein Patenonkel! Simon, das ist Nora, meine Freundin!" „Hallo hübsches Mädchen!" Simon, Noahs Freund, hat sich mit Freude zur Verfügung gestellt, das Taxi zu spielen. „Ich habe von dem Unfall gehört. Scheiße ist das! Wie geht es Michael?" „Soweit ich weiß, ist er ziemlich depressiv. Seine Fortschritte sind mager. Ach... ich weiß auch nicht!" Florian leidet mit seinem Bruder. Sie fahren stumm weiter. Simon setzt sie vor der Haustür ab. Er entschuldigt sich, dass er nicht einmal aussteigt. Seine Frau ist hochschwanger. „Es kann jederzeit losgehen!" Dann ist er weg. Florian und Nora stehen da und lassen sich von allen umarmen. Nora ist der Familie schon bekannt. Sie hat schon einige Zeit in den Sommerferien hier verbracht. Als die Sprache auf die Unterbringung kommt, meint Florian: „Mum, was haltet ihr davon, wenn Nora und ich bei Shiva Opa und Oma schlafen? Da haben wir genug Platz!" Sarah betrachtet nachdenklich ihren großen Jungen und überlegt. Eigentlich keine schlechte Idee! Dann muss Dimitrij nicht umquartiert werden! „Wenn es euch nichts ausmacht?" Florian und Nora schütteln gleichzeitig den Kopf. Nora braucht nicht so viele Menschen um sich und Florian liebt seinen Opa! Das ist die Gelegenheit. „Weihnachten sind wir ja alle da!" Also sind Opa Manuel und Oma Jennifer unterwegs um ihren Enkel mit der Freundin abzuholen. Sie freuen sich sehr darüber. Seit Sarah und Noah mit Florian bei ihnen ausgezogen sind, ist es still geworden. Die Zeit mit ihnen war sehr turbulent gewesen! Aber das ist eine andere Geschichte! „Eine Frage hätte ich noch!" Jennifer sieht Florian an. Der Junge ist groß geworden. Sie muss den Kopf anheben! Das müssen fast zwei Meter sein! „Ja?" „Braucht ihr ein, oder zwei Zimmer?" „Zwei Zimmer bitte!" Nora ist es nicht zu peinlich. Sie steht dazu. Sie und Florian küssen sich ununterbrochen. Aber Sex hatten sie noch nicht. Florian nickt. Auch für ihn ist es nicht peinlich. Jennifer gefällt das. Sie gibt ihm das ehemalige Zimmer seiner Mum und Nora das ehemalige Zimmer ihrer zweiten Tochter. Sie haben sie kürzlich frisch gestrichen und alte Möbel durch modernere ersetzt. „Habt ihr Hunger?" „Ja, Oma! Großen Hunger!" Nora nickt nur lächelnd. Jennifer lacht. Ihr Enkelsohn hat immer viel gegessen!

Emilie und Camille werden ein paar Tage nach Florian von Camilles Eltern zu den Jackson gebracht. „Willkommen! Willkommen!" Carla und Jason Jackson stehen an der Tür und grinsen über das ganze Gesicht. Sie wissen schon wer das sein müsste. Die Mädchen ihrer Zwillingsenkelsöhne! Sie sind gespannt. „Guten Tag, McShower Harry, mein Name! Das ist meine Frau Anne!" Sie schütteln sich die Hände, nachdem sich Jason und Carla auch vorgestellt haben und sie drehen sich nach den Mädchen um. „Das ist unsere Tochter Camille und ihre Freundin Emilie!" „Wir haben schon viel von euch gehört!" Jason zwinkert den Mädels zu. „Wo sind Sebastian und Michael?", fragt Camille gleich einmal. Carla lacht, wegen der Ungeduld des Mädchens. „Sebastian ist mit den Kleinen spazieren. Michael ist bei der Therapie im Keller!" „Darf ich zu ihm gehen?" „Ja sicher! Dort die Rampe hinunter und die erste Tür rechts!" Emilie fühlt sich ganz kribbelig. Sie freut sich schon so auf ihn! Sie kann es gar nicht erwarten. Sie spürt ihn körperlich, obwohl er nicht zu sehen ist. Sie beide haben eine ganz besondere Verbindung zueinander. Sie steht an der Tür. Sie hört Stimmen und legt ihr Ohr an. Michael! Den anderen kennt sie nicht. Wahrscheinlich sein Therapeut? Sie öffnet vorsichtig und späht hinein. Dimitrij! Sie erkennt den Mann aus dem Krankenhaus. Was macht er hier? „Anspannen! Streng dich an! Mehr! Auslassen!" Michael keucht. Sein T-Shirt ist durchnässt. Dimitrij ist heute besonders fordernd. Aber er beißt die Zähne zusammen. Als er kurz entspannt, spürt er sie. „Emilie?" Er wendet den Kopf und sieht sie unsicher an der Tür stehen. „Emilie!" Unbewusst dreht er seinen Körper zur Seite und wäre von der Liege gefallen, wenn Dimitrij ihn nicht mit seinem eigenen Körper aufgehalten hätte. „Mach mal langsam! Wenn du auf den Boden knallst, kann ich dich nicht mehr aufheben!"

„Hi Emilie! Du kommst gerade richtig. Mein Klient da, braucht eine mentale Unterstützung!", fordert Dimitrij sie auf, näherzutreten. Sie kommt langsam, aber stetig auf Michael zu. Sie lassen sich nicht aus den Augen. Sie beugt sich zu ihm hin und küsst ihn zärtlich und schmelzend mitten auf die Lippen. Michaels Hand kommt langsam auf sie zu und legt sich schwer auf ihren Nacken. Dimitrij sieht zu. Es freut ihn, dass die Hand, ohne weitere Konzentration durch Michael sich bewegen kann. Seine Reflexe müssen nur trainiert werden! Emilie wird ihm dabei helfen, schwört er sich! „Mm!", räuspert er sich. „Wir wollen weitermachen! Emilie du kannst mir helfen!" Sie gehen auseinander. Sie sind nicht einmal verlegen. Sie wissen, dass sie eine innige Verbindung haben und scheuen sich nicht, sie nach außen zu zeigen. „Was kann ich tun?" „Wir sind mit den Armen fertig! Michael muss seine Oberschenkelmuskel anspannen und entspannen! Greife bitte darauf und fühle es. Wenn er nachlässt, dann erinnere ihn daran! Bitte keine Nachlässigkeiten!", mahnt er noch. Er beobachtet die zwei und korrigiert, wo er es für nötig befindet. „Mehr Spannung, bitte!" Er wird ungeduldig. Michael ist abgelenkt von seiner Freundin. Aber Dimitri schickt sie nicht weg. Er braucht sie noch. Still beobachtet er eine Weile die Übung und greift selbst immer wieder prüfend auf den Schenkel, bis er zufrieden ist. Michael ist erschöpft. Seine Reserven sind ausgeschöpft. Dimitri übernimmt den letzten Part und lockert die Beine. Michael entspannt dabei, indem er Emilie nicht mehr aus den Augen lässt. Sie hält seine Hand und sieht Dimitrij gespannt zu. Dann sind sie fertig. „Kannst du den Rollstuhl holen?"

„Hi, Emilie!" Noah kommt herein. Er hat es sich eingerichtet, möglichst nach Michaels Therapie, mit seinem eigenen Training auf der Hantelbank zu beginnen. Davor kann er seinen Sohn in den Rollstuhl setzen. Dimitrij wirkt auf ihn etwas schmächtig. Aber er hält viel auf ihn als Therapeut. „Oh! Hallo Noah!" Emilie lächelt dem muskulösen und wirklich großen Mann zu. Er macht sie nervös. Sie hat das Gefühl, dass seinen Augen nichts entgeht. „Die anderen warten schon auf euch!" Er hebt Michael so nebenbei und mit Leichtigkeit, in seinen Rollstuhl. Während Dimitrij Michael schiebt, geht Emilie, die Hand auf der des Jungen liegend, nebenher. „Ich muss ihn noch sauber machen und dann bringe ich ihn dir! Oder willst du das übernehmen?" Dimitrij lächelt das Mädchen mokant an, das verschämt den Kopf schüttelt. Sie räumt fluchtartig das Feld. Sie muss die anderen begrüßen. Oje, es fällt ihr gerade ein, dass sie sich bei den McShower nicht für die Herfahrt bedankt hatte! Aber sie macht sich umsonst Gedanken. Die McShower sitzen am Tisch. Sie haben eine Einladung zum Mittagessen dankend angenommen. „Hallo Emilie. Ich freue mich so dich zu sehen!" Sarah kommt auf sie zu und umarmt sie herzlich. Emilie setzt sich hin und spürt an ihrem Bein eine Bewegung. Ein kleines Mädchen mit braunen Locken zupft an ihr und schaut glucksend mit großen Babyaugen zu ihr hinauf. Emilie schmilzt dahin. „Wer bist du denn? Komm her!" Sie holt sie zu sich herauf und stellt sie mit ihren kleinen Beinchen auf ihren Schoß. Sie ist ganz hingerissen. Die Patschhändchen greifen nach ihren braunen Locken und ziehen leicht daran. Emilie lacht. Sie kann gar nicht anders. Das kleine Kind ist entzückend. „Wie heißt du? Du bist ja eine ganz Liebe!" „Das ist Laura!" Sebastian grinst zu ihr herüber. Dann kommt das andere Geschwisterchen und zupft energischer an Emilie. Sie guckt an sich herunter und staunt. Dasselbe Mädchen! Sie umschlingt das zweite Kind und holt es ebenso zu sich hinauf. „Das ist Luisa!" Michael rollt sich schmunzelnd neben sie. Emilie wird jetzt von beiden begutachtet. Die Patschhändchen zupfen an ihren Locken und greifen ihr ins Gesicht. Dann fängt Laura an zu hüpfen. Sie grient, dabei leuchten ihre braunen Augen auf. Emilie ist entzückt und lacht Michael fröhlich an.

Sebastian, auf ihrer anderen Seite holt nun Laura von Emilie herunter. Die Kleinen gebärden sich gar wild auf ihr. Sie hat zu tun, sie nicht fallen zu lassen und ist froh über seine Initiative. Michael versucht indessen seinen Arm zu heben, um Luisa auf Emilies Schoß zu streicheln. Es gelingt ihm nicht. Verdrossen senkt er den Arm wieder auf sein Bein. In sich versunken sitzt er da. Er ist frustriert. Emilie spürt seinen Groll und hebt Luisa zu ihm und setzt sie auf seine Beine. Vorsichtshalber hält sie das Mädel fest. Mit großen Augen blickt die Kleine auf den Mann vor ihr, bis sie jauchzend nach ihm greift. Vielleicht glaubt sie, dass es Sebastian ist? „Luisa! Du kleiner Schlawiner, wo warst du die ganze Zeit! Ich habe dich vermisst!" Luisa gluckst fröhlich vor sich hin und schaut ihn wieder mit großen Augen an. Sie lauscht hingerissen auf die Worte ihres großen Bruders und hält sich an seinem T-Shirt fest. Glücklich, nicht ganz nutzlos zu sein, freut er sich über sein kleines Geschwisterchen. Er muss mehr trainieren! Er will mit seinen kleinen Schwestern spielen! Michael ist wütend auf seine Unfähigkeit. Seine Beine und Arme spürt er zwar schon, aber sie sind noch so armselig! Er spürt, dass er wieder in den Abgrund fällt. Luisa fängt an zu weinen. Sofort holt sie irgendwer von ihm herunter. Es ist ihm egal. Er ist mitten in einer seiner depressiven Phasen! Seine Unfähigkeit treibt ihn von Zeit zu Zeit in ein schwarzes Loch. „Michael! Was ist mit dir?" Emilies leise Stimme dringt zu ihm durch. Sie streichelt über seinen Kopf. Er streckt sich danach. Es tut ihm gut. Seine Sicht klärt sich wieder und er blickt in die klaren, besorgten Augen seines Mädchens. Still lächeln sie sich zu.

Sarah hat diesen Anfall besorgt beobachtet, während Noah seine kleine Tochter in Sicherheit gebracht hat. Es ist nichts Neues. Michael sinkt oft in einen depressiven Moment. Keiner kann etwas dagegen tun. Ihr Sohn weigert sich permanent, Medikamente dagegen einzunehmen. Er sagt, dass sie ihn ganz wuschi machen. Dann beobachtet sie erstaunt, wie Emilie sich um Michael kümmert. Sie dringt ohne Probleme zu ihm durch. Das hat noch keiner von ihnen geschafft. Sie sieht das Mädchen mit neu erwachten Interesse an. Emilie und Michael haben eine ganz besondere Verbindung! Sie spürt es deutlich in ihrem Herzen! Emilie bemerkt die Stille um sie herum. Die Gespräche sind verstummt. Alle blicken auf sie beide! „Äh…" „Was schaut ihr so!" Michael ist böse. Was glotzen sie alle? Er blickt in die Runde. Sofort werden die Augen auf ihre Teller gesenkt und die Unterhaltung wird wieder aufgenommen.

Nach dem Essen fragt Emilie Michael, ob er mit ihr spazieren gehen will. Er nickt. Er ist froh, wenn er endlich hier rauskommt! Bisher sind zwar Sebastian und Dimitrij mit ihm gegangen. Aber mit Emilie wird es umso schöner sein! Sein Grinsen nimmt jetzt kein Ende mehr. „Treffen wir uns nachher auf ein Eis?" Sebastian schaut zu ihnen hinüber. Emilie und Michael sehen sich an und nicken. „Wir rufen euch an!" und schließen gleich Camille mit ein. „Sebastian, nachdem uns die beiden schmählich in Stich lassen, hilfst du mir beim Gepäck?" Camille stupst Sebastian an. Sie haben eine lockere, freundschaftliche Beziehung. Er mag sie und sie mag ihn. Vielmehr ist da nicht dran. Sie gehen hinaus und räumen das Auto der McShower aus. „Das ist ja geil! Wem gehört das Saxophon?" Sebastian nimmt ehrfürchtig das Instrument an sich und will dem Instrument einen Ton entlocken. Aber es gelingt ihm überhaupt nicht. Camille biegt sich vor Lachen. „Du hast Hamsterbacken. Dein Gesicht ist schon ganz rot!" Puh! Das ist anstrengend! „Gehört es dir?" „Nein, Emilie!" Wow! Camille hat das Gepäck auf Sebastians Arme gestapelt. Viel ist von ihm nicht mehr zu sehen. Sie geht einzig mit dem Saxophon voraus in das Haus. „Wir müssen die Stiege hinauf. Euer Zimmer ist oben." Schnaufend erklimmt er die Treppen und kickt die Tür mit dem Fuß auf. Es ist ein großes, sehr helles Zimmer mit zwei Einzelbetten. Camille dreht sich einmal im Kreise und ist zufrieden. „Richtig schön!", ist ihr Kommentar. Sie öffnet die Fenster und sieht auf die vorbeilaufende Straße. „Es ist eigentlich meines und Michaels Zimmer. Aber da er alleine nicht herauf kommen kann, müssen wir derweilen unten bei Grandma und Grandpa wohnen. „Oh! das tut mir leid! Wie lange wird er noch brauchen?" „Das weiß man nicht so genau. Dimitrij glaubt, dass er in ein bis zwei Monaten zumindest mit Krücken gehen kann." Sebastians Gesicht ist mit einem Schatten überzogen. Er leidet mit seinem Bruder.

Emilie ist mit Michael an den Waldrand angekommen. „Da können wir nicht hinein! Es gibt keinen Pfad für mich.", sagt

Michael. „Schade! Dann drehen wir um und gehen in diese Richtung weiter." Nach einer Weile kommen sie an einer Bank vorbei. Emilie sichert den Rollstuhl und setzt sich hin. „Schön ist es hier und so ruhig!" „Mhm." Für Michael ist es nichts Neues. Er ist hier aufgewachsen. Florian, Sebastian und er haben im Wald gespielt. „Erzähl mal, was hat sich in der Schule getan? Gibt es etwas Neues?" Emilie denkt nach. „Ich habe mich mit Anastassja angefreundet. Sie ist sehr lieb! Sie hat mir über die schwierige Anfangszeit in der Schule hinweg geholfen. Sie hat Aleksej zu mir gebracht, dass er meine Albträume verjagt." „Hast du noch Albträume?" Michael sieht sie besorgt an. „Gelegentlich. Beim Essen habe ich bemerkt, dass es dir nicht gut geht. Hast du dies oft?" „Ach was! Diese Stimmungsschwankungen habe ich hin und wieder.", wiegelt er ab. Emilie macht sich Sorgen. „Warst du jemals bei einem Psychiater?" „Was soll ich bei einem Seelenklempner? Die stellen so dämliche Fragen! Ich hatte eine Sitzung im Krankenhaus. Na, das war eine Nummer! Nein, nichts für mich!", wiegelt er verächtlich ab. „Vielleicht war es nicht der Richtige für dich? Ich hätte einen Vorschlag. Wir könnten nach den Ferien gemeinsam einen besuchen." „Vielleicht." Michael ist skeptisch. Das Handy von Michael läutet. „Wir kommen!" Er legt auf. „Sebastian und Camille warten im Eissaloon auf uns. Emilie springt sofort auf und schiebt Michael weiter. „Wen haben wir denn da? Laura!" Michael grinst erfreut, als das kleine Mädel, mit einem Finger im Mund, vor ihm steht und ihn anguckt. Sebastian hebt es hoch und setzt Laura auf Michael drauf. Automatisch hebt Michael seine Hände, was ihm so einigermaßen gelingt und legt sie auf den Rücken Lauras. Sebastian bleibt vorsorglich neben ihm stehen. Emilie unterhält inzwischen die Schwester Luisa. Sie kniet vor dem Mädchen und redet auf sie ein. „Du bist ja eine ganz Liebe! Sieh mal! Wir haben die gleichen Haare! Braune Locken! Sind sie nicht schön?" Luisa greift in die Haare Emilies und ist entzückt darüber. Den Worten lauschend, sieht sie mit ihren Kulleraugen Emilie an, dann rennt sie zu Michael und Sebastian und streckt fordernd ihre Ärmchen aus. Sebastian kniet sich grinsend zu Luisa, ohne den Blick von Laura zu lassen und setzt sie kurzerhand zu Laura dazu. Michaels

Hände sind inzwischen von Laura weggefallen. Sein Durchhaltevermögen ist noch sehr gering. Emilie lenkt ihn mit einem Paarbecher Eis, den sie für sie beide bestellt hat, ab und füttert ihn und sich daraus. Michael gefällt dies sehr und entspannt sich zusehends. Er lacht sogar laut auf, weil Camille mit ihrer erfrischenden Art, witzige Begebenheiten aus der Schule erzählt.

Meilenstein

Michael und Emilie sind mit Dimitrij bei der Therapie. „Das geht ja schon wunderbar! Michael du machst schnelle Fortschritte! Hier habe ich ein halbes Kilo Hantel! Probiere es einmal, sie zu greifen und dann etwas anzuheben!" Michael sitzt im Rollstuhl. Er hebt seine Hand und greift nach der Hantel. Er umfasst sie. Er legt nach Anweisung Dimitrijs seinen Ellbogen auf dem Rollstuhl auf. Angestrengt beißt er seine Zähne zusammen. Schweiß steht ihm auf der Stirn. Er kann sie heben! Er hebt sie mit seiner Muskelkraft… mit seiner eigenen Willenskraft! Michael sieht auf. Sein vor Anstrengung verzerrtes Gesicht grinst. Seine Kraft schwindet. Emilie wollte schon nach der Hantel greifen, aber er lässt nicht los. „Michael, du bist Klasse! Ich wusste es, dass du es schaffst! Dimitrij sieh nur!" Dimitrij und sie klatschen ab. Michael ist schweißüberströmt, aber glücklich. Er ist auf dem richtigen Weg! Er probiert noch eine Aufwärtsbewegung. Es wird immer besser! „Jetzt bitte den anderen Arm! Zuerst anspannen und lockern. Hier die Hantel." Michael schafft es leichter mit dieser Hand. Er kann es nicht fassen! Er schafft es! Scheiße! Das tut gut! „So, jetzt wir legen uns auf die Liege! Probieren wir es einmal gemeinsam!" Dimitrij schafft ihm an, dass er sich mit seinen Armen auf der Liegefläche aufstützen soll. Er legt seine Unterarme auf und Dimitrij gibt Emilie die Anweisung den Rollstuhl wegzufahren. „Nein! Ich falle!" „Du konzentrierst dich auf die Muskulatur in deinen Oberarmen und Oberschenkel! Du fällst nicht!" Dimitrij hält ihn stützend um die Mitte. Seine Beine sind in den Boden gestemmt. Mit zitternden Gliedern steht er da. Seine Oberarme sind stabiler. Er zieht sich weiter und schafft es so einigermaßen mit dem Oberkörper aufzukommen. „Jetzt hebe die Beine nacheinander nach oben. Ja genauso! Anspannen! Gleich bist du oben!" Michael will es schaffen. Vor allem deshalb, weil Emilie hinter ihm steht und zusieht.

Emilie schwitzt mit ihm. Sie ist ganz aufgeregt. Michael ist noch nie alleine vom Rollstuhl auf die Liege geklettert! Sie hält die Luft an. Ein kleiner Ruck noch und Michael liegt mit seiner ganzen Größe auf dem Bauch ausgestreckt. „Michael, ich bin so stolz auf dich! Du hast es geschafft!" Sie guckt ihm strahlend ins Gesicht. Er schnauft wie ein Walross. Sie wischt mit ihrer Handfläche den Schweiß von seiner Stirn weg und küsst ihn. Grinsend legt er eine Hand auf ihre Wange und zieht sich mühevoll zu ihr, um sie auf den Mund zu küssen. Dimitrij beobachtet zufrieden die enormen Fortschritte seines Klienten. Er freut sich sehr für den großen Jungen. Aber sie haben noch sehr viel zu tun. Er nimmt ein Bein und macht die üblichen Lockerungen mit ihm. Dann wechselt er. „Wir müssen dich auf den Rücken drehen! Die Nacken-Kopfmassage ist sehr stimulierend für dich." Wenn es nichts weiter ist? Michael will mithelfen. Er ist voller Zuversicht, dass es jetzt mit ihm aufwärts geht. Mit großer Anstrengung drehen Emilie und Dimitrij den geschwächten Körper Michaels um.

Noah kommt mit Sebastian herein. „Hey Bruder! Wie geht's heute? Was hast du Neues gelernt?" „Werde nicht frech!" Michael schnauft. Er versucht sich, unter Kontrolle und Anweisung Dimitrijs zurück auf seinen vermaledeiten Stuhl. Sebastian hält die Luft an. Er kann es nicht fassen! Sein Bruder setzt sich alleine auf seinen Rollstuhl! „Ich bestelle schon die Krücken! Hurra!" Sebastian hebt siegessicher die Faust. Er tanzt um seinen schwitzenden und keuchenden Bruder herum und dreht ihn einmal im Kreise. „Mach mal halblang!", schimpft Michael halb lachend, halb weinend vor Anstrengung. Emilie und Dimitrij lachen mit. „Wo ist Dad?" Michael ist enttäuscht, dass sein Dad nicht mehr hier ist. Seine Stimmung trübt sich. Aber in diesem Moment kommt er mit Sarah herein. „Junge, was höre ich da? Du bist alleine in den Sessel?!" Michael nickt glücklich. Sarah umarmt ihren Sohn und küsst ihn überall im Gesicht. „Mum! Lass das!" Alles lacht. Noah lässt es sich auch nicht nehmen, seinen Sohn in die Arme zu schließen. Die Stimmung ist ausgelassen. „Wir dürfen nicht allzu euphorisch werden! Meiner Erfahrung nach, gibt es immer wieder Rückschläge!", warnt Dimitrij. Er möchte die Stimmung nicht trüben, aber er muss diese Warnung ausgeben. „Dimitrij! Wir freuen uns. Sie haben uns unseren Sohn wieder zurückgegeben!" Emotional bekommt auch Dimitri eine Umarmung von Sarah. Sogar einen Kuss auf die Wange und Dimitrij wird rot. „Äh..." „Sarah, lass den armen Kerl los! Wir werden ihn oben hochleben lassen! Aber jetzt muss ich meine Trainingseinheit machen, damit ich fit für dich bin!" Noah sieht Sarah durchdringend an. Jetzt errötet sie und schnaubt. Sie begleitet ihren Sohn Michael mit Emilie und Dimitrij in den Wohnbereich. Sebastian beginnt sein Training mit seinem Dad.

Michael ist euphorisch. Er kann gar nicht genug seine Muskeln trainieren. Er ruft Emilie an, damit sie in sein Zimmer kommt und zeigt ihr seine Fortschritte. Er übt und übt, bis er problemlos aus dem Sessel heraus und sich wieder hineinsetzen kann. Als Draufgabe spielt Emilie lustige Stücke auf ihrem Saxophon. Sie haben viel Spaß. Irgendwann fragt er sie, ob sie nicht mit Sebastian das Bett tauschen möge. Er fühlt sich so gut mit ihr. Sie sieht ihn lange an und nickt etwas verhalten. „Was werden die anderen sagen?" „Das weiß ich nicht. Das werden wir herausfinden." „Das kommt gar nicht infrage! Emilie ist erst sechzehn?!" Sarah ist rigoros dagegen. „Was soll ich ihren Eltern sagen? Wir sind für Sie verantwortlich!" „Was soll schon passieren, Mum! Ich kann gar nichts tun!" „Das tut nichts zur Sache, mein Sohn!" Noah ist einer Meinung mit seiner Frau. „Michael, das macht doch nichts! Ich komme jeden Tag zu dir!" Emilie ist insgeheim froh darüber. Er ist ihr einfach zu schnell. Michael brummt nur und muss sich fügen.

Dimitrij warnt Michael, nicht übermütig zu werden, als er am nächsten Tag zusieht, wie er sich locker in den Rollstuhl zieht. Sie gehen in den Keller. „Wo ist Emilie?" „Sie kommt gleich nach, Junge! Sie musste für kleine Mädchen! Jetzt zeige mir, was du kannst. Hoch mit dir, auf die Liege und auf den Rücken!" „Hallo Emilie, bitte hol mir das Stretch Band, das leichte!" Er macht mit einem Knoten eine Schlaufe und legt sie um die Handgelenke Michaels. „Du ziehst das Band auseinander! Soweit es geht!" Michael macht es. Einen Zentimeter, ein zweiter und er fällt in sich zusammen. „Sehr gut! Das machst du jetzt sooft du Zeit hast. Das Band wird dein ständiger Begleiter! Probiere es noch einmal! Noch einmal! Ja! Super! Noch einmal!", spornt Dimitrij seinen Schützling an. „Sklaventreiber!", murrt Michael. „Was hast du gesagt? Ich habe dich nicht verstanden!" Michael wiederholt sich nicht mehr. Seine Puste ist ihm ausgegangen. Aber er beißt die Zähne zusammen und wiederholt so lange, bis Dimitrij endlich doch Ruhe gibt. Dann wiederholt sich das Ganze an den Beinen. Michael schwitzt aus allen Poren. Emilie sieht genau zu und hört sich die Anweisungen und Korrekturen genau an. Sie will mit ihm üben. „So jetzt die Massage. Du kannst dich entspannen!", nachdem er die Lockerungsübungen mit seinem Klienten beendet hat. Aufseufzend und total genervt von Dimitrijs nimmersatten Anweisungen entspannt Michael sich. Die Massage lässt er sich gerne machen. Dimitrijs Finger kneten mit genau dem richtigen Druck auf seinen Hinterkopf. Immer wieder drückt er bestimmte Stellen und lässt wieder locker. „Fertig! Ich habe Hunger. Es ist Zeit zum Abendessen!" Dimitrij schaut demonstrativ auf die Uhr. Er winkt Michael in seinen Rollstuhl. Er ist überzeugt, dass er keine Hilfe hierbei benötigt und so ist es auch.

Nachdem er Michael im Badezimmer vom Schweiß gereinigt hat, bringt er ihn in das Esszimmer. Es ist nicht üblich, dass die gesamte Familie immer gleichzeitig isst. Aber heute scheinen alle zur gleichen Zeit Hunger zu haben. Der Tisch ist mit allen Familienmitgliedern und seinen Gästen belegt. Dimitrij wendet sich an Noah. „Ich habe eine Bitte. Es ist Zeit für Michael Krücken zu besorgen. Ich denke es wird nicht mehr lange dauern. Spätestens zu Ferienende wird er selbstständig mit den Krücken in die Schule einmarschieren können." Die Köpfe rucken überrascht auf. „Wow!" „Das ist ja eine schöne Überraschung!" Emilie und Michael grinsen über das ganze Gesicht. Sein Engagement macht sich bezahlt! Spontan beugt er sich zu Emilie und küsst sie auf die Wange. Sie genießt es, aber sie errötet über und über. Er küsst sie vor der ganzen Familie! „Emilie hat mir dabei sehr geholfen!", begründet er seinen Enthusiasmus.

Emilie ist traurig. Sie ist von vielen netten Menschen umgeben und ist traurig. Sie vermisst ihre Eltern. Auch wenn die Jackson ihren Aufenthalt sehr liebevoll gestalten. Aber es ist nicht ihre Familie. „Emilie?" Michael beugt sich zu ihr hinüber. Sie sitzen gemeinsam auf einer Decke am Boden vor dem Weihnachtsbaum. Polster stützen Michael vor dem Umfallen. Er hat ab heute selbstständig und ohne Dimitrij zu fragen, den Rollstuhl verabschiedet. Seine Krücken liegen neben ihn. „Was hast du?" Sie seufzt. „Ich weiß nicht so recht. Weihnachten macht mich so traurig. Aber lass dich nicht von mir hinunter ziehen! Du bist auf dem Weg der Besserung. Sieh nur! Neben dir liegen die Krücken. Der Rollstuhl ist Geschichte!" Emilie lacht. aber ihr Lachen ist traurig. „Emilie, was ist los!" Er legt den Arm über ihre Schulter und zieht sie zu sich. Sie schüttelt den Kopf. Ihre Sorgen haben hier und heute nichts verloren. Es wird vergehen… Er küsst sie auf die weichen Locken. Er legt sich entspannt auf die Polster zurück und nimmt sie dabei mit. Sie kuschelt sich in seine Armbeuge und wischt sich eine verirrte Träne ab.

Es gibt heuer keine Geschenke. Wegen der vielen Gäste, wurde es so vereinbart. Nur Laura und Luisa bekommen Weihnachtsgeschenke. Manuel und Jennifer haben die alte Puppenküche aus Sarahs Kinderzeiten aus dem Keller geholt und Carla Jackson hat sich in eine kleine Sitzgarnitur eigens für die kleinen Mädchen verliebt. Dennoch stehen Laura und Luisa bewundernd vor dem in Kerzenschein erstrahlten Weihnachtsbaum. Sebastian hält die beiden kleinen Mädchen vorsorglich davon ab, dass sie nicht in die brennenden Kerzen greifen. Die Familie fängt an zu singen. Stille Nacht, heilige Nacht… Emilie schließt die Augen. Sie ist erschöpft… erschöpft von den Emotionen, die sie schon den ganzen Tag überfallen. Trotz der Stimmen schläft sie schließlich müde und ausgelaugt ein. Michael ist in Gedanken versunken. Er ahnt, dass Emilie traurig ist, weil ihre Eltern nicht so sind, wie seine. Dass sie nicht an solchen Tagen bei ihr sind. Weihnachten ist eine sehr emotionale Zeit. Michael selbst ist mit sich im Reinen. Sein Körper wird kräftiger. Es liegt nun an ihm, dass er wieder laufen wird können. Er trainiert jeden Tag, mehrmals die Woche. Wenn er wieder in der Schule sein wird, nimmt er Hanteln und anderes Gerät mit. Dimitrij wird ihn begleiten und sie werden es zusammen schaffen. Emilie ist für ihn eine große Hilfe gewesen. Während sie ihm am Saxophon vorgespielt hat, hat er trainiert. Er lacht. Sein Brustkorb rumpelt. Emilie wacht wieder auf. „Was ist los?" „Ich musste gerade daran denken, dass du mich mit deinem Saxophon den Marsch geblasen hast! Wenn ich nicht meine Übungen gemacht hätte, hättest du mir nicht vorgespielt!" Emilie lächelt. Sie hat ihm wirklich oftmals gedroht. Dann lacht sie. Es war eine fantastische Zeit. Sie haben wirklich viel gelacht. „Spielst du uns etwas vor?" Michael will sie spielen hören! Sie gucken sich an. „Bitte Emilie, hol dein Saxophon!" Sie lässt sich überreden und steht auf. Bald steht sie wieder neben ihm und sieht unsicher auf Michael nieder. Er nickt ihr aufmunternd zu. Dann legt sie das Mundstück an ihre Lippen und sie spielt auf eine sehr berührende Weise. Die Familie und Freunde sind still geworden. Emilie geht ganz in Ihrem Spiel auf. Ihre Augen sind geschlossen. Ihre Konzentration ist auf das Instrument fokussiert. Sie wiegt sich in den langgezogenen schaurig, schönen Tönen. Die Zwillingsbabys Luisa und Laura stehen, mit den Fingern in ihren Mündern, vor ihr und gucken sie mit Kulleraugen an. So etwas ist nicht nur für sie ein Weihnachtswunder! Emilies Spiel hört auf. Die Familie ist verzaubert. Stille…

Wiedersehen

Die Brüder Jackson, Emilie und Camille werden wieder in die Schule zurückgebracht. Charlie und Timo haben sich zusätzlich zur Verfügung gestellt. Emilie schaut etwas verdattert zu den Patenonkeln von Michael und Sebastian. Sie versprühen nicht wirklich Seriosität! Sie sehen aus, als wären sie gerade aus dem Rockermilieu entsprungen. „Michael, ich bin ja so froh, dass du wieder auf dem Damm bist! Das nächste Mal laufen wir um die Wette!" Timo, der glatzköpfige und auf dem Kopf tätowierte Rockertyp schlägt seinem Patensohn auf die Schulter. Beinahe hätte er ihn umgehauen. „Hey, mach mal langsam!" Michael strauchelt. Sofort schnappt ihn Timo am Arm und entschuldigt sich wortreich. Dann blickt er neugierig auf das Mädchen neben ihm. „Wer ist das hübsche Mädel neben dir?" Emilie wird rot. Michael lächelt. „Das ist Emilie, meine Freundin!" Michael sieht sie stolz an. Timo streckt die Hand aus. Emilie hätte sich fast hinter Michael versteckt. Timo ist über und über mit Tattoos versehen! Er ist ihr unheimlich. Tapfer streckt auch sie die Hand aus. „Habt Ihr sicher nichts vergessen?!" Charlie ist etwas verdattert. Soviel Gepäck für die Schule hat er noch nie gesehen. Das letzte Mal, als er die Zwillinge in die Schule gefahren hat, war da nur für jeden eine Tasche. Heute sind die zwei SUVs gerammelt voll. Aber es ist immerhin Dimitrij mit dem nötigen Equipment für die Therapie dabei und das Gepäck von drei Jungs und drei Mädels. Da kommt schon was zusammen. Dimitrij wird bei Michael bleiben, solange er ihn benötigt und er bezieht ein freies Zimmer im Internat. So ist es mit Dr. Kokoff vereinbart. Anfallende Kosten übernimmt selbstverständlich Herr Jackson!

Sie fahren über die Auffahrt zum Internat. „Seht mal, dort ist Anastassja!" „Wo?" „Auf der Bank, vor dem Tor!" Emilie steigt als erste aus und winkt ihrer Freundin zu. Anastassja erhebt sich und geht Ihnen lachend entgegen. Emilie beugt sich ins Auto, um Michael aus dem Auto zu helfen. Auch wenn sie den Körper nicht stemmen kann, so kann sie zumindest die Krücken reichen. Er braucht sie nicht mehr wirklich. Er kann schon sehr gut mit den Gehhilfen umgehen. „Michael, du bist ja schon auf den Beinen!" Anastassja ist überrascht und erfreut. Sie umarmt Michael vorsichtig. Er grinst und legt einen Arm um sie. „Hi, Ana!" Dann werden sie umringt von Aleksej, Alexander und Vladimir. Alle drei haben nach Anastassja Ausschau gehalten. „Kumpel. Riesig!" „Schön dich wieder auf den Beinen zu sehen!" „Ja, das muss gefeiert werden!" Aleksej klopft derb auf die Schulter des Jüngeren, der dabei fast vornüberfällt. Aleksej plant insgeheim schon eine weitere Party. Voriges Jahr hat er schon zu Ehren der Jackson Zwillinge eine heimliche Fete veranstaltet. Jetzt wird er eine Wiederauferstehungsfete zu Ehren Michaels feiern! Feste müssen gefeiert werden, wenn sie anfallen! Emilie und Michael werden in das Gebäude eskortiert. Zur Überraschung der Schüler, ist Dr. Kokoff zu seiner Begrüßung in die Aula gekommen. „Michael Jackson! Ich freue mich sehr über Ihre Fortschritte! Ihr Vater hat mich schon informiert, dass ihr alle kommt. Aber, dass Sie mit den Krücken hier hereinspazieren, das hätte ich nicht zu hoffen gewagt. Ich bin ganz weg!" Dr. Kokoff freut sich sichtlich über die positive Wendung des fürchterlichen Unfalls. Eine kleine Träne wird unauffällig mit dem Finger weg geschnippt. „Ich denke, eine kleine Feier wird uns allen guttun!", sinniert er und es fällt ihm auf, dass er wieder einmal laut nachgedacht hat. Er räuspert sich verlegen. Nun muss er zu seinem Wort stehen. Aber was soll's? Er lächelt wohlwollend und überreicht Michael mahnend einen Schlüssel für den Aufzug. „Der Schlüssel ist nur für Sie, Herr Jackson! Bitte treiben Sie keinen Unfug damit. Wenn Sie wieder fähig sind, zu Fuß die Treppen zu erklimmen, fordere ich Sie auf, mir unverzüglich den Schlüssel wieder auszuhändigen. Alles klar?" Michael nickt und nimmt den Schlüssel dankend entgegen, steckt ihn in seine Hosentasche und greift wieder nach seiner Krücke.

Anastassja bringt Emilie zu ihrem Zimmer. „Erzähl mir alles!" Emilie lacht. Anastassja ist sehr neugierig. Sie machen die Türe hinter sich zu und die Freundinnen setzen sich auf Emilies Bett. „Da gibt es nicht viel!" „Ach was! Dann erzähl mir das Bisschen!" „Na ja…Michael hat wirklich jeden Tag und jede Stunde trainiert. Anfangs habe ich ihn dazu zwingen müssen. Aber dann hat er verstanden und das Ergebnis hast du ja gesehen!" „Wie hast du ihn gezwungen?" Emilie denkt nach. Dann lacht sie. Sie sieht die Szene vor sich. Sie haben verhandelt, als wären sie am Basar im Orient. „Ich hatte das Saxophon mit. Er wollte, dass ich etwas vorspiele. Ich habe nur unter der Bedingung gespielt und nur so lange er seine Übungen auf dem Bett macht. Wenn er aufgehört hat, habe ich aufgehört. Er hat geflucht wie ein Seemann! Mein Gott! Ich wusste gar nicht, dass es so derbe Flüche geben kann! Wo hat er nur so etwas gelernt?" Emilie sieht etwas geschockt drein. Anastassja lacht aus vollem Halse und Emilie lacht mit. „Dass du kleines Persönchen einen von den mächtigen Jackson zähmen kannst! Wow! Da muss viel Chemie zwischen euch sein!" Emilie wird rot. „Wittere ich da eine Liebesgeschichte?" Anastassja fährt ihre Antennen aus. „Ich weiß es nicht. Irgendwie mag ich ihn. Aber er macht mich unsicher. Er überrollt mich irgendwie." Sie zuckt die Achseln. Es wird sich zeigen. „Was ist sonst so vorgefallen?" „Die Weihnachtsfeier war sehr schön. Wir haben gesungen. Ich habe mit dem Saxophon gespielt. Es gab nur Geschenke für die Kleinen, Laura und Luisa. Sie sind übrigens sooo entzückend! Kennst du sie schon?" „Leider nein.", bedauert Anastassja.

Emilie will unbedingt noch nach Michael sehen. Verstohlen schleicht sie sich im dämmrigen Licht der Internatsgänge zu dem Zimmer der Zwillinge, das zufällig im selben Stockwerk ist. Sie klopft leise an. Die Tür wird unmittelbar sofort aufgerissen. Sebastian steht nur in Boxer Shorts vor ihr. Seine muskulös definierte Brust, die hoch vor ihr aufragt, verunsichert sie stark. „Oh!" „Hi, Emilie! Besuch für dich, Michael!" Er wendet sich halb um, dann wieder zu ihr. „Komm herein!" Emilie überlegt nicht lange und schlüpft an ihm vorbei. Die Tür wird hinter ihr zugeschlagen. Sebastian überholt sie und schmeißt sich in seine Hälfte des Bettes. „Emilie! Schön, dich zu sehen! Mit dir habe ich heute nicht mehr gerechnet. Ich freue mich!" Er rückt einladend etwas zur Seite und macht für sie Platz. Vorsichtig setzt sie sich auf die Kante seines Bettes. Sie sehen sich stumm an. „Ich wollte nach dir sehen, ob alles in Ordnung ist. Kann ich noch etwas für dich tun?" Michael sieht sie mit glänzenden Augen an und streckt den Arm aus. Er umschlingt ihren Nacken und zieht sie an sich. Dann küssen sie sich. Es ist ein süßer Kuss. Seine Zunge tastet sich vor. Sie schreckt zurück. Aber sie kommt nicht weit. Seine Hand liegt fest in ihrem Nacken. Sie öffnet die Lippen für ihre Zungenspitze einen ganz kleinen Spalt und wagt sich schüchtern vor. Michael drängt sich hinein und umschlingt ihre Zunge mit seiner. Sie schließt die Augen und gibt sich nun seiner stürmischen Zärtlichkeit hin. Vergessen ist alles um sie herum. Sebastian räuspert sich. Dann noch einmal… bis er sich von ihnen abgewandt hinlegt und den Fernseher einschaltet. Michael und Emilie haben sich bis jetzt nicht von seinem Bruder stören lassen. „Also…", räuspert sich Sebastian. „Ich gehe zu Aleksej hinüber. Vielleicht sind die anderen noch da." Ohne eine Antwort zu erwarten, steht er auf und zieht sich seine Klamotten an und geht hinaus. Michael zieht Emilie zu sich auf das Bett. Sie unterbricht den Kuss und rückt von ihm ab. „Äh… also… ich wollte eigentlich… nur nach dir sehen…" Sie verstummt und sie blickt ihm in die wissenden Augen. „Emilie ich liebe dich!" Michael ist auf Wolke sieben. Dieses Mädchen geht ihm unter die Haut. Sie hat so viel für ihn getan! Ihr alleine verdankt er, dass er wieder auf den Beinen ist. „Das war doch selbstverständlich! Du hast auch etwas für mich getan." Er sieht sie abwartend fragend an. Ihre Hand liegt in seiner fest verschlossen. „Ich habe die schönsten Weihnachten, dank dir, erlebt! Ich habe noch nie mit dem Saxophon bei einem Fest gespielt!" Michael ist geschockt. Welche Eltern tun nicht alles für ihr Kind, um es glücklich zu sehen?! „Du kannst mir immer vorspielen, Emilie!" „Ja? Ich spiele auch gerne am Flügel im Musikzimmer! Willst du einmal mitgehen?" Er nickt. „Ich denke, ich muss jetzt gehen. Es ist schon spät. Morgen müssen wir alle früh raus aus den Federn." Emilie erhebt sich. „Einen Kuss will ich noch!" Michael zieht leicht an ihrer Hand. Er will sie nicht überfallen und überlässt ihr die Entscheidung. Sie fällt zu seinem Gunsten aus. Ein kleiner

Kuss auf die Lippen und sie ist schon weg. In glücklichen Gedanken verstrickt, schläft er bald ein.

Am nächsten Morgen werden die Zwillinge, eigentlich nur Michael, mit großem „Hallo!" beim Frühstück empfangen. Viele klatschen bei ihrem Eintritt. Die Brüder sind bei den Mitschülern mit ihrem sonnigen und lustigen Gemüt beliebt. Michael setzt sich ächzend nieder. Der Weg von ihrem Zimmer bis hierher ist noch sehr anstrengend für ihn. Aber er schafft es alleine und ist stolz darüber. Es dauert nicht lange und Mädels entern ihren Tisch. „Hi, Micha!" „Calina! Wie geht's so?" Er freut sich, dass die Mädels ihn nicht vergessen haben. „Sehr gut... und dir?" Er grinst und zeigt auf seine Krücken. Calinas Freundin Malika ist zu Sebastian gegangen und küsst ihn auf den Mund. „Hi, Süßer!" Calina versucht dasselbe bei Michael. Sie beugt sich zu ihm herab und verdeckt mit ihren Haaren sein Gesicht. Er blockt ab. Er denkt an Emilie, die gerade an ihm vorbei geht und ihn scheinbar nicht einmal beachtet. Er dreht den Kopf und sieht ihr nach. Sie setzt sich an einen Tisch zu ihren Mitschülerinnen. Er ist irritiert. Warum setzt sie sich nicht zu ihm? Sein Handicap ärgert ihn jetzt maßlos. Wäre er mehr beweglich, wäre er zu ihr gegangen und hätte sie aufgefordert, doch bei ihm zu sitzen. Während des Essens dreht er sich um und sucht ihren Blick. Sie unterhält sich anscheinend sehr gut! Verärgert schnappt er sich die Krücken und hievt sich angestrengt hoch. „Wo willst du jetzt schon hin? Der Unterricht fängt erst in einer halben Stunde an." Sebastian versteht die Eile seines Bruders nicht. „Ich muss aufs Klo!" Michaels Antwort ist schroff. Sebastian zuckt die Achseln. „Soll ich mitgehen?" Michael schüttelt den Kopf und humpelt mit den Gehhilfen hinaus. Emilie hat ihn beobachtet. Ihre Verärgerung wegen der Mädchen an dem Tisch der Brüder ist grenzenlos. Was hat Michael mit Calina?! Gestern hat er noch SIE geküsst! Heute küsst er Calina? Scheiße! Ihre Stimmung ist auf dem Nullpunkt. Jetzt geht er hinaus? Es schaut nicht einmal zu ihr herüber? Soll er doch! Ihr ist es schnurzegal! Scheiße! Sie kämpft wütend mit den Tränen.

Michael hat Emilie seit dem Frühstück nicht mehr gesehen. Jetzt ist es später Nachmittag. Nicht einmal beim Mittagessen war sie da. Wo ist sie nur? Er humpelt zu ihrem Zimmer. „Michael!" Er dreht sich um. Dimitrij! „Schon vergessen? Wir haben Therapie! Komm mit!" Auch das noch! Aber seine Übungen sind ihm wichtig. Will er doch so schnell wie möglich seine Krücken loswerden! Laut seufzend dreht er um und folgt Dimitrij nach. „Wo wolltest du eigentlich hin? Wir sind im Mädchen Trakt!" Michael brummt nur unwillig. Später versucht er es noch einmal. Er klopft an ihrer Tür an und hofft, dass sie ihm aufmacht. Sie ist nicht da. Seufzend überlegt er, wo er sie suchen könnte. Er geht nach nebenan. Das Zimmer von Anastassja und Aleksej. „Hi. Weißt du wo Emilie ist?" Anastassja sieht ihn mit warm leuchtenden Augen an. Sie mag ihn auf eine freundschaftliche Weise. Aber sie hat vorhin Emilie gesehen und ihre traurige Miene richtig interpretiert. Es war ja nicht zu übersehen, was bei Michael und Sebastian schon wieder abgelaufen ist! Sie verrät ihre kleine Freundin nicht. „Das musst du selbst herausfinden!" Schnippisch schlägt sie die Tür vor seiner Nase zu. Verdattert steht er da. Was hat er jetzt wieder angestellt? Egal. Er überlegt, wo er Emilie finden könnte. Dann fällt es ihm schlagartig ein… das Musikzimmer! Sie hat gestern noch davon gesprochen, dass sie gern am Klavier spielt. Entschlossen macht er sich auf den Weg dorthin. Dank seines Schlüssels kann er den Aufzug unbegrenzt benutzen und erleichtert ihm den Weg dorthin. Er hört das Spiel schon von weitem. Fasziniert lauscht er den schweren Tönen. Es ist eine traurige Melodie. So leise, wie er mit den Krücken sein kann, kommt er näher und öffnet die Tür. Sie sitzt mit dem Rücken zu ihm. Er kann unbemerkt eintreten und er setzt sich stark geschwächt auf den nächsten Sessel. Tief durchatmend sieht er ihr zu, wie sie dem Klavier, mit ganzem Körpereinsatz, die Töne entlockt. Er lächelt. Wie oft hat er sie mit dem Saxophon beobachtet. Die fließenden Bewegungen ihres Körpers machen das Lied komplett.

Das Spiel endet abrupt. Irgendetwas hat sie gestört. Erschreckt dreht sie sich um. Ihre Hand greift auf ihre Brust. „Du hast mich erschreckt!" „Tut mir leid! Das wollte ich nicht! Ich wollte dich nicht stören. Es war so wunderschön! Spiel noch etwas für mich!" „Wieso sollte ich?" Michael sieht sie an. Ihr Ton ist hart. Irgendwas stimmt schon den ganzen Tag nicht mit ihr. „Warum hast du mich beim Essen gemieden?" Sie gibt keine Antwort und betrachtet ihn nur still. „Emilie, rede mit mir! Was habe ich getan?" Seine Augenbrauen sind ratlos zusammengezogen. Sie dreht sich wortlos um und klimpert schrill in die Tasten. Er zieht sich hoch und hinkt zu ihr, um auf ihrem Schemel Platz zu nehmen. Automatisch rutscht sie zur Seite. Sein Zeigefinger klopft auf eine Taste. Ein dumpfer, sehr tiefer Ton erklingt. Er drückt auf die nächste Taste und schließlich ergreift er ihre Hand, um ihre Aufmerksamkeit zu erlangen. „Emilie!" Er sieht sie auf das eindringlichste an. Ihr trauriger Blick geht ihm nahe. „Wer war das Mädchen, das dich geküsst hat?" „Calina hat mich nicht geküsst!" „Ich habe es gesehen!" „Ich habe sie abgewehrt!" Sie sehen sich streitlustig an. „Ach Emilie! Calina kenne ich schon länger! Sie, ihre Freundin Malika und andere Mädchen aus meinem Jahrgang haben aus Spaß vor den anderen immer mit uns eine Show geliefert. Sie haben uns wie die Bienen überfallen und uns angemacht. Mein Gott! Calina und Malika wollten uns nur begrüßen!" Er wischt mit seiner freien Hand über sein Gesicht. „Ich werde mit ihnen reden, dass es aufhören muss!" Emilie hat ihn genau beobachtet. Was ist da gelaufen? Sie muss mit Anastassja reden! Sie kann ihr da vielleicht weiterhelfen. Aber vorerst will sie noch auf Abstand bleiben. Sie holt ihre Hand aus seiner und legt sie auf die Tasten. Sie muss spielen. Es beruhigt ihre Nerven. Michael ist bedrückt. Er weiß nicht, ob er sie überzeugen konnte. Er bleibt neben ihr sitzen und lauscht den beruhigenden Klavierklängen. „Klopfe abwechselnd auf diese beiden Tasten!" Sie weist ihn an, mit ihr zu spielen. Er probiert es und macht, was sie ihm anschafft. Es klingt nicht einmal so schlecht. Es motiviert ihn. Sie lächelt in sich hinein. Er lacht. Sie hat ihm ein Friedensangebot gemacht. Spontan küsst er sie auf die Wange. „Spiel!", gespielt streng schaut sie ihn an und wendet sich wieder nach vorne. Er gibt nach. Süß! Sie ist süß, wenn sie streng mit ihm ist…

Am nächsten Morgen ist Michael irritiert. Emilie ist nach einem kurzen „Guten Morgen!" und einem Lächeln, bei dem ihm die Schmetterlinge wie wild zu flattern beginnen, weiter gegangen und setzt sich an ihren üblichen Tisch, besetzt mit ihren Schulfreundinnen. Er sieht ihr nach und greift nach seinen Krücken. Wenn sie nicht bei ihm sitzen will, dann kommt er eben zu ihr. Ein Platz scheint noch frei zu sein. „Hi Süßer!!" Calina hängt plötzlich um seinem Hals. Shit! Er wehrt sie ärgerlich, wie ein lästiges Insekt, ab. Seine Gedanken sind bei Emilie. „Lass das!" Verdattert begutachtet Calina zuerst ihn, dann Malika, die sich schon um Sebastian kümmert. Dieser lässt es sich anstandslos und lachend gefallen. „Komm zu uns Calina! Michael ist nicht mehr zu haben!" Sebastian winkt ihr, mit dem Kuss von Malika beschäftigt, zu. Jetzt ist Michael frei. Er greift abermals zu seinen Krücken und stemmt sich mühsam hoch. Dann wendet er sich zu dem Tisch von Emilie zu. Aber wo ist sie jetzt nur?! Sie ist weg! Fassungslos lässt er sich wieder auf seinen Sessel fallen. Emilie ist einfach gegangen! Enttäuscht schaut er auf die drei gegenüber von ihm.

Plötzlich holt er aus und wischt mit einem zornigen Aufschrei sein Tablett mit seinem Unterarm auf den Boden. Mit einem lauten Knall schlägt das Tablett zu Boden. Der Teller und der Porzellanbecher mit Kaffee klirren zersplitternd über den Platz. Das Besteck scheppert über einige Meter und bleibt schließlich weiter weg liegen. Die Schüler rund um seinen Tisch sind erschrocken aufgesprungen. Aufgeregt harren sie dem weiteren Verlauf. Was kommt da noch? Spannung liegt in der Luft… Anastassja sieht entsetzt zu Michael. Was hat er jetzt wieder?! Sie steht auf, um ihm beizustehen. „Mein Gott! Was ist jetzt schon wieder los?" Florian, der Morgenmuffel, ist in seiner Ruhe gestört. Seine kleinen Brüder schaffen es immer wieder unangenehm aufzufallen! Michael sitzt inmitten seiner Scherben. Sein Kopf ist in seinen Armen, die er auf dem Tisch verschränkt aufgelegt hat, versteckt. Wieso? Wieso nur, denkt er sich ein ums andere Mal. „Hey!" Anastassja stupst ihn vorsichtig an. „Komm gehen wir hinaus und dann erzählst du mir alles!" Sie lässt ihm keine Chance und reicht ihm die Krücken. Sie zieht an seinem

Oberarm und schiebt ihn in Richtung Türe hinaus. Anastassja hält seine traurige Miene nicht länger aus! Sie ahnt, dass es etwas mit Emilie zu tun hat. Resolut nimmt sie ihn mit in ihr Zimmer.

Emilie hat ihr Frühstück vorzeitig beendet, als sie gesehen hat, dass dieses Mädchen Calina sich schon wieder an seinen Hals gehängt hat! Ob er sich gewehrt hat, ist ihr einerlei. Mit Tränen in den Augen hat sie fluchtartig den Saal verlassen und ist sofort in ihre Klasse gelaufen. „Emilie, warte doch!" Camille ist ihr nachgelaufen. Sie hält sie am Shirt zurück. „Lass mich!" „Nein, vorher will ich wissen, was dir über die Leber gelaufen ist." Emilie seufzt. „Michael..." „Was ist mit Michael?" „Calina und er..." „Ja... und...?" Camille hat geglaubt, dass zwischen Michael und ihr nichts mehr am Laufen ist. Emilie hat ihr nichts mehr von Michaels Besuch vom vergangenen Abend erzählt. Jetzt sprudelt alles aus ihr heraus. Heulend erzählt sie von dem wunderbaren Abend im Musikzimmer. Sie haben zusammen gelacht, mit dem Klavier gespielt und... sich geküsst. „Heute... schnief... ist alles so, ...schnief... als wäre all... schnief... das... hick... nicht passiert! ...hick...", schluchzt sie. Sie hat Schluckauf bekommen. Camille reicht ihr ein Taschentuch. Laut schnäuzend steckt Emilie ihre Nase hinein, wischt gleich danach ihre Tränen von ihren Wangen ab und will es ihrer Freundin wieder zurückgeben. Sie wiegelt hastig ab. „Du kannst es behalten!" Im Arm von Camille liegend, fängt Emilie langsam an, sich zu beruhigen. Camille streicht ihr immer wieder tröstend über den Rücken. „Es wird wieder... wahrscheinlich, war das Gewohnheit... wirst sehen, ...das renkt sich wieder ein!", versucht sie ihr Mut zuzusprechen. „Meinst du? ...hick..." „Ja." „Was ist mit dir und Sebastian?" „Nichts! Wir sind nur Freunde!" ...hick...

Anastassja hat Michael geraten, diesen Vorfall auf sich beruhen zu lassen. Er soll Emilie und ihm Zeit lassen und nichts überstürzen. Sie wäre nicht Anastassja, wenn sie nicht die ganze Geschichte aus Michael gelockt hätte. Sie hat es voll romantisch gefunden, dass sie gemeinsam im Musikzimmer gespielt haben und hat ihm Gedankenlosigkeit vorgeworfen, dass er mit Calina nicht schon Klartext gesprochen hat. „...und was jetzt?", mutlos hat er sie angesehen. Er liegt niedergeschlagen und hoffnungslos mit dem Kopf auf Anastassjas Schoß. Seine Augen sind mit seinem Arm bedeckt. Anders hätte er nicht beichten können. Immer wieder hat er Tränen abgewischt. Aber Anastassja hat ihn beinhart ausgequetscht, bis er nichts mehr zu sagen hatte. Sie denkt nach. Nichts zu überstürzen, ist ihr Vorschlag gewesen. Daraufhin ist er seufzend in sein Zimmer gehumpelt. Er muss sich zusammenreißen! Der Unterricht beginnt und er hockt in seinem Zimmer herum. „Michael!" Sebastian ist auf der Suche nach seinem Bruder. Hier in ihrem gemeinsamen Zimmer findet er ihn endlich. „Wo warst du die ganze Zeit? Komm endlich! Wir kommen zu spät!" Sebastian holt Michael mit einem Ruck aus dem Bett und hält ihm die Krücken hin. „Sorry! Wir hatten eine Panne!", versucht Sebastian eine Ausrede an den Lehrer anzubringen. Dieser nickt. Für Michael gelten nach wie vor Ausnahmeregelungen. Seine Behinderung... Immer wieder muss Sebastian seinen Bruder anrempeln. Michael ist in Gedanken ganz woanders. „Herr Jackson, bitte beantworten Sie meine Frage!", fordert der Lehrer, nun etwas ungehalten, seinen Schüler auf. Sebastian stößt seinen Ellbogen in die Weichteile seines Bruders. „Au...!" Der Lehrer seufzt und wendet sich gottergeben an die anderen aufmerksameren Schüler zu. Das unterdrückte Gelächter, nach einem strengen Blick in die jeweilige Richtung, verstummt

„Mann, was ist mit dir heute los?" Michael sieht seinen Bruder mit traurigen, verhangenen Augen an. Sein Blick ist tränenverschleiert. Seine Gedanken kreisen ununterbrochen um Emilie... „Rede mit mir!" „Emilie!" Ein tiefer Seufzer untermauert den Namen. „Was ist mit ihr?!" „Sie läuft vor mir weg. Sie will nichts mehr von mir wissen! Dabei war es so schön mit ihr!", jammert Michael seinem Bruder vor. Dieser sieht etwas genervt aus. „Dann geh doch zu ihr und rede mit ihr! Mein Gott! Das kann doch nicht so kompliziert sein!" Sebastian verdreht ungehalten die Augen. „Komm! Ich habe Hunger!" Ohne weitere Worte zu verlieren, packt er Michael am Oberarm und zerrt ihn zum Speisesaal. „Mach mal halblang. Ich kann nicht so schnell!" „Emilie ist schon da! Siehst du sie?" „Mhm!" Michael muss sich immer wieder nach ihr umdrehen. Dann begegnen sich ihre Blicke. Kurz. Sie sieht wieder weg und unterhält sich scheinbar angeregt mit ihren Freundinnen. „Jetzt sag schon, was du heute essen willst! Huhn oder Schwein?" Sebastian stellt alles auf das Tablett und trägt es zum Tisch. Michael humpelt hinterher. Sebastian zieht den Sessel für seinen Bruder zurecht und rückt seinen Teller und das Besteck zurecht. Michael passt es gar nicht, dass er mit dem Rücken zu Emilie sitzt. Immer wieder dreht er sich verstohlen um. „Iss jetzt, Herrgott noch einmal!" Sebastian knurrt. Er ist angepisst. Sein Bruder sitzt mit einem traurigen Dackelblick gegenüber ihm. Er ist es nicht gewohnt, dass Michael so aus der Rolle fällt. „Lass es dir nicht ansehen, dass du leidest! Das lässt sie nur noch entschlossener sein, dich hinzuhalten!", meint Sebastian. „Was weißt du schon!", murrt Michael. Da hat er recht. Sie beide waren noch nie verliebt.

„Sie sieht schon wieder zu uns herüber! Dreh dich ja nicht um! Lass sie zappeln! Sie kommt dann eh von alleine." „Glaubst du?" „Ja, wenn ich es dir sage!" Michael seufzt laut auf. Er muss sich zwingen, sich nicht umzudrehen. Saskia und Malika tänzeln heran. Sebastian winkt sie theatralisch weg. „Hinweg mit euch, Mädels! Heute nicht. Wir haben anderes zu tun!" „Ach nee... Aber wir haben Lust auf die Show!" „Verzieht euch, habe ich gesagt! Ich meine es ernst!" Sie machen kehrt, nicht ohne ein „Das ist aber schaaade!" Kichernd gehen sie von dannen. „Hast du das gesehen, Emilie?" „Ja." „Das bedeutet doch was Gutes, oder nicht?" Camille lächelt kurz zu Sebastian hinüber. „Lass das! Wir haben gar nichts gesehen!" „Sieh mal! Sebastian winkt zu uns herüber! Gehen wir zu den Beiden?" „Spinnst du jetzt?" Camille zieht eine Schnute. „Spaßverderber!" Emilie isst ungerührt weiter. Plötzlich lässt sich neben ihr jemand auf den freien Sessel plumpsen. Michael schnauft. Er hat sich beeilt. Nicht, dass Emilie wieder verschwindet. Ächzend zieht er seine Beine unter den Tisch und beugt sich aufstützend vor. Ohne Worte fixiert er das Mädchen, das ihn permanent ignoriert. Emilie beachtet ihn nicht weiter, dennoch sind ihre Nerven angespannt. Was passiert jetzt? Sie zuckt erschrocken zusammen. Seine Finger haben in ihre Locken gegriffen und streifen sie hinter ihr Ohr. Er beugt

sich näher und zieht den Atem geräuschvoll ein. „Mmmhh...
du riechst nach Äpfeln..." Er hat seine Nase immer noch
nahe bei ihr. Sie versucht sich zurückzuziehen. Aber seine
Faust in den Haaren hält sie fest. „Lass endlich los!", zischt
sie durch ihre zusammen gepressten Lippen. Seine Finger
kämmen genussvoll durch ihre weichen Locken, bis er zu
den Haarspitzen angekommen ist und das Haar frei ist.
Emilie atmet erleichtert auf. Sie sieht ihn noch immer nicht
an. „Emilie! Wie lange willst du mich noch ignorieren?",
flüstert er direkt in ihr Ohr. Sie zuckt gewaltig zusammen.
So nah und doch unerreichbar! Mit einer Hand will sie ihn
am Oberkörper wegdrücken und mit der anderen Hand
nimmt sie betont gelangweilt eine Karotte in den Mund. Als
sie merkt, dass sie keinen Erfolg mit ihrer Strategie hat und
er noch immer in ihrer Komfortzone ist, wendet sie sich
schließlich doch ihm zu. „Was willst du von mir!" „Ich will,
dass wir wieder Freunde sind!" „Sind wir doch!" „Nööö...
du ignorierst mich doch!" „Okay. Was willst du tun?" „Geh
mit mir heute Nachmittag ins Kino!"

Emilie überlegt. Sie sieht zu Camille hinüber, die diese
Szene neugierig beobachtet. Sie versteht Emilie gar nicht.
Wenn ihr so ein Sahnestückchen nachläuft, würde sie nicht
so lange fackeln. Mit Sebastian ist es leider nichts geworden.
Er ist ihr zu oberflächlich. Es funkt nicht zwischen ihnen.
Aber zwischen Emilie und Michael... oh... la... la...! Da
sprühen nur so die Funken! Emilie will es nur nicht
wahrhaben. Camille nickt auf Emilies stumme Frage. „Na
gut... aber Camille darf auch mit!" Michael streckt im Geiste
seine Siegesfaust in die Höhe. „Wunderbar! Ich hole dich
nachher ab." „Das Kino fängt erst um neunzehn Uhr an! Wir
haben noch ewig Zeit!" „Na und... dann gehen wir eben
spazieren! Ich muss meine Beine trainieren!" Emilie nickt
gottergeben und sie schenkt ihm eine Stunde draußen auf
dem Gelände. Michael humpelt grinsend zu seinem Bruder
zurück. Er hat die ganze Zeit ein Auge auf den Tisch gehabt.
„Wie ich sehe, warst du erfolgreich!" „Ja, danke! Aber du
musst heute mit ins Kino! Ohne Camille geht sie nicht mit!"
„Aber...!" „Kein aber!", fällt Michael ihm ins Wort. „Na
gut.", brummt Sebastian. „Weißt du überhaupt was heute

läuft?" „Nein?" „Titanic!" Michael schaut Sebastian entgeistert an. Drei Stunden Schnulze pur! Shit!

Michael ist zufrieden mit sich und der Welt. Die Therapiestunde mit Dimitrij vergeht wie im Fluge und der Therapeut wundert sich über die verdächtig gute Laune seines Schützlings. Seine Therapie besteht nur mehr aus Kontrolle, ob die Übungen richtig vonstattengehen und aus einer Kopfmassage, um die Nervenbahnen und Muskelstränge im Nacken zu sensibilisieren und zu entspannen. Michael genießt diese Massage jedes Mal... zeigt es doch, dass seine Sinnesreize für die Motorik wieder fast intakt sind. „Warum bist du heute so guter Laune, Michael?" „Ich gehe mit Emilie ins Kino!" „Mag sie dich wieder?" Dimitrij kann sich das Lächeln nicht verkneifen. „Ich weiß nicht. Sie geht nur mit, wenn Camille mitgeht." „Ist das die kleine Quirlige mit den brünetten langen Haaren?" „Ja, genau die!" „Was spielt es heute?" Michael verzieht leicht das Gesicht. „Titanic. Ätzend." „Super Film! Den habe ich schon gesehen! Vielleicht komme ich auch." „Du kannst ja als Begleitung von Camille hingehen. Sebastian hat keine Lust! Aber er würde mir zuliebe mitkommen." „Ich sehe mir den Film an. Aber nicht mit Camille! Sie ist eindeutig zu jung für mich! Ich schließe mich nur an.", stellt Dimitrij klar. Michael nickt einverstanden.

Emilie begleitet Michael, wie versprochen, auf einen Spaziergang über das Gelände der Schule. Es ist ein sonniger Nachmittag. Bald sitzen sie auf der Bank vor dem Schultor. Es ist noch anstrengend für ihn, auf unebenem Gelände zu gehen. Aber Michael macht es immer öfters... und es geht schon ganz gut. „Warum meidest du mich? Wir hatten so eine schöne Zeit im Musikzimmer." Emilie schweigt. „Sag es mir! Was ist passiert?" Sie schweigt beharrlich. „Emilie!" Sie dreht sich abrupt zu ihm und sieht ihn lange in die Augen. „Mein Gott! Was würdest du sagen, wenn ein Junge zu mir kommt und mich auf den Mund küsst?!" „Du meinst Calina, nicht wahr?" Sie nickt verdrossen und senkt den Kopf. Dann rückt er ihre vorwitzigen Locken aus dem Gesicht und zieht leicht daran, bis sie ihn wieder ansieht. „Hey… Calina, Malika, Saskia und all die anderen… wir machen nur Spaß! Es ist immer alles nur Show! Wir sind nicht beisammen!" „Natürlich… nur Show! Ich werde mich auch mit ein paar Jungs zusammen tun und eine Show machen! Wie würde dir das gefallen?!" Sie guckt böse. Ihre Augen sind zu Schlitzen zusammen gepresst. „Du hast recht! Es würde mich wütend machen!" Michael ist wie vor den Kopf gestoßen. So hat er es noch nicht gesehen. Er muss damit aufhören! „Wir hören damit auf, versprochen!" Sie nickt nur und bleibt auf Abstand. Michael seufzt. So einfach wird das nicht, sie zu überzeugen. „Komm, wir gehen essen!" Emilie springt auf, als hätte sie nur darauf gewartet. Dennoch wartet sie, bis er steht und startbereit ist. Gemeinsam betreten sie den Speisesaal und sie trägt sein Tablett auf seinen Platz und verabschiedet sich mit „Bis später!" und setzt sich auf ihren Platz zu ihren Freundinnen. „Wie war es?" Sebastian ist da. „Schön. Ich habe ihr versprochen, dass die Show mit den Mädels aufhört." „Kumpel, das war aber etwas voreilig!" „Seb, was würdest du sagen, wenn deine Freundin mit einigen Jungs so rummacht, wie wir es getan haben?" Sebastian kann dem Argument nichts entgegensetzen. Michael hat recht… und er muss sich wohl oder übel fügen. Schade! Camille und Emilie haben das gleiche Thema wie die Jungs. „Habt ihr euch ausgesprochen?" „Mhm!" „Lass dir nicht alles aus der Nase ziehen!" „Er hat versprochen, dass die Mädels in Zukunft nicht mehr um sie herumscharwenzeln werden." „Aha…" …und gehen wir dann ins Kino?" „Ja…" „Irgendwie habe ich keine Lust mit Seb die Titanic anzusehen." „Er geht auch nicht mit. Michaels Therapeut Dimitrij geht mit." „Dimitrij? Er ist doch schon ein bisschen alt, oder nicht?" „Weiß nicht, wie alt er ist. Aber du kneifst doch nicht?" „Nööö…"

Emilie und Camille gehen vorzeitig auf ihre Zimmer. Auch wenn es keine richtigen Dates sind, wollen sie sich doch aufhübschen. Emilie zieht ihre schönste Jeans mit einem weißen Spitzenoberteil an und legt eine Jeansjacke über. Sie pusht ihre Haare auf, damit sie lockig über ihren Rücken fallen und sprüht sie mit etwas Glanzspray ein. Michael liebt offensichtlich ihre Haare. Er hat ständig seine Hand drinnen… und sie schmilzt jedes Mal dahin. Michael will sie abholen und sie wartet schon ungeduldig auf ihn. Bald hört sie seinen humpelnden Gang und das dumpfe Klackern seiner Krücken auf dem Boden. Bevor er noch anklopfen kann, öffnet sie schon aufgeregt die Tür. Sein wissendes Grinsen lässt sie leicht verlegen erröten. Er legt eine Hand in ihren Nacken und zieht sie sachte zu sich, um sie zu küssen. Sie ziert sich nicht. Sie will seine Küsse. Immer wenn sie es tun, flattern unzählige Schmetterlinge in ihrem Bauch herum. So auch dieses Mal. „Komm, Baby!" Er ergreift ihre Hand und stützt sich nur auf einer Krücke ab. Die zweite klammert er mit der anderen Hand fest. „Michael, das ist zu gefährlich! Ich kann dich nicht aufhalten, wenn du fällst!" „Ich falle nicht! Komm!" Sie nimmt seine Hand und er schafft es tatsächlich, mit Mühe und Not, seine Haltung zu wahren. Sie ist so stolz auf ihn! „Wo ist Dimitrij?" „Wir treffen uns im Kino! Camille?" „Sie wartet im Zimmer. Wir gehen ja bei ihr vorbei. Lass mich los. Ich muss klopfen!" Aber er hält sie fest und schlägt mit dem Stock dagegen!" Camille öffnet sofort. „Da seid Ihr ja! Ich bin fertig! Ich freue mich ja so auf den Film! Einer meiner Lieblingsfilme!" Sie geht hüftschwingend voraus. Vor dem Kinosaal, der jeden Mittwoch für die Schüler und Schülerinnen zur Verfügung steht, wartet Dimitrij. Camille wäre an ihm vorbeigelaufen, wenn Emilie sie nicht zurückgerufen hätte. „Camille warte!" Camille dreht sich um und entdeckt Dimitrij. „Hi!" „Hi, Camille!" Er schaut sie von oben bis unten an und es gefällt ihm, was er sieht. Dann gehen sie nebeneinander zu einem freien Platz. Die Mädels nehmen zwischen den Männern Platz. Michael hat die Hand Emilies noch fest in seiner und hat nicht vor, sie in naher Zukunft auszulassen. Emilie hingegen weiß nicht so recht, ob sie es genießen soll. Ihre Gedanken kreisen ungewollt wieder um Calina und Malika. Es hat sie sehr getroffen. Vorsichtig neigt sie den Kopf zu ihm und legt ihn auf seinem Oberarm ab. Er lächelt und sieht sehr zufrieden aus.

Dimitrij macht es sich auf seinem Stuhl bequem. Er freut sich richtig auf den Film und sieht zur Seite, in dem Moment als Camille auch zu ihm sieht. „Ich liebe den Film!", schwärmt sie. Normalerweise bevorzugt sie Actionfilme, dennoch findet sie die ‚Titanic' großartig! „Ich habe ihn schon dreimal gesehen!" Dimitrij kichert. „Ja, ich auch!" Sie sehen sich mit neu entfachter Neugierde an. Sie scheint ein nettes Mädel zu sein, denkt er sich. Der Film beginnt. Camille kichert. Dimitrij sieht sie von der Seite an. „Sieh doch nur! Kirschkernspucken! Das ist doch lustig! Das muss ich auch einmal machen!" Dimitrij grinst. Es gefällt ihm, dass sie so unbeschwert reagiert. Er wendet sich wieder nach vorne. Er will nichts verpassen. Der Film fesselt ihn nach wie vor. „Hach!" Camille schmilzt bei der Szene, als Jack, elegant mit einem Smoking gekleidet, Rose, oben an der Treppe, erwartet. Camille hat ihre Hand unter ihrer Wange aufgestützt. Sie beobachtet wie Jack seine Angebetete Rose zum Pöbel führt und mit ihr tanzt. Camilles Augen glänzen. Sie richtet sich auf, um ja nur nichts zu verpassen. Dimitrij ist von Camille abgelenkt. Sie leidet, fühlt und schmilzt mit den Hauptdarstellern Jack und Rose mit. Er hat das Gefühl, dass er ihre Hand in seine Hand nehmen muss. Camille zuckt zurück und sieht auf ihre nun verschlungenen Finger. Es gefällt ihr und lächelt Dimitrij an. Jetzt kommt er ihr gar nicht mehr so alt vor! Sie wendet sich erneut der Leinwand zu. Rose und Jack laufen der Security davon und verstecken sich in einer Kutsche. Die Szene zeigt verdeckt, aber deutlich was die beiden hier tun. Camille sieht verstohlen nach Dimitrij. Er ertappt sie beim Starren. Errötend schaut sie wieder weg. Camille ist nervös. Der Film ist nicht schuld daran.

Endlich kommt der Film zum Höhepunkt. Die Titanic ist dabei, im Eismeer zu versinken. Dimitrij und Camille wissen, dass es lange dauern wird. Eine Musikergruppe spielt unablässig ihre Lieder. Menschen laufen kreischend in die Richtung, wo das Schiff sich hebt. Viele rutschen ab. Viele stürzen in die arktischen Eisfluten des Meeres. Das totale Chaos. Auch wenn Dimitrij und Camille den Film in und auswendig kennen, sind sie gebannt. „Mein Gott! Bin ich froh, dass ich hier im Trockenen sitze! Das muss ja scheißkalt sein!" Camille entgegnet trocken: „Ja. Aber es ist ja, Gott sei Dank, nur ein Film!" „Trotzdem. Ich weiß nicht, ob ich je auf einen Dampfer gehen will!" Dimitrij lacht. Währenddessen haben sie kein Detail des Untergangs der

Titanic versäumt. „Rose! Dreh dich ja nicht um! Der Scheißkerl ist hinter dir! Ohne ihn bist du besser dran!" Camille redet schon laut mit der Darstellerin. Dimitrij sieht sie lachend an. Camille lebt mit den Darstellern mit. Er muss zugeben, dass er im Stillen auch immer wieder Kommentare abgibt. Der Film neigt sich dem Ende zu und Camille entspannt sich merklich. Sie nimmt die Hand wieder aus der von Dimitrij und springt auf. „Hey, wieso hast du es so eilig? Warten wir, bis der Saal leer wird, sonst müssen wir im Stehen warten!" Emilie sitzt schon lange an Michael angekuschelt. Camille setzt sich wieder. Emilie hat recht. Der Saal war bis auf den letzten Platz besetzt und nun strömen die Mitschüler geballt aus dem Raum. „Was machen wir heute noch?" „Sehen wir nach, ob wir noch einen Platz in der Schulbar bekommen?" Michael will noch nicht ins Bett. Er schläft nicht so gut und hat keine Lust, zu bald ins Zimmer zu gehen. Die anderen sind einverstanden. Bald können sie auch den Platz verlassen, ohne angerempelt zu werden. Sie schlendern zur Bar und haben Glück. Sebastian sitzt mit Malika an einem größeren runden Tisch. „Na endlich! Da seid ihr ja! Ich hatte Mühe den Tisch freizuhalten." „Wie war der Film?", fragt Malika. „Richtig Klasse!" Camille ist noch ganz erfüllt von der Liebesgeschichte mit Rose und Jack." „War geil!" Auch Dimitrij ist voll des Lobes. Michael und Emilie zucken nur die Achseln. „Schnulzig!" …ihr Kommentar.

Sebastian ist erfreut, dass es zwischen Michael und Emilie scheinbar wieder funktioniert. Die beiden halten sich an ihren Händen und haben sie auch offen auf den Tisch gelegt. Bald legt Michael ihr den Arm um die Schulter und Emilie stößt ihn nicht weg. Sie sind beide total entspannt. Dimitrij hat sich auch entspannt zurückgelehnt und den Arm auf die Lehne hinter Camille gelegt. Seine Beine sind unter dem Tisch ausgestreckt. Camille versteift sich. Sie will das nicht und lehnt sich vor. Dimitrij merkt nichts. Er hat nicht einmal irgendwelche Absichten gegenüber Camille. Er will nur entspannt dasitzen und sein kleines Bier genießen. Dann merkt er die Blicke der anderen. „Ist irgendetwas?" Sebastian schaut bedeutungsvoll auf seinen aufgelegten Arm und dann auf Camille. Dabei grinst Sebastian. Dimitrij ist bestürzt. Auch das noch! Er bemerkt seinen Fehler. Schnell nimmt er seinen Arm hinunter. „Entschuldige Camille, ich habe nicht nachgedacht." Camille sieht ihn nickend an. Sie ist froh darüber, dass sich ihr Dilemma von alleine gelöst hat und lehnt sich nun erleichtert zurück. Es wird viel gelacht und gealbert. „Weißt du noch, als wir die Eltern von den russischen Zwillingen verscheuchen mussten? Anastassja hat uns angeheuert! Das war vielleicht aufregend!" Sebastian und Michael lachen laut auf. „Na los!" Dimitrij lässt sich die Geschichte erzählen. Er prustet los. Die Geschichte ist gar zu komisch. Camille und Emilie bekommen große Augen. Sie waren noch gar nicht in der Schule, als es passierte. Auch die anderen Anekdoten sind ihnen neu. Sebastian genießt es in vollen Zügen, die eine oder andere Anekdote zum Besten zu geben. Dabei ist er nicht zimperlich und schmückt sie noch um einige Facetten weiter aus. Malika schmunzelt. Sie merkt, wenn der Freund flunkert. „Hey Kumpels! Jetzt ist aber Schluss!" Der verantwortliche Barkeeper der Schule steht vor ihnen. „Ich muss zumachen. Tut mir leid!" „Schade! Jetzt bin ich gerade so in Fahrt!" Ein anderes Mal, Kumpel!" Der Barkeeper zuckt die Achseln und bleibt hart.

Michael will sich erheben und schafft es nicht mehr alleine. Seine Beine sind regelrecht eingeschlafen. „Shit!" Dimitrij ist sofort zur Stelle. Er hat es vorausgesehen. Zu lange zu sitzen und auf so einem engen Raum, ist für einen großen Kerl wie Michael nicht zuträglich. Er massiert kurz die Beine, um sie munter zu machen. „Probiere es jetzt!" Auf Dimitrij stützend, schafft er es schließlich und nimmt die Krücken entgegen. Vorsorglich geht Dimitrij neben ihm bis zu seinem Zimmer. „Soll ich mit hinein kommen, bis du im Bett bist?" „Nicht nötig!", dann wendet sich Michael zu Emilie. „Tut mir echt leid, dass ich dich nicht zu deinem Zimmer bringen kann!" „Ist nicht schlimm! Ein anderes Mal!" Michael beugt sich leicht nach vor und hofft auf einen süßen Kuss seiner Angebeteten. Emilie küsst ihn schnell auf den Mund und er muss sich damit zufrieden geben. Aufseufzend dreht er sich um und folgt seinem Bruder in ihr Zimmer. Dimitrij übernimmt die Begleitung der Schülerinnen zu deren eigenen Schlafräume. „Danke, dass ich mit euch ins Kino gehen durfte!" Dimitrij ist sehr

bescheiden. Camille hätte ihn anders eingeschätzt. Sie sieht
ihm nach, bis er die Treppe hinunterläuft und nicht mehr zu
sehen ist. Er merkt nichts davon.

Schock für Emilie

Am nächsten Tag wird Emilie, mitten aus dem Unterricht, zu dem Direktor zitiert. Sie ist nervös. Sie kann sich nicht vorstellen, was sie angestellt haben sollte. Sie denkt ununterbrochen nach, bis sie vor dem Büro steht. Sie klopft an. „Herein!" Frau Sejdic sitzt hinter dem Empfangspult und sieht sie lächelnd an. „Emilie, Dr. Kokoff erwartet dich bereits! Du kannst gleich durchgehen!" Emilie schreitet mit gemischten Gefühlen zur Tür ins Allerheiligste der Schule und klopft erneut. „Herein!" Sie öffnet und Dr. Kokoff kommt ihr mit ernstem Gesicht entgegen. „Mein liebes Kind, komm herein!" Was ist los? Emilie hat ein ungutes Gefühl. Der Direktor ist so ernst. Sie kann sich noch immer nicht vorstellen, was sie angestellt haben könnte. Vielleicht ist es ihre Beziehung, die gar keine wirkliche ist, der Grund? Ist es nicht erlaubt, Beziehungen zu führen? Ihre Nerven fangen an zu zittern. Der Direktor nimmt vorsichtig ihre Hand und führt sie zu der Couchgruppe in seinem Büro. Wieso sitzen sie nicht an seinem Schreibtisch? Emilie wird es mulmig zumute. Sie setzt sich hin und sieht dem Mann zu, wie er sich neben sie setzt. Sie rückt etwas ab. Aber er hat ihre Hand noch nicht losgelassen. Er sieht ihr tief in die Augen und rückt fast unmerklich wieder näher zu ihr. Seine Augen beobachten sie sehr intensiv. Was will er jetzt von mir, denkt sich Emilie. Wenn er mich angreift, schreie ich. Dr. Kokoff seufzt, weitab mit seinen Gedanken. Er hat schlechte, sehr schlechte Nachrichten für das junge Mädel. Er weiß gar nicht, wie er anfangen soll. Er setzt an zu sprechen und schweigt wieder. Sein Blick ist ununterbrochen auf sie gerichtet. Er setzt wieder an zu reden und bringt nicht einen Ton heraus. Emilie guckt ihn verunsichert an. Sie wartet. Sie hat es inzwischen fertig gebracht, ihre Hand aus seiner zu lösen und sich einen annehmbaren Abstand zu ihm zu schaffen.

„Emilie, es tut mir so leid! Ich habe furchtbare Nachrichten für dich!" Dr. Kokoff schweigt wieder. Emilie Gedanken fahren Achterbahn. Sie geht alle möglichen entsetzlichen Szenarien durch. Die schlimmste ist der Verweis aus der Schule. Dr. Kokoff nimmt tief Luft. „Deine Eltern hatten gestern Nacht einen schweren Unfall. Sie... sie... sind beide... am Unfallort gestorben!" Er nimmt beide Hände Emilies in seine. Emilie sitzt da, als warte sie noch auf die Schrecknachricht. Diese sickert aber jetzt erst bei ihr durch. Sie erbleicht. Ihre Augen vergrößern sich merklich. „Was?" Ihr Mund bleibt bebend offen. Dr. Kokoff sagt nichts mehr. Er hält sie nur fest. Ein Wimmern, ähnlich eines gequälten Tieres, kommt aus Emilies Kehle. Sie hat es noch nicht ganz begriffen. Dann bricht sie zusammen. Dr. Kokoff drückt sie jetzt ganz fest an sich. Sie klammert sich in seine Jackenärmel und ihre Tränen beginnen zu fließen. Ihre Klagelaute werden immer lauter. Sie beginnt zu schreien und schreit immer weiter, bis sie schließlich erschöpft in den Armen des Direktors zusammenbricht. „Bringen Sie bitte ein Glas Wasser, Frau Sejdic!" Die Sekretärin hat die Tür erschrocken aufgerissen, als sie den ersten Schrei des Mädchens gehört hat. Schnell dreht sie wieder um und holt das Gewünschte. Sie tritt an die Sitzecke heran, stellt das Glas auf den Tisch vor ihnen und beobachtet den bebenden Körper des Mädchens. Es wimmert in das Hemd des Direktors hinein. Er streichelt unentwegt über ihren Rücken und sieht seine Sekretärin hilflos, nach Unterstützung heischend an. „Was ist nur passiert?" Leise berichtet er von dem entsetzlichen Verlust des Mädchens. „Oh mein Gott! Wie furchtbar!" Mitleidig sieht sie auf den zitternden Körper und der Direktor deutet ihr, zu übernehmen. Sie setzt sich sofort hin und zieht Emilie aus den Armen des Mannes. Sein Hemd ziert einen großen dunklen Fleck.

Leise und unentwegt spricht sie auf Emilie ein. „Ist ja schon gut... beruhige dich doch... wir stehen das gemeinsam durch..." „Glauben Sie, dass wir ihren Freund dazu holen sollen?" „Michael?" Der Direktor nickt. Er ist für jede Hilfe froh. „... oder vielleicht Camille?" „Ich denke, Michael ist sensibler und vor allem stabiler dafür!" Frau Sejdic nicht zustimmend. Der Direktor lässt seine Sekretärin mit Emilie alleine in seinem Büro zurück und geht auf die Suche nach Michael. Es ist gerade Mittagszeit. Im Speisesaal findet er

Michael auf seinem Platz beim Essen. Der Direktor klopft ihm leicht auf die Schulter, um seine Anwesenheit kundzutun. „Ja? Ah... Herr Direktor!" Michael ist verwirrt. Er entscheidet sich, aufgrund seiner Behinderung, nicht aufzustehen. „Kommen Sie mit Herr Jackson! Emilie braucht Sie!" „Was ist mit Emilie?" Alarmiert stemmt er sich auf und nimmt die Krücken von dem Direktor entgegen. Sebastian und Michael sehen sich fragend an und Michael zuckt die Achseln. Er kann sich überhaupt nicht vorstellen was passiert sein könnte. Unterwegs versucht Michael Schritt zu halten, was gar nicht so einfach ist. Der Direktor hält ihm schließlich die Tür zum Aufzug auf und er drückt den Knopf in das dritte Stockwerk. „Was ist mit Emilie?!" Michael keucht. Der Direktor sieht den jungen Mann vor sich an. Er bemerkt zwar, dass er etwas außer Atem ist, aber er sieht die Schuld nicht bei sich. Er ist mit seinen Gedanken ganz woanders. Schweigend legen sie den restlichen Weg zurück.

„Emilie! Was hast du!?" Michael ist bestürzt, als er seine völlig aufgelöste Freundin entdeckt. Sie sitzt im Arm von Frau Sejdic auf der Couch. Ihr Gesicht hat sich kurz gehoben, was Michael einen ersten Eindruck vermittelt hat. Die Haut ist fleckig. Ihre Augen sind geschwollen. Ihr Mund ist qualvoll verzerrt. Michael nimmt sie vorsichtig in den Arm und streichelt über ihre Locken. Immer wieder. Emilie fängt wieder leise an zu weinen. Ihr Körper bebt. Ihre Finger krallen sich schmerzvoll in seine Oberarme. Erschüttert sieht Michael zum Direktor, der mit seiner Sekretärin vor ihnen steht. Ein nasser Fleck ziert ihre Bluse und ist ebenso zerknittert wie das Hemd des Direktors. Michael nimmt dies mit einem Blick war und hebt die Augenbrauen, um endlich eine Information zu bekommen. „Emilies Eltern sind gestern bei einem Unfall ums Leben gekommen..." Der Direktor ist untröstlich. Er sieht zu, wie Michaels Hautfarbe erblasst. Der Junge presst Emilies Körper noch fester an sich und seine Tränen fangen ebenfalls an zu fließen. „Oh nein! Emilie...!" Eine lange Weile sitzt das Paar stumm da. Ihre beiden Gesichter sind aschgrau. Der Direktor hat Dr. Schiwago informiert, der unmittelbar danach in das Büro gekommen ist. Er gibt Emilie zur Beruhigung eine Spritze und empfiehlt, dass das Mädchen auf keinen Fall alleine gelassen werden darf. Michael darf sie jetzt nicht aus den Augen lassen. Er wird über Nacht bei ihr bleiben. Bald werden Michael und Emilie aus dem Büro entlassen. „Ich kann mich auf dich verlassen?" Dr. Kokoff sieht den jungen Mann mahnend an. Michael nickt und begleitet seine Freundin hinaus.

„Wo willst du schlafen? Ich habe nur ein Einzelbett.", stellt Emilie klar. „Ähm... ja... das ist jetzt ein Problem... ja..." Michael sieht sich in ihrem Zimmer um. Es ist sehr beengt. „Also... ja... vielleicht kannst du ja bei uns schlafen?" Michael sieht sie schräg lächelnd an. „Du meinst bei dir und Sebastian?!" „Äh... ja...?" Emilie will ihm schon den Vogel zeigen. Dann ist es ihr auch egal und nickt. „Pack ein paar Kleinigkeiten ein, die du über Nacht brauchst und wir gehen gleich rüber." Mit der Tasche in der Hand, geht sie neben Michael einher. Sie sieht sich in dem Zimmer um. Ein Jungenzimmer eben... viele Klamotten liegen überall verstreut. „Na ja, so aufgeräumt wie bei dir ist es nicht. Dafür haben wir ein King Size Bett! Genug für drei." Emilie sieht Michael abschätzend an. Er ist riesig, fast ein Meter neunzig groß und das mal zwei. Außerdem sind die Brüder mit vielen Muskeln gesegnet, das heißt, sie brauchen nicht nur in der Länge viel Platz, sondern auch in der Breite. Seufzend fügt sie sich und stellt die Tasche vorerst auf eine Seite des großen Bettes. „Kann ich diese Seite haben?" Michael nickt. Eigentlich ist es Sebastians. Aber er muss halt heute auf die andere Seite gehen.

„Hast du Hunger? Wir haben das Abendessen verpasst. Aber ich bin sicher, dass wir etwas bekommen, wenn wir in der Küche nachfragen!" Emilie hat keinen. Aber wegen ihr muss er nicht hungern. Also geht sie mit. Die Köchin packt gerade die Essensreste in Aufbewahrungsbehälter, um sie in das Kühlhaus zu bringen. „Hallo Kinder! Was kann ich für euch tun?" „Wir haben Hunger! Wir haben leider das Abendessen verpasst." Michael lächelt mühsam, aber er hofft, dass sie ohne viel Aufhebens etwas bekommen. Die Köchin sieht sie beide lange an. „Ich weiß ja nicht, wie man die Essenszeit verpassen kann, aber ich will heute gutmütig sein. Was soll es sein?" Sie zählt auf, was sie noch vorrätig hat und Michael stellt sich schon einmal sein Menu zusammen. „…und du Emilie? Was möchtest du gerne haben?" Die ältere Frau, die ihre Großmutter sein könnte bemerkt das auffallend aschfahle Antlitz des Mädchens. Sie macht sich Sorgen. „Mein Kind bist du krank?" Emilie schüttelt den Kopf. Tränen kullern vereinzelt über ihre Wangen. Die Köchin ist entsetzt. „Mädchen! Sag mir was dir fehlt! Du bist mehr als blass!" „Antje! Lass sie in Ruhe. Sie hat gerade erfahren, dass ihre Eltern verstorben sind." Michael will nicht, dass die gutmütige Antje weiter bohrt. „Oh mein Gott! Das ist ja schrecklich!" Kurz legt sie ihre beiden Hände auf ihre Wangen. Sie ist entsetzt. Sie überlegt, was sie dem armen Kind zu essen kochen soll. Sie macht Tee und holt von dem Gemüseauflauf, der ein Kracher in der Mittagspause war. Ein kleines Stück hat sie noch. Sie wollte ihn selbst essen. Aber das Mädchen muss verwöhnt werden. Sie eilt in das Kühlhaus und holt noch ein paar Blätter von dem frischen Salat, den sie heute von Anastassja erhalten hat. Schnell bereitet sie einen Salat zu und wärmt den Gemüseauflauf. Michael bekommt sein gewünschtes Menu und sie sieht ihnen beim Essen zu. Michael ist schnell fertig. Emilie hingegen stochert auf ihrem Teller herum. „Schmeckt es dir, Emilie?" „Ja…" Emilie nimmt schnell eine Gabel voll in den Mund. Normalerweise ist sie von dem Gemüseauflauf, den Antje oft kocht, begeistert. Aber heute hat sie keinen Hunger. Dennoch isst sie Antje zuliebe die halbe Portion. „Ich kann nicht mehr. Es tut mir leid!" Emilie sitzt wie das sprichwörtliche Häufchen Elend da. „Das braucht dir nicht leid zu tun! Es war eine große Portion. Michael möchtest du den Rest von Emilie?" Michael holt sich ohne zu zögern den Teller zu sich und hat in Windeseile die Reste gegessen. Emilie wärmt inzwischen dankbar ihre eiskalten Hände an der heißen Tasse Tee. Sie stiert gedankenverloren auf den Tisch. Ihre Tränen sind wieder versiegt. Michael steht auf. „Antje du bist die Beste! Vielen Dank für das gute Essen!" …und küsst die Köchin auf die rundlichen Wangen. „Du Charmeur!" Der Köchin gefällt es und stupst ihn spielerisch an. Er tut so, als falle er hin und stützt sich mit einer Hand auf den Tisch. Er lacht. Dann fordert er, die vor sich hin starrende Emilie auf, mit ihm zu gehen. Einem Roboter gleich begleitet sie ihn hinaus. Sie gehen in den Schlafraum der Brüder. „Hi Emilie! Hey Bruder, ich habe dich gesucht!" Sebastian ist schon da. „Emilie schläft heute bei uns!" „Wie bitte?! Entschuldige Emilie, ich habe ja nichts gegen dich, aber DAS geht eindeutig zu weit!" „Emilie hat heute ihre Eltern bei einem Unfall verloren. Sie kann nicht alleine bleiben! Der Direktor hat mich gebeten, bei ihr zu bleiben!" Geschockt und entgeistert blickt Sebastian auf die stumme Emilie. Sie hat sich auf ihre gewählte Seite des Bettes gesetzt und blickt starr geradeaus. „Das ändert natürlich die Sache? Wo schläft du?" „Blöde Frage! Wir schlafen alle drei auf diesem Bett. Es ist genug Platz." Sebastian sagt zunächst einmal nichts. „Sebastian du kannst in meinem Zimmer schlafen, wenn du möchtest?" Emilies Stimme ist dünn und zerbrechlich. Die Brüder sehen sie an. „Danke nein. Wir werden uns alle ganz klein machen. Dann geht es schon, nicht wahr Micha? ...und du darfst auch auf meiner Seite schlafen. Kein Problem!" Emilie lächelt zaghaft über die Antwort. Klein machen ist schier unmöglich bei den großen Männern! Die Anspielung auf die gewisse Seite des Bettes hat sie nicht wahrgenommen. Dann versiegt das Gespräch. Sogar Sebastian, der eigentlich nie seinen Mund halten kann, verstummt.

„Du kannst als erste das Bad benutzen." Emilie holt sich ihre Zahnbürste und den Pyjama aus der Tasche und sperrt sich in den Duschraum, der gleichzeitig auch eine Toilette hat, ein. Michael setzt sich entkräftet auf die Bettkante. Seine Hände reiben erschöpft sein Gesicht und bedecken es weiterhin tief aufseufzend. „Mann! Das ist aber heftig! Beide Elternteile auf einmal!" Sebastian legt fassungslos und kopfschüttelnd den Arm auf Michaels Schultern. Emilie kommt im Pyjama wieder zum Bett. Vorsichtig lässt sie sich auf die Kante neben Michael nieder. Er nimmt ihre Hand und sie lässt sie dort. „Willst du dein Saxophon haben?" Emilie sieht Sebastian an und nickt. Dankbar, dass er eine gute Idee gehabt hat, fragt er nach ihrem Schlüssel und wo sie das Saxophon aufbewahrt. „Ich bin gleich wieder da!" Dann ist er draußen, wo er erst einmal tief durchatmet. Schon heftig! Er lässt sich Zeit, aber irgendwann muss er wieder in sein

Zimmer kommen. Emilie steht auf, lächelt den großen Freund an und nimmt ihr Instrument entgegen. Sie legt ihre Lippen auf das Mundstück und entlockt die ersten Töne aus dem goldenen Instrument. Eine schwermütige Weise erfüllt das Zimmer. Sie vergisst, wo sie ist und warum. Immer wenn sie spielt, ist sie in ihrer eigenen kleinen Welt. Sie beginnt ein neues Stück. Ihre langgezogenen, schwermütigen Töne faszinieren die Brüder. Sie starren das Mädchen an, das die Augen geschlossen hält. Irgendwann muss sie wieder aufhören. Sie hat lange gespielt. Michael hat sich inzwischen niedergelegt und Sebastian liegt auch schon in Boxer Shorts unter seiner Decke… auf Michaels Schlafseite. Emile stellt ihr Saxophon andächtig zur Seite und sieht etwas unsicher auf das Bett. Es ist schon komisch, sich zu den großen Männern dazu zu legen. „Komm schon Emilie! Wir lassen dir genügend Platz." Michael rutscht für Emilie noch weiter zu Sebastian. Ihr ist kalt geworden und sie rollt sich in die Decke ein. Sie bibbert. Ihre Nerven liegen jetzt blank. Ihre Beruhigungsspritze muss nachgelassen haben. Michael greift nach ihr, packt sie um die Mitte und zieht sie energisch zu sich. „So… und jetzt schlaf!" Sein warmer Körper lullt sie ein und sie schließt entkräftet die Augen.

Am nächsten Morgen erwacht sie, eingehüllt in Michaels Wärme. Sein Arm liegt um ihren Brustkorb, sein Bein liegt auf ihrem. Sein Atem weht ihr ins Gesicht. Sie versucht sich aus der Umklammerung zu lösen. Energisch drückt sie den Arm und das Bein weg und Michael sieht ihr direkt in die Augen. „Morgen, Baby!", flüstert er ihr verschlafen ins Ohr. Sie lächelt zaghaft. Was macht sie eigentlich hier?! Dann fällt ihr das ganze Grauen von gestern wieder ein. Sie schnappt gequält nach Luft. Tränen quellen aus ihren Augen empor. Wimmernd versucht sie sich in seinem Arm zu verstecken. „Nicht nachdenken, Emilie!" Michael ist bestürzt. Er hat gehofft, dass die Realität nicht so schnell auf sie einstürzt. Er drückt ihren bebenden Körper fest an sich und hält ihren Kopf auf sein Herz. Sebastian ist aufgewacht. Er hört hinter sich das Weinen. Irgendwie fürchtet er sich, sich umzudrehen, steht auf und flüchtet in das Badezimmer. Wieso hat er das Angebot in ihrem Zimmer zu schlafen, nicht angenommen?! Er ist dem ganzen Jammer hilflos ausgesetzt.

Er wird sich anziehen und joggen gehen. Er hält das nicht länger aus! Bald steht er in seiner Trainingshose vor dem Bett. „Ich gehe dann mal laufen!" Michael nickt.

„Komm, wir stehen auch auf! Wir ziehen uns an und gehen spazieren!" Michael will nicht, dass sie sich dem ganzen Jammer permanent hingibt. Frische, kalte Luft wird ihnen guttun… und so ist es auch. Hände haltend und stumm gehen sie über die Wiesen des Geländes und umrunden das Internatsgebäude. Michael hat nur eine Krücke mit. Es geht schon ganz gut. Hin und wieder wechselt er, auf Anraten seines Therapeuten, die Seite. „Gehst du mit mir heute zu Dimitrij?" Emilie nickt. Überhaupt ist es ihre erste Reaktion seit sie draußen sind. Unterwegs treffen sie auf Sebastian, der keuchend aus dem Waldweg zu ihnen stößt. „Da seid ihr ja!" „Ja, ich dachte, dass frische Luft uns gut tun würde.", meint Michael. Sein Bruder nickt und er läuft ihnen voraus, in Richtung eines Seiteneingangs des Gebäudes. „Warst du seit dem Unfall wieder laufen?" „Nein." „…oder im Wald?" „Nein." „Wie fühlst du dich jetzt körperlich? Hast du noch irgendwelche Beschwerden?" Emilie schüttelt den Kopf. Er sieht sie von der Seite an. Ihr Teint ist durch die kalte Morgenluft gerötet. Ihre Augen sind jetzt trocken. Aber sie sind traurig. Ihre Mundwinkel sind leicht nach unten gebogen und ihre Lippen sind zusammengepresst, als müsste sie sich zusammenreißen, nicht wieder loszuweinen. Sie betreten schließlich den Speisesaal zum Frühstück. Sie stellen sich am Buffet an und Michael stapelt seine Auswahl auf Emilies Tablett. Da Emilie sich gar nichts auswählt, greift Michael nach einem Müsli mit frischen Erdbeeren. Sie gehen an den Kaffeeautomaten und Emilie füllt zwei Becher. Emilie sitzt neben Michael. Sie denkt nicht einmal darüber nach. Ihre Gedanken sind anderswo. Blass, aber mit einem kleinen Dankeslächeln nimmt sie das Müsli entgegen und nimmt den Löffel zur Hand, den ihr Michael vor die Nase hält. Dann lässt er sie in Ruhe. Einzig Sebastian schaufelt neben Michael seine Riesenportion in Rekordgeschwindigkeit in sich hinein.

Malika und Saskia kommen an den Tisch. „Hi Sebastian!" Sebastian sieht sie bedeutungsvoll, mit einem Verdrehen der

Augen zu seinem Bruder und Emilie, an und schickt sie dann stumm weg. Malika hat verstanden, nimmt Saskia am Ellbogen und zieht sie grob weg. „Was machst…!" „Halt den Mund und komm endlich!", fährt Malika ihr über den Mund. Sebastian nimmt sich vor, dass er sich mit den Mädels ernsthaft unterhalten muss. Die Shows während des Essens müssen aufhören. Sie verlieren eindeutig ihren Reiz! Jetzt kommt Anastassja an ihren Tisch. „Hallo Micha… Seb! Guten Morgen Emilie! Du siehst ja grauenhaft aus! Bist du krank?" Anastassja ist entsetzt. „Ana lass sie in Ruhe! Sie hatte eine schlechte Nacht! Lass uns bitte alleine!" Irgendetwas stimmt hier nicht. Anastassja spürt es ganz deutlich. Sie hat gewusst, dass Emilie beim Direktor vorgeladen war und hat auch gesehen, dass der Direktor höchst persönlich Michael aus dem Speisesaal geholt hat. Nur hat sie nicht verstanden, was der Direktor zu ihm gesagt hat. Michael ist auf jeden Fall sofort aufgesprungen und mitgegangen. Sie beide sind nicht mehr beim Abendessen gesehen worden. Sie wollte Emilie in ihrem Zimmer besuchen, weil sie besorgt gewesen ist. Aber sie war nicht da. Irgendetwas stimmt hier ganz und gar nicht! Sie wird es ganz bestimmt herausfinden. Anastassja wäre nicht sie, wenn sie nicht über alles Bescheid wüsste. Sie geht wieder auf ihren Platz am Nebentisch und beobachtet die beiden. „Ana… Ana… ANA!" Irritiert guckt sie ihre Freundin Verena an. „Wo bist du?" Verena wedelt mit ihrer Hand vor Anastassjas Gesicht herum. „Äh… ja… ich bin ja hier! Was ist?" „Was war da drüben los? Du wirkst so nachdenklich!" Verena ist ebenfalls sehr aufmerksam. Auch sie wittert Neuigkeiten. „Ich weiß es noch nicht. Emilie und Michael sind gestern beim Direktor gewesen und ich weiß nicht wieso! Sieh dir Emilie an! Sie sieht grauenhaft aus!" Verena sieht hinüber zu dem jüngeren Mädchen, das stumm, aschfahl und in sich eingesunken, am Tisch sitzt. Michael löffelt hin und wieder Müsli in sie hinein. „Da muss was Schreckliches passiert sein!", meint Verena. „Ja…" Anastassja denkt, mit Blick auf die Leidenden, nach. Aber sie weiß gar nichts und das macht ihr zu schaffen. Sie weiß immer alles. Frau Sejdic kommt an den Tisch. Sie holt Emilie und Michael ab. Wohin gehen sie nur? Anastassja verrenkt sich den Hals, bis die Tür sich hinter den Dreien schließt. Seufzend muss sie vorerst kapitulieren.

Sebastian! Er muss etwas wissen! Sie steht resolut auf und begibt sich an seine Seite. „Hallo, was machst du schon wieder da? Bist du nicht schon vorher bei uns gewesen?" „Sebastian! Was ist mit Emilie und Michael los? ...und weich mir nicht aus! Ich werde so lange an deiner Seite kleben, bis du es mir gesagt hast!", droht ihm Anastassja. „Liebste Ana! Sei nicht so neugierig!" Er isst seelenruhig weiter. Aber Anastassja gibt keine Ruhe. „Los, sag es mir! du weißt alles, nicht wahr?" Dann knickt er ein. Er erzählt von dem tödlichen Unfall der Eltern Emilies und dass sie die Nacht bei ihm und seinem Bruder geschlafen hat... „...aber nur deshalb, weil der Direktor es so angeordnet hat!", fügt er erklärend hinzu. Anastassjas Hände sind bestürzt auf ihrem Mund gelandet. „Mein Gott! Das ist ja schrecklich! Die arme Emilie! Was passiert jetzt? Muss sie jetzt von der Schule gehen?" Sebastian zuckt die Achseln. Das weiß er auch nicht. Anastassja geht gedankenvoll zurück an ihren Platz. „Sag schon!" Verena platzt vor Neugierde. „Emilies Eltern sind bei einem Unfall gestorben...", Anastassjas Gedanken laufen Amok. Viele Szenarien, wie es jetzt mit Emilies weiter gehen soll, rattern in ihrem Geist auf und ab. „Das ist ja grauenvoll! Was muss sie noch alles durchmachen, bis sie ihren Frieden findet? Zuerst der schreckliche Unfall im Wald und jetzt... Oh mein Gott, die Arme!" Verena ist über Emilies Schicksalsschläge entsetzt.

Emilie und Michael sitzen wieder im Büro der Direktion. Eine der Tanten von Emilie ist hier. „Tante Emmi!", schluchzend stürzt sich das Mädchen in ihre Arme. „Mein Liebes! Ich möchte dich zu mir nach Hause holen! Deine Eltern werden nächste Woche ihr Begräbnis haben." Emilie nickt. Sie hält es nicht mehr aus. Sie hat das Gefühl, als starren sie alle in der Schule an. Dabei kann es noch niemand wissen. „Herr Direktor wir werden uns wieder melden, sobald wir wissen, wie es mit Emilie weitergeht. Emilie ist minderjährig und ich muss mich um sie kümmern. Ich weiß nicht, wie das Internat weiter bezahlt werden soll. Das muss sich alles erst herausstellen." „Natürlich Frau Krämer! Wir stellen Emilie für den Rest dieses Schuljahres frei und wir warten auf ihre weiteren Entscheidungen. Wir würden uns freuen, wenn wir Emilie wieder in der Schule begrüßen dürfen!" Tante Emmi nickt und

Autorin

Die österreichische Autorin, Ingrid Seemann ist glücklich verheiratet und Mutter von zwei erwachsenen Kindern. Ihre Leidenschaften sind das Schreiben, das Lesen von Romanen mit Happy End und Sport als Ausgleich. Wenn sie nicht gerade vor ihrem Laptop sitzt, oder ein Buch liest, ist sie im Fitness Studio oder mit ihren Nordic Walking Stöcken unterwegs.

Endlich! Die dritte Generation als Buch… drei Bücher! Im dritten Buch präsentiere ich Euch die Abschlussgeschichte ‚Paparazzi'! Dieser Roman ist bis jetzt noch nicht erschienen!

Ein großes Dankeschön an alle meine Fans!

Die dritte Generation ist für die Jugend geschrieben. Die erste und zweite Generation

Rock Me Sweetheart und *Sarah und Noah – Die Trilogie* sind dann doch mehr für Erwachsene!

Viel Spaß!